SANGLANTS TROPHÉES

C.J. Box

SANGLANTS TROPHÉES

roman

TRADUIT DE L'ANGLAIS (ÉTATS-UNIS)
PAR WILLIAM OLIVIER DESMOND

ÉDITIONS DU SEUIL
27, rue Jacob, Paris VIe

COLLECTION DIRIGÉE
PAR ROBERT PÉPIN

Titre original : *Trophy Hunt*
Éditeur original : G.P. Putnam's Sons, NY
© 2004 by C.J. Box
ISBN original : 0-399-15200-8

ISBN 2-02-078942-6

© Éditions du Seuil, octobre 2006, pour la traduction française

www.seuil.com

A Kelly, Sherri et Kurt...
Et Laurie, toujours

PREMIÈRE PARTIE

Dans son rêve, Sheridan se trouvait aux limites d'une clairière dans les Bighorn Mountains, seule. Derrière elle, la forêt était douloureusement silencieuse. Devant elle, un vent léger faisait onduler les longues herbes de prairie humide qui tapissaient la clairière.

Arrivaient les nuages, sombres et imposants, compacts comme un mur, roulant du sommet des montagnes. Le ciel ne tardait pas à en être entièrement envahi, tel un couvercle qui vient de retomber. Le centre de la masse nuageuse donnait l'impression d'être éclairé de l'intérieur et grossissait, comme s'il se rapprochait du sol. Des torsades noires de fumée se détachaient alors des nuages et lançaient leurs vrilles entre les arbres. En quelques instants, la fumée se transformait en une brume tapissante qui dévalait les pentes entre les arbres, semblable à un torrent silencieux. Puis elle semblait aspirée par la terre, comme pour s'y reposer ou se cacher.

Alors le ciel s'éclaircissait aussi rapidement qu'il s'était couvert.

Dans son rêve, Sheridan savait que la brume était restée pour une bonne raison. Mais celle-ci dépassait son entendement. Quand allait-elle émerger de nouveau, et pourquoi? C'était là des questions auxquelles elle ne pouvait répondre.

Sheridan s'éveilla en sursaut ; ce ne fut qu'au bout de quelques terrifiantes secondes qu'elle comprit que l'obscurité qui l'entourait était celle de sa chambre et que le souffle qu'elle entendait n'était pas le vent mais celui de la respiration de sa petite sœur Lucy, qui dormait sur la couchette en dessous de la sienne.

Elle prit ses lunettes là où elle les avait posées, sur la tête de lit, se dégagea des couvertures et sauta sur le plancher froid, sa chemise de nuit gonflant autour d'elle.

Puis elle écarta les rideaux et regarda le ciel nocturne. Des étoiles à la dure lumière bleutée et pas plus grosses que des têtes d'épingle lui rendirent son regard. Il n'y avait aucun nuage, noir ou brillant.

Chapitre 1

Une journée de pêche à la mouche idéale, voilà ce que se disait Joe Pickett, jusqu'au moment où il tomba avec ses filles sur un original, un mâle de taille imposante qui paraissait leur sourire.

Joe avait emmené Sheridan et Lucy – respectivement 12 et 7 ans – passer tout l'après-midi à remonter le cours de la Crazy Woman Creek. On était début septembre et il faisait un temps splendide. Maxine, leur labrador beige, les accompagnait. Les hautes herbes des rives bourdonnaient d'insectes, surtout des sauterelles, et une bonne brise soufflait haut, agitant le sommet des pins sylvestres odorants.

Ils pêchaient méthodiquement et ne se dépassaient qu'en décrivant une large boucle loin de l'eau ; ils gardaient le silence quand celui ou celle qui lançait paraissait occuper un bassin ou un bras d'eau prometteur. Le niveau du torrent était plus bas que d'habitude, du fait d'une sécheresse exceptionnelle, mais l'eau était limpide et encore très froide. Joe, la trentaine finissante, mince, de taille moyenne, avait le visage et le dos des mains bronzés par le soleil à force d'être dehors à cette altitude.

Sautant d'un rocher à sec à l'autre, il avait traversé le cours d'eau pour garder plus facilement un œil sur ses filles pendant qu'elles lançaient depuis l'autre rive. À son habitude, Maxine suivait Joe comme son ombre, luttant contre l'instinct qui la poussait à plonger pour aller récupérer les mouches.

Concentrée sur sa tâche – attacher un leurre de sauterelle à son hameçon –, Sheridan se tenait au milieu de buissons qui lui montaient à la taille. Ses lunettes reflétant la lumière de la fin d'après-midi, Joe n'aurait su dire si elle voyait qu'il l'observait. Elle avait enfilé sa veste de pêche (cadeau d'anniversaire récent) par-dessus un tee-shirt et portait un short ample et des sandales en plastique pour marcher dans l'eau. Elle avait, bien enfoncée sur le crâne, une casquette aux couleurs du département Chasse et Pêche du Wyoming. Taché de sueur, le couvre-chef avait appartenu à Joe. Ses bras et ses jambes nus portaient les griffures récentes faites par les ronces et les branches au milieu desquelles elle était passée pour se rapprocher de l'eau. Elle prenait la pêche à la mouche au sérieux, comme tout ce qu'elle faisait.

Mais c'était Lucy — et elle ne partageait pas la passion de sa sœur pour la pêche — qui semblait attraper le plus de poissons, à la grande consternation de Sheridan. Elle les avait accompagnés parce que son père avait insisté et lui avait promis un bon déjeuner. Elle portait une robe d'été et des sandales et avait noué ses cheveux blonds en queue-de-cheval.

À chaque nouvelle prise, Sheridan lui lançait des regards de plus en plus meurtriers et s'éloignait pour ne pas rester à côté de sa cadette. *Ce n'est pas juste*, se disait-elle, comme Joe le savait.

— Papa ! cria-t-elle en tirant ce dernier de ses ruminations, viens voir ici !

Joe remonta sa ligne et en enroula l'extrémité à son doigt avant de remonter la rive dans la direction de sa fille. Celle-ci lui montrait quelque chose dans l'eau, à ses pieds.

Une truite morte, ventre en l'air, entre deux pierres pointant hors de l'eau. Le poisson bouchonnait au milieu de ce cul-de-sac naturel et noirâtre, dans lequel le courant avait aussi repoussé un amas d'aiguilles de pin et de débris végétaux. À l'aspect brillant d'humidité, rappelant le vinyle, du ventre du poisson et aux deux virgules bien rouges que laissaient apparaître les ouïes, il était clair qu'elle n'était pas morte depuis longtemps.

— Elle est d'un beau calibre pour une fario, commenta Sheridan. Elle mesure combien, à ton avis ?

— Autour de trente-cinq centimètres… Belle bête, c'est vrai.

Machinalement, il avait pris Maxine par son collier. Il sentait la chienne trembler d'excitation tant elle avait envie d'aller chercher le poisson mort.

— D'après toi, qu'est-ce qui lui est arrivé ? Tu crois que quelqu'un l'a attrapée et rejetée ?

Joe haussa les épaules.

— Je ne sais pas.

Lors de leur expédition précédente, Joe avait appris à sa fille la façon de relâcher convenablement un poisson qu'on vient de prendre. Il lui avait montré comment le tenir délicatement par le ventre et le placer dans l'eau, de manière à ce que le courant vienne naturellement le ranimer ; ensuite, on le laissait filer de lui-même dès qu'il en était capable.

Elle lui avait demandé s'il ne fallait pas rejeter les poissons plutôt que les manger et il lui avait expliqué qu'on pouvait les manger, mais sans tomber dans l'excès ; et que garder un poisson mort toute la journée dans son panier pour finir par le rejeter plus tard parce que trop abîmé relevait d'un problème d'éthique, même si ce n'était pas légalement condamnable. Il savait que c'était à cela qu'elle pensait quand elle lui avait montré la truite le ventre en l'air.

*

Sheridan ne tarda pas à en trouver une deuxième. Celle-là était morte depuis moins longtemps, fit remarquer Joe, car elle flottait sur le flanc, exhibant la gamme chatoyante de couleurs qui lui avait donné son nom. Sans être aussi grosse que la fario, l'arc-en-ciel était tout de même une belle pièce.

Sheridan s'indigna vertueusement.

— Il y a quelque chose ou quelqu'un qui tue ces truites et ça me rend malade ! dit-elle, des éclairs dans les yeux.

Cela ne plaisait pas davantage à Joe, mais il était impressionné par la colère de sa fille, sans cependant savoir si elle était scandalisée par ce manque de respect de l'éthique écologique ou parce que c'étaient des poissons qu'elle aurait mérité d'attraper, elle.

— Tu ne peux pas dire ce qui leur est arrivé ? lui demanda-t-elle.

Cette fois, il laissa Maxine aller récupérer l'arc-en-ciel. Le labrador se jeta à l'eau en les arrosant copieusement, et revint avec la truite dans la gueule. Joe la lui fit lâcher et l'examina en la retournant dans sa main. Il ne remarqua rien d'anormal.

— Ce n'est pas comme quand on tombe sur un cerf ou un wapiti, où on voit les blessures par balle, dit-il à Sheridan. Je n'en remarque pas, pas plus que de traces de maladie. Trop de stress, peut-être, après avoir été pêchée par quelqu'un.

La fillette poussa un grognement de déception et s'éloigna un peu plus haut sur la berge. Joe jeta la truite au milieu d'un bouquet de saules, derrière lui.

Puis, en attendant que Lucy se rapproche, il fit quelques petites vérifications. Son Beretta calibre 40 semi-automatique déformait de son poids la grande poche à poissons, dans le dos de sa veste de pêche. Il avait bien emporté son badge officiel ainsi que quelques menottes en plastique. S'il n'était pas en service, il n'en restait pas moins garde-chasse et son devoir était de faire respecter le règlement.

Ce matin-là, en faisant ses préparatifs, il avait ajouté un article de plus à l'arsenal habituel qui encombrait les poches de sa veste : une bombe aérosol dite anti-ours. Il en tâta la forme volumineuse à travers la toile. L'anti-ours était une sacrée cochonnerie, dix fois plus puissante que les gaz lacrymogènes classiques. Un simple jet, même à quelques mètres, suffisait à mettre un homme à genoux. Joe avait emporté la bombe en pensant à la série de rapports mystérieux qu'il avait reçus par courriel, concernant un grizzly de près de deux cents kilos, un mâle en cavale qui faisait des ravages dans le nord-ouest du Wyoming. Au cours des derniers mois la bête avait endommagé des véhicules, des campements et des cabanes, mais aucun être humain ne l'avait rencontrée. L'animal avait été repéré pour la première fois près de l'entrée est du parc de Yellowstone grâce à un signal affaibli de son collier émetteur; mais depuis, personne ne l'avait vu. Lorsque l'équipe des ours, constituée de spécialistes des plantigrades appartenant au département Chasse et Pêche du Wyoming et au Service de la pêche et de la faune sauvage du gouvernement fédéral, avait essayé de l'intercepter, l'animal avait réussi à lui échapper et l'on avait perdu son signal radio. Joe ne se souvenait pas d'un incident semblable depuis qu'il était garde-chasse. On aurait dit la version faune sauvage d'une évasion de détenu. Il mettait en cause la sécheresse, comme le faisaient les biologistes, et le besoin pour le grizzly de s'approprier un nouveau territoire où trouver de la nourriture. Il n'avait pas manqué de remarquer que la bête se déplaçait vers l'est, à travers la

Shoshone National Forest. En conservant le même cap, elle finirait par entrer dans la chaîne des Bighorn Mountains, où l'on n'avait pas vu un seul grizzly depuis quatre-vingts ans.

Joe n'aimait pas prendre ses armes et son badge avec lui son jour de congé. Il se sentait bizarrement gêné que ses filles voient son attirail professionnel quotidien pendant qu'ils attrapaient des poissons, puis les faisaient cuire sur un feu improvisé pour déjeuner. C'était différent quand il était sur le terrain, dans sa chemise rouge et chamois de garde-chasse de l'État, au volant de son pick-up vert, contrôlant les chasseurs et les pêcheurs. Aujourd'hui, il aurait préféré n'être que leur papa.

*

En remontant le torrent, ils tombèrent sur d'autres pêcheurs. Sheridan, qui les avait vus la première, s'arrêta et se tourna vers Joe ; le garde-chasse aperçut des éclairs colorés entre les arbres et entendit quelqu'un qui toussait.

Il remarqua aussi une odeur étrange, plus nette quand le vent soufflait. C'était métallique et d'une douceur écœurante, et il grimaça quand une bouffée d'air plus forte la lui apporta à nouveau.

S'assurant que Lucy était loin derrière, il fit un clin d'œil à Sheridan en la dépassant et s'approcha des deux pêcheurs. Il se demanda s'il ne devait pas exhiber son badge avant de les saluer, puis décida que non. L'odeur désagréable était toujours là. Elle paraissait empirer au fur et à mesure qu'il remontait le cours d'eau.

Il sentit alors Sheridan le tirer par la manche ; il se retourna et vit qu'elle lui indiquait un point dans l'eau. Une petite truite de ruisseau, qui ne devait pas mesurer plus de quinze centimètres, flottait à la surface, sur le flanc. Elle n'était pas encore morte et l'on voyait ses ouïes battre lamentablement tandis qu'elle essayait de se redresser et de nager.

— C'est eux qui les massacrent, murmura Sheridan d'un ton de voix menaçant, et elle fit un mouvement de tête vers les deux pêcheurs.

Joe acquiesça.

L'homme paraissait proche de la soixantaine et portait une tenue comme on n'en voyait qu'en couverture de *La Revue du pêcheur* : le dernier cri en matière de cuissardes et de vêtements isolants – Gore-Tex et matériau ultraléger – chemise Coolmax et veste de pêche hérissée de poches, toutes bourrées de matériel. Un filet au manche de bois lui pendait dans le dos, retenu à son col par un anneau. Un carnet relié de cuir, sans doute destiné à noter l'identification et la taille de ses prises, était de même accroché sur le devant de sa veste, ainsi qu'un petit appareil photo numérique pour immortaliser ses trophées. Corpulent, l'homme avait un visage rubicond, une moustache poivre et sel et des yeux bleus larmoyants. Tout à fait l'allure du PDG en vacances, pensa Joe.

Une blonde aux longues jambes bronzées – et beaucoup plus jeune que lui – se tenait un peu en retrait ; sa veste de pêche était tellement neuve que l'étiquette de la boutique où elle l'avait achetée – Bighorn Angler Fly Shop – pendait encore à la fermeture Éclair. Elle tenait sa canne loin d'elle, aussi mal à l'aise que si l'objet était un serpent crevé.

Selon toute vraisemblance, se dit Joe, l'homme apprenait à pêcher à la femme. En fait, il aurait probablement été plus juste de dire qu'il lui montrait quel remarquable pêcheur il était, lui. Ils avaient dû s'arrêter à la boutique pour équiper la jeune femme avant de monter.

L'homme, dont toute l'attention s'était portée jusqu'alors sur le lancer qu'il s'apprêtait à faire en direction d'un bassin en eau profonde, fusilla Joe et Sheridan du regard ; il n'aimait pas qu'on le dérange.

– Jeff… dit la femme à voix basse.

– Bonjour, dit Joe avec un sourire. La pêche est bonne ?

Jeff recula ostensiblement de la berge ; sans être agressif, son mouvement était clairement destiné à montrer au nouveau venu que cette interruption ne lui plaisait pas et qu'il n'avait qu'une envie, recommencer à lancer.

– Une journée à trente, répondit l'homme d'un ton bourru.

– Vingt-huit, le corrigea la blonde.

Jeff lui adressa aussitôt un regard meurtrier.

– C'est une façon de parler, lui dit-il du ton dont on reprend un enfant. Un jour à vingt, un jour à trente, c'est que des expressions, bordel ! C'est ce qu'un pêcheur répond quand un type est assez grossier pour lui poser la question.

La jeune femme se fit toute petite et acquiesça de la tête.

Le type ne plut pas du tout à Joe. Il en avait déjà croisé dans son genre : le pêcheur à la mouche qui croit tout savoir et a les moyens de s'offrir tout le matériel dont on fait la publicité dans les revues spécialisées. En fait, ce sont souvent des nouveaux venus dans ce sport et ils ignorent la plupart du temps les règles à observer sur le terrain. Quand à la courtoisie… ce n'est pas leur fort. Ils ne connaissent, soi-disant, que des journées à trente prises.

– Vous en avez gardé quelques-unes ? demanda Joe, toujours souriant.

En disant cela, il avait glissé la main dans sa poche arrière pour en retirer le porte-cartes de son badge, qu'il tendit à Jeff pour que celui-ci sache à quel titre il posait la question.

– Les prises sont limitées à six dans cette rivière, reprit-il. Vous permettez que je voie ce que vous avez gardé ?

Jeff eut un petit reniflement de mépris et ses traits se durcirent.

– Ah… vous êtes le garde-chasse ?

– Oui. Et voici ma fille, Sheridan.

– Et sa fille Lucy, ajouta Lucy, qui venait de les rejoindre. C'est quoi cette odeur, papa ?

– Et Lucy, répéta Joe en la regardant.

Elle se pinçait le nez avec les doigts.

– J'apprécierais donc que vous surveilliez votre langage devant elles.

Jeff fut sur le point de répondre quelque chose, mais se retint au dernier moment et se contenta de lever les yeux au ciel.

– Je vais vous dire, enchaîna Joe en regardant tour à tour la femme – qui paraissait redouter une bagarre – et l'homme. Vous me montrez vos permis et vos timbres-taxes et je vous montre comment on doit s'y prendre pour relâcher un poisson de manière à ce qu'on n'en voie plus le ventre en l'air. D'accord ?

La femme plongea aussitôt la main dans la poche du short qui épousait ses formes, Jeff finissant par avoir l'air de se résigner. Sans cesser de foudroyer Joe du regard, il sortit son portefeuille de sa poche.

Joe vérifia les permis. Parfaitement en règle. La blonde était du Colorado et le sien était temporaire. Jeff O'Bannon, lui, était du coin, même si Joe ne se rappelait pas l'avoir déjà vu. Il habitait dans Red Cloud Road ; il avait donc acheté un des nouveaux ranchs à un demi-million de dollars dans le lotissement d'Elkhorn. Cela ne surprit pas Joe.

— Savez-vous d'où vient cette puanteur ? demanda ce dernier d'un ton neutre en leur rendant leurs papiers.

— Un orignal mort, répondit Jeff O'Bannon, boudeur. Dans cette prairie, là-haut. Du geste — c'est-à-dire d'un vague mouvement de sa casquette de pêche Orvis à visière ultralongue — il montra une clairière qu'on apercevait entre les arbres, vers l'ouest. C'est d'ailleurs pour ça qu'on allait ficher le camp, putain !

— Jeff… le mit en garde la blonde.

— Y'a pas de loi qui interdit de dire « putain », que je sache, gronda-t-il.

Joe sentit monter une bouffée de colère.

— Jeff, dit-il, il y a des chances pour que je vous revoie dans le secteur. Étant donné votre attitude générale, vous serez probablement en train de faire quelque chose d'illégal. Ce jour-là, je vous arrêterai.

O'Bannon s'avança d'un pas vers Joe, mais la femme le retint par le bras. Joe mit la main dans la poche où se trouvait l'anti-ours et dégagea la sécurité.

— Et puis au diable ! dit l'homme en se détendant. Tirons-nous d'ici, Cindy. De toute façon, il m'a déjà fait perdre ma bonne humeur.

Joe vit la jeune femme pousser un long soupir et hocher la tête de stupéfaction en prenant soin de n'être pas vue de Jeff. Joe s'écarta lorsque l'homme passa devant lui au pas de charge, suivi de Cindy.

— Salut, les filles ! lança celle-ci à Sheridan et Lucy, qui regardèrent le couple s'éloigner le long du torrent.

Jeff continua de marcher à grands pas en jurant et cassant des branches au passage. Cindy le suivait comme elle pouvait.

— On peut partir maintenant, papa ? demanda Lucy. Ça pue, ici !

— Retourne un peu plus bas si tu ne veux pas sentir l'odeur. Moi, il faut que j'aille inspecter cet orignal mort.

— On t'accompagne, nasilla Lucy, qui se pinçait toujours les narines.

Joe se tourna vers elle pour insister, mais remarqua que le couple de pêcheurs ne s'était pas tellement éloigné. Jeff O'Bannon s'était arrêté dans un endroit dégagé et lançait des regards peu amènes en direction de Joe à travers les branches d'un pin, pendant que Cindy lui tirait la manche.

– Bon, d'accord, répondit Joe, comprenant qu'il valait mieux garder les filles avec lui.

*

L'orignal ne fut pas difficile à trouver et le spectacle était pénible. C'était un grand mâle qui gisait sur le flanc dans l'herbe haute, au milieu d'une clairière entourée sur trois côtés par la masse sombre des arbres qui escaladaient en force la pente de la montagne. Horriblement ballonné, l'animal faisait le double de sa taille normale, sa peau violacée et marbrée tendue jusqu'au point de rupture. Deux pattes noires aux articulations noueuses et étonnamment longues restaient suspendues au-dessus du sol, comme une chaise renversée. La tête, à moitié cachée par l'herbe, semblait leur adresser un ricanement qui découvrait de grandes dents tandis qu'un œil unique, grand ouvert, paraissait sur le point d'être expulsé de son orbite.

Joe pensa trop tard à dire à ses filles de ne pas avancer ; quand il se tourna, elles étaient juste derrière lui.

Lucy poussa un cri et se cacha la bouche dans les mains. Sheridan, les lèvres serrées, regardait fixement le cadavre.

– Il est vivant ! cria Lucy.

– Non, la contredit Sheridan. Mais il y a quelque chose qui cloche.

– N'avancez plus, leur dit Joe. Je ne plaisante pas.

Tirant un bandana d'une poche de son jean, il s'en fit un masque, qui lui donna l'air d'un bandit de grands chemins. Sheridan avait raison, pensa-t-il en s'approchant de la carcasse. Il y avait quelque chose qui clochait, sans parler de la sensation de léger tournis qui venait de s'emparer de lui. Il se dit qu'il avait marché trop vite, ou trop retenu sa respiration. Il cilla, et quand il rouvrit les yeux, il eut un instant l'impression de voir dans l'air des mouvements lents, vagues et scintillants.

En secouant la tête pour se débarrasser de cette sensation, il fit le tour du cadavre sans jamais s'approcher à moins de deux mètres. On avait mutilé l'animal. Plus précisément, on lui avait enlevé ses parties génitales et ses glandes à musc et il avait le rectum évidé. On voyait très bien la trace des incisions qui, il le constata, étaient rectilignes et d'une précision presque chirurgicale. Il ne pouvait imaginer un animal, n'importe lequel, laissant des blessures de ce genre. Aux endroits où la peau avait été entaillée, la chair avait pris une couleur violet foncé et était constellée de minuscules virgules d'un jaune éclatant. Joe se pencha pour mieux voir. Les virgules se tortillaient. Des asticots. En dehors des incisions, il ne vit pas d'autre plaie extérieure sur la carcasse.

Il détourna la tête pour respirer à fond, puis il avança de deux pas et se baissa pour saisir un des antérieurs raides et osseux de l'animal et le souleva en grognant pour s'en servir de levier. Après quoi, il fit le tour de la tête au ricanement obscène et des bois massifs en forme de palmier inversé et tenta de retourner la carcasse en prenant appui sur ses jambes. Pendant un instant, le simple poids de la bête contraria ses efforts et il craignit de perdre l'équilibre et de tomber dessus. Pire encore aurait été de voir la patte se détacher du garrot en putréfaction et de se retrouver ainsi avec une longue massue poilue entre les mains. Mais avec un bruit de succion écœurant, le corps se détacha du sol et commença à rouler vers lui. Il tira alors de toutes ses forces sur la patte et bondit en arrière lorsque la lourde masse retomba sur l'herbe. Un gargouillis de gaz ayant quelque chose de souterrain monta du ventre de la bête. Il examina la peau, sur laquelle de l'herbe était restée collée, à la recherche de blessures. Là non plus, il n'en trouva pas.

Il s'attendait à voir du sang caillé dans l'herbe aplatie, comme c'était en général le cas quand il tombait sur des cadavres laissés par les braconniers. La blessure d'entrée était souvent difficile à repérer, mais celle de sortie saignait abondamment et l'écoulement imbibait le sol d'un magma d'un noir rougeâtre. Mais non : il n'y avait pas de trace de sang sous l'orignal, seulement un grouillement encore plus dense d'asticots qui se ruaient frénétiquement à l'abri de la lumière.

Joe recula et regarda autour de lui. L'herbe était grasse et épaisse ; pour la première fois il se rendit alors compte qu'il n'y avait aucune trace de passage dans la clairière. Pourtant, en se tournant vers la pente par laquelle ils étaient arrivés, il s'aperçut que ses propres empreintes de pas crevaient les yeux. C'était à croire que l'orignal avait choisi de venir au milieu de l'espace dégagé pour y tomber, raide mort. Dans ce cas, qu'est-ce qui avait bien pu pratiquer les ablations d'organes qu'il avait constatées ? Et cela, sans laisser la moindre empreinte ?

Il fit retomber le bandana autour de son cou. Son matériel d'autopsie se trouvait dans le pick-up, soit à une heure de marche. Le crépuscule n'allait pas tarder à tomber et il avait promis à Marybeth de ramener les enfants à temps pour le repas et leurs devoirs du soir. Il reviendrait demain et espérait que le détecteur de métaux lui permettrait de retrouver une ou deux balles dans la carcasse. Souvent, celles-ci s'arrêtaient sous la peau, du côté opposé de leur entrée.

Il alla rejoindre Sheridan et Lucy, qui s'étaient suffisamment éloignées pour que l'odeur ne leur retourne pas l'estomac, mais pas trop pour pouvoir continuer à surveiller leur père. Jeff et Cindy, eux, avaient disparu.

Pendant qu'ils descendaient la pente en direction de la Crazy Woman Creek, les deux fillettes le bombardèrent de questions.

— Qui c'est qui a tué l'orignal, Papa ? demanda Lucy. Je les aime bien, moi.

— Moi aussi. Mais je ne sais pas qui a massacré celui-là.

— Ce n'est pas bizarre de trouver un animal mort de cette façon ? insista Lucy.

— Très bizarre, si. À moins que quelqu'un l'ait abattu et laissé sur place.

— C'est un délit ou un crime ? voulut savoir Sheridan.

— C'est un délit sérieux. Abattage sans motif de gibier protégé.

— J'espère que tu trouveras celui qui a fait ça, dit Sheridan, et que ça lui coûtera cher.

— Moi aussi.

Il avait répondu en pensant déjà à autre chose. Outre les mutilations et l'absence d'empreintes autour du cadavre, quelque chose le gênait encore ; un détail semblait lui échapper. Mais alors que le trio longeait le torrent, il vit un raton laveur plonger dans un trou d'eau, puis filer vers un groupe d'arbres. L'animal avait trouvé une des truites que Jeff avait relâchées.

Joe s'arrêta soudain. C'était ça. Le grand orignal mâle était mort depuis au moins trois ou quatre jours, au beau milieu d'une clairière, et pas le moindre charognard ne s'y était intéressé. Pourtant, la montagne regorgeait de toutes sortes de mangeurs de cadavres : aigles, coyotes, blaireaux, faucons, corbeaux et même souris, les nécrophages étaient toujours les premiers sur le site d'un animal mort. Joe avait découvert des dizaines de cadavres de gibier abandonnés ou perdus par des chasseurs grâce aux bruyantes disputes des pies autour de leurs charognes. Mais là, ablations mises à part, ce cadavre paraissait intact.

Alors qu'un front de gros cumulus s'emparait du ciel et aplatissait les ombres, faisant rapidement dégringoler la température de plusieurs degrés, il entendit un craquement. Il se retourna lentement et étudia la prairie à l'endroit où il avait trouvé l'orignal mort. Il ne vit rien, mais sentit ses cheveux se hérisser sur sa nuque.

– C'est quoi, Papa ? demanda Sheridan.

Il hocha la tête et tendit l'oreille.

– Moi aussi, j'ai entendu, dit Lucy. On aurait dit quelqu'un qui marche sur une branche morte. Ou peut-être qu'il mangeait des chips.

– Des chips ! s'esclaffa Sheridan. C'est idiot.

– Je ne suis pas idiote.

– Taisez-vous, les filles ! les admonesta Joe, qui tendait toujours l'oreille.

Mais en dehors du susurrement soyeux de la brise qui agitait la cime des pins, il n'entendit rien. Il se fit la réflexion qu'en quelques instants seulement, l'ambiance montagnarde était passée de chaude et accueillante à froide et étrangement silencieuse.

Chapitre 2

Le crépuscule n'était pas encore tombé lorsqu'ils arrivèrent à leur petite maison à un étage, propriété de l'État, à douze kilomètres de Saddlestring. Joe quitta la route des Bighorn et alla ranger le pick-up devant le garage, lequel aurait eu besoin d'un bon coup de pinceau. Sheridan et Lucy sautèrent du véhicule avant même que leur père ait eu le temps de serrer le frein à main et se précipitèrent vers la maison, directement par la pelouse, pour aller raconter ce qu'elles avaient vu à leur mère. Maxine avait bondi à leur suite, mais s'était arrêtée devant la porte, tournée vers Joe.

— Vas-y, lui dit Joe. J'arrive.

Muni de cette autorisation, le labrador fila à l'intérieur.

Après avoir rangé les vestes, les cannes et la glacière dans le garage, Joe fit le tour de la maison pour gagner le corral. Toby, leur hongre bicolore de 8 ans, hennit dès qu'il aperçut son maître, signe qu'il avait faim. Doc, leur nouvel alezan de 2 ans, hennit également, par mimétisme. Joe les repoussa en entrant dans le corral et leur donna à chacun une brassée de foin. Puis il remit de l'eau dans l'auge et vérifia l'état du portail en ressortant. Ce faisant, il se demanda pourquoi Marybeth ne les avait pas déjà nourris ; d'habitude, c'était elle qui s'en chargeait.

Lorsqu'il ouvrit la porte de derrière, Sheridan sortit au pas de charge, manifestement de mauvaise humeur.

— Tu as raconté à ta mère, pour l'orignal ? lui demanda-t-il.

— Elle est occupée, répliqua Sheridan. J'aurais peut-être dû prendre rendez-vous.

— Voyons, Sherry…

Mais la gamine franchissait déjà le portail en direction du corral. Il soupira et entra dans la cuisine. En sweat-shirt et jeans, Marybeth était assise à la table, entourée d'enveloppes de papier-bulle, de piles de documents, de livres ouverts posés à l'envers, avec devant elle une calculette et un ordinateur portable. Des classeurs en carton, leurs couvercles posés par terre, s'empilaient autour de sa chaise. Concentrée sur son écran, c'est à peine si elle parut remarquer que son mari était arrivé.

— Salut, ma chérie, dit-il en repoussant les mèches blondes qui retombaient sur son visage pour l'embrasser sur la joue.

— Une minute, dit-elle en pianotant sur son clavier.

Il ressentit une bouffée de frustration. Rien ne mijotait sur la cuisinière et le four était éteint. Le plus grand désordre régnait sur la table et Marybeth n'avait pas meilleure allure. Non qu'il se soit attendu à trouver le dîner prêt et à mettre les pieds sous la table tous les soirs, mais là, c'était elle qui lui avait demandé de ne pas rentrer trop tard pour le dîner et il avait respecté sa partie du contrat.

— C'est bon, annonça-t-elle soudain en refermant l'écran du portable. Je l'ai.

— Quoi donc ?

— La comptabilité de l'agence immobilière… la Logue Country Realty. Tu n'imagines pas dans quel état elle était.

— Eh bien, tant mieux ! répondit-il distraitement en ouvrant le réfrigérateur pour voir s'il n'y avait pas un plat préparé attendant d'être réchauffé.

Mais non, rien.

— C'est incroyable qu'ils n'aient pas dû déposer le bilan après l'avoir achetée, reprit-elle en replaçant les relevés bancaires et les chèques annulés dans les dossiers et les enveloppes. Les anciens propriétaires leur ont laissé un véritable foutoir. Leurs liquidités étaient un mystère absolu pour les douze derniers trimestres.

— Mmm…

Pas même une pizza surgelée dans le congélateur. Rien que des steaks de wapiti et des rôtis de cerf durs comme de la pierre et datant de la dernière saison, et une boîte de Popsicles qui, elle, remontait au déluge.

— Je me disais qu'on pourrait aller manger dehors ce soir, reprit Marybeth. Ou peut-être que l'un de nous deux pourrait foncer acheter quelque chose en ville.

— On en a les moyens ? demanda-t-il, étonné.

Le sourire de Marybeth disparut. Non, pas vraiment. Pas avant la fin du mois, en tout cas.

— On pourrait décongeler des steaks dans le micro-ondes, suggéra-t-il.

— Ça ne t'ennuierait pas de les faire griller ?

— Pas de problème.

— Chéri…

Il leva la main.

— Ne t'en fais pas pour ça. Tu t'es laissée déborder par ton travail. Ce n'est rien.

Une seconde il crut qu'elle allait éclater en sanglots. Cela lui arrivait de plus en plus souvent ces temps derniers. Au lieu de cela, elle se mordit la lèvre inférieure et le regarda.

— Vraiment, dit-il.

*

Il nettoya la grille du barbecue dans la cour, en luttant contre sa déception de ne pas avoir trouvé le dîner prêt, mais aussi contre son inquiétude grandissante quand il pensait à Marybeth et à leur couple. Il ne faisait aucun doute que la mort violente de leur fille adoptive April, l'hiver précédent, avait gravement affecté sa femme. Joe avait espéré une amélioration avec le retour du printemps, mais il n'en avait rien été. La nouvelle saison n'avait fait que confirmer que leur situation, d'une manière générale, n'était pas différente de ce qu'elle était avant.

Parfois, il surprenait sa femme perdue dans ses pensées ; elle fixait un point par la fenêtre ou quelque chose qui paraissait se tenir entre elle et la fenêtre. Elle avait alors un petit air triste et ses yeux s'embuaient. Une ou deux fois, il lui avait demandé à quoi elle pensait. Elle avait hoché la tête comme pour chasser une vision et répondu : « À rien. »

Il savait que leur situation financière l'inquiétait autant que lui. Le budget de l'État avait subi un sérieux tour de vis, et les salaires avaient été gelés. Dans son cas, cela voulait dire qu'il allait toucher 32 000 dollars par an pendant il ne savait combien de temps. Étant donné le nombre élevé d'heures qu'il faisait, il était exclu pour lui de se faire un peu d'argent ailleurs. Le département Chasse et Pêche leur fournissait un logement et les équipements ; mais depuis quelque temps la maison, qui leur avait tout d'abord paru merveilleuse, se transformait en piège.

Après la mort d'April, Joe et Marybeth avaient discuté de l'avenir. Ils avaient besoin d'une vie normale, d'un mode de vie régulier. La confiance et l'espérance reviendraient d'elles-mêmes parce qu'ils étaient une famille solide et qu'ils s'aimaient ; avec le temps, ils guériraient tous. Joe lui avait promis de chercher un emploi mieux payé, ou de demander une affectation dans un autre district. Un changement de cadre de vie pourrait les aider, s'étaient-ils dit. Mais Joe ne consultait pas vraiment les offres d'emploi depuis quelque temps, car au fond de son cœur il aimait trop son travail et n'avait nulle envie de le quitter. Cette réalité le submergeait parfois d'une culpabilité secrète.

Marybeth avait arrêté de travailler aux écuries et à la bibliothèque, les deux emplois à mi-temps qu'elle avait occupés jusque-là ; ils étaient très mal payés, et comportaient trop de contacts avec le public, lui avait-elle avoué. À la bibliothèque, les lecteurs qui la regardaient avec curiosité et lui posaient des questions sur les circonstances de la disparition d'April la mettaient mal à l'aise*. Mais ils avaient besoin d'un revenu d'appoint et, pendant l'été, Marybeth avait créé sa propre entreprise, un service de comptabilité et de gestion pour les commerces de Saddlestring. Joe jugeait l'idée excellente, étant donné la formation, la rigueur et l'aptitude à l'organisation de sa femme. Jusque-là, la clientèle de celle-ci se résumait à une pharmacie (Barrett's), un taxidermiste (Sandvick), un restaurant (Saddlestring Burg-O-Pardner) et à l'agence immobilière Logue Country Realty. Elle travaillait dur pour asseoir sa réputation et elle était sur le point de réussir.

Ce qui le faisait se sentir encore plus coupable de s'être mis en colère contre elle à cause du dîner.

* Cf. *Winterkill*, paru dans cette même collection (NdT).

*

— Parle-moi donc de cet orignal, lui demanda-t-elle après le repas, pendant qu'elle lavait la vaisselle et qu'il l'essuyait.

La question le surprit d'autant plus que pendant le repas, Sheridan et Lucy avaient décrit l'incident jusque dans ses détails les plus macabres, au point que Joe avait dû leur demander d'arrêter.

— De quoi, au juste ?

Elle eut un sourire madré.

— Depuis un quart d'heure, tu n'arrêtes pas d'y penser.

Il rougit.

— Comment tu le sais ?

— Tu veux dire… en dehors du fait que tu as essuyé toute la vaisselle le regard perdu dans le vague ? Ou que tu fais briller ce verre pour la quatrième fois ? répliqua-t-elle avec un sourire. Tu es là, juste à côté de moi, mais tu as la tête ailleurs.

— Ce n'est pas juste de faire des trucs pareils. Moi, je ne suis jamais capable de dire à quoi tu penses.

— Normal, dit-elle en lui donnant un malicieux coup de hanche.

— Les filles en ont parlé avec bien assez de précision. Je n'ai pas grand-chose à ajouter.

— Dans ce cas, pourquoi ça te trotte encore dans la tête ?

Il essuya une assiette et la disposa sur le séchoir en prenant le temps de réfléchir à ce qu'il devait répondre.

— J'ai déjà vu beaucoup d'animaux morts, dit-il enfin en la regardant par-dessus son épaule. Et malheureusement aussi quelques cadavres d'êtres humains. (Elle acquiesça de la tête.) Mais là, tout était… comment te dire ? Différent. Extrêmement différent.

— Parce que tu n'arrivais pas à imaginer comment on avait pu faire ces blessures ?

— Oui, c'est vrai. Mais c'est aussi simplement qu'on ne trouve pas un orignal mort, comme ça, en plein milieu d'une clairière. Il n'y avait aucune empreinte ; rien pour indiquer que celui qui l'avait abattu était venu le voir après. Même les braconniers de la pire espèce, ceux qui abandonnent les corps, vont vérifier la bête… et prélèvent ce qui les intéresse, au moins ça.

— Il était peut-être malade et il est tombé là pour mourir, dit-elle en formulant une explication qui paraissait raisonnable.

Joe s'était tourné et, appuyé à l'évier, gardait le torchon sur le bras.

— C'est vrai, il y a aussi tout le temps des animaux qui meurent de causes naturelles. Sauf qu'on ne les trouve jamais. Des ossements, des fois, quand ils n'ont pas été complètement dispersés par les prédateurs, mais on ne tombe que très rarement sur des animaux morts de vieillesse. C'est tout à fait exceptionnel. Les animaux mourants ont tendance à aller se cacher, là où on ne peut les trouver. Ils ne dégringolent pas comme ça, d'un coup, au milieu d'une prairie.

— Tu ne sais toujours pas s'il n'a pas été abattu, touché par la foudre ou...

— Ce n'était pas la foudre. Il n'y avait aucune trace de brûlure. Il se peut qu'il ait été tué. Je verrai demain. Mais quelque chose me dit que je ne trouverai pas la moindre balle.

— Empoisonné ? suggéra Marybeth.

Il garda le silence quelques instants avant de répondre en revoyant le tableau dans sa tête. Il était heureux que sa femme se sente aussi concernée par le sort de cet orignal. Elle était tellement prise par son travail que cela faisait bien longtemps qu'elle ne s'était pas intéressée ainsi à ce qu'il faisait.

— Encore une fois, je pense que dans ce cas de figure, un orignal serait allé se mettre à couvert. Ou alors, il aurait fallu que le poison soit foudroyant et qu'il tombe sur place, mais cela me paraît des plus improbable. Sans compter qu'il y a ces blessures...

— Tout à l'heure, tu parlais d'incisions...

— Oui, elles faisaient davantage penser à un travail de chirurgien que de boucher. Je ne connais aucun animal capable de faire des entailles aussi nettes. En plus, les parties enlevées n'étaient pas sur place ; elles ont donc été emportées. Comme si c'étaient des espèces de trophées.

Marybeth fit une grimace.

— Voilà une collection que je n'aurais aucune envie de voir.

Il eut un petit rire contraint, mais il était d'accord avec elle.

— À croire que ton bestiau est tombé du ciel, reprit-elle.

— Bon Dieu, j'espérais bien que tu ne dirais pas ça ! gémit-il.

Elle lui enfonça sèchement deux doigts dans les côtes.

– C'était pourtant ce que tu pensais, non ?

Il faillit commencer par le nier, mais elle avait un tel art pour suivre ses pensées qu'il n'osa pas.

– Oui, reconnut-il.

– Il me tarde de savoir ce que tu vas trouver, dit-elle en se tournant pour passer une main dans l'eau de vaisselle et retirer la bonde. Dois-je demander à ma mère ce qu'elle en pense ?

Il se hérissa, comme elle s'y attendait, et elle se mit à rire pour lui montrer qu'elle ne faisait que plaisanter. Sa mère, l'ex-Missy Vankueren, devait bientôt se remarier avec un propriétaire de ranch du coin, Bud Longbrake. En dehors du mariage (celui-ci serait son quatrième) et de considérations argumentées sur la manière dont Joe avait étouffé le potentiel de Marybeth, la principale passion de Missy était le paranormal – livres, films ou émissions de télévision sur le sujet. Elle adorait disserter sur les événements qui se produisaient dans le Twelve Sleep County – et le monde – en leur donnant des explications surnaturelles.

– Surtout, ne lui en parle pas, je t'en prie, la supplia Joe en exagérant son *je t'en prie*. Tu sais à quel point j'ai horreur de ces élucubrations débiles.

– À propos d'élucubrations débiles, dit Sheridan en entrant dans la cuisine (elle avait écouté derrière la porte), je ne vous ai pas dit que j'ai encore fait ce rêve.

Chapitre 3

Le lendemain, lundi, Joe remonta le cours de la Crazy Woman Creek muni de son kit d'autopsie et découvrit que l'orignal ricanant avait disparu. Cette absence le laissa un moment pétrifié, puis il inspecta l'herbe écrasée. Il repensait au rêve de Sheridan qui le mettait mal à l'aise. Joe refusait de croire aux extraterrestres comme aux brumes rampantes ou à rien qu'il ne pouvait voir ou toucher. Y avait-il eu une époque où il croyait aux monstres et aux choses qui s'agitent dans la nuit? *Jamais*, pensa-t-il. Il avait toujours été un sceptique. Il se rappelait l'époque où ses petits voisins se rassemblaient autour d'une planche de divination Ouija, en l'invitant à se joindre à eux. Il préférait aller à la pêche. Lorsque ses copains regardaient des films d'horreur jusqu'au milieu de la nuit, il s'endormait dans son fauteuil. Sur ce point, Sheridan était différente et l'avait toujours été. Il espérait qu'elle surmonterait le choc.

La carcasse avait été tirée ou portée ailleurs. La piste qu'elle avait laissée était parfaitement visible. Une traînée d'herbe écrasée traversait la prairie, décrivant un *s* mal assuré qui allait s'enfoncer dans la lisière nord de la clairière. Intrigué, il la remonta.

Il estimait le poids de ce mâle adulte à un peu plus d'une demi-tonne. Il n'aurait pas été surpris de tomber sur des empreintes de roues de pick-up ou de 4 × 4, mais il n'en découvrit aucune. Il se demanda s'il ne pouvait pas s'agir du grizzly. Tandis qu'il s'avançait en silence au milieu du sillage d'herbe écrasée laissé par le passage de l'animal, il essaya de distinguer quelque chose entre les troncs obscurs. Il tendit l'oreille, mais il n'y avait pratiquement aucun bruit. Pas de jacassements d'écureuil, aucun appel de geai. Rien que le bourdonnement bas des insectes dans l'herbe et le léger souffle d'une brise glacée d'automne entre les plus hautes branches des pins. Un silence mortel régnait sur la clairière. Il sentit de nouveau un frisson lui monter le long du dos et les poils se dresser sur sa nuque et ses avant-bras.

Il n'arrivait pas à s'expliquer la sensation étrange que lui donnait une fois de plus la prairie. Il avait l'impression qu'on le poussait de tous les côtés à la fois. Pas fort, mais de manière soutenue. L'air vif des montagnes avait quelque chose d'anormalement épais et, quand il inspirait, il avait l'impression d'avoir comme un poids humide dans les poumons. Sans parler d'une espèce de scintillement dans l'air quand il regardait la lisière et les sommets granitiques qui s'élevaient au-dessus des arbres. Toutes sensations qui ne lui plaisaient pas du tout et qu'il essaya de chasser.

Il passa la sangle du kit d'autopsie autour de son cou afin de garder les mains libres. Puis il sortit son pistolet semi-automatique et fit jouer la culasse pour introduire une cartouche dans la chambre. De la main gauche, il prit à sa ceinture la bombe aérosol anti-ours et en ôta la sécurité d'un geste du pouce. Puis il s'approcha avec précaution de la muraille d'arbres, son arme dans la main droite, l'anti-ours dans la gauche. Tous les sens en alerte, il s'efforçait de voir, d'entendre ou de sentir tout qui ce pourrait l'avertir avant qu'il ne soit trop tard.

C'est à ce moment-là qu'il remarqua l'empreinte d'ours au milieu de la piste d'herbes écrasées. L'énorme patte – elle devait avoir la taille d'une assiette à dessert – s'était enfoncée jusque dans le sol noir à travers le tapis d'herbe. Son dessin était clairement visible, y compris celui des cinq orteils. Et à près de cinq centimètres de chacun, il y avait un trou effilé s'enfonçant dans la terre, comme si l'on avait violemment planté un râteau à cinq dents dedans. L'animal qui avait laissé de telles empreintes ne pouvait être que le grizzly en vadrouille, il en était convaincu. Aucun des ours noirs de la région n'aurait pu en laisser de pareilles. Le plus bizarre était bien qu'elles étaient tournées non pas vers la forêt, mais vers lui. Pourquoi n'allaient-elles pas vers la lisière d'arbres ?

Il répondit lui-même à la question. Pour faire sortir l'orignal de la clairière, le grizzly avait dû lui saisir le cou entre ses mâchoires et le tirer à reculons, comme un chiot tirant une chaussette. Que les empreintes du talon soient encore plus profondes que celles des griffes indiquait que l'ours avait eu du mal à déplacer l'énorme carcasse et dû caler profondément ses pattes dans la terre pour pouvoir exercer un maximum de traction.

Il eut un coup d'œil machinal pour l'anti-ours et le Beretta. *Ridiculement petit, ce calibre*, pensa-t-il. Non seulement manquerait-il sa cible, tant il était mauvais tireur avec une arme de poing, mais même s'il l'atteignait, il n'y gagnerait sans doute que de mettre l'ours en colère.

Il resta un moment immobile, songeur, puis il haussa les épaules avant de repartir d'un pas ferme en direction de la lisière d'arbres. Il y avait une ouverture au milieu des buissons, là où quelque chose – l'ours ? – les avait enfoncés. Des branches avaient plié, s'étaient cassées et redressées en moignons. En passant dans l'ombre des grands pins, Joe plissa les yeux pour mieux voir. Le sous-bois était particulièrement dense et encombré de bois mort tombé qui constituait autant de pièges. Les troncs n'étaient pas plus gros qu'une batte de base-ball, mais extrêmement serrés. Joe baissa les épaules et se glissa parmi eux.

Le sol de la forêt était sombre, sec et tapissé d'une couche d'aiguilles de pin brunâtre de plusieurs centimètres d'épaisseur et qui donnait l'impression d'être élastique. Ses bottes s'y enfonçaient à chaque pas. La résine et la décomposition végétale dominaient le cocktail d'odeurs ; puis Joe sentit brusquement celle de l'orignal mort qu'il n'avait pas encore vu.

Lorsque ses yeux se furent habitués à la faible lumière filtrant entre les branches de pin, la carcasse parut se matérialiser juste devant lui, tandis que sa puanteur le submergeait. Il recula d'un pas, ses omoplates venant heurter deux troncs rapprochés qui l'empêchèrent de battre davantage en retraite. Il rangea son pistolet et retint sa respiration le temps de retirer un masque chirurgical de son kit et de se le placer sur le nez et la bouche. Il barbouilla ensuite l'extérieur de la protection avec du Vicks VapoRub pour mieux tenir l'odeur à l'écart. Ce n'est qu'alors qu'il s'approcha de la carcasse pour commencer son travail.

La décomposition avait continué son œuvre. Des efflorescences d'entrailles avaient surgi là où la peau, trop tendue, avait fini par éclater. Il fut une fois de plus fasciné par la précision avec laquelle les incisions avaient été faites. Il ne découvrit aucune blessure qui lui aurait échappé la veille, à l'exception des déchirures laissées par les dents de l'ours dans le cou de l'orignal, lorsqu'il l'avait traîné sous le couvert. Joe photographia les blessures sous plusieurs angles avec son appareil numérique. Il manquait aux photos, songea-t-il, la répulsion et la peur qu'il ressentait. Elles avaient quelque chose de clinique et paraissaient plus propres que l'original.

Il enfila ensuite d'épais gants de caoutchouc et s'accroupit près de la carcasse, son kit ouvert posé à côté de lui. À l'aide de tables de calibrage, il releva la taille des prémolaires, puis examina leurs taches et leur usure ; il estima que l'orignal devait avoir au moins 7 ans et qu'il s'agissait donc d'un jeune adulte. Il introduisit une sonde en acier sous la peau de l'animal, tout d'abord le long de la colonne vertébrale, entre les épaules, puis dans le milieu et le bas du dos, ce qui lui permit de constater que ce beau spécimen avait un taux de graisse normal, voire en léger excédent. Il trouva étonnant qu'en période de sécheresse l'animal ait été aussi robuste et en bonne santé. Quoi qu'il lui soit arrivé, il n'était très clairement mort ni de faim ni de vieillesse.

Il fit passer un détecteur de métaux télescopique de la queue jusqu'au nez bulbeux de la bête. Pas de métal. Si l'animal avait été tué par balle, celle-ci lui avait traversé le corps. Sauf qu'il n'y avait pas de trou de sortie. Habituellement, les balles des fusils de chasse sont conçues pour se déchirer à l'intérieur du corps, où elles font des dégâts terribles. Mais elles sont aussi conçues pour y rester, pas pour en ressortir. Restait la possibilité que le tireur ait utilisé des balles spéciales chemisées acier, qui traversent leur cible sans la déformer. Cela paraissait peu vraisemblable. En fait, plus il étudiait le cadavre, moins il était convaincu que l'animal avait été abattu de cette façon.

À l'aide d'un rasoir, il préleva des échantillons de tissu sur le train arrière, le cou et la tête de la bête, là où la peau avait été enlevée. Puis il plaça ces fragments de chair dans d'épaisses enveloppes de papier qu'il enverrait au labo du département, à Laramie ; le plastique aurait abîmé les échantillons et il ne voulait surtout pas s'être donné tout ce mal pour rien. Puis il fit une deuxième série de prélèvements identiques, qu'il enverrait dans un autre labo.

Sa tâche achevée, il se releva et examina à nouveau la carcasse. La tête écorchée offrait un spectacle encore plus épouvantable dans la pénombre et le silence de la forêt. L'odeur de pourriture commençait à traverser son masque, en dépit du Vicks. Joe regarda autour de lui, soudain conscient de s'être tellement concentré sur le travail minutieux des prélèvements qu'il avait complètement oublié le grizzly. Était-il encore dans le secteur ? Rôdait-il encore dans l'obscurité du sous-bois ? Allait-il revenir ?

Mais la vraie question était : pour quelle raison l'ours aurait-il fourni l'effort important de tirer cet énorme cadavre sous le couvert des arbres, sinon pour s'en nourrir ? La viande d'orignal était un mets de choix, autant pour les ours que pour les chasseurs. Si l'ours n'avait pas faim, quelle mouche l'avait piqué de se donner tant de mal ? Et s'il avait eu l'intention de le manger plus tard, pourquoi ne l'avait-il pas enterré, ou au moins recouvert de broussailles, comme le font normalement les ours ?

Joe referma son kit et revint sur ses pas. Rien ne tenait debout dans cette histoire. Son seul espoir de résoudre l'énigme était ce qu'allaient trouver les types du labo grâce aux échantillons et aux photos. Mais même si l'orignal était mort d'une maladie exotique, comment rendre compte des incisions, des morceaux de peau et des organes manquants ?

La lumière glauque vira au jaune lorsqu'il approcha de la prairie et il éprouva, en émergeant de la lisière, la même impression qu'un nageur qui jaillit hors de l'eau. Il fit demi-tour en tendant l'oreille, guettant le moindre bruit… comme celui d'un ours qui approche. Mais il n'y avait rien. Rien que cette impression de vibration lumineuse et de densité grandissante de l'air.

Qui sait s'il n'y a pas un animal ou un être humain qui m'observe ? se dit-il. *C'est peut-être ce qui explique que je me sente aussi mal à l'aise et déplacé.*

Il parcourut la forêt du regard, à la recherche de quelque chose qui sortirait de l'ordinaire, des yeux, par exemple, ou un reflet sur les lentilles d'une paire de jumelles.

Au centre de la clairière, non loin de l'endroit où s'était primitivement trouvé l'orignal, il fit un tour sur lui-même. Il étudia ainsi la muraille de troncs d'arbres sur les trois côtés, le cours du torrent et même les hautes parois lisses des montagnes qui dominaient la scène. Il ne vit rien d'inhabituel. Il n'empêche : à sa grande honte, il était mort de frousse.

Agrippant à nouveau son arme et la bombe anti-ours, il gagna la rive de la Crazy Woman Creek et sentit la pression diminuer au fur et à mesure qu'il la longeait et s'éloignait de la prairie. Puis ce fut fini. Le soleil lui parut plus éclatant et plus chaud. Quelque part sur la berge opposée, un corbeau se mit à croasser rudement.

*

Cet après-midi-là, Joe se retrouva en planque dans le pick-up, sur la crête d'une colline recouverte de sauge sauvage du côté des Breaklands*, à l'est de Saddlestring. Derrière lui, le terrain s'élevait pour former le piémont des Bighorn, d'où il était venu ; devant lui s'étendaient des kilomètres et des kilomètres d'une plaine couverte de sauge gris bleu, entaillée de ravines de terre rouge. De l'endroit où il se trouvait, les Breaklands donnaient l'impression d'un océan immobilisé par l'objectif, ses ondulations pétrifiées sur place. C'était le royaume de l'antilope pronghorn, mais peu de chasseurs étaient de sortie. Il n'avait identifié que deux véhicules au cours des trois dernières heures, sous forme de lointains reflets de verre et d'acier à deux ou trois kilomètres. Utilisant la longue-vue montée sur la portière, il avait observé les 4 × 4 qui avançaient lentement sur les pistes du BLM**. Des chasseurs d'opérette, qui tiraient sans même descendre de leurs véhicules si c'était possible. Il n'avait consacré aucun temps de fin. Après le premier week-end de la saison du pronghorn, l'activité cynégétique se réduisait beaucoup dans les Breaklands. Les animaux étaient si nombreux et si faciles à abattre que les chasseurs sérieux avaient rempli leur quota en quelques heures, le jour de l'ouverture. Ceux qui étaient dehors à présent étaient des opiniâtres qui tenaient à trouver le trophée parfait ou encore des gens du coin chassant pour la viande et que rien ne pressait.

Joe se renfonça dans son siège et se frotta les yeux. Maxine soupira et changea de position sur le siège passager, sans se réveiller.

* Zone de chaos rocheux basaltiques ou granitiques (NdT).

** BLM : Bureau of Land Management (Bureau fédéral de gestion du territoire) (NdT).

Joe s'était arrêté en ville pour poster les échantillons prélevés sur l'orignal. Si tout allait bien, ils arriveraient au laboratoire de Laramie et à celui du Montana dès le lendemain. Par téléphone il leur avait demandé de lui communiquer aussitôt les résultats et promis d'envoyer les photos de l'orignal par courriel le soir même en rentrant chez lui, afin que ses correspondants puissent savoir d'où provenaient les échantillons.

Il aurait pu rester à observer indéfiniment le paysage de la hauteur où il était garé. Il aimait ce moment particulier de l'automne pour plusieurs raisons, l'une des principales étant l'acuité que prenaient l'air et la lumière et la précision de tous les détails. En été, les ondulations de la chaleur brouillaient les formes et limitaient le champ de vision. En hiver, l'humidité de l'air ou les rafales de vent chargées de neige produisaient le même résultat. À cette période de l'année, l'air était transparent, frais et limpide et les somptueuses couleurs des arbres qui tapissaient les vallées donnaient un air de fête et de célébration au paysage. Aujourd'hui cependant, ce spectaculaire panorama n'arrivait pas à le remplir du sentiment d'émerveillement qu'il lui procurait d'ordinaire. Il ne pouvait s'empêcher de ruminer l'affaire de l'orignal mort.

Même sans tenir compte de la sensation étrange qu'il avait ressentie dans la prairie – et il en était au point où il doutait qu'elle ait été autre chose que le fruit de son imagination – les circonstances de la mort de l'animal lui paraissaient plus incompréhensibles que jamais.

Il hocha la tête. Il espérait qu'une partie de la réponse, au moins, viendrait du Service des recherches vétérinaires sur la faune sauvage, où il avait envoyé les échantillons.

Puis quelque chose attirant son regard – un reflet –, il se pencha à nouveau sur la longue-vue et l'orienta vers le haut, au-delà des Breaklands, sur le territoire d'un ranch privé à plusieurs kilomètres de distance. Il régla la netteté puis il serra le pied pour stabiliser l'image.

Le reflet n'était pas celui d'un pare-brise, mais provenait d'une flaque d'eau s'étalant autour d'un puits qui venait d'être foré. Trois gros pick-up identiques entouraient l'installation de forage. Des hommes allaient et venaient rapidement entre les camions et le puits, pataugeant au milieu de la flaque grandissante. À cette distance, Joe ne pouvait distinguer leurs visages ni lire ce qui était écrit sur le côté des pick-up, mais il comprit ce qui se passait : c'était un spectacle auquel il avait souvent assisté l'année précédente.

L'équipe de forage était là pour chercher des poches de méthane sous les couches de charbon. À en juger par le débit de l'eau et par les mouvements précipités des hommes, ils venaient d'en trouver encore une.

Les filons souterrains de charbon formaient une sorte de couverture naturelle au-dessus du gaz, ce qui, par le passé, l'avait rendu difficile à récupérer. Mais il avait lu quelque part qu'avec les progrès technologiques de l'extraction du méthane, on avait foré environ cinq mille puits dans le bassin de la Powder River et qu'on prévoyait d'en forer entre cinq et huit mille de plus. On trouvait du gaz pratiquement partout et repérer les poches souterraines était devenu relativement facile pour les géologues. Le méthane, qu'on laissait autrefois se dissiper dans l'air comme un simple déchet lorsqu'on forait des puits de pétrole, était à présent envoyé par gazoducs jusque dans le Midwest ou sur la côte du Pacifique, voire plus loin encore. On considérait le boom du méthane de houille (*coal bed methane*, ou CBM) comme la découverte de ressource énergétique la plus importante de ces dernières années en Amérique du Nord.

En moins de deux ans, le Wyoming septentrional s'était trouvé submergé, et de manière inattendue, par les deux choses qui, jusque-là, lui avaient manqué le plus : l'argent et l'eau. Joe n'était au courant des détails que par ce qu'il avait lu ici et là et par des fragments de conversations qu'il avait surpris entre des investisseurs et des gens du coin. Il n'en savait pas moins que le prix du méthane variait de soixante-quinze cents à trois dollars par million de British thermal units, ou *mmBtus*, cela en fonction de la demande. Et à en croire les sociétés qui exploitaient les sources d'énergie, les poches gazeuses du Twelve Sleep County contenaient des milliers de milliards de mmBtus de gaz.

Le boom du méthane avait donné un coup de fouet à l'économie de la région ; pour la première fois depuis dix ans, la population du comté était en augmentation. Et ce n'était que le commencement.

Si les entreprises locales bénéficiaient sans aucun doute de ce boom, c'étaient les investisseurs, les grandes compagnies de four-

niture d'énergie et les propriétaires des droits de forage qui raflaient
le gros de la mise. On ne comptait plus les histoires de gens devenus millionnaires du jour au lendemain et de propriétaires qui,
ayant vendu jadis les droits de forage de leurs terres pour des
sommes ridicules, ne pouvaient qu'assister, impuissants, à l'extraction de millions de dollars de gaz de puits pourtant situés sur leurs
terres. Marybeth avait raconté à Joe l'histoire des sœurs Overstreet,
propriétaires du Timberline Ranch, au nord de Saddlestring.
La ferme était à vendre chez Logue Country Realty, le client préféré de Marybeth, mais il n'y avait pas d'acheteur. Il était prévu d'y
forer six cents puits de méthane. Walter Overstreet, l'ancien
patriarche du ranch, avait vendu les droits d'exploitation du sous-
sol des années auparavant, juste avant de mourir. En dépit de ce que
représentait leur bien, les sœurs Overstreet allaient tous les jours
faire la queue à la soupe populaire du Saddlestring Senior Center.

Mais le sous-produit des forages faisait, lui aussi, l'objet d'une
controverse : très loin sous terre, l'eau était également prisonnière
de la couche de charbon. Quand une tête de foreuse crevait une
poche, elle se précipitait à la surface à une très forte pression ; dès
que celle-ci diminuait, le gaz arrivait à son tour. Finalement, il y
avait de moins en moins d'eau dans le mélange et, bientôt, plus que
du méthane pur. Bien que l'eau ait toujours été considérée comme
le produit le plus précieux de l'État, on ignorait les effets que
pouvaient avoir ces importantes remontées de la nappe phréatique
à la surface liées au forage des puits. Des terres restées complètement desséchées pendant des générations se trouvaient maintenant
recouvertes d'une eau stagnante. Certains propriétaires et associa-
tions écologiques proclamaient que les puits de méthane vidaient
les nappes, transformaient le paysage et polluaient les rivières avec
une eau saumâtre. Les investisseurs, avec le soutien d'une autre
catégorie de propriétaires, faisaient observer pour leur part qu'il
allait enfin y avoir assez d'eau pour le bétail et la faune sauvage.
La bataille faisait rage entre les uns et les autres, même si les entreprises de forage avaient l'obligation d'obtenir l'autorisation des
autorités fédérales et étatiques de l'environnement avant d'opérer.

Joe ne savait trop de quel bord il était. D'un côté, il y avait les
habitants de Saddlestring, pris d'un optimisme quasi délirant pour
la première fois depuis qu'il y avait été nommé. On construisait

une nouvelle école, on rénovait l'hôpital, on agrandissait le petit aérodrome. Des restaurants et des commerces s'installaient dans le centre-ville, dans les bâtiments abandonnés, dont les ouvertures étaient fermées de planches depuis des années. Le pays avait un appétit impossible à assouvir pour le gaz naturel peu polluant.

Il ne faisait cependant aucun doute que ces milliers de puits défiguraient le paysage, même si les terres sur lesquelles on les implantait étaient plates, nues et parfaitement inhospitalières. Et que les forages ramènent tellement d'eau à la surface que les puits naturels s'assèchent tandis que les terrains s'effondrent, n'était pas bon non plus. Enfin, si ces eaux profondes étaient aussi chargées en minéraux et dénaturées que certains le proclamaient, elles risquaient d'empoisonner les rivières et les retenues d'eau, ce qui aurait autant de conséquences désastreuses pour les gens que pour la faune sauvage.

Joe hocha la tête. On considérait en général le Twelve Sleep County, Wyoming, comme à la traîne du reste du monde en matière de progrès et de modernité. En revanche, pour tout ce qui concernait cette nouvelle source d'énergie, il était à l'avant-garde.

*

Les Breaklands paraissaient vides de chasseurs mais, avant de changer de poste, Joe écouta les différentes fréquences de sa radio. Si la plupart du temps il restait branché sur celle du département Chasse et Pêche du Wyoming, partagée par les inspecteurs du département et les employés des parcs d'État, il aimait bien savoir ce qui se passait dans les autres organismes chargés de faire respecter la loi. Il écouta un policier de la route flirter avec une standardiste située à trois cents kilomètres de Jeffrey City, un trou perdu non loin duquel il se trouvait, et une requête de la police locale de Saddlestring pour aller voir ce qui se passait dans une violente querelle familiale. Joe avait déjà remarqué que celles-ci étaient en augmentation avec l'arrivée des travailleurs du gaz.

Lorsqu'il passa sur la fréquence des urgences utilisée par toutes les administrations pour communiquer entre elles en cas de crise, il tomba sur des échanges intenses.

Il reconnut un premier intervenant comme étant O.R. Bud Barnum, le shérif du Twelve Sleep County depuis des lustres.

— Vous pouvez répéter ? demandait-il.

Le seul fait d'entendre sa voix le mit à cran. Au fil des ans, il en était arrivé à mépriser Barnum, lequel le lui rendait bien.

— Vous n'allez pas le croire, répondit une voix, celle du premier adjoint de Barnum, Kyle McLanahan. Il y a douze vaches mortes au ranch Hawkins. On dirait... on dirait qu'elles ont subi une intervention chirurgicale.

— Comment ça « chirurgicale » ? demanda Barnum.

— Bon Dieu, c'est pas facile à décrire. Il leur manque la moitié de la tête. Et euh... aussi leur zizi, on dirait.

Voilà qui lui rappelait quelque chose.

— Leur zizi ? Des vaches ?

— Euh... si c'étaient des femelles leurs parties génitales ont été découpées.

Encore des trophées, pensa Joe. Il tendit la main vers le démarreur. Le ranch Hawkins était à une heure de là, par des routes exécrables.

Chapitre 4

Dans le bourg de Saddlestring, derrière un bureau aussi délabré que le bâtiment dans lequel elle travaillait, Marybeth consulta sa montre d'un geste vif. Il ne lui restait plus que vingt minutes pour terminer ses calculs, imprimer l'état financier de la Logue Country Realty, rencontrer les Logue, fermer son portable et ranger ses dossiers avant de passer prendre les enfants à l'école. *En ce moment, c'était comme ça,* se dit-elle : *la course au chronomètre.*

Elle avait passé la matinée à vérifier les comptes avec le gérant de la pharmacie Barrett's, puis à mettre au point un nouveau système de facturation avec le propriétaire de la Sandvick Taxidermy. Avant de le quitter, Marybeth avait demandé au taxidermiste, Matt Sandvick, si on lui avait jamais apporté un animal avec le genre de plaies que Joe avait trouvées sur l'orignal mort.

Oui, lui avait répondu Sandvick en écarquillant les yeux derrière ses verres épais.

– Où ça ?

– À la télé… vous savez, les *X-Files.*

Et le taxidermiste avait éclaté de rire.

Après un rapide déjeuner pris en compagnie de Marie Logue, la copropriétaire de l'agence immobilière, Marybeth avait installé son portable dans un local peu reluisant à l'arrière du bâtiment et travaillé sous une ampoule tombant du plafond au bout d'un simple fil. Un petit radiateur électrique reprenait vie en ronchonnant chaque fois que la température descendait en dessous de 19° et soufflait un air à l'odeur de poussière derrière les tortillons rougis de ses résistances.

De ses trois clients, c'était les Logue qu'elle préférait, même si leur comptabilité était un vrai casse-tête. Elle avait beau faire de son mieux pour mettre de l'ordre dans les arcanes byzantins de leurs finances, il ne faisait pas de doute que l'agence et ses propriétaires avaient de sérieux problèmes. Malgré cela, le couple avait fini par lui plaire et même par susciter son admiration, et elle était prête à faire tout ce qu'elle pourrait pour les aider à remettre leur petite société à flot, y compris en acceptant d'être sous-payée. Elle était bien placée pour savoir que, pour le moment, ils n'avaient pas les moyens de pratiquer un tarif normal.

Cela dit, il allait falloir faire rentrer deux salaires à plein temps chez les Pickett s'ils voulaient envoyer Sheridan et Lucy à la fac, comme il se devait. La paye de Joe suffisait à peine pour vivre si l'on comptait les activités de Sheridan (basket, volley, formation aux débats) et celles de Lucy (piano, danse et affiliation au club des jeunes écrivains). L'agence immobilière avait le potentiel de leur fournir le petit matelas dont ils avaient besoin. Lorsque les filles auraient l'âge d'aller à la fac, les Pickett seraient classés parmi les familles à faible revenu, qualification qui affectait profondément Marybeth. Elle essayait de ne pas rendre Joe responsable de cette situation, parce qu'il aimait son travail et qu'il y était bon. Mais le salaire qui allait avec ne suffisait pas à payer les factures.

Cam et Marie Logue avaient acheté ce qui s'appelait alors la Ranch Country Realty à un personnage qui était une véritable institution locale depuis longtemps, Wild Bill Dubois. L'achat comprenait la boutique, dans Main Street, coincée entre le Stockman's Bar et la laverie, Big Suds. Avec leur fille Jessica, âgée de 7 ans, les Logue avaient quitté Rapid City l'hiver précédent et acheté l'une des plus anciennes maisons victoriennes de la ville, envisageant de la restaurer petit à petit. La Ranch County Realty était devenue la Logue Country Realtyet ils avaient fait de leur mieux pour s'insérer dans la petite communauté locale. Ils s'étaient inscrits à l'Église presbytérienne, à la chambre de commerce, à l'association professionnelle des agents immobiliers, à celle des parents d'élèves, et mettaient la main à la poche pour les activités du lycée et de la United Way, la vieille association caritative ayant une antenne à Saddlestring. Dans une petite ville aussi endormie et où la population décroissait encore quelques mois auparavant, l'arrivée de gens aussi optimistes et énergiques que les Logue était un contre-exemple bienvenu. C'était du moins ce que pensait Marybeth, qui n'ignorait cependant pas que toutes sortes de médisances ne manqueraient pas de circuler parmi les anciens, en particulier ceux qui étaient là depuis trois générations : les résidants de toujours du Twelve Sleep County qui parlaient encore du maire Ty Stockton (arrivé du Massachusetts encore bébé avec ses parents) comme de « ce type de Boston ».

La fille de Marybeth, Lucy, était devenue instantanément amie avec Jessica Logue, le premier jour de classe, ainsi qu'avec une troisième fille, Hailey Bond. Lucy était beaucoup plus extravertie que son aînée, Sheridan, et les gamines n'avaient pas tardé pas à former un triumvirat qui régnait sur la classe. Lucy et Jessica s'étaient arrangées pour que leurs parents se rencontrent pendant les journées d'orientation scolaire ; Marybeth et Marie s'étaient tout de suite prises d'amitié. Devant un café, Marie avait confié plus tard à Marybeth avoir vu dans les Pickett une famille jeune et qui, voulant s'en sortir, était en proie aux mêmes problèmes que la sienne. Marybeth n'avait pu qu'être d'accord, sensible à la vitalité et à l'amitié de Marie, au fait qu'ils étaient depuis peu dans la région, comme elle et Joe l'avaient été quelques années auparavant. Les deux femmes s'étaient rendu compte qu'elles avaient suivi des itinéraires assez similaires : entrées en fac la même année, elles avaient eu pour objectif de faire une carrière (Marybeth en passant par l'école de droit, Marie en préparant un diplôme en administration publique). Marie avait rencontré Cam et Marybeth Joe, et pour finir ni l'une ni l'autre n'étaient entrées en faculté.

Lorsque les Logue avaient demandé à Marybeth si elle voulait bien s'occuper de la comptabilité de l'agence, celle-ci avait accepté, même en sachant que Wild Bill Dubois avait la réputation de confondre la caisse de son entreprise avec ses fonds personnels et de trafiquer ses comptes. Mais ce qu'elle avait trouvé dépassait tout ce qu'elle aurait pu imaginer. Les Logue avaient racheté une entreprise grevée de dettes, de contrats expirés et de documents non classés. Lorsqu'elle leur expliqua la situation, les Logue avaient blêmi et ouvert de grands yeux.

Mais au lieu de renoncer et d'intenter un procès à Wild Bill Dubois, ils avaient décidé de tirer le meilleur parti de la situation. Ils étaient dos au mur ? Eh bien, ils travailleraient deux fois plus dur et mettraient leur agence à flot. On avait vu Cam absolument partout ; il avait pris contact avec tous les propriétaires de la région, leur rappelant qu'il était là si jamais ils voulaient vendre ou acheter, s'efforçant de gagner leur confiance.

Ces efforts avaient fini par payer ; ils avaient à présent dans leur clientèle le Timberline Ranch et leurs propriétaires, les deux sœurs ennemies Overstreet. Si Cam parvenait à vendre leur propriété, même au prix spectaculairement bas dont il faudrait sans doute se contenter, la commission suffirait à sortir l'agence du rouge.

Bref, lorsque Cam passa la tête par la porte du bureau de Marybeth et, affichant un sourire à cent mille volts qu'elle ne lui avait jamais vu, lui demanda si elle pouvait les retrouver, lui et Marie, car il avait de bonnes nouvelles à leur annoncer, Marybeth repoussa aussitôt sa chaise et lui rendit son sourire.

*

— Mesdames, annonça-t-il après avoir fermé la porte de son bureau, nous avons un client intéressé par le Timberline Ranch !

Marie, une petite brune à qui son visage avenant et ouvert donnait beaucoup de charme, applaudit. Ses yeux brillèrent. Marybeth se sentit heureuse pour elle.

— Et qui est-ce ? demanda Marie.

Cam se mit à rire.

— Un client qui, pour le moment, tient à garder le secret absolu.

— Je comprends, je comprends, dit Marie.

— Il est sérieux ? voulut savoir Marybeth.

Cam se tourna vers elle. Bel homme, il avait des cheveux blonds ondulés et des yeux bleus au regard intense. Il était ambitieux, mais sur un mode qui poussait les autres à lui donner un coup de main. Au moins était-ce le cas avec Marybeth. Elle voyait en lui quelqu'un de correct et dynamique, peut-être parfois un peu trop combatif. Il voulait réussir non seulement pour son entreprise et sa famille, mais aussi pour prouver quelque chose. Marie avait raconté à Marybeth que Cam avait grandi dans un ranch de la région de Saddlestring ; il était le dernier de la famille, et ses parents n'en avaient eu que pour Eric, le fils aîné, hypothéquant littéralement le ranch pour que celui-ci puisse poursuivre des études de médecine, car il voulait devenir chirurgien. Le ranch des Logue avait finalement été absorbé par celui des sœurs Overstreet, les parents achetant une petite propriété dans l'ouest du Dakota du Sud, non loin de la réserve de Pine Ridge. Lorsque le prix du bétail avait chuté, il n'était plus rien resté pour Cam qui, après avoir fréquenté la faculté de Black Hill (où il avait rencontré Marie), était tout de suite entré dans l'immobilier. S'installer à Saddlestring était ainsi une sorte de retour aux sources.

Si Cam était sensible à l'ironie qu'il y avait à vendre le ranch sur lequel il avait grandi, il n'en laissa rien paraître devant Marybeth.

— Il est sérieux, mais il prend toutes ses précautions. Ce n'est pas un pigeon, expliqua-t-il.

— Ses précautions? répéta Marie.

— Il est parfaitement au courant pour les puits de CBM et leurs rejets d'eau. Même s'il sait qu'il n'a pas les droits d'exploitation du sous-sol, il tient à faire analyser l'eau pour être bien sûr qu'elle est de bonne qualité avant de la renvoyer dans la rivière. Il craint, dans le cas contraire, d'avoir des problèmes avec les écolos ou avec les riverains en aval qui pourraient le poursuivre en tant que propriétaire.

— C'est bien vu, reconnut Marybeth.

— Ce n'est pas un imbécile, croyez-moi.

Marie alla s'asseoir dans le fauteuil de Cam.

— Et si les analyses montrent que l'eau n'est pas bonne?

— Voyons, Marie, répondit Cam comme s'il s'adressait à un enfant, cette eau est impeccable. Elle a été analysée avant qu'ils forent tous ces puits et elle est parfaite. Aussi pure que de l'eau de pluie.

— Mais alors, pourquoi?

— C'est compliqué, Marie, lui répondit-il sèchement. Depuis deux ans que les forages ont commencé, il n'y a eu aucune analyse systématique; on en faisait seulement quand on s'apprêtait à exploiter un nouveau secteur. Et par des entreprises et des laboratoires différents. Notre acheteur exige qu'on fasse des prélèvements sur tous les sites de puits et qu'on procède à de nouvelles analyses pour être sûr que tout va bien. Sûr, par exemple, que la qualité de l'eau est toujours aussi bonne qu'au début, j'imagine. Mais il ne faut pas s'inquiéter pour ça. Il n'y aura aucun problème.

Marybeth trouva la réaction de Cam inutilement exagérée. Mais jamais elle ne l'avait vu aussi excité.

— Nos… nos difficultés risquent d'être bientôt terminées, dit Marie, autant pour elle-même que pour Cam et Marybeth.

Cam lui adressa un sourire rayonnant, puis en fit autant en se tournant vers Marybeth. Aussi subitement que s'éteint une ampoule, son visage devint des plus sérieux.

— Mais il est important de garder tout cela absolument confidentiel, reprit-il d'un ton grave. Cette affaire relève du secret professionnel le plus strict.

Marybeth acquiesça d'un hochement de tête. La vente d'une propriété de cette superficie ne manquerait pas de mettre la vallée en émoi, il n'en fallait pas douter. Les autres agences immobilières allaient vouloir savoir qui était cet acheteur mystérieux pour lui proposer des ranchs où il y aurait moins de puits ou qui auraient plus d'attraits. Les propriétaires hésitant à vendre pourraient tout d'un coup décider de tâter le marché.

— Ce sera dur de garder le secret, dit Marie avec un sourire. Mais on peut y arriver.

— Marybeth ? demanda Cam.

— Je le dirai à mon mari, dit-elle en soutenant leurs regards. Nous n'avons aucun secret l'un pour l'autre. Mais ça s'arrêtera là.

Ni Cam ni Marie ne faisant de commentaires, Marybeth se sentit obligée d'être plus explicite.

— Il me raconte des choses relatives à son travail qui doivent rester confidentielles et elles le restent. Je n'ai jamais trahi la confiance de Joe et il ne trahirait pas la mienne. Sans compter, ajouta-t-elle, que ce n'est pas un grand bavard.

Marie eut un petit rire et se tourna vers Cam.

— Tu te rappelles quand nous l'avons rencontré ? La soirée avant la rentrée des classes ? Je crois que la seule chose qu'il ait dite de toute la soirée a été « enchanté » quand Marybeth nous l'a présenté. Un mot en trois heures !

— Bon, d'accord, dit Cam en frappant dans ses mains comme pour dissiper l'atmosphère de suspicion qui s'était un instant installée dans la pièce.

Marybeth consulta sa montre.

— Oh, bon sang ! faut que j'y aille. Les filles sont déjà sorties de l'école.

— Vous pouvez laisser Lucy chez nous avec Jessica. Hailey Bond doit déjà venir. Elles s'amusent comme des folles quand elles sont ensemble, ces trois-là.

— Mais...

— Ne vous inquiétez pas. Je vous ramènerai Lucy plus tard. Vers cinq heures-cinq heures et demie, d'accord ?

Marybeth accepta et laissa le couple à sa joie.

Au moment où elle quittait le bureau en enfilant sa veste, elle remarqua un homme assis à la réception ; il lisait une des revues mises à la disposition des clients. Grand et maigre, la soixantaine, il portait des lunettes rondes à monture d'acier.

— Je suis désolée, dit-elle. Vous aviez rendez-vous ?

Marybeth s'occupait de l'accueil en plus de la gestion et avait dû oublier.

L'homme leva les yeux. Il était habillé de jeans délavés, d'une chemise de travail kaki et avait de lourdes bottes aux pieds. Une épaisse enveloppe de papier bulle était posée sur ses genoux. On sentait l'homme d'expérience et ses manières étaient affables.

— Je suis venu voir M. Logue mais, rassurez-vous, je n'avais pas rendez-vous.

Marie, qui avait entendu parler depuis le bureau de Cam, gagna la réception.

— Je vais l'avertir que vous voulez le voir, dit-elle au nouveau venu.

Elle explosait littéralement de bonne humeur et, Marybeth le pensa, pour de bonnes raisons.

✦

Lucy Pickett et Jessica Logue attendaient avec Sheridan à l'endroit convenu lorsque Marybeth arriva. Le terrain de jeux était désert, à part deux ou trois élèves qui occupaient encore les balançoires. Marybeth se sentait coupable d'être en retard.

Elle rangea le minivan le long du trottoir et les trois fillettes s'engouffrèrent à l'arrière. Lucy et Jessica jetèrent leurs cartables sur le plancher et se mirent aussitôt à raconter leur journée à Marybeth. Excitées, elles se coupaient mutuellement la parole, tandis que Sheridan s'enfonçait dans son coin et levait les yeux au ciel. Lucy et Jessica étaient inséparables, d'une manière que Sheridan n'avait jamais connue avec aucune fille ; elles adoraient se déguiser, se recoiffer mutuellement, se parler au téléphone et jouer ensemble. Elles avaient même un certain air de famille, se ressemblant au moins autant que Lucy ressemblait à Sheridan.

– Jessica ? Ta maman propose que vous restiez chez vous cet après-midi pour jouer toutes les deux, dit Marybeth en engageant le minivan sur la route. Elle ramènera Lucy plus tard à la maison.

– J'espère que ça ne va pas me faire perdre trop de temps, lança Sheridan au fond de la voiture. J'ai ma leçon de fauconnerie dans pas longtemps.

Marybeth se contenta d'acquiescer d'un signe de tête, se sentant une fois de plus coupable d'être en retard. Sheridan s'initiait à l'art de la chasse au faucon avec Nate Romanowski, un solitaire qui était un ami de Joe et habitait une cabane au bord de la Twelve Sleep River.

– J'en ai pour une minute, dit Marybeth. Désolée d'être en retard.

– On dirait que tu l'es souvent ces derniers temps, grommela Sheridan entre ses dents, mais assez fort pour que sa mère l'entende.

Lucy et Jessica se turent aussitôt, attendant de voir éclater une dispute. Ce qui n'aurait pas été pour leur déplaire.

– Ne me parle pas sur ce ton, Sheridan, dit Marybeth sans élever la voix et en croisant le regard de son aînée dans le rétroviseur. Nous en reparlerons plus tard.

Sheridan détourna les yeux et haussa les épaules. Marybeth se rendit compte que les deux autres s'étaient serrées dans l'angle opposé, hors de sa vue, sans doute pour pouvoir pouffer à l'aise.

*

La maison des Logue était un des chefs-d'œuvre en péril de Saddlestring ; construction de type victorien classique et l'une des premières à avoir été édifiées aux limites de la ville dans les années 1890, près de la rivière, par un baron du bétail. On avait du mal à distinguer l'édifice délabré derrière les hauts peupliers qui l'entouraient. Outre cette vieille et splendide demeure, la propriété comprenait un vaste terrain en partie boisé et quelques dépendances, dont une remise à véhicules. La maison était restée inoccupée pendant quinze ans, se dégradant petit à petit, jusqu'au jour où les Logue l'avaient achetée. Marie l'avait fait visiter à Marybeth peu de temps auparavant, s'excusant sans fin de l'état dans lequel elle était. Jusque-là, ils n'avaient rénové que deux pièces, la cuisine et une salle de bains. Le reste avait l'aspect qu'il avait au milieu des années 1980, lorsque son occupant, l'ancien secrétaire général de Twelve Sleep County, y était mort à l'âge de 78 ans. La rumeur disait alors que l'homme rangeait les dossiers officiels chez lui et faisait payer la location au comté.

Peut-être que maintenant Cam et Marie auront les moyens d'accélérer les travaux de cette vieille et sympathique maison, songea Marybeth.

– Maman ? lança Sheridan. Elle est plus grande, maintenant. Ce n'est plus la peine d'attendre qu'elle soit entrée dans la maison pour repartir.

– Je ne suis pas encore habituée à tout ça, Sheridan. Vous avez tellement d'activités nouvelles toutes les deux ! J'ai du mal à vous lâcher.

– Et ma leçon, maman ?

Au moment où Marybeth repartait et s'engageait dans Centennial Street pour regagner la Bighorn Road, son portable sonna. C'était Joe, qui la mit au courant de l'histoire des vaches mutilées qu'il avait entendue sur la fréquence des urgences. Il allait vraisemblablement être en retard pour le dîner.

Flûte, le dîner, pensa Marybeth en subissant un nouvel assaut de culpabilité. Elle avait carrément oublié de prévoir quelque chose à manger.

Chapitre 5

Le ranch Hawkins était un patchwork constitué de terrains privés ou bien loués à l'État ou au gouvernement fédéral. Il s'étendait du côté abrité du piémont, et Joe dut franchir sept portails surmontés de barbelés pour l'atteindre. Une bonne partie des terres n'était couverte que de sauge sauvage et de chênes nains, d'herbe à bison et d'achillées, cela en dehors de quelques extensions de la forêt profitant de vallons encaissés où poussaient de grands arbres.

Joe s'arrêta dans la cour en gravier entourée des différents édifices de la ferme. Le ranch Hawkins était une exploitation à l'ancienne et n'avait rien à voir avec les ranchs pour rire devenus à la mode dans l'État. Les bâtiments les plus grands donnant sur la cour étaient des huttes Quonset en métal qui servaient aussi bien de garages à véhicules que d'étables ou de remises à matériel. Un dédale de corrals fermés de barrières en bois longeait la petite maison d'habitation toute blanche. Sinon, il n'y avait pas la moindre décoration nulle part, ni rien pour suggérer que l'endroit était autre chose que ce qu'il était : le centre d'activité d'une énorme entreprise de production de foin et de viande bovine.

Joe se tourna vers la petite maison et vit Mme Hawkins passer dans la véranda qu'aucune peinture n'embellissait et lui montrer les montagnes. Inutile d'aller lui faire des politesses, pensa Joe. Il traversa la cour jusqu'à ce que les roues de son véhicule tombent dans les ornières creusées depuis longtemps dans la route de terre qui se dirigeait droit vers la forêt, à huit kilomètres de là. Les ornières portaient les traces de plusieurs véhicules passés récemment.

*

Il les vit bientôt garés l'un derrière l'autre, un peu avant l'endroit où la piste passait entre les premiers pins : deux GMC Blazer identiques, appartenant au bureau du shérif du comté, et un pick-up Ford bleu clair. Non loin de là se tenaient trois hommes au milieu de ce qui semblait être des rochers abandonnés par un glacier.

Tandis que Joe s'approchait, son pick-up se cabra brutalement et le jeu de cartes fixées au pare-soleil tomba en cascade dans la cabine, Maxine, qui se tenait les pattes avant sur le tableau de bord, perdit l'équilibre et se réfugia sur le siège avant d'exiger des explications du regard.

– Un caillou, dit-il. L'ai pas vu.

Les trois personnages étaient l'adjoint McLanahan, le shérif Barnum et un Don Hawkins manifestement dans tous ses états. Ce qu'on aurait pu prendre de loin pour des rochers éparpillés sur le sol était en fait des carcasses de bétail – au moins une douzaine. L'odeur douceâtre et amère de la mort s'infiltrant dans la cabine du pick-up par le système d'aération, Maxine se redressa, raide comme un piquet, et fronça les sourcils.

Même à cette distance, Joe vit bien que Barnum le fusillait d'un regard qui traversait tout, les broussailles comme le pare-brise. Debout à côté du vieil homme, un appareil photo 35 mm à la main, McLanahan se tournait alternativement vers son patron et vers le pick-up de Joe. Don Hawkins portait un bandana sur le nez et allait et venait entre les vaches mortes.

– Bouge pas d'ici, dit Joe à Maxine en descendant du pick-up après s'être garé à côté des Blazer.

Il vissa son Stetson gris sur sa tête et contourna les véhicules du shérif. L'odeur des vaches n'était pas aussi envahissante que l'avait été celle de l'orignal et il en fut soulagé.

– Qui vous a demandé de venir ici ? lui lança Barnum.

Ses yeux, profondément enfoncés dans leur orbite, étaient bordés par les replis lâches d'une peau bleuâtre. Il abaissa sa cigarette et laissa échapper deux filets de fumée jumeaux par les narines.

– Je l'ai appris par la fréquence des urgences.

– Et ça ressemblerait à une affaire qui concernerait le département Chasse et Pêche ?

— Je ne sais pas encore à quoi ça ressemble, shérif, lui renvoya Joe en s'avançant au milieu des cadavres, mais on a fait le même genre de truc à un orignal mâle que j'ai trouvé près de la Crazy Woman Creek.

Il y avait des mois que Joe n'avait pas vu Barnum et il ne s'en était porté que mieux. Son mépris pour le shérif tenait à ce qu'il le savait aussi corrompu que légendaire. La rumeur courait qu'il ne serait pas réélu et prendrait sa retraite l'année suivante. Pour la première fois, les électeurs qui l'avaient soutenu depuis vingt-huit ans semblaient changer d'avis. Le printemps précédent, l'hebdomadaire local, le *Saddlestring Roundup*, avait fait paraître une série d'éditoriaux disant carrément qu'il était temps que Barnum s'en aille.

— On lui avait enlevé les couilles, à ton orignal? demanda McLanahan.

Joe se tourna vers l'adjoint. Ce type ne valait pas mieux que le shérif. Peut-être même était-il pire. Moins intelligent et calculateur que Barnum, il compensait cette faiblesse par sa cruauté. Imprévisible, il avait de plus la gâchette facile.

— Exactement, dit Joe en s'accroupissant pour examiner une génisse. Il avait aussi la moitié de la peau enlevée sur la tête. Et les glandes à musc en plus des parties génitales.

— J'ai jamais rien vu de pareil, marmonna Don Hawkins en se penchant sur l'une des bêtes mortes. Ces vaches valent entre six et sept cents dollars pièce. J'sais pas qui, mais on me doit neuf mille dollars, bon Dieu de bois!

L'odeur était moins écœurante parce que, Joe le comprit, les vaches étaient mortes depuis au moins quinze jours. Les cadavres ballonnés avaient commencé à désenfler et à s'effondrer sur eux-mêmes en plis charnus. Les blessures présentaient des similitudes avec celles de l'orignal, mais aussi quelques différences. La peau avait été enlevée des têtes à des endroits précis. Celle d'une génisse était complètement dénudée, ce qui lui donnait l'air d'un vautour pape avec son cou nu et son museau sanguinolent. Dans certains cas, la langue et les yeux avaient eux aussi disparu, ainsi que des fragments de peau ovales à la hauteur des épaules. Les pis des femelles avaient subi le même sort. La moitié des vaches n'avaient plus de rectum et exhibaient de grands trous sombres sur leurs flancs.

Joe sentit un frisson le parcourir tandis qu'il allait d'un cadavre à l'autre. C'était la même chose que pour l'orignal, à la force douze. De plus, la personne (ou la chose) à l'origine de ces actes était à l'œuvre depuis au moins quinze jours.

— Elles ont été aussi vidées de leur sang, fit remarquer Hawkins en hochant la tête. C'est dingue.

— Vous en êtes sûr ? lui demanda Joe.

— Regardez-les, dit-il en lui montrant ses deux mains ouvertes. Vous voyez du sang quelque part, vous ? Comment diable voulez-vous entailler une vache de cette façon sans foutre du sang partout ? Vous savez combien de litres de sang il y a dans une vache ?

— Non, reconnut Joe.

— Heu... moi non plus, dit Hawkins, pris de court. Mais doit y en avoir des litres et des litres, ça, c'est sûr.

— De toute façon, intervint McLanahan, qu'elles en aient beaucoup ou pas, il n'y en pas par terre. C'est comme si on leur avait sucé le sang.

— Sacré bon Dieu, gronda Barnum en tournant le dos à son adjoint. Commence pas à raconter ce genre de trucs.

— Bon alors, qui c'est qu'a fait ça ?

— Comment veux-tu que je le sache ?

— Un prédateur, peut-être ? continua McLanahan. Un ours ou un couguar... un truc comme ça ?

— Il y a bien un ours dans le coin, lança Joe. Un grand grizzly. J'ai relevé ses empreintes ce matin. Mais je ne vois pas un ours faire un truc pareil.

— J'avais bien besoin de ça ! dit Barnum, la voix de plus en plus tendue. Un troupeau de vaches mutilées et un putain de grizzly en vadrouille !

— Sans parler des extraterrestres qui viennent sucer le sang des animaux domestiques dans les pays d'élevage, ajouta McLanahan. C'est déjà arrivé, vous savez ?

— Arrête ça ! cracha Barnum. T'entends ?

Joe dut retenir un sourire et s'adressa à Don Hawkins.

— Quand les avez-vous trouvées ?

Le rancher mit longtemps à répondre et, quand il le fit, ce fut d'un ton hésitant. Les spéculations de McLanahan l'avaient ébranlé.

– C'est mon gars, Juan, qui les a découvertes ce matin pendant sa tournée à cheval. Il m'a appelé au ranch avec sa radio.

– C'étaient des bêtes qui vous manquaient ?

Hawkins acquiesça d'un signe de tête.

– Cet automne, on a déplacé le troupeau au Montana, où il y a un peu plus d'herbe. On a été obligé… avec la sécheresse. On savait qu'il y en avait quelques-unes qui traînaient dans les bois et Juan était parti à leur recherche pour les ramener.

– Avez-vous vu ou entendu quelque chose d'inhabituel ?

Une expression curieuse passa sur le visage du rancher. Joe attendit. Dieu sait pourquoi, l'homme lui donnait l'impression d'éprouver une certaine gêne.

– C'est idiot, répondit enfin Hawkins. Il y a quelques jours, Juan m'a dit avoir la tête qui lui tournait quand il montait jusqu'ici. Il disait que c'était sans doute l'altitude. Moi, je croyais que c'était de la paresse. C'est plus facile de courir après des vaches là où c'est plat et dégagé que sur les pentes au milieu des arbres. Je me suis dit qu'il cherchait à se faire donner un boulot moins dur.

Joe ne lui dit pas qu'il avait éprouvé la même sensation.

– La tête qui lui tournait ? répéta McLanahan. Comment ça ?

– Je sais pas, moi, dit Hawkins en levant les yeux au ciel. Il est toujours à se plaindre.

– Rien d'autre ? voulut savoir Joe. Disons… il y a quinze jours de ça ?

Hawkins hocha la tête.

– On était en train de livrer le bétail au Montana. Nous n'étions même pas ici.

– Avez-vous déjà vu du bétail présentant des blessures pareilles ? demanda Joe.

– Jamais, répondit Hawkins en ouvrant de grands yeux. Une fois, j'ai vu un blaireau se faire un terrier dans le ventre d'une vache morte, mais un truc pareil, non, jamais.

– Et vos voisins ne vous ont rien dit ? Ils ne vous ont pas signalé de bêtes manquantes ?

Hawkins frotta son menton hérissé de chaume, puis indiqua le nord d'un mouvement de son chapeau.

– Par là, c'est chez Bud Longbrake, mais ça fait un moment que je n'ai aucune nouvelle de lui. Nous partageons deux ruisseaux et il arrive que nos vaches se mélangent de temps en temps. Mais comme je l'ai dit, il ne m'a pas appelé pour quoi que ce soit.

Joe éprouva une sensation désagréable à la mention de Bud Longbrake. La mère de Marybeth, Missy, était déjà installée dans le ranch et la date du mariage approchait.

Hawkins se tourna vers le sud.

— Et par là, c'est le Timberline, reprit-il en ne pouvant s'empêcher d'esquisser un sourire. Vous connaissez les sœurs Overstreet ?

À quelques mètres d'eux, McLanahan ricana et hocha la tête.

— J'en ai entendu parler.

— Quand elles ne sont pas à se crêper le chignon ou à se poursuivre en justice, elles m'accusent, moi ou des voleurs de bétail, de se servir dans leur troupeau, continua Hawkins. Je parie que le shérif est déjà venu par ici une bonne dizaine de fois, ces dernières années, parce que l'une ou l'autre de ces deux cinglées l'avait appelé pour se plaindre qu'il lui manquait des bêtes.

— Au moins dix fois, oui, dit Barnum avec un soupir. Jamais rien trouvé et les sœurs n'ont jamais pu prouver qu'il leur manquait du bétail.

Le Timberline Ranch était à vendre, Joe s'en souvint. Pas étonnant que les sœurs soient incapables de surveiller leurs troupeaux.

— Si bien que tout ce qu'elles peuvent raconter n'est pas vraiment... crédible, dit Hawkins.

— Si jamais quelqu'un du coin disait avoir vu une soucoupe volante, ce serait sûrement une des sœurs Overstreet, fit observer McLanahan. Ça, je vous le garantis.

— La ferme... s'il te plaît, Kyle ! lança Barnum.

Une question était venue à l'esprit de Joe pendant cet échange.

— Y avait-il des traces de roues ici avant l'arrivée du shérif ?

— Je n'en ai pas vu.

— Qu'est-ce que vous voulez dire ? Qu'on a salopé la scène du crime ? demanda Barnum.

— Je n'ai jamais voulu dire ça.

Même McLanahan jeta un coup d'œil au shérif.

— J'aime autant, reprit un Barnum sur la défensive. C'est mon enquête et on ne vous a pas sonné.

— Les blessures ressemblent beaucoup à celles que j'ai relevées sur l'orignal. Elles ont vraisemblablement la même origine. Pas de trace de prédation non plus alors que toute cette viande attendait là, bien en vue.

– C'est ce qui me tracasse, dit Hawkins en secouant la tête. Il y a quelque chose qui cloche sérieusement dans tout ça. On aurait dû se rendre compte depuis longtemps que ces vaches étaient ici. Il aurait dû y avoir des tas de charognards à faire bombance. En général, c'est comme ça qu'on trouve les vaches mortes. Mais pas une de ces vaches n'a été entamée ou mise en pièces.

Le printemps précédent, Don Hawkins avait appelé Joe pour des couguars qui lui avaient tué plusieurs veaux. Les recherches du garde-chasse n'avaient rien donné. Quand les appels s'étaient arrêtés, il avait compris que Hawkins les avait trouvés, lui. Malgré tout, le ranch était un territoire de choix pour les couguars, les coyotes et les ours bruns.

– C'est comme pour mon orignal, reprit Joe. La viande n'a pas été touchée. On est bien obligé de se demander pourquoi.

– Que je vous dise, lança le shérif. (Il alluma une cigarette et souffla un nuage de fumée bleue.) Vous vous occupez de votre orignal, moi, je m'occupe des vaches de M. Hawkins.

– Cela relève de vos compétences, reconnut Joe.

– Exactement.

– Vous avez donc l'intention de parler avec Juan, Bud Longbrake et les sœurs Overstreet, non ?

– Je connais mon travail, Joe Pickett.

Ça n'a pas toujours été le cas, eut envie de lui répondre ce dernier, mais il s'en abstint. Il savait néanmoins que Barnum devait pratiquement lire dans ses pensées.

– J'ai envoyé des prélèvements de chair au laboratoire de Laramie, reprit Joe en ne mentionnant pas qu'il en avait expédié ailleurs. J'ai demandé qu'on me communique les analyses. Je vous ferai connaître les résultats. J'imagine que vous aviez l'intention d'en faire autant avec ces bêtes, n'est-ce pas ?

Les yeux de Barnum se rétrécirent et il ne répondit pas.

– Qui c'est encore ? demanda soudain McLanahan en montrant un véhicule qui approchait sur la piste.

Ils attendirent en regardant le pick-up, un modèle ancien, s'avancer lourdement sur la voie défoncée. Joe fut le premier à reconnaître la femme. Il l'avait rencontrée l'hiver précédent, mais il avait oublié son nom.

— Une journaliste, dit-il. Elle travaille au *Saddlestring Roundup*. Elle doit avoir entendu quelque chose à la radio.

— Nom de Dieu! jura Barnum. Je ne veux pas voir ça dans les journaux.

— Trop tard, dit McLanahan.

— Comment allons-nous expliquer un truc pareil? s'exclama le shérif en s'adressant au ciel.

Joe ne se demandait pas autre chose.

Chapitre 6

— En principe, on ne doit pas quitter ma chambre, expliqua Jessica Logue à Lucy Pickett et Hailey Bond. Mon papa dit qu'il ne faut plus aller dans les vieux bâtiments, là-bas derrière. Il dit qu'ils sont dangereux.

Lucy et Hailey protestèrent. Rien ne leur plaisait davantage que d'aller explorer ces constructions éparpillées au milieu des arbres, derrière la maison. L'endroit était sombre et inquiétant.

— On pourrait pas jouer à cache-cache? demanda Lucy.

— C'est ce qu'a dit mon papa, répondit Jessica en haussant les épaules. Il a dit que les bâtiments pourraient s'écrouler pendant que nous jouons dedans et qu'il n'est pas assuré si on est blessées.

— Oh la la! s'écria Hailey, en ouvrant de grands yeux, le toit pourrait nous tomber sur la tête et nous écrabouiller! Il y aurait du sang et des tripes partout! Comme quand une bête se fait écraser sur la route!

— Arrête, Hailey! hurla Jessica.

Hailey, qui avait des cheveux foncés et de grands yeux bruns, adorait raconter des histoires où il y avait du sang. Elle aimait aussi beaucoup faire peur aux autres. Lucy et Jessica lui avaient fait promettre de ne pas aller se cacher dans les endroits les plus affreux, là-bas derrière, et de ne pas garder le silence quand elles l'appelaient. Plusieurs fois elles avaient failli paniquer lorsque Hailey avait bondi d'une pile de bois ou de derrière la porte d'un vieux hangar en criant: « Maintenant vous êtes mortes! »

— Il y a d'autres choses qu'on peut faire ici, fit observer une Jessica pleine de bonne volonté.

Oui, ce n'est pas ce qui manque, pensa Lucy. Jessica avait la plus sensationnelle collection de vêtements qu'elle ait jamais vue. Toutes les deux adoraient se déguiser avec et se maquiller en se servant de la trousse que la mère de Jessica avait donnée à sa fille. Hailey soupira, mais accepta. Comme Sheridan, elle semblait penser qu'il n'y avait rien de plus ennuyeux que les trucs de fille qu'affectionnaient Lucy et Jessica. Elle préférait jouer à cache-cache dans les bois et faire peur à ses camarades. Exactement ce qu'aurait fait Sheridan.

Les cartons de vieux vêtements étaient merveilleux et les trois filles entreprirent de les vider. Il y avait des robes longues, des chaussures à talons hauts, des boas, des sorties de bain, des vêtements d'homme et même une tiare : la maman de Jessica avait jadis remporté le titre de Miss Tournesol dans un concours de beauté au Dakota du Sud.

Hailey déploya une blouse de chirurgien portant le nom de LOGUE imprimé sur la pochette.

– C'est à ton père ? demanda-t-elle.

– Non, ça vient de mon oncle. Il est médecin.

– Il l'est toujours ?

– Oui, je crois.

– Eh, elle est super, celle-là ! s'exclama Lucy en tirant une robe longue en velours marron du carton.

Elle en caressa le tissu et son toucher opulent lui plut. La bordure du col en fourrure blanche lui plaisait aussi.

– Je me vois très bien dedans, avec ces chaussures, reprit-elle en montrant une paire de talons aiguilles.

– Je veux sortir, dit Hailey d'un ton boudeur. On pourrait pas demander à ton papa ?

– Il n'est pas encore rentré, dit Jessica. (Elle alla dans le carton pêcher un petit chapeau noir avec voilette et se le mit sur la tête.) Je lui demanderai à son retour.

*

Debout, épaule contre épaule à quelques centimètres de la glace de la porte du placard de Jessica, les trois filles se mettaient du maquillage. Elles s'étaient déguisées ; Hailey portait la tenue de chirurgien, Jessica une robe blanche en satin ornée de fausses perles et

Lucy avait gardé la robe en velours et les talons hauts en mettant l'écharpe de Miss Tournesol en travers de son buste.

En dépit de leur fou rire, elles entendirent les échos d'une querelle en provenance du rez-de-chaussée – plus exactement du séjour, au pied de l'escalier.

– Pourquoi ils se disputent? demanda Hailey en baissant la voix et s'approchant un peu plus de la glace pour appliquer du fard sur ses joues.

Jessica haussa les épaules.

– Je sais pas.

– Tu vas demander à ton père si on peut sortir?

– Quand ils auront fini. Lucy, tu es splendide.

Lucy embrassa son image dans la glace et les autres éclatèrent de rire. Elle avait la bouche débordant de rouge à lèvres et les paupières barbouillées de bleu.

– Tu crois que ta mère sera fâchée si elle me voit avec la bannière de Miss Tournesol?

– Non, je ne crois pas. Et on dit une écharpe, pas une bannière.

Lucy était déconcertée par la colère dans les voix qui montaient du rez-de-chaussée. Certes, il arrivait à ses parents de se disputer, pas de doute. Parfois, à table, on sentait bien qu'il y avait un désaccord, rien qu'aux silences ou à la politesse affectée avec laquelle ils se demandaient le sel. Mais elle ne se rappelait pas les avoir entendus élever la voix aussi fort, même derrière une porte fermée. Leurs querelles, quand ils en avaient, se déroulaient ailleurs, ou quand leurs filles n'étaient pas à la maison. En entendant ces voix, elle se dit qu'il valait mieux se disputer loin des enfants.

*

Elles se tenaient devant la fenêtre de la chambre de Jessica. *Tout à fait l'allure de vraies pin-up*, se disait Lucy. Elles s'étaient parfumées – trop, à vrai dire – et l'odeur était entêtante. Deux berlines de couleur sombre d'un modèle récent venaient de se garer dans l'allée, non loin de la véranda de devant, et c'était ce qu'elles regardaient.

– Qui c'est, ces nanas? demanda Hailey lorsque les portières côté conducteur des deux voitures s'ouvrirent et qu'en descendirent deux femmes âgées.

Celles-ci étaient grandes, anguleuses et portaient toutes deux des robes imprimées aussi démodées qu'elles étaient hors saison, comme se le dit Lucy. Elles se ressemblaient plus ou moins, comme deux sœurs, par exemple.

– Je crois qu'elles s'appellent Overcast, dit Jessica. Un truc comme ça.

– Elles sont sœurs ? voulut savoir Lucy.

– Oui.

– Elles ne sont pas mariées ?

– Je ne sais pas. Je ne crois pas.

– Regardez comme elles font semblant de ne pas se voir, dit Hailey. C'est pas bizarre ?

Lucy elle aussi l'avait remarqué. Les deux femmes étaient sorties de leurs voitures, avaient refermé leurs portières et s'étaient dirigées vers l'entrée sans s'adresser le moindre regard. Elles disparurent sous le toit de la véranda.

– Non, Overstreet, corrigea Jessica. Ça me revient. Elles sont propriétaires d'un ranch, il me semble.

– Toutes les deux ? Et sans mari ?

– Je crois. Je les ai rencontrées une ou deux fois, mais je ne les aime pas trop.

– Pourquoi ? demanda Lucy.

Jessica eut un frisson.

– Elles ont quelque chose de désagréable. Et en plus, elles sentent mauvais.

Hailey se mit à rire nerveusement.

Les trois filles se regardèrent, Jessica et Lucy comprenant que leur amie avait raison. Il n'y avait pas de meilleure occasion quand on voulait obtenir quelque chose de ses parents que lorsque ceux-ci étaient occupés avec des hôtes.

*

Lucy se trouvait juste derrière Jessica en descendant les escaliers. La discussion avait commencé entre les sœurs Overstreet et les parents de son amie.

– Oui, j'ai entendu parler de cette histoire de vaches, disait le père de Jessica.

– Et vous savez que nous avons perdu du bétail, mais sans pouvoir le prouver, dit l'une des sœurs.

— Quel effet cela aura-t-il sur la vente ? demanda l'autre.

— Je ne peux pas vous le dire, répondit M. Logue. On risque d'être obligé de baisser le prix pour qu'il reste encore intéressant.

— J'étais sûre que vous diriez cela.

— Nous ne sommes pas d'accord, voyez-vous.

— C'est simplement que…

— Cam ? Nous avons de la visite, dit la mère de Jessica en interrompant son mari.

M. Logue et les sœurs Overstreet se turent et se tournèrent vers l'escalier.

— Mon Dieu, mon Dieu ! dit l'une d'elles. Regardez-moi ça.

En dépit de leurs robes à fleurs, Lucy ne trouva que dureté chez les deux femmes. Pas la moindre chaleur dans leurs yeux. La première les avait bleus, la seconde verts. On aurait dit des bijoux anciens.

— Regardez-moi ces petites dévergondées, dit l'autre, ce qui lui valut un regard noir de Marie Logue.

— Qu'est-ce que vous voulez, les filles ? demanda le père de Jessica.

— On peut aller jouer dehors ? demanda Jessica. Derrière la maison ?

— Attifées comme ça ? demanda la plus âgée des deux Overstreet avec un sourire qui n'affectait que ses lèvres.

— On peut se changer, proposa Lucy à tout hasard.

Cam Logue eut un geste en direction de Hailey.

— On n'avait pas dit qu'on jetterait ces vieilleries ?

Lucy trouva qu'il avait l'air énervé.

— C'est bon, les filles, dit Marie Logue en se levant sans répondre à la question de son mari. Vous pouvez aller jouer dehors.

M. Logue lui jeta un coup d'œil, mais n'intervint pas. Les trois gamines dégringolèrent les dernières marches et s'éclipsèrent par la porte arrière.

— Ça a marché ! s'exclama Hailey dès que la porte se fut refermée derrière elles.

— Vous les avez senties ? demanda Jessica.

— J'ai senti quelque chose, oui, dit Lucy.

Mais maintenant qu'elles étaient dehors et pouvaient jouer à cache-cache, elles auraient préféré être dedans.

Chapitre 7

Le soir, après le dîner et une fois la table débarrassée, Joe entra dans la minuscule pièce qui lui servait de bureau près de l'entrée et referma la porte derrière lui. Encombré et mal chauffé, l'endroit était meublé d'un bureau métallique provenant des surplus de l'État, d'un classeur à quatre tiroirs et d'étagères sur lesquelles s'entassaient des manuels – règlements, biologie, gestion du territoire, la série complète des œuvres de John McPhee* et les carnets à spirale de directives du Département. Les andouillers du premier cinq-cors qu'il avait abattu étaient accrochés au mur derrière lui. Chapeaux, casquettes et jumelles étaient suspendus au trophée. Après avoir allumé la lampe de bureau et lancé l'ordinateur, il jeta un coup d'œil sur la première page du *Saddlestring Roundup* arrivé le matin. Le titre s'étalait en première page :

ILS REVIENNENT !
DÉCOUVERTE DE BÉTAIL MUTILÉ DANS LE COMTÉ
IL Y AURAIT ÉGALEMENT UN ORIGNAL

Une photo montrait le shérif Barnum au milieu des carcasses du ranch Hawkins. L'article comportait des citations de Don Hawkins, du shérif, de l'adjoint McLanahan et de Joe. Les faits rapportés étaient à peu près exacts, mais Joe n'en grimaça pas moins en lisant l'article et imagina que Barnum avait dû faire de même.

* Prix Pulitzer dans la catégorie non-fiction en 1999.

Il leur trouvait quelque chose de désagréablement irréel ; c'était le genre de sujet qu'il ignorait avec mépris quand il tombait dessus disons… dans une feuille à scandale.

« Au moins une douzaine de vaches et un orignal ont été récemment trouvés morts dans le comté, portant des mutilations similaires à celles qui avaient été signalées dans le milieu des années 1970, d'après le shérif du comté de Twelve Sleep, O.R. Barnum (…) »

L'article décrivait ensuite rapidement la scène du ranch, qualifiant le spectacle des bêtes crevées de « monstrueux » et d'« inhumain » et les mutilations d'« inexplicables ». Après quoi le lecteur était renvoyé aux pages intérieures.

Joe poursuivit sa lecture :

« (…) Au milieu des années 1970, il s'est produit une série de mutilations de bétail dans les régions montagneuses de l'Ouest, principalement dans le Montana, le Wyoming et l'Utah.

« Outre le gros bétail, des moutons et d'autres animaux domestiques avaient été trouvés morts, leurs parties génitales et d'autres organes manquant. Dans la plupart des cas répertoriés, on avait également dépouillé la tête des victimes et il y avait eu ablation des yeux, de la langue, des oreilles et de leurs glandes. Elles auraient aussi été vidées de leur sang (…) Les hypothèses sur la cause de ce phénomène vont d'expériences faites par le gouvernement à des visites d'extraterrestres en passant par des rites de sectes occultes. Les enquêtes menées localement n'ont donné aucun résultat probant, même si un rapport du FBI en 1978 concluait qu'il s'agissait de morts naturelles et que ce qui avait été pris pour des mutilations n'était que l'œuvre des prédateurs et de la décomposition. D'après les archives du comté, les mutilations de bétail paraissent avoir cessé peu après avoir été rendues publiques et on ne trouve par la suite pas trace d'incidents semblables (…) »

La journaliste avait interrogé plusieurs éleveurs de la région qui avaient signalé des mutilations de bétail trente ans auparavant, ainsi que l'ancien coroner du comté. À la retraite depuis longtemps, celui-ci se rappelait l'affaire, mais ne savait plus ce qu'étaient devenus ses dossiers. C'est avec un sentiment de malaise croissant que Joe nota les similitudes. On ne pouvait en effet que faire le rapprochement : ablation des parties génitales et de la peau sur les têtes, gonflement, pas de prédation, absence de conclusions satisfaisantes. On avait aussi rapporté que plusieurs bêtes avaient été retrouvées dans ce qui faisait penser à un cratère de dix à quinze centimètres de profondeur, donnant l'impression que les animaux étaient tombés du ciel. Parmi les ressemblances les plus criantes, il y avait la précision des entailles, qui paraissaient avoir été faites avec des instruments particulièrement effilés et une grande précision.

« "Il n'y a rien à craindre, nous a dit le shérif Barnum. Il pourrait y avoir une explication très simple. Le shérif a refusé de faire d'autres commentaires.

« "Nous ne voulons pas que nos concitoyens bouclent leurs animaux domestiques et commencent à scruter le ciel à la recherche d'extraterrestres", a déclaré l'adjoint du shérif, Kyle McLanahan. »

Joe ne put retenir un sourire ; Barnum avait dû adorer cette dernière citation.

Il ouvrit ensuite sa boîte aux lettres et parcourut son courrier. Rien du laboratoire de Laramie au sujet des échantillons qu'il leur avait envoyés.

Un courriel de son supérieur hiérarchique, Trey Crump, à Cody. Sur la ligne « objet », Crump avait simplement mis quatre points d'interrogation. Joe l'ouvrit.

« Qu'est-ce que c'est que cette histoire de vaches et d'orignal ? lui demandait Crump. Et qu'est-ce que vous avez à voir avec du bétail crevé ? »

Joe réfléchit avant de réagir. Il décida d'ignorer le sarcasme de Crump sur les vaches mortes. Deux ans auparavant, un activiste de l'environnement, l'épouse de celui-ci et un autre homme avaient été tués par des explosifs fixés sur des vaches. Joe s'était trouvé bien malgré lui impliqué dans l'affaire. En ce qui concernait la première question de Crump, Joe se refusait à spéculer.

« C'est vrai, écrivit-il. J'ai envoyé des échantillons de chair à Laramie pour analyse. Je reste vigilant sur d'éventuels futurs incidents, en particulier en ce qui concerne la faune sauvage. »

Puis il passa sur son serveur, ouvrit le site du journal de Saddlestring et fit un copié-collé de l'article sur les mutilations qu'il joignit à son courriel. Trey pourrait le lire lui-même.

« Il y a probablement une explication, ajouta Joe. Je n'ai pas encore d'idée sur ce qu'elle pourrait être, mais je vais essayer de trouver. »

Il ajouta enfin qu'il avait trouvé les empreintes d'un ours énorme à côté de la carcasse de l'orignal : « Pourrait-il s'agir de notre grizzly échappé ? »

Puis il relut ce qu'il avait écrit, supprima la dernière phrase et envoya le message.

*

À l'instant où il allait fermer sa boîte aux lettres, un gros dossier fit son apparition et il attendit qu'il se charge, ce qui prit un certain temps. Il provenait de Dave Avery. Depuis le jour où, quelques années auparavant, des échantillons envoyés pour analyse au siège de l'agence s'étaient perdus, Joe n'avait plus tout à fait confiance dans la bureaucratie de son administration. C'est pourquoi il demandait parfois deux expertises, une à Laramie et l'autre à Dave Avery, un ancien condisciple du temps de ses études qui était à présent le biologiste responsable de la faune sauvage au département Chasse et Pêche du Montana, à Helena. Joe, témoin des deux premiers mariages de Dave, avait décliné cet honneur pour le troisième l'été précédent, au motif qu'il devait lui porter malheur.

Il n'y avait rien en « objet », ni aucun texte ; seulement six photos en pièces jointes. Joe attendit qu'elles s'affichent, toujours aussi agacé par la lenteur de sa connexion.

Lorsqu'il les examina, il sentit les cheveux se hérisser sur sa nuque.

Elles représentaient du bétail mutilé dans une prairie. Il reconnut les blessures, les ventres gonflés, les têtes dépouillées de leur peau et les sourires déments. Joe se demanda comment Dave avait pu obtenir ces clichés aussi rapidement, puis il remarqua quelque chose : le ciel, en haut à droite du deuxième, était sombre et couvert. Sur le quatrième, on apercevait une traînée de neige en premier plan. L'herbe était jaunâtre, presque grise. Ces photos avaient été prises en hiver, et ailleurs.

Il coupa la connexion pour pouvoir récupérer sa ligne téléphonique, vérifia le numéro de Dave et le composa. Son ami répondit à la troisième sonnerie.

— Avery.

— Dave ? C'est Joe Pickett.

— Joe ! Comment ça va, mon vieux ?

— Très bien.

— Je me doutais que tu appellerais.

— Oui, répondit Joe en passant une fois de plus en revue les clichés de vaches mortes qu'il avait laissés sur l'écran. Je suis en train de regarder les documents que tu m'as envoyés et je me demandais où ces photos avaient été prises.

— Bon sang, Joe ! Jamais entendu dire que c'était bien de se faire quelques politesses ? Du genre : « Comment je vais par les temps qui courent », ou « Est-ce qu'il fait beau à Helena » ?

Joe soupira.

— Alors, Dave, comment ça va ? Il fait beau à Helena ?

— Elles ont été prises dans le secteur de Conrad, Montana, répondit Dave. En janvier dernier. Tu sais où ça se trouve, ce patelin ?

— Non.

— Conrad et Dupeyer. Comté de Pondera. Dans le nord-ouest de l'État. À l'est de Great Falls.

— Je vois.

— Seize en tout, entre juillet de l'an passé et janvier de cette année, continua Dave. Il y en a peut-être huit de plus, mais les cadavres étaient trop vieux et c'était impossible à dire. Soit deux douzaines de bovins en tout. Retrouvés en général en groupes de quatre ou six, plus deux ou trois isolés. Pas d'empreintes, pas de signalements de véhicules ni de lumières dans la région. Malheureusement, nous n'avons pu examiner aucune carcasse fraîche ; elles étaient toutes gonflées et anciennes.

— Des traces de prédation ?

Il y eut un silence prolongé.

— Non.

— Les bêtes avaient été vidées de leur sang ?

— Non, mais c'est l'impression que ça donne. Coagulation naturelle. Les analyses te le montreront.

– Tu as donc reçu les prélèvements que je t'ai envoyés ?

– Ils sont au labo.

Joe attendit. Il entendait de la musique country en fond sonore, accompagnée par une voix, certainement celle de la nouvelle femme de Dave.

– Et… ? demanda enfin Joe.

– Je n'ai pas encore regardé, mais je sais ce que je vais trouver.

– Autrement dit… ?

– Rien, zéro, que dalle. Enfin si, un truc… mais je ne suis pas sûr que ça signifie quoi que ce soit. Crois-moi. Voilà neuf mois que nous analysons des échantillons de tissus animaux et le congélo est plein de têtes et de rectums de vaches dans des sacs en papier.

– C'est la première fois que j'entends parler de cas de mutilations là-bas, avoua Joe.

– Ça ne m'étonne pas. Conrad est un trou perdu, même au Montana. Sans compter qu'il s'agit juste de vaches.

La remarque fit sourire Joe. Il se souvenait d'un article que son ami avait écrit alors qu'il était encore en faculté. Il y proposait qu'on remplace quatre-vingt-dix pour cent du bétail de l'Ouest par des bisons. La suggestion avait été accueillie plutôt fraîchement à l'université du Wyoming, où les équipes de sport s'appelaient les Wyoming Cow-boys.

– Ça ne m'empêche pas, poursuivit Dave une pointe d'ennui dans la voix, de recevoir des coups de téléphone de dingues en tout genre. Il y a eu un article dans le *Great Falls Tribune*, et évidemment ça s'est retrouvé sur Internet, et la confrérie des cinglés s'y est aussitôt intéressée. C'est comme les mordus de chemin de fer, Joe. Tu n'as aucune idée qu'ils vivent au milieu des gens normaux, des gens comme nous, jusqu'au jour où on annonce l'arrivée d'une vieille loco en ville et où ils se précipitent à la gare.

– Et la faune sauvage ? demanda Joe. J'ai trouvé un orignal mâle mutilé de la même manière.

– Non ! Sans blague ?

– Les échantillons que je t'ai envoyés en proviennent.

Il y eut un silence.

– Je regarde ça dès demain, dit Avery, sérieux.

– Si j'ai bien compris, pas de morts suspectes de la faune sauvage à Conrad ? insista Joe.

Il avait l'impression que son ami savait quelque chose, mais hésitait à le lui dire.

— En fait si, il y a un ou deux rapports sur des décès, mais pas très crédibles.

— Des rapports de qui ?

Dave soupira.

— Un type là-bas… un zozo qui se proclame spécialiste en paranormal. Il a rappliqué comme ça un jour avec une espèce de labo sur roulettes. C'est un grand mobile home aménagé avec plein de matos et de conneries dedans. Il prétend représenter je ne sais quelle fondation de l'Arizona ou du Nouveau-Mexique qui financerait ses recherches. Il s'appelle Cleve Garrett (Avery cracha le nom comme si c'était un juron) et m'a assiégé pratiquement tout l'été dernier. Il a une grande théorie selon laquelle il s'agirait d'enlèvements par des extraterrestres et il m'accuse de faire partie d'une conspiration du gouvernement pour le cacher. Tu parles d'un abruti !

— Quelque chose me dit que tu ne l'aimes pas beaucoup, plaisanta Joe.

— Tu parles !

— Et c'est lui qui a signalé des cas du même genre dans la faune sauvage ?

Joe entendit Dave avaler quelque chose avant de répondre.

— Il prétendait qu'il y en avait des centaines. Qu'on en trouvait partout, au bord des autoroutes, dans les bois, n'importe où. D'après lui, si on n'en savait rien, c'était parce que nous ne pensions jamais à y regarder de plus près. Il disait que vingt-cinq pour cent des cerfs tués sur les routes auraient en fait été des bêtes mutilées et abandonnées là, mais que personne ne s'en souciait. Il adore raconter ce genre de trucs à la presse.

Joe s'efforçait de réfléchir à toute vitesse. Combien de cerfs, de wapitis, d'orignaux, de renards et d'antilopes retrouvait-on morts au bord des routes ? Des centaines, peut-être des milliers. Et qui aurait jamais pensé à les examiner ? C'étaient des accidents de la route, point.

— Un jour, il m'a apporté une carcasse de cerf à queue noire, reprit Dave. Et c'est vrai, on aurait dit qu'il avait été entaillé. Mais la mort remontait à trop longtemps pour qu'on puisse en tirer des conclusions sérieuses. Sans compter qu'on pouvait se demander si le type ne les avait pas faites lui-même.

– Il est toujours dans les parages ?

– J'en ai pas l'impression. Cela fait un bon moment que je ne l'ai pas vu. J'ai entendu dire qu'il a un petit groupe de fans aussi cinglés que lui et qu'il se serait mis avec une jeune femme. Il a dû la ramener chez lui, histoire de lui faire voir sa collection de photos d'extraterrestres.

Joe ne savait pas ce qu'il aurait encore pu lui demander. Puis il repensa à quelque chose que Dave avait mentionné.

– Au fait, Dave, tu ne m'avais pas dit qu'il y avait quelque chose de particulier dans ces échantillons de tissu animaux que tu as examinés ?

– Ah, oui… Mais je te le répète, ça ne signifie pas grand-chose.

– Ah… ?

– Nous avons effectivement trouvé un truc dans les cadavres les moins avariés qu'on nous a apportés… ils devaient avoir une semaine, environ. C'est un composé qui s'appelle « oxindole », et à un taux anormalement élevé. Jamais entendu parler ?

– Ça me dit vaguement quelque chose, répondit Joe en fouillant dans sa mémoire.

– En cours de biologie, probablement. C'est un élément chimique naturel qui peut avoir un effet sédatif. Les bovins en produisent quand ils sont en état de stress. Nous en avons trouvé des taux élevés dans les échantillons, en particulier dans les cerveaux et dans les globes oculaires… quand ils n'avaient pas été prélevés.

– On peut donc penser qu'il venait des bêtes elles-mêmes ? demanda Joe, perplexe.

– Probablement.

– Les vaches dont la décomposition était plus avancée, celles qui étaient mortes depuis plus longtemps… elles avaient de l'oxindole, elles aussi ?

– Certaines. Mais on pense que ça se dissipe avec le temps.

– Alors pourquoi en parler ?

– Parce qu'il était à un taux fichtrement élevé, répondit Avery avec un soupir. Presque assez pour assommer une vache. Beaucoup plus, en tout cas, que ce qu'une vache peut produire normalement.

Joe garda le silence.

— Écoute, Joe, il ne faut pas donner à ce détail plus d'importance qu'il n'en a. Nous ne savons pas grand-chose sur ce composé. Tiens… s'il ne se concentre pas *post mortem* dans certains organes que nous aurions examinés, justement. Ou bien s'il ne peut pas être libéré en fortes quantités en cas de mort violente et stressante… ou si sa présence ne pourrait pas être déclenchée par un virus… que sais-je encore ! On continue à chercher, mais franchement, on n'aboutit à rien. Sans compter qu'on a autre chose à faire, comme tu le sais. J'ai en ce moment même une épidémie d'ophtalmie contagieuse dans notre population de moutons de montagne. Alors on n'a pas beaucoup de temps et d'énergie à consacrer à quelques vaches crevées, et ce, d'autant moins que les mutilations paraissent avoir cessé.

— Au Montana, oui, fit observer Joe.

— C'est votre tour, dit Dave, la voix fatiguée. Vous aussi vous allez peut-être avoir droit à mon ami Cleve Garrett.

Joe poussa un grognement.

— Je reste tout de même surpris de ne pas en avoir entendu parler. J'aurais pensé que les éleveurs exigeraient qu'on fasse quelque chose.

Dave se mit à rire, ce qui lui parut une réaction curieuse.

— Je ne comprends pas, dit Joe.

— Au début, ils voulaient qu'on appelle la garde nationale. Un ou deux avaient même téléphoné au gouverneur. Puis ils se sont rendu compte de quoi ils auraient l'air.

— Comment ça ?

— Le prix du bétail était au plus bas, à l'époque. La plupart d'entre eux s'en sortaient déjà tout juste. Ils étaient à une traite bancaire du dépôt de bilan. Bref, ils pouvaient tenter soit de vendre leurs terres pour un gros paquet à des célébrités d'Hollywood, soit de négocier leur bétail avec une petite marge. Si jamais le bruit s'était répandu que leurs bêtes mouraient d'une mort pas naturelle, les choses auraient sacrément mal tourné pour eux. Quand ils ont compris ça, ils ont fait pression sur le gouverneur pour que surtout, surtout, il ne fasse rien.

— Dis-moi, Dave, je peux te poser une question ?

— Demande toujours.

— Qu'est-ce que tu en penses, toi ? Je ne te demande pas une explication scientifique, ni même ton opinion de professionnel. Mais disons… viscéralement ?

— Joe, je n'ai pas la moindre idée de ce qu'est cette connerie, répondit Dave, dont la voix tomba d'un cran. Mais ce que je peux te dire, c'est que pendant un moment j'ai eu la frousse de ma vie.

Joe lui demanda de le recontacter s'il trouvait quoi que ce soit d'anormal dans les échantillons. Ils parlèrent encore un moment de questions de gestion de la faune sauvage, Avery lui faisant le tableau de ce qui se passait au Montana – une pollution y affectait les cours d'eau. Joe confirma la découverte d'une maladie chronique chez les cerfs à queue noire du sud du Wyoming. Ils convinrent qu'ils devraient se parler plus souvent.

Puis Joe reposa le combiné et s'enfonça dans son fauteuil.

Il était toujours dans la même position lorsque Marybeth frappa deux coups à la porte et entra. Elle était en chemise de nuit – la nuisette noire qu'il aimait bien.

— Tu ne viens pas te coucher ? lui demanda-t-elle.

Il consulta sa montre et constata avec étonnement qu'il était onze heures et demie du soir.

— J'ai oublié d'embrasser les filles avant qu'elles aillent au lit, dit-il, embêté.

— Mais qu'est-ce que tu fabriquais ici ?

— Le boulot. J'ai téléphoné à Dave Avery.

Elle sourit et leva les yeux au ciel.

— Je me souviens encore qu'il n'a presque rien bu le jour de son mariage… lui qui était saoul presque tout le temps quand il était en fac.

— Il est quand même devenu un bon biologiste. Et un bon ami.

— Qu'est-ce qu'il pense de cette histoire d'orignal ?

Joe détourna un instant les yeux.

— Nous avons peut-être un problème sur les bras.

— Que veux-tu dire ?

— Les chevaux sont dans l'écurie ou dans le corral, ce soir ?

Elle fronça les sourcils.

— Dans le corral, pourquoi ?

— Je crois qu'il va falloir prendre l'habitude de les mettre dans l'écurie, répondit Joe.

Puis il se leva et s'enfonça le chapeau sur la tête.

Chapitre 8

Sheridan sortit du fouillis dense et sombre des peupliers qui bordaient le cours d'eau. Puis elle leva la tête et se mit à fouiller le ciel des yeux, jusqu'à ce qu'elle ait trouvé ce qu'elle cherchait. Un frisson d'excitation mêlée de crainte la parcourut. Ils étaient bien là-haut.

Comme on le lui avait appris, elle ne s'avança pas davantage dans la clairière. Derrière elle, de l'autre côté des grands arbres, coulait le flot placide de la Twelve Sleep River ; en dépit du niveau, très bas en cette période de l'année, l'eau était claire et calme. Jugé trop dangereux, le vieux pont métallique rouillé qui l'enjambait était interdit aux véhicules. Elle l'avait franchi une demi-heure auparavant en essayant de ne pas regarder l'eau par les trous entre les planches. Le bruit de ses pas lui avait alors paru anormalement sonore. Son haleine produisait de petits nuages de condensation. Cette journée d'automne était froide et les nuages qui avaient peu à peu bouché le ciel avaient l'air d'annoncer la pluie, voire la neige.

Elle était vêtue chaudement, de jeans et de la vieille canadienne à col de velours de sa mère, vêtement dont les manches étaient trop longues pour elle. Son père avait exigé qu'elle enfile par-dessus un gilet orange fluo : c'était la saison de la chasse. Elle avait obéi, même si elle avait l'impression d'être déguisée en cône de chantier routier. Un serre-tête noir, qu'elle pouvait au besoin glisser sur ses oreilles pour lutter contre le froid, retenait ses cheveux blonds.

Elle attendit, comme on lui avait dit de le faire. Bordée d'arbres noirs et squelettiques, la clairière s'étendait devant elle avec ses hautes herbes couleur kaki, ses buissons épars de sauge et ses quelques baliveaux de peupliers. Un pin solitaire, d'un vert profond – un parfait arbre de Noël aussi peu à sa place qu'elle-même, songea-t-elle – constituait la seule véritable note de couleur. Le silence qui régnait dans la clairière avait quelque chose d'inquiétant et elle se sentait gagnée par l'appréhension.

Cette nuit-là, elle avait refait son rêve. Au début identique aux précédents, la brume se déversant au milieu des arbres comme de l'eau s'écoulant d'un barrage qui aurait lâché. Mais cette fois, le rêve avait continué. La brume s'était arrêtée aux limites de la clairière. Quelque chose était là qui l'empêchait d'aller plus loin et la forçait à la prudence. Une confrontation avait lieu mais, dans son rêve, elle ne voyait pas ce qui s'opposait à la progression de la brume ; la chose avait une présence forte et était venue de loin pour lancer ce défi. Elle n'avait rien dit de ce rêve à son père.

*

Après une année ou presque d'initiation à la fauconnerie, année pendant laquelle elle avait surtout eu à soigner et nourrir les deux faucons pèlerins de Nate Romanowski et à écouter les commentaires presque murmurés de ce dernier sur la philosophie de la chasse au haut vol, la leçon de cette journée était toute différente. Pour la première fois, Nate l'amenait sur le terrain. Chasser avec les faucons, lui avait-il expliqué, n'avait rien à voir avec la pratique courante, celle dont elle avait des connaissances grâce à son père, le garde-chasse. On ne tuait pas à l'aide d'armes à feu, mais avec l'oiseau lui-même. Le chasseur n'était là que pour débusquer la proie, comme s'il n'était que le chien de l'oiseau, afin que celui-ci puisse fondre du ciel et tuer l'animal obligé de se mettre à découvert. Bien souvent, avait-il ajouté, elle ne verrait même pas la proie débusquée tant que le faucon n'aurait pas plongé dessus pour la tuer.

– C'est à partir de ça que les hommes ont inventé l'aviation militaire, lui avait-il encore dit. Tout a commencé là, avec l'idée de frapper une cible du haut du ciel.

– Comment ça ? s'était-elle étonnée.

– On ouvre le feu depuis les airs. L'enfer tombe du ciel. Tout a commencé comme ça.

– Ah bon ?

*

Les leçons avaient lieu après l'école, sauf lorsqu'elle avait un match de basket ou que la chorale répétait, ou encore lorsque son professeur s'absentait. Sa mère la conduisait jusqu'à la cabane de Nate près de la rivière et celui-ci la ramenait après et restait souvent chez les Pickett pour dîner. Les parents de Sheridan paraissaient avoir une relation particulière avec lui, même s'ils n'en parlaient jamais vraiment avec elle. Ils devaient lui faire confiance, sans quoi ils n'auraient jamais accepté le principe de ces leçons. Nate était célibataire et vivait seul, et Sheridan avait 12 ans. Elle comprenait que le fauconnier n'était pas comme les autres hommes et que la différence était profonde. Il ne ressemblait d'ailleurs à personne qu'elle connaissait, en tout cas pas aux autres gens que ses parents fréquentaient, les Logue, par exemple.

Cela dit, son père paraissait étrangement à l'aise avec lui, comme s'ils avaient autrefois partagé quelque chose – ce qui ne l'empêchait pas de l'étudier d'un œil froid lorsqu'il pensait que personne ne l'observait. On aurait dit qu'il essayait de décider quelque chose. Sa mère, elle, préparait des repas spéciaux les vendredis – avec salade et dessert. Si cela n'avait eu que peu d'importance au début, ces repas en avaient acquis une depuis que Marybeth était tellement débordée par son nouveau travail que se retrouver assis normalement tous les quatre autour d'une table pour manger était devenu de plus en plus rare. Sheridan avait remarqué l'expression qu'avait sa mère lorsque Nate partageait leur repas. Une sorte de rayonnement, comme lorsqu'elle sortait avec son père – pour aller au restaurant ou au cinéma, par exemple. Cette expression, qui lui rappelait à quel point les hommes trouvaient sa maman séduisante, ne durait pas longtemps ; mais elle mettait Sheridan mal à l'aise et la poussait à faire l'idiote. Elle se comportait alors comme une petite chipie, provoquant Lucy ou demandant à reprendre d'un plat qui n'était plus sur la table. Elle ignorait pourquoi elle se comportait ainsi, sinon pour détourner l'attention. Mais cela tenait aussi à la manière dont sa mère regardait Nate. C'était pour ça que son père se comportait si différemment, lui aussi, lorsque Nate était à la maison. Il se passait quelque chose entre ces trois adultes, elle le comprenait, mais sans savoir quoi. Pas question pour elle d'interroger ses parents ou de dire quoi que ce soit, bien sûr. Elle ne voulait surtout pas voir remis en cause le bien-fondé de ses leçons de fauconnerie. Même si jusque-là, les leçons en question n'avaient rien eu de bien exaltant.

Les deux ou trois premiers mois, on aurait dit qu'elles se résumaient à nettoyer le local des faucons et à aider à les nourrir. La tâche était peu ragoûtante, qui consistait pour Nate à mettre en pièces un lapin ou un pigeon fraîchement tué et à en donner les morceaux aux oiseaux. Sheridan était fascinée par la manière dont les faucons engloutissaient tout – la chair, mais aussi les plumes et les os – et elle se demandait parfois quand elle allait vraiment faire de la fauconnerie. Nate lui avait montré les accessoires, le chaperon de cuir, les jets également en cuir attachés à leurs pattes pour les obliger à rester sur le poing et les leurres faits d'ailes de canard ou en cuir, auxquels on faisait décrire des cercles au bout d'une corde pour provoquer l'intérêt du rapace. Il lui avait fait lire ses vieux livres sur ce sport ancien, ouvrages écrits pour la plupart par des Écossais morts depuis longtemps ; certains comportaient des photos en noir et blanc. Ce qui la frappait le plus était que la seule chose à paraître réelle et authentique dans ces vieux clichés était les oiseaux eux-mêmes ; les fauconniers avaient l'air d'appartenir à un autre âge. Ils portaient (il n'y avait que des hommes) des chapeaux ridicules à bord étroit et d'amples pantalons s'arrêtant aux genoux et fumaient d'énormes pipes à tuyau incurvé vers le bas qui lui donnaient envie de rire. Ils lui rappelaient Sherlock Holmes, mais en plus gros. Heureusement, Nate ne leur ressemblait pas.

Elle resta scrupuleusement immobile, comme celui-ci le lui avait demandé, et attendit de le voir sortir de la lisière opposée de la clairière, comme prévu. Il lui avait dit qu'il le ferait une fois que les faucons, convenablement lâchés, auraient atteint la bonne altitude.

*

Cela faisait six jours qu'on avait découvert le bétail mutilé au ranch Hawkins et Sheridan avait été frappée de voir un sujet de conversation familiale (l'orignal mort dans la prairie) se transformer en objet d'intérêt non seulement en ville mais jusqu'à l'école. Son professeur principal, M. Morris, lui avait même demandé de rester après la classe pour pouvoir l'interroger là-dessus. Elle qui croyait qu'il voulait la cuisiner sur un devoir d'histoire qu'elle avait pratiquement copié sur un site Internet! Elle avait été soulagée de se rendre compte que seuls l'orignal et les vaches l'intéressaient.

Elle avait été flattée qu'il la questionne sur un tel sujet, sur une affaire dans laquelle son père jouait un rôle. Elle lui avait raconté comment ils avaient trouvé l'orignal et de quoi la carcasse avait l'air. Il lui avait alors posé des questions sur les vaches, mais elle était devenue tout d'un coup timide, comme si elle en savait plus que ce qu'elle disait, ce qui n'était pas le cas. Elle regrettait de n'avoir pas prêté davantage attention à la discussion que ses parents avaient eue sur le sujet pendant le dîner, mais s'était gardée de l'avouer à M. Morris.

*

Elle entendit le bruit sec de branches qui se cassent et regarda autour d'elle. Nate Romanowski émergea d'entre les troncs des arbres, de l'autre côté de la clairière. Sheridan l'observa. Ses mouvements avaient quelque chose de fluide et de souple, de félin et de prudent, comme s'il était prêt à bondir à tout instant sur quelqu'un ou quelque chose. Grand, les épaules larges, il avait des cheveux blonds et longs attachés en queue-de-cheval. Ses yeux verts au regard perçant croisèrent ceux de Sheridan. Il avait une manière de regarder bien à lui ; l'étrangeté venait de ce que, lorsqu'il la fixait, ses yeux ne cillaient jamais. Ce regard était tellement direct qu'il finissait par la mettre parfois mal à l'aise ; elle détournait alors les yeux. Elle avait cependant compris que cela ne signifiait rien de particulier ; qu'il était tout simplement ainsi.

Dieu sait pourquoi, il hochait lentement la tête.

– Vous voulez que je m'éloigne ? lui demanda-t-elle en pensant qu'elle avait peut-être fait quelque chose de travers.

– Non.

Il se tenait la tête tournée vers le ciel, elle suivit la direction de son regard. Les deux points noirs minuscules et lointains commencèrent à grossir. Les deux pèlerins qu'il avait lâchés plongeaient vers le sol.

– Pourquoi ils piquent ? demanda-t-elle en pensant – non, en espérant – que les oiseaux avaient repéré une proie invisible pour elle.

Nate haussa les épaules.

– Je ne sais pas.

– J'ai fait quelque chose qu'il fallait pas ?

Nate, depuis l'autre côté de la clairière, se tourna vers sa petite élève. Sa voix baissa d'un cran, prenant un ton d'excuse.

– Non, pas du tout, tu as été parfaite.

– Alors pourquoi ils redescendent ?

– Je ne les ai jamais vus faire ça de ma vie.

– Jamais ?

– Non, jamais, répondit-il si doucement que c'est à peine si elle l'entendit. J'en ai déjà vu se détourner parce qu'ils avaient vu un lapin ou quelque chose dans une autre clairière ; j'ai aussi vu des oiseaux disparaître pour toujours. Mais je n'ai jamais vu des pèlerins renoncer complètement à chasser.

Les faucons plongeaient pourtant comme s'ils fondaient sur une proie, ailes repliées, serres tendues ; mais à hauteur des arbres, leur vol redevint soudain normal. Elle entendit le sifflement de leurs ailes lorsqu'ils se déployèrent et prirent le vent pour ralentir. Quelques secondes plus tard, les deux oiseaux, battant bruyamment des ailes, atterrirent pattes tendues au milieu des hautes herbes. Elle regarda Nate s'approcher d'eux. Lorsqu'il se pencha pour leur tendre son gros gant de soudeur, les faucons restèrent blottis dans l'herbe et refusèrent de monter dessus.

– Ce n'est pas normal, dit-il.

– Pourquoi ne veulent-ils pas monter ? demanda-t-elle.

– Je ne sais pas. On dirait qu'ils ont peur de se montrer.

Elle se dirigea lentement vers l'endroit où les oiseaux s'étaient posés.

– Tu ne sens pas ? demanda Nate, les paupières plissées. Il y a quelque chose dans l'air. La pression est tombée, ou quelque chose dans ce genre.

Sheridan s'immobilisa à nouveau. Son cœur battait vite et, effectivement, elle sentait quelque chose, mais n'aurait pu le décrire. C'était comme une pression venue d'en haut, du ciel. Dans un brouillard, elle vit Nate prendre un faucon et le placer sur son gant. En général, les oiseaux s'empressaient de sauter sur le poing qu'on leur tendait. Nate se redressa, le faucon sur le poignet, mais le rapace lâcha sa prise et tomba de côté. Nate tenant les jets dans sa main, l'oiseau se retrouva la tête en bas et poussa des cris aigus en se débattant violemment. Sheridan sentit même sur son visage l'air brassé par ses ailes.

— Et merde ! jura Nate en reposant l'oiseau par terre. Il va se blesser !

— Faites attention.

— Bien sûr. Et désolé d'avoir dit merde.

— C'est rien.

Nate croisa le regard de son élève, puis tourna les yeux vers le ciel.

Sheridan en fit autant, mais il n'y avait rien à voir, en dehors des nuages. Elle sentait la pression sur son visage, une sorte de traction exercée par la gravité sur sa peau, comme si elle était sur un manège tournant à toute vitesse.

— Je ne sais pas quoi te dire, murmura enfin Nate d'une voix blanche. Tout se passe comme s'il y avait quelque chose là-haut… quelque chose dont les oiseaux ont peur. Ils refusent de voler.

Chapitre 9

Une heure plus tard et à trente kilomètres de là, un certain Tuff Montegue claquait de la langue pour faire repartir son cheval en direction du nord, vers la forêt. Le crépuscule était sur le point de tomber et Tuff était d'humeur dépressive. Il fredonnait une de ses chansons de cow-boy favorite, tout à fait de circonstance, le *lamento* du cavalier nocturne :

> *Dehors de minuit jusqu'au matin*
> *Dehors je faisais le service, la lune*
> *Là-haut brillait fort comme une lampe*
> *Sur la lettre d'un vieil ami du pays...*

En dépit de sa profession, s'occuper du bétail au ranch Longbrake, Tuff détestait monter à cheval. Il n'avait rien contre les chevaux en tant que tels, il aimait bien chanter ou écouter les chansons où l'on parlait d'eux, mais il préférait vaquer à ses occupations dans le pick-up du ranch. Il n'en était pas moins un cow-boy. Un vrai. Ayant dépassé la cinquantaine, il en avait encore plus l'air que John Wayne ; authentique, il l'était, avec ses moustaches tombantes qui venaient s'incurver à la hauteur de sa mâchoire, son nez à l'arête aiguë, son visage tanné, son Gus McCrae crasseux vissé sur la tête, ses jeans Wrangler en accordéon sur le haut de ses bottes et qui restaient accrochés comme par magie à sa taille malgré son fessier réduit à sa plus simple expression.

Il adorait raconter aux gens, en particulier aux touristes qui lui payaient un whisky au Stockman's Bar, qu'il était le dernier véritable cow-boy de toutes les Bighorn qui parlait encore anglais. Ce qui n'était pas loin de la vérité : les éleveurs n'arrivaient plus à recruter dans la population locale et devaient se rabattre sur des Mexicains ou des Sud-Américains, quand ce n'était pas sur des rigolos arrivés de l'ex-Allemange de l'Est ou de Tchéquie. Il avait eu beau lâcher plusieurs fois le métier, il y revenait toujours. Entre des séjours dans cinq ranchs différents dans les comtés de Park, de Teton et de Twelve Sleep, Tuff avait vendu des paraboles satellite, fait de la mécanique dans un garage, été l'assistant d'un arpenteur puis le représentant du service clientèle pour une marque de téléphones portables, et joué les rudes montagnards dans une espèce de restaurant cabaret sous chapiteau à Hole – son boulot consistant, tous les soirs, à entrer à cheval dans la tente où se trouvaient les touristes pour y choisir une femme et repartir en la balançant sur son épaule. Il s'était retrouvé le dos en compote le jour où il avait bêtement sélectionné une jeune maman qui avait tout de la jument poulinière (une de ces femmes minces jusqu'à la taille mais dotées, cachées par la table, de cuisses comme des jambons) ; il s'était carrément effondré sous le poids. De fait, cette blessure avait été un vrai coup de chance : jusqu'à encore peu, il avait touché une rente d'invalidité et n'avait plus eu besoin de chevaucher quoi que ce soit, hormis les tabourets du Stockman's. Mais les organisateurs de ce spectacle pour touristes – une grande famille de mormons –, avaient remis en cause la réalité de son invalidité. Apparemment, l'un de ces mormons l'avait vu juché sur un taureau mécanique dans un saloon de Cody. Ce qui n'était pas entièrement faux, même si Tuff aurait bien aimé savoir ce qu'un bon mormon pouvait fabriquer dans un bar. Toujours est-il qu'en attendant le jugement, il avait dû reprendre un emploi.

*

Ce n'était pourtant qu'une des raisons pour lesquelles il avait le bourdon. L'autre, presque aussi importante, était qu'on était vendredi soir et qu'il était coincé au ranch. Depuis son arrestation pour conduite en état d'ivresse la semaine précédente – sa troisième en deux ans – son permis était suspendu. L'autre employé du ranch Longbrake, un Mexicain du nom d'Eduardo, était cloué sur sa couchette avec une jambe dans le plâtre après être tombé de cheval.

Autrement dit, Tuff n'avait personne pour le conduire en ville. S'ajoutait à cela le fait que Bud Longbrake, le patron de la boutique, respectait la loi à la lettre et refusait de le laisser conduire même dans les limites du ranch, là où jamais une patrouille de police ne serait venue le chercher. D'autant, et il le savait, que si Bud Longbrake avait voulu le laisser rouler sur ses pistes privées, ni le shérif Barnum ni la police de la route ne s'y seraient opposés s'il leur avait demandé. Mais Bud Longbrake, qui semblait se soucier nettement plus des désirs et des caprices de sa fiancée, Missy, que de la gestion de sa baraque, n'avait pas fait sa priorité d'un éventuel entretien avec le shérif.

Et merde !

Malgré tout, Tuff ne put s'empêcher de sourire. Quelle nouba, le week-end précédent ! Un week-end qui avait presque valu la suspension du permis de conduire sur lequel il s'était achevé. La serveuse du Stockman's, Evelyn Wolters, avait organisé une partouze à trois après la fermeture du bar. Tuff, Evelyn et une bouteille de Jim Beam dans le même lit. Quelle nuit ! Il aurait aimé se souvenir un peu plus clairement de certains moments précis. Les choses s'étaient passées dans l'appartement d'Evelyn, un simple studio situé au-dessus du local des anciens combattants, à quelques minutes à pied du Stockman's. Evelyn avait dû se taper autre chose que de l'alcool, mais Tuff ne savait plus trop quoi. Il ne s'en plaignait pas : ça l'avait transformée en tigresse. Certes, la petite dame n'était pas une beauté ; plus toute jeune, elle avait les jambes maigres, trop maigres, des seins qui pendaient et se balançaient de droite à gauche comme des oranges dans des chaussettes, mais elle était littéralement déchaînée. C'était elle qui avait eu l'idée d'utiliser le col d'une bouteille de cette façon, une fois le flacon vidé.

En la laissant, il lui avait promis de revenir la semaine suivante, et Evelyn lui avait répondu qu'elle en mourait déjà d'impatience. Tuff avait répondu « moi aussi », mais à la vérité, il était crevé et fin saoul à ce moment-là. Il allait lui falloir plusieurs jours pour récupérer son énergie et ses pulsions. Il ne cessait de se demander si certaines choses qu'elle avait faites – et qu'elle lui avait laissé lui faire – n'étaient pas en réalité le fruit de son délire et de ses fantasmes. Mais plus il y pensait, et il y pensait souvent, plus il finissait par se convaincre que tout cela était réellement arrivé. C'était la première fois qu'il avait fait certains de ces trucs, depuis ses permissions dans la marine. Et à l'époque, il avait dû payer pour ! Evelyn, elle, avait l'air d'aimer ça. *Waouh !* se dit-il encore.

Mais voilà : à présent, il était bel et bien en rade. Il avait appelé le bar et laissé des messages, mais elle n'avait pas rappelé. Sûr qu'elle avait entendu parler de sa suspension de permis. C'était passé dans le *Saddlestring Roundup*, dans le numéro qui parlait des mutilations de vaches. Il espérait qu'avec tout le tapage fait autour de cette histoire, elle aurait zappé le rapport hebdomadaire sur les exploits de la police. Malheureusement, si les gens ne lisaient qu'une rubrique, les trois quarts du temps c'était celle-là. Et il était prêt à parier qu'en ce moment même au Stockman's, elle était occupée à prendre pour cible un autre buveur solitaire, nom d'un chien ! Voilà, elle offrait au type un ou deux verres aux frais de la maison, comme elle avait fait avec lui. Ensuite, à la fermeture du bar, à deux heures, elle prendrait cette pauvre cloche d'une main et une bouteille de Jim Beam de l'autre et les entraînerait tous les deux jusqu'à son appartement. Alors que ç'aurait dû être lui, ragea-t-il. Il se pencha sur sa selle et frappa le hongre entre les oreilles, tellement fort qu'il se fit mal à la main. Le cheval se cabra, mais Tuff s'y était préparé en s'accrochant au pommeau de la selle. Puis le cheval se calma et repartit de son pas tranquille vers la forêt sans avoir l'air d'en vouloir à sa brute de cavalier. Autre raison pour laquelle Tuff détestait les chevaux : ils étaient stupides.

*

Bref, après une semaine passée à rassembler les bêtes éparpillées dans la montagne pour les ramener dans les enclos près du ranch, ils les avaient comptées. Il en manquait dix. Depuis qu'il avait appris les cas de mutilations au ranch Hawkins, Longbrake était devenu parano. Il avait donné l'ordre à Tuff et au Mexicain de parcourir la forêt et de voir ce qu'ils pourraient en faire sortir. Eduardo avait retrouvé six vaches égarées la veille avant de tomber de cheval. Tuff, lui, n'en avait trouvé aucune. Bud l'avait engueulé en lui disant qu'il n'en fichait pas une rame.

« Je veux que tu me retrouves ces vaches, Tuff, t'entends ? lui avait-il dit, les mains posées à plat sur la table du petit déjeuner. Mortes ou vives. »

« *Hé, va les chercher toi-même, crétin de bouffeur de chatte!* » lui avait-il renvoyé.

Non, pas renvoyé. Il y avait juste pensé. Mais un jour, lorsqu'il raconterait l'histoire au Stockman's Bar, c'est ainsi qu'il s'en souviendrait.

Il aurait aimé y voir un peu mieux, mais le soleil venait de passer derrière la montagne. Il accusa le cheval de l'avoir retardé. D'accord, le hongre était facile à monter, mais c'était le canasson le plus traînard qu'il avait jamais eu. À pied, il aurait remonté la pente plus vite, il en était sûr. Et s'il avait seulement pu prendre un des 4 × 4, il aurait été de retour depuis un moment et déjà en train de regarder la télé dans la piaule d'Eduardo.

Et remerde!

Le cow-boy se retourna sur sa selle pour ouvrir une sacoche de selle raidie par l'âge. Ses doigts se refermèrent sur le col d'une petite flasque de Jim Beam. Il avait ses souvenirs d'Evelyn Wolters et le whisky les ravivait. Il dévissa le bouchon et but au goulot. C'était du raide, mais les langues de feu familières se répandirent dans sa poitrine et son ventre. Parfois, se disait-il, ses souvenirs – et ce qu'il pouvait en faire – étaient presque mieux que la réalité. Mais il avait besoin de leurs fondations originales pour pouvoir les embellir à sa guise.

Il continua de progresser à un train de sénateur. Il regardait d'un œil plein de haine l'arrière de la tête du hongre, en particulier les deux excroissances osseuses derrière ses oreilles. Il leur adressa des malédictions en espérant vaguement qu'elles atteindraient le cerveau du cheval. Il se demanda (et ce n'était pas la première fois) quel effet aurait un bon coup de barre à mine sur le crâne du canasson.

Il longea la clôture, comme dans la chanson, les rênes dans la main gauche, la bouteille dans la droite. Il commençait à faire froid. Il y avait un peu d'humidité dans l'air, probablement apportée par les nuages ; elle accentuait l'odeur sèche et poussiéreuse de la sauge qui laissait place à celle, entêtante, de la résine. Il sentit sa propre haleine. Pas très ragoûtante.

Le hongre respirait fort sur la pente rocheuse qui aboutissait à un bouquet de peupliers. Il lui était impossible d'avancer plus vite – il n'avait qu'une seule vitesse à sa disposition, le rapport le plus court d'un 4 × 4 craboté – et Tuff était sur le point de déclarer forfait. Sans étoiles ni lune, il ne pourrait jamais voir si des vaches égarées se trouvaient dans le secteur. Et il n'allait tout de même pas se servir de sa lampe-torche. Son dévouement n'allait pas jusque-là.

Cela dit, il aurait bien aimé trouver les bêtes manquantes, ne serait-ce que pour ne plus avoir Bud Longbrake sur le dos.

Les trembles ressortaient sur les troncs plus sombres des sapins qui se lançaient à l'assaut de la montagne avant d'aller se perdre dans le ciel. Leurs feuilles avaient déjà changé de couleur et en étaient au jaune orangé qui précède leur chute. Le peu de lumière qui restait paraissait se concentrer sur ce feuillage, donnant au bosquet l'aspect d'un coup de pinceau brun clair passé sur le fond du paysage noir.

– Ho!

Tuff arrêta le hongre et s'efforça de se repérer. Il dégagea une de ses bottes de l'étrier pour pouvoir se retourner sur sa selle et examiner les parages. On lui avait dit qu'il était facile de se perdre dans ces hauteurs. Mais il n'en était pas là : loin en contrebas, il apercevait les lumières d'un bleu clair limpide qui éclairaient la cour du ranch. Et quarante kilomètres plus loin, le scintillement vacillant des rangées de lampadaires de Saddlestring.

Il se tourna de nouveau vers les trembles et crut voir un mouvement entre les arbres. Ou alors... était-ce une hallucination d'ivrogne? Il s'essuya les yeux du revers de la manche et regarda à nouveau. Avoir l'impression de voir des choses lui était déjà arrivé quand il avait bu. Mais cette fois, cela lui avait paru authentique et il sentit sa poitrine se serrer. Encore un mouvement. Quelque chose, ou quelqu'un, se déplaçait entre les arbres. Une forme plus large que celle des troncs mais qui, une fois derrière eux, paraissait se fondre dans l'obscurité. Il entendit une petite branche se casser et les oreilles du cheval, en se dressant brusquement, lui confirmèrent qu'il n'avait pas rêvé.

Il laissa échapper lentement l'air de ses poumons. C'était certainement un cerf ou un wapiti. Mais ce genre d'animal ne se cachait pas : il détalait. Entre ses jambes, le cheval se mit à haleter, émettant un *staccato* profond, un bruit grave de toux. Comme tous les cavaliers, Tuff redoutait de l'entendre car cela signifiait que les ennuis étaient imminents. Sa monture, son paisible canasson à la foulée indolente, était sur le point de balancer par-dessus bord des siècles de domesticité pour redevenir un animal sauvage.

Soudain le hongre se cabra, manquant de peu d'éjecter Tuff, dont l'équilibre était mal assuré du fait de sa position sur la selle et de la bouteille qu'il tenait à la main.

– Bon Dieu, mais qu'est-ce qui te prend ? gronda-t-il en donnant une claque du plat de la main à une oreille du cheval.

Contrairement à la fois précédente, la monture n'ignora pas le geste et, prise de panique, commença à partir à reculons dans la pente.

– Bonté divine, mais c'est quoi, ton problème ? s'écria Tuff.

Le hongre repartait en sens inverse beaucoup plus vite qu'il n'était monté. Tuff essaya de lui faire faire demi-tour pour le détourner de ce qui l'avait effrayé dans le bouquet de trembles. Se renversant du bourbon sur la main, il voulut attraper les rênes le plus près possible du mors afin de faire pivoter l'animal de force. Une nouvelle lampée d'alcool jaillit du goulot et fut projetée dans les yeux du cheval. Ce fut comme s'il avait allumé la postcombustion. Le hongre fit une folle volte-face, brutale et serrée.

Tuff étreignit la selle de ses cuisses et s'agrippa. Son chapeau s'envola. Il laissa tomber la bouteille (à regret) et, propulsé en avant, se retrouva dans une position où il étreignait le cou de la bête. Il avait perdu les rênes et plusieurs choses lui traversèrent l'esprit. Rendu fou, le cheval risquait de se prendre une jambe dans les lanières de cuir pendant l'une de ses embardées sauvages et de tomber en jetant son cavalier à terre – et l'un et l'autre se rompraient le cou. Il pensa aussi à sa bouteille de Jim Beam cassée. Il imagina de quoi il devait avoir l'air à dévaler comme une toupie la pente rocheuse dans l'obscurité en étreignant le cou de son canasson. Il s'émerveilla de la force inimaginable que pouvait déployer un cheval – et il pesait quand même plus de quatre cents kilos – quand il était complètement déchaîné, comme en ce moment.

Tout en tourbillonnant, de plus en plus vite et plus violemment que cela ne lui était jamais arrivé, même à l'époque où il participait à des rodéos, il se demanda ce qui avait pu terrifier le hongre à ce point. Un ours ? L'odeur d'un ours au mauvais moment pouvait, c'est vrai, rendre fou le cheval le plus paisible. *Il va tomber*, pensa Tuff, *et moi avec, et je vais me rompre le cou !*

C'est alors que le cheval trébucha sur quelque chose, retrouva un instant son équilibre, puis le perdit complètement. Désarçonné, Tuff fut littéralement éjecté de sa selle, et il y eut un bref instant où il ne fut plus en contact avec rien ; le temps parut alors ralentir littéralement, tandis qu'il planait, puis basculait tête la première contre un rocher froid et effilé.

Le claquement qui parvint à ses oreilles était bien celui d'une porte qu'on referme violemment.

Chapitre 10

Joe était déjà debout et douché lorsque le téléphone sonna, à six heures moins le quart. Une serviette autour de la taille mais encore dégoulinant d'eau, il remonta à petits pas le couloir sombre jusqu'à leur chambre, où il trouva Marybeth assise toute droite dans le lit, se frottant les yeux, le combiné pressé contre l'oreille. De l'autre côté de la pièce, il reconnut la voix de sa correspondante : Missy Vankueren. Son ton aigu et précipité trahissait l'inquiétude.

— Juste une seconde, dit Marybeth dans le combiné avant de poser la paume de sa main sur le micro et d'ouvrir de grands yeux en direction de Joe. C'est ma mère. Ils viennent de trouver un de leurs employés mort au ranch.

— Oh, non !

— Ils ont appelé le shérif, mais elle se demandait si tu ne pourrais pas y aller.

— Pourquoi moi ?

— Je ne lui ai pas demandé, répondit Marybeth avec une pointe d'agacement dans la voix. Elle est toute bouleversée. Elle doit tenir à ta présence parce que tu es de la famille.

Joe avait prévu de commencer tôt. On était samedi et la saison de la chasse à l'arc battait son plein – sans compter que l'ouverture du cerf était prévue sur une partie de son territoire et que les chasseurs allaient débarquer en force. La mort accidentelle d'un ouvrier agricole était de la responsabilité du shérif et du coroner du comté.

— Elle a dit qu'il avait été mutilé, comme les vaches l'autre jour.

— Dis-lui que j'arrive.

*

En temps normal, il aurait apprécié cette matinée d'automne, tandis qu'il fonçait sur la vieille nationale pour rejoindre le carrefour et le chemin conduisant au ranch Longbrake ; le soleil venait juste de pointer au-dessus des montagnes et réveillait les couleurs de la vallée. Les peupliers, dans les fonds, explosaient de rouges et de jaunes et la rosée faisait scintiller l'herbe. L'air était limpide et frais et il n'y avait pas un seul nuage dans le ciel. Les cerfs à queue noire broutaient dans les prairies et n'avaient pas encore battu en retraite au milieu des arbres et dans les endroits écartés, comme ils le faisaient pendant la journée.

Il ralentit, quitta la route en dur pour une autre en graviers compactés rouges et passa sous une arche massive de troncs d'arbre. Des massacres d'orignal, de cerf et de wapiti blanchis par les intempéries en décoraient les montants horizontaux et verticaux. Et un panneau, lui aussi décoloré par le temps, pendait de la poutre centrale à une lourde chaîne : LONGBRAKE RANCHES, SADDLESTRING, WYOMING, lisait-on dessus. On ne comptait même pas une douzaine de trous de balle dans le panneau, il le remarqua. Il n'était donc accroché là que depuis deux ans tout au plus. Dans le comté, les vieux panneaux étaient de vraies passoires.

La route de gravier courait parallèlement à un ruisseau étroit aux nombreux méandres et aux berges massives et couvertes d'herbe. Qu'il n'y eût ni wapitis, ni coyotes ou canards pour s'enfuir du ruisseau à son approche voulait dire que Joe n'était pas le premier à emprunter le chemin ce matin-là.

Missy doit se tromper, se dit-il.

S'il ne doutait pas de la mort du cow-boy, il avait du mal à croire que l'homme avait été mutilé. Missy avait tendance à laisser courir son imagination et présentait un certain penchant pour le mélodrame. Cette fois, il espéra de tout son cœur que c'était encore le cas. Si un être humain avait été effectivement tué et mutilé comme l'orignal et les vaches, l'affaire allait prendre un tour nouveau et terrifiant.

*

Les bâtiments qui constituaient le quartier général du ranch Longbrake faisaient un effet bien différent de ceux, spartiates et strictement utilitaires, du ranch Hawkins. La maison d'habitation était une structure massive en rondins ; elle comportait des chiens-assis dans le toit au premier étage et une galerie à la balustrade en pin noueux courait le long de la façade. Cette demeure symbolisait à elle seule les aspirations au statut de gentleman-éleveur de son propriétaire, comme elle l'avait symbolisé avant pour le père et le grand-père de celui-ci. Des chalets pour les invités étaient disséminés derrière la maison, au milieu des arbres. C'était aussi là que se trouvait le dortoir où couchaient jadis une douzaine de cow-boys.

Joe sentit son estomac se nouer en voyant sa belle-mère ouvrir la porte moustiquaire et sortir de la maison. Elle lui fit signe de la main.

En dépit des événements matinaux, il le remarqua, Missy s'était arrangée pour se coiffer et se maquiller avec tout le raffinement qui lui donnait l'air d'avoir 35 ans au lieu de 61. Ses yeux brillaient au milieu d'un véritable masque de porcelaine mettant en valeur ses pommettes hautes et saillantes et une bouche pleine bien écarlate. Elle était mince et impeccablement mise ; son corsage en flanelle s'ornait d'un motif de chevaux cabrés, et elle avait enfilé par-dessus une veste en suédine dont les revers étaient décorés de guirlandes de roses sauvages. Elle incarnait à la perfection le rôle d'épouse du gentleman-éleveur, il le pensa et fut bien obligé d'admirer le numéro.

Maxine bondit sur le siège à côté de lui et se mit à gémir pour qu'il la laisse sortir. *Cette chienne, tout de même !* pensa-t-il. *Elle aime vraiment n'importe qui.*

Il lui ordonna de ne pas bouger et descendit du véhicule. Missy le rejoignit à hauteur du pick-up, l'air sincèrement désolé.

– Le cheval de Tuff est arrivé vers trois heures ce matin, dit-elle tout de suite, sans prendre le temps de le saluer. Bud a regardé par la fenêtre et l'a vu près du corral, avec la selle qui pendait à l'envers. Il s'est dit que Tuff était tombé quelque part dans la montagne. Il a pris son pick-up et il est parti à sa recherche. Il est revenu deux heures plus tard et m'a dit qu'il avait trouvé son corps… là-haut.

Elle eut un geste vague vers les montagnes. Une bande jaune en illuminait les sommets enneigés ; le soleil était sur le point de se lever.

– Bud vous a-t-il dit que le corps avait été mutilé ?

Elle ne répondit pas tout de suite et écarquilla les yeux de manière grand-guignolesque.

– Oui ! Il a dit que c'était affreux !

– Il est là-haut ?

– Oui. Il a emmené le shérif.

Joe hocha la tête.

– Qu'est-ce que tout cela veut dire ? demanda Missy.

C'était bien la question qu'il se posait lui aussi. D'abord l'orignal, ensuite le bétail, et à présent peut-être un homme.

– Je n'en suis pas sûr, Missy. Si ce que Bud a dit est vrai, on a un sérieux problème sur les bras.

– Non, pas ça, dit-elle en hochant la tête. Pas pour Bud. On a commencé les préparatifs du mariage et je ne voudrais pas qu'il ait des soucis de ce genre en ce moment.

Joe la regarda et dut faire un effort pour ne pas lui demander si elle était sûre d'être la mère de Marybeth.

Mais il se contenta de reculer d'un pas, comme si elle était radioactive.

– C'est loin ? demanda-t-il.

*

À une exception près, la scène était étrangement identique à celle du ranch Hawkins. En dessous d'un bosquet de trembles, avant que la pente ne s'assombrisse de son lourd manteau de pins, il y avait une fois de plus les deux Blazer du bureau du shérif et un pick-up de ferme – sans aucun doute celui de Bud Longbrake. Le seul élément différent était la présence d'un quatrième véhicule, l'ambulance de l'hôpital du comté.

En s'approchant au volant de son pick-up, Joe découvrit un petit groupe d'hommes penchés sur quelque chose, au milieu des sauges qui leur montaient jusqu'aux genoux. Bud Longbrake, qui portait un Stetson à larges bords, leva les yeux et lui fit un signe de la main. Barnum se redressa lui aussi et fronça les sourcils. L'adjoint McLanahan et deux infirmiers constituaient le reste du groupe. L'un des deux infirmiers, un personnage trapu, bâti comme un catcheur et arborant une barbichette rousse, était pâle et ne paraissait pas dans son assiette. En se garant à côté du pick-up de Bud, Joe vit l'homme se détourner brusquement pour aller vomir dans les buissons. Son collègue vint le prendre par le bras pour le conduire un peu plus loin et l'aider à respirer.

– Salut, Joe, lança Longbrake.

– Salut, Bud.

– Missy t'a appelé ?

– Oui.

– Elle va bien ?

Joe hésita une seconde.

– Très bien.

Barnum eut un petit reniflement et échangea un regard avec McLanahan.

– Alors ? demanda Joe en s'avançant au milieu des sauges.

Le sol était mou et spongieux entre les pointes de granit de la taille d'un ballon de foot qui dépassaient ici et là sur la pente.

En découvrant ce sur quoi le groupe se penchait, Joe s'immobilisa soudain. Il avait déjà vu des centaines de pièces de gibier abattues, et il y avait eu récemment l'orignal et les vaches, mais il n'était pas préparé à ce spectacle. La victime était allongée sur le dos, jambes de travers, un bras tendu loin du corps, comme après un grand geste. Un instant, Joe pensa que l'autre bras manquait, puis il se rendit compte qu'il était cassé et coincé sous le buste du mort. Tuff avait été éventré ; ses entrailles gris bleu avaient jailli par une entaille de trente centimètres de long dans son abdomen et faisaient penser aux plantes qui s'épanouissent au milieu des coraux. Ses Wrangler étaient baissés à mi-cuisses – il avait la peau d'une blancheur d'os – et ses parties génitales manquaient ; à leur place, il ne restait plus qu'un trou ovale marron et noir. Des lambeaux de tissus et de gros morceaux de chair avaient disparu de ses cuisses.

Et Tuff n'avait plus de visage. Entre sa mâchoire et le haut de son front, il ne restait plus rien, hormis le sourire obscène de ses dents, ses yeux grands ouverts de la taille de balles de ping-pong et là, à la place de son nez, une protubérance osseuse faisant penser à un bréchet de poulet. Le reste n'était plus qu'une masse sanguinolente de muscles. Sans parler de l'odeur, mélange léger mais entêtant de sauge à la note suave, de sang, d'entrailles déchiquetées et du petit déjeuner à demi digéré de l'infirmier. Joe crut s'étouffer et essaya d'avaler sa salive.

Puis il se détourna, ferma les yeux le plus fort qu'il put et tenta de respirer régulièrement. Il entendit Barnum ricaner.

– Quelque chose qui va pas, Joe ?

Puis, rien à faire, il fut incapable de contenir la nausée qui montait en lui et vomit son café du matin sur le sol mou.

*

Joe resta sur place la plus grande partie de la matinée, mais en se tenant au large pendant qu'un policier photographiait les lieux, que d'autres prenaient des mesures et qu'on entourait la scène de crime d'un ruban attaché à des piquets métalliques plantés à la hâte. D'autres adjoints étaient arrivés de Saddlestring, ainsi qu'un policier de la route qui avait entendu les échanges à sa radio.

Jamais Joe n'avait vu le shérif Barnum aussi démoralisé ; il aboyait des ordres à ses subordonnés et marchait de long en large sans but apparent. Il monta à plusieurs reprises dans son Blazer, claquant la portière pour parcourir les fréquences radio.

Bud Longbrake se tenait à côté de Joe, appuyé à la calandre de son pick-up. Grand et large d'épaules, l'éleveur avait une chevelure argentée et de fortes oreilles décollées presque à angle droit de son crâne, un visage buriné et des yeux bleus à l'expression à la fois intense et indéchiffrable. Il portait une chemise western blanche amidonnée, la boucle en argent de son ceinturon, de la taille d'une pomme, rappelant une de ses anciennes victoires dans un rodéo. Il suivait les opérations attentivement mais sans passion, comme s'il essayait de deviner d'avance ce que seraient les conclusions de l'enquête.

– C'est la première fois que je vois un corps dans un tel état, dit-il enfin à Joe au bout d'une heure.

– Je m'en doute.

– J'ai déjà vu des veaux avec les jarrets coupés, d'autres à moitié bouffés vivants par des coyotes et un putain de loup se goinfrer des parties génitales d'un jeune wapiti qui bêlait après sa mère, mais un bonhomme massacré comme ça, non, jamais.

Joe acquiesça d'un hochement de tête.

– Je n'aurais jamais cru qu'un ours puisse faire un truc pareil à un type, reprit Longbrake.

Ce ne fut qu'au bout d'une ou deux secondes que Joe prit conscience de ce que l'éleveur venait de dire. Il se tourna vers lui.

– Qu'est-ce que vous venez de dire?

Longbrake haussa les épaules.

– Que je n'ai jamais entendu parler d'un grizzly capable d'infliger ce genre de blessures.

– Un grizzly?

– Barnum ne vous a rien dit?

– Non, rien, répondit Joe à voix basse. Absolument rien.

– Oh. Eh bien, quand je suis monté ce matin avec le pick-up, il faisait encore nuit. J'ai vu un grizzly en train de manger quelque chose. J'étais assez loin quand je l'ai pris dans les phares. Il a relevé la tête, un gros morceau de chair dans la gueule. Et quand je suis arrivé sur place, j'ai trouvé Tuff.

Joe restait perplexe. Voilà qui expliquait les affreux morceaux de muscle manquant aux cuisses du cow-boy et peut-être même son éviscération. Mais...

– Oui, mais comment un grizzly aurait pu lui faire ça à la figure? demanda Joe.

Longbrake haussa de nouveau les épaules.

– C'est justement ce que je veux dire. Je n'ai jamais entendu parler d'un truc pareil. L'ours l'a peut-être pelé, voyez-vous, comme on dépiaute un animal.

Joe frissonna à cette seule idée. Une seconde, il imagina les canines de sept centimètres déchirant de la peau humaine comme on pèlerait une banane. Il chassa vite cette vision. Longbrake haussa une fois de plus les épaules et plissa les paupières.

– Et bon Dieu, se faire bouffer les couilles comme ça par un ours! Pauvre idiot de Tuff... Il a dû être soulagé que l'ours l'achève après un truc pareil.

Joe resta sans réaction. Ce qu'il avait vu du corps, aussi brièvement qu'il l'ait regardé avant de se mettre à vomir, ne cadrait pas avec le scénario esquissé par Longbrake. Tuff n'avait pas eu la peau du visage arrachée à coups de dents par un ours; non, on la lui avait enlevée. Et la découpe avait été proprement faite. Aucune trace de déchirures. Il sentit de nouveau la nausée qui le reprenait; il respira profondément et détourna les yeux. De toute façon, il n'avait plus rien dans l'estomac.

Il y eut un cri une centaine de mètres vers le haut de la pente et Joe leva la tête. Un adjoint adressait des signes à Barnum d'un endroit situé tout près du bosquet de trembles. Barnum soupira, jeta sa cigarette et commença à gravir la pente. Joe lui emboîta le pas.

– Excusez-moi, Bud, dit-il.

Le shérif répondit par un grognement.

À mi-distance, alors qu'ils étaient loin des autres, Barnum eut un coup d'œil en coin, qui n'échappa pas au garde-chasse, pour vérifier si Joe le suivait toujours. Puis il commença à ralentir, imité par Joe. Pas que ce dernier aurait commencé à s'essouffler comme Barnum, mais parce qu'il refusait de marcher à côté du shérif. Les choses en étaient bien là entre eux, se dit Joe.

– Pourquoi vous me suivez ? demanda Barnum sans se retourner.

– Pour voir ce qu'a trouvé votre adjoint. Comme vous.

Barnum fit quelques pas de plus. L'épuisement se faisait sentir dans sa voix quand il reprit la parole.

– Je vous interdis de vous mêler de cette affaire. Pour une fois.

– Désolé, shérif, mais je suis impliqué, que vous le vouliez ou non. L'orignal était déjà de ma responsabilité et s'il y a un rapport avec la mort de Tuff, j'ai besoin de connaître tous les faits.

– Économisez donc votre souffle.

– Sans compter que Bud vient de m'apprendre qu'il a vu un grizzly ici, ce matin.

Barnum s'arrêta si brusquement que Joe faillit le heurter. Le shérif se tourna lentement, le visage empourpré. À cause de la montée, de la colère, ou des deux, Joe l'ignorait.

– C'est exact. Un grizzly. Votre putain de grizzly à vous ! gronda Barnum. Je n'ai pas besoin de vos saloperies d'ours dans mon comté. Pas plus que de vos conneries de loups. Mais vous autres, vous n'arrêtez pas de nous en ramener. Et à présent, nous voilà avec un ours déchaîné qui massacre mes administrés. Alors je vous pose la question, Joe Pickett : quelles sont vos intentions concernant cette bête ?

Joe hocha la tête, incrédule devant le raisonnement incohérent du shérif.

– Vous n'allez quand même pas me dire que pour vous, c'est le travail d'un ours, si ?

— Et qui d'autre ? Des enfoirés d'extraterrestres ? C'est ce que mon abruti d'adjoint ne cesse de me seriner.

Joe et Barnum se regardèrent sans rien dire. Plonger dans les yeux du vieux shérif rappela à Joe toutes les raisons qu'il avait de ne pas lui faire confiance.

— Vous allez me faire le plaisir de rester à l'écart de tout ça, reprit enfin Barnum, sauf si c'est pour m'apporter la tête de cet ours.

Joe ne répondit pas tout de suite et soutint le regard du shérif.

— Il n'en est pas question, dit-il. Et il n'est pas question non plus que je vous apporte la tête du grizzly.

Une veine battait à la tempe de Barnum.

— Alors, allez vous faire foutre, Pickett ! Vous êtes un vrai emmerdeur, dit-il en se tournant.

Joe le suivit.

*

L'adjoint se tenait à califourchon sur un rocher anguleux qui dépassait du sol. Un bloc de granit d'aspect verdâtre à cause du lichen dont il était envahi. Verdâtre, sauf à l'endroit où s'étalait une tache brunâtre de sang séché.

— N'y touche pas, dit Barnum à Reed, son adjoint, que Joe aimait bien.

— Je n'y ai pas touché, répondit Reed, manifestement vexé que son supérieur ait cru nécessaire de lui rappeler quelque chose d'aussi évident. Dès que je l'ai vu, je vous ai tout de suite fait signe. Il vous en a fallu un temps, pour monter !

— Nous avons eu une petite conférence, le shérif et moi, dit Joe.

Barnum lui adressa un regard meurtrier.

— À mon avis, reprit Reed, et en se fondant sur les empreintes de sabots qu'il y a là, Tuff n'est pas allé plus loin que ce rocher. Comme vous voyez, les empreintes s'arrêtent juste à côté. On peut imaginer que le cheval s'est emballé, que Tuff a été désarçonné et qu'il est tombé pile sur le rocher. Le chapeau de Tuff était posé à l'envers au milieu des petits buissons de sauge, à la gauche du bloc de granit.

— Dans ce cas, comment a-t-il fait pour aller jusqu'en bas ? demanda Barnum.

– Soit il s'est traîné, soit on l'a traîné.

– Comme aurait fait un ours, dit Barnum.

– Possible.

– Mais peu vraisemblable, fit remarquer Joe. Un ours l'aurait probablement dévoré sur place ou tiré sous les arbres, à couvert. (Il eut un geste en direction des trembles et l'adjoint suivit son regard.) Ce n'est pas le comportement habituel d'un ours de tirer un corps à découvert pour le manger.

Barnum ne chercha même pas à dissimuler son mépris.

– Et alors, qu'est-ce qui se serait passé, d'après vous ?

Joe soutint son regard.

– Je crois que Reed a raison. C'est ici que Tuff a fait sa chute de cheval. Mon hypothèse est qu'il a réussi à se relever et qu'il a commencé à se diriger vers les lumières du ranch, là en bas. Puis quelque chose l'a arrêté.

– L'ours ? demanda l'adjoint.

– Quelque chose, répéta Joe. À mon avis, l'ours n'est venu que plus tard. Peut-être même seulement quelques minutes avant que Bud ne lui tombe dessus ce matin.

L'adjoint hocha la tête, songeur, et se tourna vers son supérieur pour voir ce que celui-ci en pensait.

– Théorie de merde ! cracha Barnum avec mépris. C'est l'ours.

Le shérif fit demi-tour et commença à redescendre la pente à pas pesants.

Joe l'apostropha.

– Et c'est aussi un ours qui a tué mon orignal et l'a mutilé ? Et c'est encore un ours qui a tué et mutilé une douzaine de vaches ?

Barnum agita la main au-dessus de sa tête pour rejeter son objection.

– Le shérif tient sacrément à ce que ce soit l'ours, murmura l'adjoint.

Joe grogna.

– Parce que si ce n'est pas un ours, nous avons un sérieux problème sur les bras. Fichtrement sérieux.

*

L'ambulance repartait avec le corps au moment où Joe regagna son pick-up. Les adjoints restèrent sur place pour passer l'endroit au peigne fin. Pendant les interruptions ils buvaient du café et spéculaient sur ce qui avait pu se passer. Joe entendit McLanahan prononcer le mot « extraterrestres » ; un deuxième adjoint fit allusion à un culte satanique ; un troisième avança une hypothèse qui mettait le gouvernement en cause.

Joe chercha Barnum des yeux et finit par le découvrir assis dans son Blazer, portières fermées, vitres remontées. On aurait dit qu'il hurlait dans sa radio.

— T'es au courant ? demanda Bud Longbrake à Joe.

— Au courant de quoi ?

Longbrake donna un coup de chapeau en direction du Blazer.

— On a trouvé un autre corps. Dans le comté de Park, à environ quatre-vingts kilomètres d'ici.

Joe resta pétrifié.

— Qui est-ce ?

Longbrake leva les mains en l'air, paumes ouvertes.

— On n'a pas le nom. Un type âgé. On l'a trouvé à côté de son chalet.

— Mutilé ?

— C'est ce que j'ai cru comprendre.

DEUXIÈME PARTIE

Chapitre 11

— Messieurs, déclara l'avocat général Robey Hersig, je déclare ouverte la première réunion opérationnelle de la cellule de crise qui vient d'être créée pour résoudre les affaires de meurtres et de mutilations dans le nord du Wyoming, notre groupe ayant nom Northern Wyoming Murder and Mutilation Task Force.

— Tu parles d'un nom ! grogna Barnum entre ses dents.

Il était dix heures du matin ce mercredi-là. Quatre jours s'étaient écoulés depuis la découverte des corps de Tuff Montegue et de Stuart Tanner. Sept personnes s'étaient assises autour de la table, dans une salle du tribunal du comté d'ordinaire réservée aux délibérations du jury. La porte était fermée et les stores baissés.

Joe s'étant installé à l'autre bout de la table par rapport à Hersig, leurs regards se croisèrent un instant. La réunion n'avait pas encore commencé que l'avocat général paraissait déjà de mauvaise humeur. Hersig et Joe étaient amis et pêchaient à la mouche ensemble. Lorsque le gouverneur avait exigé qu'un représentant du département Chasse et Pêche du Wyoming siège dans le groupe de travail, Hersig s'était battu pour que ce soit Joe Pickett — au grand dam de Barnum et de Joe lui-même, sans même parler des objections soulevées par le gouverneur, qui aurait préféré nommer un biologiste pour ses connaissances scientifiques et son expertise en médecine légale. Quant à Barnum, n'importe qui plutôt que Joe aurait fait son affaire. Pourquoi ? Parce que... Joe, lui, avait dit à Hersig qu'il préférait travailler tout seul dans son coin, mais un coup de téléphone de son supérieur hiérarchique, Trey

Crump, lui avait très clairement fait comprendre qu'il était le représentant de Chasse et Pêche au sein de la cellule de crise.

La mise sur pied de cet organisme était la réaction du gouverneur Budd aux nombreux appels reçus dans ses services de Cheyenne, autant de la part des médias locaux que des entreprises de la région où les meurtres avaient eu lieu. Brian Scott, chroniqueur à la station de radio KTWO de Casper, avait lancé un « point mutilation » plutôt sardonique dans son émission matinale quotidienne – il y avait lu, et sans reprendre son souffle, le décompte des victimes humaines et animales avant de souligner la carence des autorités. La campagne pour sa réélection devant commencer dans moins d'un an, le gouverneur avait réagi rapidement et annoncé la création du groupe de travail après que Robey Hersig l'eut appelé pour lui avouer que l'enquête du bureau du shérif de Saddlestring était au point mort. Connaissant Barnum, Joe s'était alors dit que pour celui-ci la création de la cellule de crise était une véritable gifle.

Pendant que Hersig distribuait la documentation, Joe fit un tour de table. Outre lui-même, Hersig, Barnum, McLanahan et le shérif de Park County, Dan Harvey, il y avait deux hommes que Joe avait déjà rencontrés : un agent du Bureau des enquêtes criminelles du Wyoming (DCI), Bob Brazille, et un agent spécial du FBI, Tony Portenson. Revoir Portenson lui donna des sueurs froides.

Si Brazille était un personnage affable derrière son masque d'alcoolique à bajoues, Portenson, lui, avait la mine sombre et pincée, des yeux rapprochés et une cicatrice qui entaillait sa lèvre supérieure et lui donnait constamment l'air de ricaner. Déjà assis à l'arrivée de Joe dans la salle, Portenson ne l'avait pas salué ; en revanche, il lui avait jeté le regard que pourraient échanger deux conspirateurs.

– Comme vous le savez tous, le gouverneur Budd a promis que la lumière serait faite rapidement sur ces crimes et que justice serait rendue, lança Hersig en guise d'introduction. Tel est notre ordre de mission. Les dossiers que je vous ai distribués contiennent les informations que nous avons recueillies jusqu'à ce jour et j'espère que vous prendrez le temps de les passer en revue avec moi.

Joe avait déjà commencé à lire. Le dossier comprenait des copies des rapports du bureau du shérif sur l'affaire du bétail au

ranch Hawkins et sur la mort de Montegue. Son rapport préliminaire sur l'orignal y figurant aussi, il fut un peu surpris que Hersig
l'ait obtenu auprès de son administration sans lui en avoir parlé. Il
y avait des douzaines de pages de photos des différentes scènes de
crime, en couleurs et en noir et blanc, ainsi que des cartes des deux
comtés concernés, ceux de Twelve Sleep et de Park, les endroits où
avaient eu lieu les événements étant encerclés. Le dossier contenait
en outre le rapport préliminaire d'autopsie du corps retrouvé dans
le comté de Park, ainsi que le rapport d'autopsie, mais complet
celui-là, de Tuff Montegue. Les deux cadavres avaient été envoyés
aux laboratoires du FBI à Quantico, en Virginie, pour des examens
complémentaires. Il y avait enfin des coupures de presse relatant les
affaires et provenant des journaux de la région comme de l'État.

Il ne fut pas surpris de constater que les comptes rendus d'autopsie se ressemblaient beaucoup, qu'il s'agisse de l'orignal, du
bétail ou des hommes. La peau des visages et des têtes avait été
dépouillée, la langue, les yeux et tout ou partie des oreilles ayant été
enlevés, de même que les pis, l'utérus et l'anus des vaches. On qua-
lifiait ces découpes d'« impeccables et exécutées avec une précision
chirurgicale ».

L'exception, il le nota avec surprise, était le rapport d'autopsie
de Tuff Montegue. Dans son cas, les coupures du visage étaient
qualifiées de « mutilations par entailles ou en dents de scie », similaires aux plaies des parties génitales et de l'anus des animaux.

Par prudence, Joe revint sur les autres rapports. La mention de
« mutilations en dents de scie » ne se trouvait que dans celui de
l'autopsie de Tuff Montegue. Il pouvait s'agir d'une aberration
ou d'une erreur, pensa-t-il. Le coroner du comté ne pratiquait que
peu d'autopsies et passait plus de temps dans sa boutique à
monter des mouches que dans la pièce unique qui constituait les
locaux de la morgue. Joe projeta d'en parler lorsque la discussion
aurait démarré.

Il y avait autre chose, remarqua-t-il. Ou plutôt non : il y avait
quelque chose qui manquait. L'oxindole n'était mentionné nulle
part.

– Commençons par le commencement, dit Hersig en ouvrant
le rapport de Joe sur l'orignal.

*

Sous la direction d'Hersig, le groupe de travail passa méthodiquement en revue tous les rapports du dossier. Il avait été décidé auparavant que les différents aspects de l'enquête seraient partagés entre les membres du groupe ; les shérifs Barnum et Harvey s'occuperaient en priorité des meurtres ayant eu lieu dans leur juridiction ; l'agent Portenson faciliterait les communications entre les autorités locales et le FBI, Brazille se chargeant de la coordination avec les services du gouverneur et Joe travaillant sur les mutilations de la faune sauvage et tout ce qui sortait de l'ordinaire. Le garde-chasse avait grimacé en entendant son ami lui décrire sa mission. Hersig lui avait répondu par un sourire.

– Les rapports seront centralisés dans mon service, qui jouera le rôle de centre de communication, avait-il aussi dit, avec un regard appuyé pour chacun des membres du groupe. Rien ne doit faire l'objet d'une quelconque rétention. Les questions de territoire et de juridiction sont sans importance. Nous sommes tous dans le même bateau.

Il n'empêche, l'agent spécial du FBI, Tony Portenson, semblait avoir un ordre du jour quelque peu différent, ce qui laissait Joe perplexe. Portenson ne prêtait qu'une attention distraite à Hersig, ouvrant les documents dans l'ordre et ne pouvant s'empêcher, de temps en temps, de lever les yeux au ciel. Joe aurait bien aimé que l'agent du FBI ne soit pas là ; sa présence ravivait un douloureux souvenir en lui, celui de la mort de sa fille adoptive l'hiver précédent, ainsi que celle d'une responsable des réserves fédérales. En le regardant, Joe avait l'impression que Portenson n'était là que pour l'espionner, lui, pour le prendre en flagrant délit d'il ne savait quoi. Il se promit d'être prudent. L'ennui, c'est qu'il aimait bien ce type.

Le shérif Dan Harvey paraissait peu enclin à admettre que les attaques qui s'étaient produites dans le Twelve Sleep County avaient le moindre rapport avec l'affaire qui l'occupait, lui, à savoir l'enquête sur les mutilations subies par le sexagénaire retrouvé mort près de son chalet, la nuit même où Montegue avait été tué.

Ne connaissant pas les détails de cette affaire, Joe prêta particulièrement attention au rapport de Harvey. La victime, âgée de 64 ans, s'appelait Stuart Tanner. Marié et père de trois grands enfants, Tanner était directeur exécutif d'une société d'ingénierie hydraulique basée au Texas, mais ayant des contrats dans le Wyoming ; elle était chargée d'évaluer la pureté des eaux pour le Service de l'environnement de l'État et pour les investisseurs dans les puits CBM. La famille de Tanner possédait depuis plus de trente ans la propriété de montagne dans laquelle se trouvait le chalet, cela d'après les gens de Cody qui le connaissaient, et Tanner préférait loger chez lui plutôt que d'aller à l'hôtel quand il venait dans la région pour des raisons professionnelles. Il était physiquement en forme et faisait de longues marches à pied sur ses terres, quel que soit le temps. On supposait que c'était au cours d'une de ces sorties qu'il était mort... ou avait été tué. On avait retrouvé son corps mutilé bien en vue au milieu d'une prairie, à côté d'une route secondaire à l'écart. Quelqu'un l'avait aperçu et avait signalé sa découverte en appelant le numéro d'urgence du comté de Park. L'autopsie préliminaire mentionnait « inconnue » dans la rubrique « Cause du décès ».

Comme Hersig s'apprêtait à passer à l'affaire Montegue, Joe leva la main. C'était la première fois qu'il prenait la parole.

– Oui, Joe ?

Le garde-chasse se tourna vers le shérif Harvey.

– Dans ce rapport, il n'est fait aucune mention de traces de prédation. En avez-vous vu ?

– Vous voulez dire... comme si des coyotes... ou un autre charognard avaient mangé une partie du corps ?

Joe acquiesça d'un hochement de tête.

Harvey réfléchit en se caressant le menton.

– Je ne me rappelle pas en avoir vu, dit-il. Je n'ai pas été le premier sur place, mais mes hommes ne m'ont pas parlé d'animaux et le coroner non plus.

Joe hocha de nouveau la tête et s'enfonça dans son siège, reportant son attention sur Hersig.

*

Tony Portenson s'éclaircit la gorge.

– Avant que nous ne partions dans trente-six directions différentes, j'aimerais vous parler de quelque chose qui risque de vous donner à tous un sacré mal de tête.

Dans l'attaché-case qu'il avait posé près de sa chaise, l'agent du FBI prit une grosse liasse de documents reliés. Puis, comme s'il distribuait des cartes, il les fit glisser sur la table, un pour chacun des membres du groupe.

— Ce ne sont pas exactement les dernières nouvelles, cow-boys, ajouta-t-il.

Joe prit son dossier, qui faisait bien trois centimètres d'épaisseur, et en lut le titre :

RÉSUMÉ ET ANALYSES DES INVESTIGATIONS
CONCERNANT LES MUTILATIONS DE BÉTAIL
DANS LE WYOMING, LE MONTANA ET LE NOUVEAU-MEXIQUE.
Le rapport était daté de 1974.

— C'est ce que j'ai trouvé lorsqu'on nous a demandé de vous donner un coup de main, reprit Portenson d'un ton un peu las. Quelqu'un du bureau s'est rappelé avoir vu ce dossier dans les archives.

Joe feuilleta le document. Il avait été tapé sur une machine à écrire et contenait de mauvaises photos de bétail, très semblables à celles qu'il venait de voir dans la documentation rassemblée par Hersig. Il y avait des pages et des pages de rapports de nécropsie et les transcriptions d'entretiens avec des représentants de la loi et des éleveurs.

— Merde alors ! s'exclama McLanahan. Tout ça s'est déjà produit ?

— Pas exactement, s'empressa de répondre Hersig. (Joe supposa que la manière dont Portenson s'arrogeait la direction de la réunion et le prenait par surprise, avec son rapport, n'avait pas plu à son ami.) Il n'y a aucune mention de ce que j'ai trouvé sur la faune sauvage ou des mutilations d'êtres humains.

Portenson lui concéda la chose d'un haussement d'épaules qui laissait entendre que c'était sans importance.

— Et quelles sont les conclusions du FBI ? voulut savoir Barnum. Vous n'allez quand même pas m'obliger à lire tout ce bazar ?

Portenson sourit.

— Une équipe de médecins légistes de Quantico a consacré trois ans à ce rapport. Trois ans pendant lesquels ils auraient pu s'occuper de crimes sérieux. Mais les sénateurs et les représentants de vos bleds tenaient absolument à ce qu'on consacre tout ce temps précieux à leurs troupeaux de vaches crevées.

– Et alors ? lança Harvey.

Portenson poussa un soupir théâtral.

– Leur conclusion a été que ces histoires de mutilations de bétail n'étaient qu'un tas de conneries. Permettez que je vous lise quelque chose… (Il ouvrit le rapport vers la fin, à une page marquée d'un Post-it.) Je cite : « …on en a conclu que les mutilations proviennent des oiseaux charognards qui se sont attaqués aux tissus mous tels les yeux, la langue, le rectum, etc. L'apparente précision des incisions [notez les guillemets, les gars] est le résultat d'une production de gaz *post mortem* qui distend le corps des bêtes et étire les tissus… »

Portenson leva les yeux au ciel et retroussa la lèvre supérieure en un ricanement.

– Et de quoi ces bêtes étaient-elles mortes ? demanda Joe.

Pour lui répondre, Portenson alla sur une autre page marquée d'un Post-it : « Les vaches examinées sont mortes pour des raisons banales, comme le fait de manger des plantes toxiques. »

Joe se renfonça dans son siège et se frotta le visage à deux mains. Des oiseaux ? C'était à cette conclusion qu'était arrivé le FBI ? Des oiseaux ! Le rapport le mit en colère, de même que la manière dont Portenson leur en faisait part. Le silence se prolongea, désagréable.

C'est Hersig qui le rompit.

– Je ne vois pas très bien quel rapport il peut y avoir entre une affaire vieille de trente ans et ce qui arrive ici aujourd'hui, y compris la mort de deux hommes, dit-il.

Portenson haussa les épaules.

– Aucun, peut-être, je vous l'accorde. Mais je me demande si vous ne devriez pas tous prendre un peu de recul, respirer à fond, et examiner la situation sous un autre angle. C'est tout ce que je dis.

– Un autre angle ? Lequel ? voulut savoir Brazille.

L'agent du FBI regarda tour à tour chacune des personnes assises autour de la table. Joe vit le regard de Portenson se durcir brièvement quand il se posa sur lui.

– Partons de l'idée que les bêtes sont mortes de mort naturelle. Disons un virus ou l'ingestion de plantes toxiques. Je n'y connais rien en bétail, mais disons que c'est ça. Bon, les vaches meurent.

Les oiseaux les trouvent et commencent par s'attaquer aux parties molles, comme le dit le rapport. Les choses ont effectivement pu se passer de cette façon. Après tout, les carcasses n'étaient pas exactement de première fraîcheur quand on les a trouvées.

— Mais voilà que dans cette atmosphère passablement hystérique, un cow-boy tombe de son cheval dans un comté et qu'un homme âgé meurt d'une attaque cardiaque dans le comté voisin. La coïncidence est curieuse, mais n'est peut-être que ça : une coïncidence. Les gens, ça meurt. Deux hommes mourant la même nuit, ce n'est pas une grande affaire dans n'importe quelle ville américaine. Personne ne songerait à faire le rapprochement. C'est seulement ici, au royaume des cerfs et des pronghorns, dans ce territoire pratiquement vide de gens, que ça devient une affaire. Bref, le cow-boy se fait becqueter par les oiseaux, puis sert de déjeuner au grizzly de Joe Pickett. L'autre type est lui aussi victime des oiseaux et d'autres créatures. Et alors ? (Il se leva et referma bruyamment le rapport.) Et alors, vous avez une affaire qui n'est peut-être que du vent.

*

Au cours d'une pause, Joe se retrouva avec Hersig dans le couloir pendant que les uns et les autres allaient aux toilettes, reprenaient du café ou écoutaient les messages sur leurs portables. Hersig s'était adossé au mur, près de la salle de délibérations. Il grimaça et hocha la tête.

— Le rapport de Portenson nous a coupé l'herbe sous les pieds, dit-il d'un ton morose.

— Ce ne sont pas les oiseaux.

Hersig soupira.

— Je ne sais plus quoi penser. Est-ce que nous n'irions pas trop vite à des conclusions farfelues, comme il l'a dit ?

Joe hocha la tête à son tour.

— On va se retrouver tout seuls, toi et moi, Joe.

— C'est exactement mon impression.

— Et merde, dit l'avocat général en levant les yeux au ciel.

Il n'avait pas fait mystère à Joe de ses ambitions politiques. Il voulait qu'on pense à lui lorsque le gouverneur Budd devrait nommer le remplaçant de l'avocat général de l'État, qui était sur le point de prendre sa retraite. Si l'enquête s'enlisait, Hersig perdrait toute chance d'aller à Cheyenne, la capitale de l'État.

– Je t'admire vraiment, Joe, reprit-il. Alors que tu n'as pas le moindre cheval dans cette course, tu donnes l'impression d'être le seul de nous tous à vouloir élucider cette affaire. Tout ce qui intéresse les autres c'est de protéger leur pré carré.

– De toute façon, je voulais travailler seul. On dirait que c'est ce qui va arriver.

Hersig sourit.

– Pas exactement ce qui était prévu, tu sais.

– Je sais, répondit Joe. Que veut Portenson, au juste?

Hersig croisa les bras et fronça les sourcils.

– Ça m'échappe.

– Ma peau, dit Joe. C'est ma peau qu'il veut.

– Tu crois qu'il vous en veut, à toi et à Nate Romanowski, à cause de l'affaire foirée de l'hiver dernier?

– C'est bien possible.

Robey Hersig était le seul à connaître assez les circonstances de la mort de Melinda Strickland, une responsable des Réserves fédérales, pour soupçonner légitimement Joe d'en savoir plus là-dessus que ce qu'il voulait bien dire. Mais il ne l'avait jamais interrogé sur l'affaire, ce silence trahissant, aux yeux de Joe, les soupçons que pouvait nourrir son ami. La justice avait été rendue et Robey ne la remettait pas en cause.

*

Quand la réunion reprit, Hersig demanda aux membres de la cellule de crise de proposer d'autres hypothèses pour expliquer les crimes.

– Nous connaissons les conclusions auxquelles a abouti le FBI il y a trente ans et nous ne pouvons pas ne pas en tenir compte, dit-il. Mais je pense que nous manquerions à notre devoir si nous n'envisagions pas d'autres possibilités. Alors allez-y, messieurs. Même les idées les plus tirées par les cheveux et les plus folles sont les bienvenues. Rien ne sortira de cette pièce. Qui est-ce, ou qu'est-ce qui tue du bétail, de la faune sauvage et des gens dans nos comtés?

– Dans votre comté à vous, le corrigea le shérif Harvey. Dans le mien, le bétail et la faune sauvage se portent très bien, merci.

Robey se leva, s'approcha d'un tableau blanc, sortit un feutre rouge et écrivit : OISEAUX.

– Messieurs ?

Personne ne dit mot. *Génial,* pensa Joe.

– Il s'agit peut-être d'une sorte de secte religieuse, finit par lâcher McLanahan. Du genre culte satanique… des gens qui prennent leur pied en collectionnant des organes d'animaux ou d'êtres humains.

Sous OISEAUX, Hersig écrivit : SECTE DE BARJOTS.

– Ou seulement un ou deux cinglés, dit Harvey. Des racailles qui aiment bien faire la manchette des journaux. Ils ont commencé avec l'orignal, puis ils sont passés aux vaches. Après quoi ils ont franchi un grand pas et s'en sont pris aux êtres humains.

Hersig écrivit : INDIVIDUS PERTURBÉS.

– Ce qui ne veut pas dire que je sois d'accord, reprit McLanahan en s'étirant dans son siège, les mains croisées derrière la tête. Mais j'ai entendu dire certaines choses en ville. Et même jusque dans le service.

L'adjoint ne vit pas le coup d'œil meurtrier que lui adressa Barnum, mais Joe, lui, le vit.

– D'après certains, ce serait le gouvernement. La CIA ou un organisme de ce genre. L'idée est qu'ils expérimenteraient de nouvelles armes ou des tactiques antiterroristes.

– Le FBI ? lança Barnum en adressant un sourire à Portenson.

– Et puis quoi encore ? répondit sèchement l'agent. Comme si on n'avait pas déjà assez à faire comme ça.

– Autre théorie que j'ai entendue, reprit McLanahan : les Arabes.

Joe ricana et l'adjoint se tourna vers lui, l'œil mauvais. Sa voix monta d'un cran lorsqu'il enchaîna.

– D'après un rapport, on aurait aperçu un van plein d'hommes de type arabe en ville la semaine dernière, monsieur Pickett. Personne ne sait ce qu'ils fabriquaient là.

Étant donné qu'en dehors de quelques employés de ranchs mexicains, des Indiens de la réserve qui descendaient de temps en temps en ville faire des achats et de deux citoyens noirs, la population de la ville était presque entièrement blanche, Joe ne fut pas surpris d'apprendre que la présence d'un van rempli d'individus basanés ait donné lieu à des appels au bureau du shérif. Mais tout de même… des Arabes ? Venus terroriser le Wyoming ? Hersig n'en écrivit pas moins ARABES au tableau.

— Et cet ours ? demanda Barnum en se tournant vers Joe. Longbrake a vu un grizzly et Montegue était à moitié bouffé. Il s'agit peut-être d'un ours barjot qui aime se taper la peau de la figure et les queues des mecs ? Peut-être que toutes ces années que les amis des bêtes ont passées à chouchouter les nounours ont transformé l'un d'eux en assassin ?

— La théorie des Arabes tueurs me paraît moins délirante, dit Joe.

Barnum, en colère, frappa la table du plat de la main.

— J'aimerais savoir ce que Joe Pickett vient foutre dans cette cellule de crise. Il commence à sérieusement me courir !

Ça y est, on y est arrivé, pensa Joe.

— Le gouverneur Budd voulait qu'il y ait un représentant de Chasse et Pêche, lui répondit froidement Hersig. Et si je me souviens bien, Joe s'est trouvé impliqué dans certaines des affaires les plus sérieuses de ce comté.

— Dites ce que vous avez à dire, shérif, lança Joe en sentant sa nuque devenir brûlante. Déballez-nous tout, et tout de suite.

Barnum pivota sur son fauteuil comme s'il était sur le point de répliquer, puis parut y renoncer pour se mettre à faire les gros yeux à sa tasse de café.

Afin de revenir au sujet après cette diversion inattendue, Hersig ajouta : AGENTS DU GOUVERNEMENT et OURS GRIZZLY à sa liste.

— Un virus inconnu ? proposa Brazille en prenant la parole pour la première fois.

— Il y a encore un truc, et tout le monde le connaît, dit McLanahan en se redressant lentement. Et comme personne ne veut en parler, je vais le faire.

Hersig commença à écrire avant même que l'adjoint ait prononcé le mot.

EXTRATERRESTRES.

— Nous avons même un type qui a appelé le bureau pour nous proposer ses services. Un spécialiste des mutilations de bétail par les extraterrestres, reprit McLanahan avec un sourire. Il prétend s'y connaître dans le « paranormal », comme il dit.

– De qui s'agit-il ? demanda Hersig.

– Un type du nom… (McLanahan consulta son carnet à spirale)… de Cleve Garrett.

Joe se redressa. C'était le nom que lui avait donné Dave Avery. Celui du prétendu expert qu'on avait vu débarquer à Helena.

– Apparemment, il est venu à Saddlestring parce qu'il a entendu parler des mutilations. Il arrive du Montana. Il a monté sa boutique au Riverside, le parc des mobile homes.

– Vous lui avez parlé ? demanda Hersig.

– Vous blaguez, non ?

– J'irai le voir, proposa Joe.

– Je vous en fais cadeau ! lança McLanahan en riant.

– À toi les fans de soucoupes volantes, Joe, dit Hersig en attribuant officiellement la mission au garde-chasse.

*

Joe expliqua au groupe ce qu'il tenait de Dave Avery. Il remarqua que même les yeux de Barnum s'agrandirent lorsqu'il apprit que d'autres mutilations avaient eu lieu au Montana l'hiver précédent. Et il vit le shérif et Brazille prendre en note le mot « oxindole » lorsqu'il mentionna la présence de ce gaz.

– Il nous faudra un rapport là-dessus, Joe, dit Hersig.

– Je le ferai.

Hersig s'adressa ensuite à l'agent du FBI.

– Monsieur, dit-il, pouvez-vous demander à Quantico une analyse chimique de sang et de tissus pour les victimes humaines afin de déterminer si elles avaient un taux anormal d'oxindole ou d'autre chose ?

– Je suis sûr que c'est prévu, répondit Portenson. Mais c'est entendu, je le demanderai.

*

La séance enfin levée, Joe se rendit au parking des Services du comté, les idées plus confuses que jamais dans son esprit. Il allait avoir besoin de temps pour faire le tri dans ce qu'il venait d'entendre. Le mystère était devenu soudain plus vaste et plus opaque. L'explication donnée par Portenson – si les choses se réduisaient bien à cela – l'avait déstabilisé.

En s'approchant de son pick-up, il se tourna vers le bâtiment. Debout dans l'entrée, Portenson et Barnum s'étaient lancés dans une discussion animée. Mais Joe était trop loin pour saisir leurs paroles. Les deux hommes se rapprochaient l'un de l'autre sans cesser de parler. Soudain, Portenson se tourna et eut un geste en direction de Joe. Barnum regarda aussi vers lui.

Qu'est-ce qu'ils peuvent bien se raconter ? se demanda Joe.

Puis Portenson laissa Barnum dans l'entrée et se dirigea vers le parking.

Joe fit le tour de son véhicule pour aller à sa rencontre, un creux à l'estomac. L'homme avait de toute évidence quelque chose à lui dire.

— Le shérif et moi venons juste de tomber d'accord pour dire qu'il vaudrait mieux que vous fassiez profil bas dans cette enquête, dit Portenson.

Joe ne dissimula pas son agacement.

— Je ne comprends pas votre problème. Le FBI a été blanchi l'an dernier. Vous avez fait votre enquête et vous avez conclu que vous étiez tous des héros.

Portenson fit la grimace.

— C'est la version officielle, oui. Dans l'autre, c'est bien différent, en tout cas aux yeux de mes collègues. Je suis devenu un pestiféré. Tout ça parce que je vous ai aidé au lieu de soutenir les miens.

— Vous avez fait ce qu'il fallait.

— Comme si cela avait un rapport ! Allez donc leur raconter ça dans mon service, vous verrez. Je vais tout droit au placard, si ça continue. Je ne tiens pas, mais pas du tout, à rester coincé ici pour le reste de ma carrière.

— Et pour ça, il faut vous racheter et décrocher une promotion. En faisant quelque chose de sensationnel, par exemple.

— Comme d'expliquer le rôle que vous et votre copain Nate Romanowski avez joué dans le suicide d'un agent fédéral, lui renvoya Portenson en prononçant le mot « suicide » d'un ton dégoulinant de mépris.

Joe ne répondit pas. Il savait qu'il aurait toujours cette histoire sur le dos. Et c'était normal, pensa-t-il. Il chercha quelque chose à dire.

– Les oiseaux ?

– Quoi ?

– Vous pensez sérieusement que les oiseaux sont la réponse aux mutilations ?

Portenson se rapprocha et tint son visage à quelques centimètres de celui de Joe, qui sentit des relents de tabac et de café dans l'haleine de l'agent.

– C'est une théorie aussi bonne que toutes celles avancées pendant cette réunion. Et probablement même meilleure que la plupart.

– Sauf que ce ne sont pas les oiseaux, dit Joe.

Chapitre 12

À l'autre bout de la ville, Marybeth jeta un coup d'œil dans son rétroviseur pour surveiller ses passagères. Lucy et Jessica Logue étaient collées ensemble sur le siège du milieu, Sheridan occupant seule celui du fond avec un air qui disait haut et fort : JE ME BARBE AU PLUS HAUT POINT !

Une fois de plus, Lucy et Jessica avaient dressé des plans pour aller jouer chez les Logue après la classe.

– Quel besoin a-t-elle de se montrer aussi sociable ? demanda Sheridan à Marybeth.

– Si tu crois que je ne t'ai pas entendue, lui lança Lucy par-dessus son épaule. C'est peut-être parce que je sais me faire des amies.

– Si ça continue, elle va finir par devenir majorette pour pouvoir faire des sourires à tout le monde.

– C'est peut-être parce que moi, j'ai de bonnes raisons de sourire au lieu de faire tout le temps la tête comme certaines !

La réplique fit pouffer Jessica.

– Mets-la un peu en veilleuse, Lucy.

– On se calme, les filles, les avertit leur mère.

Tout en continuant de rouler dans Second Street, Marybeth sourit intérieurement. Sheridan participait à de nombreuses activités, à l'école comme à la paroisse, mais n'avait jamais éprouvé le besoin de multiplier ses relations. On ne l'appelait pas souvent chez elle et elle appelait rarement ses camarades de classe. Le meilleur ami de Sheridan, pensa Marybeth avec une pointe d'effroi, était probablement Nate Romanowski.

Marybeth s'engagea dans l'allée sinueuse et bordée d'arbres avec l'aisance de l'habitude et faillit emboutir un véhicule arrêté en plein milieu. Elle écrasa le frein ; le van vibra mais s'arrêta à vingt centimètres d'une caravane attelée à un pick-up.

— Génia ! lança Sheridan. Jolie manœuvre !

Marybeth laissa échapper un soupir et s'adossa à son siège. Il s'en était fallu de peu. C'était de sa faute : elle avait supposé que l'allée des Logue serait dégagée comme toujours.

— Tout le monde va bien ?

Les trois filles répondirent en chœur que oui et Lucy et Jessica se précipitèrent sur les poignées de portières.

Mais le van étant équipé d'un système qui les verrouillait automatiquement dès qu'il était en prise, Marybeth devait appuyer sur un bouton pour leur ouvrir. Elle hésita un instant avant de le faire.

Le pick-up qu'elle avait failli emboutir était rouge, vieux, cabossé et couvert de boue. Il penchait un peu de côté, comme si l'un des amortisseurs était fichu. Il venait du Dakota, à en juger par la plaque d'immatriculation maculée.

— Vous avez des visiteurs, Jessica ? demanda Marybeth en se tournant vers l'arrière.

Jessica lâcha la poignée de la portière et acquiesça d'un signe de la tête.

— Oui, répondit-elle, mon grand-père et ma grand-mère.

— Ça doit être agréable, dit Marybeth en essayant de se souvenir si Cam ou Marie avaient parlé de leur arrivée, au bureau.

S'ils l'avaient fait, elle n'en avait aucun souvenir. L'atmosphère avait été tendue toute la semaine et les portes étaient souvent restées fermées.

— Ouais, répondit Jessica sans enthousiasme.

— Ils sont du Dakota du Sud ?

— Ouais, ouais.

— Ils doivent rester longtemps chez vous ?

Marybeth vit que Sheridan lui lançait des regards exaspérés. La fillette n'avait qu'une envie, rentrer chez elle, au lieu d'écouter sa mère aller à la pêche aux informations.

— Je ne sais pas.

— Depuis combien de temps sont-ils là ?

— Une semaine ou un peu plus.

C'était peut-être la raison pour laquelle Cam était devenu aussi irritable, songea Marybeth. Les choses allaient assez mal comme ça avec les histoires d'animaux mutilés, les sœurs Overstreet qui n'étaient qu'une source de problèmes et les difficultés financières de l'agence ; il n'avait pas besoin d'avoir en plus ses parents sur le dos. La mauvaise humeur de Cam devenait un peu plus compréhensible.

– Lucy ? reprit Marybeth. Ce serait peut-être aussi bien de ne pas rester aujourd'hui étant donné que les Logue ont de la visite.

Hurlements de protestation de Lucy et de Jessica.

– Tu es sûre que c'est OK ?

– Oui ! s'écria Jessica.

– Et ta maman a bien dit qu'elle ramènerait Lucy ce soir ?

– Oui ! hurla-t-elle.

– Bon, ça va, dit Marybeth en appuyant sur le bouton libérateur.

Lucy se redressa et déposa un baiser rapide sur la joue de sa mère.

– À tout à l'heure, m'man.

Marybeth regarda les deux filles faire le tour du pick-up et se diriger vers la maison. À l'arrière, Sheridan soupira. Marybeth passa la marche arrière, mais ne démarra pas. Quelque chose clochait. Rien de bien cohérent, rien qu'elle aurait pu mettre en mots. Elle partageait tout avec Marie, y compris des choses qui auraient fait blêmir Joe s'il les avait entendues. Elles discutaient de leurs désirs, de leurs besoins, de leurs ambitions – parfois comme des gamines. Marybeth savait ainsi que Cam n'avait fait aucune avance sexuelle à Marie depuis qu'il s'occupait du ranch Timberline. Cela troublait d'autant plus celle-ci qu'ils avaient décidé d'essayer d'avoir un deuxième enfant. Marybeth était plus discrète, mais elle avait fait part à Marie de sa frustration devant l'état navrant des finances de la famille Pickett.

L'arrivée de beaux-parents n'était pas un petit événement, Marybeth le savait bien. Comment se faisait-il que Marie ne lui en ait pas parlé ? Ou alors… elle le lui avait dit en passant et Marybeth, dans l'agitation frénétique qu'était devenue sa vie depuis quelque temps, n'avait tout simplement pas fait attention ?

– Très bien, dit-elle à voix haute en embrayant. (Elle vit Sheridan se détendre sur son siège avec soulagement.) J'ai simplement…

– … du mal à nous lâcher, dit Sheridan, finissant la phrase pour elle.

Chapitre 13

— Il faut que je te montre un truc qui va foutre la trouille de sa vie à Hailey, dit Jessica à Lucy au moment où elles entraient dans la maison.

— Tu es sûre qu'on a le droit d'aller derrière ?

— Bien sûr que non, Lucy !

Elles échangèrent un sourire.

Les parents de Jessica n'étant pas encore rentrés de l'agence, les deux fillettes abandonnèrent sans plus de manières leur cartable dans le séjour et se dirigèrent tout droit vers la porte donnant sur l'arrière de la maison. Une télévision était en marche dans le salon familial et, en passant à côté de la pièce, Lucy aperçut la lueur bleue de l'écran.

— Jessica ? Ma chérie ? fit une voix.

— B'jour, mamie, répondit Jessica sans ralentir.

— Viens ici, qu'on te voie un peu. Qui est ton amie ?

Jessica s'arrêta brusquement et leva les yeux au ciel en se tournant vers Lucy avant d'entraîner celle-ci dans la pénombre de la pièce.

Il fallut un moment pour que leurs yeux s'y adaptent. Lucy finit par distinguer deux personnes uniquement éclairées par la lumière de la télévision, la lueur de l'écran se reflétant dans deux paires de lunettes à monture de métal d'un modèle ancien.

— Lucy, je te présente mami et papi Logue.

— Bonjour, dit Lucy.

Les grands-parents de Jessica étaient petits et frêles. La grand-mère portait un sweat-shirt trop grand pour elle de deux tailles et orné d'un cœur brodé. Ses cheveux d'un gris terne étaient coupés court. Le grand-père, lui, avait l'air de sortir tout droit d'un vieux film sur les paysans : chemise de flanelle boutonnée jusqu'au cou, larges bretelles, pantalons flottants et tachés, lourdes chaussures de travail. Ils regardaient une émission sur les familles à problèmes.

La grand-mère de Jessica avait un tricot en cours sur les genoux, et Lucy aperçut la lueur métallique des aiguilles à tricoter. Comment la vieille dame arrivait-elle à voir ce qu'elle faisait ? se demanda-t-elle.

— Pourquoi tout est éteint ? demanda Lucy.

— Pourquoi gaspiller de l'électricité ? répliqua la grand-mère.

— Nous ne gaspillons pas l'électricité dans notre famille, dit le grand-père d'une voix haut perchée et nasillarde. Nous ne gaspillons pas l'eau, non plus.

Lucy ne savait trop ce qu'elle devait répondre.

— On va jouer, dit Jessica en changeant de sujet au grand soulagement de Lucy.

— Soyez prudentes, les avertit la grand-mère. Restez près de la maison. Je suis contente d'avoir fait ta connaissance, jeune fille.

— Moi aussi je suis contente, répondit Lucy.

*

Une fois dehors, Jessica adressa une mimique à Lucy pour lui dire de la suivre et l'entraîna entre les grands arbres. Il y faisait frais, et le seul bruit était celui des feuilles de peuplier qu'elles écrasaient sous leurs pieds. Lucy était soulagée d'être dehors, loin des grands-parents de son amie.

Elle n'en revenait pas de voir à quel point ils paraissaient vieux, en particulier si elle les comparait à sa grand-mère Missy, qui habitait à présent dans un ranch, à Saddlestring ; comme elle paraissait plus jeune ! Lucy regrettait parfois qu'elle n'ait pas un peu plus l'air d'une vraie grand-mère, mais trouvait que les grands-parents de Jessica poussaient les choses un peu trop loin dans le style vieux.

Les deux fillettes commençaient à être à une certaine distance de la maison.

— Jessica ?

— Je sais. On donne juste un coup d'œil et on revient tout de suite à la maison, pour y être avant le retour de mes parents.

Lucy acquiesça d'un mouvement de la tête. Un coup d'œil à quoi ? se demanda-t-elle, prise d'un frisson d'excitation mêlée de peur. Elle passa la main entre les boutons de sa veste et sentit battre son cœur.

— Et maintenant, quoi qu'il arrive, ne lève pas les yeux… murmura Jessica.

Les deux fillettes éclatèrent de rire, ce qui fit baisser la tension pendant quelques instants. À l'école, l'expression « Ne lève pas les yeux » était devenue un gag depuis qu'avaient commencé les affaires de mutilations. Les cinquièmes, dont certains camarades de Sheridan, le disaient aux plus petits pour leur faire peur dans la cour de récréation. Si par malheur ils levaient les yeux – risquant en général un bref coup d'œil à demi-terrifié – ils avaient droit à des chatouilles ou à une bousculade, parfois avec l'aide d'un compère venu se mettre subrepticement à quatre pattes derrière eux.

Mais jusque-là, le meilleur gag avait été le fait de deux garçons de leur classe qui s'étaient mis à vendre des casquettes de base-ball couvertes d'aluminium à sept dollars pièce. L'un des gamins avait fait de larges emprunts à la collection de casquettes de son père, l'autre avait chipé un rouleau d'aluminium dans la cuisine de sa mère.

« Pourquoi risquer d'être mutilé ? criaient-ils comme des aboyeurs de foire. Protégez-vous avec nos casquettes spéciales ! Seulement sept dollars pièce ! Deux pour douze dollars ! »

— C'est encore loin ? demanda Lucy en se disant qu'elles devaient se trouver aux limites de la propriété.

Jamais encore elles n'étaient allées aussi loin de la maison.

— On est presque arrivées. Attends un peu le jour où on viendra avec Hailey ! On la laissera toute seule ici. Ça lui apprendra, pour toutes les fois où elle a essayé de nous faire peur.

Nerveuses mais pouffant de rire, les deux fillettes passèrent sous une branche basse et s'enfoncèrent entre des buissons hauts et secs. Lucy s'immobilisa en voyant la construction et l'examina. Elle était plus petite que ce à quoi elle s'attendait ; noire et ancienne, elle n'avait jamais reçu le moindre coup de pinceau et avait plutôt la taille d'une cabane. Sur trois fenêtres, une seule avait encore ses carreaux ; les deux autres étaient bouchées par des planches. Il manquait des planches dans le porche en voie d'effondrement ; des touffes

d'herbe jaunies poussaient dans les interstices. Une antique cheminée de tôle noircie par l'âge dépassait du toit inégal.

— Eh bien ! dit Lucy. Quand l'as-tu trouvée ?

— Hier.

Lucy regarda son amie. Jessica sourit et haussa les sourcils d'un
air interrogateur. Lucy n'était pas trop sûre que tout cela lui plaisait, même un petit peu.

— Tu veux qu'on regarde dedans ? demanda Jessica.

— On devrait peut-être rentrer.

— T'as pas envie de savoir ce qu'il y a dedans ?

Lucy croisa les bras.

— Il n'est pas question que j'entre dans cette maison.

Jessica parut déçue, mais au fond, pas tant que cela. Comprenant que son amie avait peur elle aussi, Lucy se sentit mieux.

— Et si on regardait juste par la fenêtre ? proposa Jessica.

Lucy pesa le pour et le contre. Elle aurait préféré retourner à la
maison. Mais elle ne voulait pas donner l'impression d'avoir la
frousse et offrir ainsi à Jessica un prétexte pour la taquiner plus tard.

Elle hocha rapidement la tête en silence, craignant que sa voix
ne trahisse son appréhension.

Les deux gamines se coulèrent prudemment vers la cabane.
Lucy se rendit compte qu'il lui faudrait se mettre sur la pointe des
pieds pour voir par-dessus le rebord de la fenêtre. Jessica était plus
grande qu'elle de trois ou quatre centimètres, soit assez pour voir
sans effort dans la maison. Lucy regretta que le ciel soit si couvert ;
l'impression aurait été toute différente s'il y avait eu du soleil.

Elles approchèrent de la fenêtre en silence. L'appui était grisâtre
et déformé. Lucy s'y accrocha pour se soulever et, en équilibre sur
la pointe des pieds, réussit à mettre son nez à hauteur de la planche.

Il y avait juste assez de lumière à l'intérieur pour distinguer
quelque chose. Soudain, elles eurent la respiration coupée.

Ce n'était pas d'avoir vu des draps sales, des boîtes de conserve
entamées et des piles de livres posées à même le sol qui les avait ter-
rifiées. Là, il y avait eu une sorte de froissement venu de quelque
part dans l'ombre, hors de leur champ de vision, et des bruits
sourds, comme les pas précipités de quelqu'un qui s'éloigne.

Elles coururent d'une traite jusqu'à la maison sans cesser un
instant de hurler.

Chapitre 14

Après la réunion de la cellule de crise, Joe Pickett avait entrepris de traverser les Breaklands au volant de son pick-up afin d'inspecter les territoires de chasse dans les contreforts des montagnes. À un moment donné, il quitta le chemin pour se garer sur un promontoire d'où il aurait une vue unique sur toute la vallée, tout en mangeant le sandwich au salami et la pomme qui constituaient son déjeuner. La journée était fraîche et sans nuages, l'horizon illimité à l'est. À des kilomètres en dessous de lui, au confluent broussailleux de deux petites rivières, il vit un petit campement de trois véhicules et une caravane à toit rétractable. Il l'étudia à travers sa lunette d'approche et reconnut un groupe de chasseurs d'antilopes qu'il avait contrôlé quelques jours auparavant. Les hommes lui avaient demandé s'ils n'étaient pas sous la menace d'un danger venu du ciel. Il n'avait pas su leur répondre et ne le savait toujours pas.

En dépit de ses nouvelles obligations au sein de la cellule de crise, Joe n'en avait pas moins son travail habituel à faire. La saison de l'antilope pronghorn était ouverte, tout comme celle de la chasse au wapiti à l'arc dans les hautes terres. La saison du cerf allait commencer quinze jours plus tard et pendant une courte période ce serait l'effervescence, la chasse étant alors autorisée pour tout le gros gibier. Joe espérait que d'ici là, le groupe de travail serait parvenu à une conclusion, sans quoi son absence sur le terrain finirait par être remarquée. La plupart des chasseurs respectaient le règlement mais quelques-uns – les petits malins qui tentaient d'abattre plus d'animaux que leur quota ou les salauds qui n'hésitaient pas à abandonner un animal blessé au profit d'un trophée plus imposant – surveillaient de près ses allées et venues.

La présence de Portenson dans la cellule de crise et sa menace d'étudier plus à fond le rôle que Nate et lui avaient joué dans la mort de la responsable fédérale l'hiver précédent le préoccupaient. Il se regarda dans le rétroviseur et y vit un visage tendu et inquiet, les sourcils froncés.

Il descendit du pick-up et alla s'installer sur la plateforme, où il ouvrit son carnet à la page des notes qu'il avait prises pendant la réunion.

* Sectes
* Individus perturbés
* Agents du gouvernement
* Arabes (ridicule)
* Virus inconnu
* Extraterrestres
* Oiseaux (hypothèse du FBI)
1 – Tuff Montegue / Twelve Sleep County / Contusions, mutilations / Grizzly mangeur d'hommes / Oxindole ?
2 – Stuart Tanner/ County Park (80 km) / Pas de prédation / Appel 911 / Oxindole ?
3 – Cleve Garrett / Fan de paranormal / Parc de mobile homes de Riverside ;
4 – Portenson / Déja arrivé dans les années 1970 / OISEAUX ? ? ?

Il passa de nouveau en revue ces hypothèseses et hocha la tête. S'il y avait des sectes sous une forme ou une autre dans la région, elles devaient fonctionner dans l'anonymat le plus complet, car il n'avait jamais entendu parler de quoi que ce soit dans ce domaine. Et vu l'absence de réactions autour de la table, tout le monde était dans le même cas.

Il classa « agents du gouvernement », « virus inconnu », « extraterrestres » et « oiseaux » dans la catégorie des hypothèses hautement improbables. Il n'y avait que dans les feuilletons télé du genre *X-Files* qu'on trouvait un gouvernement assez tordu pour mener des expériences secrètes en matière d'armes sur des animaux ; et comment Tuff Montegue et Stuart Tanner se seraient-ils inscrits dans ce tableau? Il ne pouvait imaginer le gouvernement assassinant et dépouillant de vieux cow-boys juste pour tester une arme nouvelle.

La possibilité qu'un virus inconnu tue animaux et êtres humains était marginalement moins délirante, mais aberrante elle aussi : il voyait tout aussi mal comment ce virus aurait pu agir en externe et encore moins comment il aurait pu provoquer les mutilations qu'il avait vues.

Des extraterrestres? Voilà une éventualité qu'il refusait d'envisager sérieusement. Rien que le terme le faisait ricaner de mépris. Manquait-il de largeur d'esprit, se demanda-t-il, ou bien avait-il peur d'affronter cette possibilité? Il ne savait comment répondre à cette double question, sinon en admettant qu'il y avait peut-être un peu des deux. D'autant, se dit-il, que si des extraterrestres étaient à l'origine des meurtres et des mutilations, ce n'était pas la cellule de crise, ni personne d'autre, qui pourraient y faire grand-chose.

Les oiseaux?

Les oiseaux? répéta-t-il à voix haute. *C'est complètement idiot.*

Il aurait bien aimé faire l'impasse sur l'hypothèse de l'ours, mais le fait est qu'on avait constaté la présence d'un grizzly en deux endroits : près du cadavre de l'orignal et près de celui de Montegue. On ne pouvait donc pas l'ignorer. Il avait vu lui-même ses empreintes dans la prairie et constaté que le plantigrade géant avait laissé la carcasse à découvert. Les mutilations mises à part, les profondes entailles sur le buste de Montegue avaient été sans aucun doute faites par un ours. Celui-ci, cependant, était arrivé sur les lieux après la mort de l'orignal comme pour l'homme. Il avait flairé les cadavres et choisi de ne pas consommer l'orignal mais de se repaître du vieux cow-boy.

Joe pouvait d'autant moins faire l'impasse sur l'hypothèse de l'ours que ces animaux relevaient de sa responsabilité. Dès qu'ils quittaient la réserve fédérale protégée de Yellowstone, les ours tombaient sous la responsabilité du département Chasse et Pêche du Wyoming et le département en étant responsable, on pouvait lui demander des comptes. Si jamais on découvrait que l'ours était à l'origine des crimes, on en tiendrait rigueur à son administration. Bien entendu, la cascade de reproches suivrait la voie hiérarchique descendante pour venir former une flaque autour de ses bottes.

Si le collier émetteur du grizzly avait bien fonctionné, les biologistes qui le suivaient à la trace auraient pu démontrer que l'ours n'était pour rien dans ces événements, ou au contraire y était impliqué. Mais en ce moment, ils ignoraient tout autant que Joe où se trouvait leur protégé.

La rubrique « individus perturbés » méritant plus de considération à ses yeux, il apposa un astérisque à côté. L'éventualité d'un cinglé (ou de plusieurs) équipé d'outils coupants paraissait la plus vraisemblable de toutes. Qui sait si l'individu ne s'était pas entraîné sur des animaux pendant des mois, voire des années, sans qu'on y ait prêté attention ? Il avait pu commencer par s'attaquer à de petits animaux ou à des animaux domestiques pour perfectionner sa technique. Il aurait ensuite évolué vers les plus grands formats : une antilope ou un cerf en guise de hors-d'œuvre, puis une vache ou un cheval. S'il n'y avait eu l'atmosphère de suspicion actuelle, les morts isolées d'animaux ici et là seraient passées inaperçues. Une carcasse mutilée qu'on ne trouvait pas tout de suite – qu'elle ait subi l'assaut de prédateurs ou pas – ne présentait guère de différence avec une mort naturelle si la découverte avait lieu au bout d'un mois ou plus. Joe se dit que cela durait peut-être même depuis des années dans la région. Combien de cadavres d'animaux avait-il vus lui-même au bord des routes, dans les fossés et dans les décharges ? Des centaines.

Jusqu'au jour où, pour une raison ou une autre, les animaux ne lui suffisant plus, le tueur s'en était pris aux humains. Et pas seulement à un. Non, à deux en une nuit, au cours d'une sanglante explosion de… quelque chose.

Les deux hommes avaient été tués dans des endroits isolés, accessibles par un mauvais chemin privé dans le cas de Montegue, et par une route secondaire à l'écart de tout dans celui de Tanner. Joe se demanda combien de temps il fallait pour se rendre d'un site à l'autre ; il évalua le trajet à une heure et demie, sans faire d'arrêt. Ce qui signifiait, s'il avait raison, que l'assassin connaissait bien la région.

Quel genre de personne est donc capable d'une telle chose ? se demanda-t-il en essayant, mais en vain, de faire naître un visage dans son esprit.

Toutes ces questions lui donnaient presque le tournis.

Était-ce la même personne qui avait mutilé les animaux au cours des années 1970 ? Dans ce cas, pourquoi avait-elle arrêté pendant plus de trente ans pour recommencer aujourd'hui ? Le tueur s'était-il rabattu pendant tout ce temps sur la faune sauvage, comme sur l'orignal mutilé qu'il avait lui-même trouvé, ou sur le bétail comme l'année précédente dans le Montana ?

Et quoi qu'il en soit, pourquoi avait-il donc décidé de monter d'un nouveau et si terrible degré dans l'horreur ? Étant donné que ni Joe ni la cellule de crise ne disposaient du moindre indice – en dépit de tout ce que Barnum pouvait raconter à l'intention du public – comment arrêter le massacre ?

Joe leva les yeux et parcourut les Breaklands du regard. Le mal de tête modéré qui s'était déclenché derrière son oreille gauche une heure avant s'était transformé en élancements qui lui pilonnaient le crâne. Plus il pensait à ces massacres, plus sa migraine empirait.

C'est un boulot pour quelqu'un de fichtrement plus malin que moi, se dit-il.

Le soleil ne passerait pas derrière les montagnes avant deux heures, mais les buissons de sauge et la terre rouge des arroyos commençaient déjà à s'enflammer. Les couleurs de l'automne frissonnaient dans les bouquets de peupliers et de trembles. Il aimait cette heure de la fin de l'après-midi sur les hauts plateaux, celle où le soleil mourant donnait l'impression de jeter ses dernières forces dans une débauche spectaculaire de couleurs avant de tirer sa révérence.

Il remit son carnet dans sa poche, remonta dans la cabine du pick-up et poussa jusque dans la partie boisée de la montagne, scrutant les environs entre les barbelés de son mal de tête.

*

Il roulait lentement, vitres baissées. Au crépuscule, il avait branché les veilleuses spéciales qui n'éclairaient que la surface de la route directement devant ses roues. Phares coupés, il restait pratiquement invisible pour un chasseur ou un autre véhicule presque jusqu'au dernier moment.

À un kilomètre du carrefour d'Hazelton Road, dans la faible lumière filtrée par les arbres, deux chasseurs en tenue de camouflage sortirent du bois et s'avancèrent sur la chaussée.

À leur attitude, Joe comprit qu'il les avait surpris. Ils se consultèrent, penchés l'un vers l'autre, pendant qu'il approchait. Il rangea le pick-up sur le bas-côté, enfonça son Stetson sur sa tête et descendit. Mais avant de refermer la portière il alluma les pleins phares, si bien que les chasseurs se retrouvaient baignés d'une lumière blanche. Une tactique qu'il avait déjà employée d'innombrables fois dans des situations semblables : approcher des hommes armés avec les phares dans le dos.

Il s'agissait, comme il le vit tout de suite, de chasseurs de wapitis venus pour la saison à l'arc. Équipés tous les deux d'un arc high-tech à contrepoids et d'un carquois contenant un jeu de flèches, ils s'étaient barbouillé le visage et le dos des mains avec du noir et du vert. Sous l'effet de la lumière, ils clignaient des yeux.

— Alors, bonne chasse ? demanda Joe courtoisement.

Aucune tache de sang n'indiquait qu'ils avaient abattu quoi que ce soit.

— Il fait sacrément trop chaud par ici, répondit le plus grand des deux. Et trop sec pour pouvoir se déplacer en silence.

Joe eut l'impression d'avoir entendu sa voix quelque part, mais il ne reconnut pas l'homme.

— Vu quelque chose ?

— Une femelle et son petit, dit le plus petit. J'ai manqué la mère, bon sang.

Une flèche manquait effectivement dans son carquois.

— Je vois que vous n'avez pas pu retrouver votre flèche.

Eh non !

J'espère que vous ne l'avez pas blessée ?

Même si la chasse à l'arc donnait beaucoup plus de chance au gibier, bien souvent des chasseurs inexpérimentés ou surexcités blessaient l'animal et perdaient sa trace. Il avait vu trop de wapitis, de cerfs et d'antilopes clopiner avec une flèche plantée dans les flancs.

L'homme commença à répondre.

— Non, je ne crois pas...

— Il l'a complètement ratée, l'interrompit le plus grand d'un ton ennuyé. Foutrement ratée, oui, pas vrai ?

Joe était à présent assez près pour distinguer leurs traits sous les peintures faciales et reconnut le chasseur le plus grand. Jeff O'Bannon, le pêcheur belliqueux qu'il avait rencontré au bord de la Crazy Woman Creek quand il était avec ses filles.

– Encore vous ? dit-il. J'espère que depuis, vous avez appris comment on relâche les poissons.

Il y eut un éclair dans les yeux d'O'Bannon. Ils paraissaient plus grands au milieu des peintures.

– C'est quoi, cette histoire ? demanda l'autre chasseur à O'Bannon.

– T'occupe, Pete, répondit l'homme, les dents serrées.

– Puis-je voir vos permis ? demanda Joe toujours poli.

– Vous avez déjà vu le mien, protesta O'Bannon.

– Oui, mais pas le timbre pour le wapiti.

O'Bannon leva les yeux au ciel, soupira et prit un air excédé.

Pendant que les chasseurs posaient leurs arcs et cherchaient leurs portefeuilles, Joe se tint les pouces passés dans les poches de ses Wrangler.

– Du nouveau dans ces affaires de meurtres ? demanda le compagnon d'O'Bannon en tendant son permis.

– Comme quoi ? voulut savoir Joe.

Pete, il le vit sur le permis, habitait à Gillette. Ses papiers étaient en règle et comportaient tous les timbres fiscaux ; Joe les lui rendit.

– En a-t-on rapporté d'autres ? Est-ce qu'il y a eu euh… d'autres incidents ?

O'Bannon eut un petit rire en entendant la question.

– Non, pas depuis la semaine dernière, répondit Joe. Vous en avez certainement entendu parler.

– Quoi ? Pas de petits hommes verts ? fit semblant de s'étonner O'Bannon en souriant de toutes ses dents, que faisait briller la lumière des phares.

– Non, juste des chasseurs, dit Joe en examinant son permis. Vous ne l'avez pas signé, ajouta-t-il en pointant la ligne vide sur le document.

– Bordel ! soupira O'Bannon. J'étais sûr que vous trouveriez un truc pour m'emmerder.

Je vous avais prévenu, pensa Joe.

– Ça me rassure que les choses se soient calmées, dit Pete. J'ai failli déclarer forfait en entendant parler de ces meurtres. Jeff a dû batailler ferme pour me convaincre de venir chasser avec lui.

Joe hocha la tête en se demandant combien de chasseurs

avaient réfléchi à deux fois avant de venir faire l'ouverture dans son district.

— Jeff m'a dit que si ces petits salopards tout verts se pointaient, il leur ferait leur fête.

— Ah bon ? Et comment ?

Joe vit O'Bannon blêmir sous ses peintures faciales.

— Pete... murmura-t-il.

— Eh, montre-lui ! dit le second chasseur avec enthousiasme.

— Montrez-moi donc, Jeff, dit Joe en haussant les sourcils.

O'Bannon resta pétrifié. Pete se tourna vers son ami et prit peu à peu conscience de sa gaffe.

— Montrez-moi, Jeff, répéta Joe.

— Merde, c'est uniquement pour nous protéger, nous ! protesta O'Bannon en élevant la voix. Quand des gens se font massacrer dans les bois, on a bien le droit de se protéger, non ?

— Montrez-moi, Jeff.

Avec un soupir, O'Bannon repoussa sa veste de camouflage ; il portait un lourd revolver en acier à la taille, dans un étui.

— Magnum 357 ? demanda Joe.

O'Bannon acquiesça d'un signe de tête.

— J'en ai eu un pendant quelque temps, reprit Joe. Je ratais tout ce que je voulais avec ce truc. Une fois...

Il laissa sa phrase en suspens.

— Jeff a gagné quelques concours de tir au pistolet, dit Pete pour essayer de détendre l'atmosphère.

— Tant mieux, répondit Joe en tirant le carnet de contraventions de sa poche arrière, mais c'est la saison de la chasse à l'arc, les amis. À l'arc. Avec des flèches. En ayant une arme de poing avec vous, vous violez non seulement le règlement, mais l'esprit même de cette chasse.

— Je vous ai dit que c'était uniquement pour notre protection, protesta O'Bannon. Je ne m'en suis même pas servi !

— Je comprends, dit Joe en ouvrant le carnet. En d'autres circonstances... si vous aviez été quelqu'un d'autre, par exemple... vous auriez eu simplement droit à un sérieux avertissement verbal. Mais voyez-vous, Jeff, vous n'êtes pas n'importe qui.

Il feuilleta le petit livret du règlement passablement usé et écorné, trouva la bonne page et lut à voix haute à la lueur des phares :

« Article 23-2-104(d). Il est formellement interdit aux titulaires d'un permis de chasse à l'arc d'abattre du gibier pendant la saison de cette chasse alors qu'ils ont une arme à feu quelconque sur eux. »

Joe rédigea la contravention pendant qu'O'Bannon jetait des regards furieux à son ex-ami.

– Vous êtes également en violation de l'article sur les armes dissimulées, sauf si vous avez un permis valide signé par le shérif Barnum. Si je me souviens bien, vous encourez une peine de six mois de prison. Avez-vous ce permis ?

– Je conteste ! dit O'Bannon, rageur, en arrachant la contravention à Joe pour la fourrer sans ménagement dans sa poche de poitrine. Nous nous retrouverons au tribunal !

– Vous pouvez compter sur moi. En attendant, je vous conseille vivement de ne pas bouger de chez vous pendant quelque temps. Manifester des remords est quelque chose qui fera bonne impression au juge Pennock, même si vous faites juste semblant.

Les yeux exorbités, la mâchoire en avant et les poings serrés, O'Bannon semblait au bord de l'attaque.

Joe se tendit et posa la main sur la crosse de son arme, à titre d'avertissement. Il se sentait un peu honteux de faire payer à O'Bannon ses frustrations de la journée. Mais seulement un peu.

Pete regarda tour à tour O'Bannon et Joe, puis revint sur O'Bannon.

– Pouvez-vous me ramener en ville ? demanda-t-il au gardechasse.

– Montez, répondit Joe avec un sourire.

*

Après le dîner – encore un repas à emporter pris par Marybeth au Burg-O-Pardner en rentrant du travail – Joe alla lire ses messages. Rien du labo de Laramie, rien de Trey Crump sur l'ours et rien de Hersig concernant les éventuels progrès de l'enquête.

C'est alors que Marybeth entra dans la petite pièce et referma la porte derrière elle.

– Tu n'as rien remarqué de spécial pendant le dîner ? lui demanda-t-elle.

Joe fit la grimace et l'étudia rapidement. Non, pas de nouvelle

coupe de cheveux, et il avait l'impression de connaître ses vêtements. Il y avait autre chose.

— Lorsque Cam a ramené Lucy à la maison, tout à l'heure, elle
était dans tous ses états. Cam avait interdit aux filles d'aller explorer les dépendances et devine ce qu'elles ont fait en sortant de
classe ?

— Elle va bien ?

Marybeth fit oui de la tête.

— Très bien. Mais elle se sent coupable d'avoir fait une bêtise.
Elle a dit que Cam était très en colère et qu'il leur avait interdit de
jouer ensemble pendant quelque temps, à elle et Jessica.

— Mais personne n'a été blessé ?

— Non. J'ai rappelé à Lucy qu'elle devait obéir à Cam et Marie
quand elle était chez eux.

Joe acquiesça.

— Tu n'as pas remarqué que Lucy n'a pas lâché un mot pendant
le repas ?

— Désolé, j'avais l'esprit ailleurs.

— Comment s'est passée la réunion de ta cellule de crise ?

Joe s'appuya au bureau et lui dressa un compte rendu de
l'affaire. Marybeth fit la grimace à certains passages et rit quand il
lui parla de l'hypothèse des Arabes de McLanahan.

— Je parie que tu aurais préféré qu'on t'oublie lorsqu'il a été
question de nommer quelqu'un du Département dans cette
commission, non ?

— C'est à Trey et Hersig que je dois cet honneur.

Elle garda le silence un instant, puis demanda :

— Tu crois que Portenson va nous faire des ennuis ?

Joe acquiesça de la tête.

— En tout cas, je suis sûr qu'il va m'observer de près. Il a aussi
fait allusion à Nate.

— Je suis désolée, Joe.

Il haussa les épaules, comme pour dire : « On savait bien que ça
nous pendait au nez. »

Désireux de changer de sujet, il lui demanda comment s'était
passée sa journée.

— Cam signe tous les jours de nouveaux mandats pour des maisons et des ranchs. Les éleveurs parlent de lui entre eux et chantent

ses louanges. Mais ces histoires de mutilations font beaucoup de bruit... Personne ne veut acheter en ce moment. Cam les pousse à baisser leur prix. C'était un peu tendu dans le bureau ces derniers jours. Si les choses vont mieux, il m'a demandé si je n'aurais pas envie de travailler à plein temps pour eux... Comme agent immobilier.

Un grand sourire éclaira son visage.

Intérieurement, Joe poussa un gémissement tout de suite réprimé par une vague de culpabilité.

— C'est génial, ma chérie, dit-il.

— Ce n'est pas tout à fait ce que tu penses, n'est-ce pas ? lui renvoya-t-elle avec un sourire entendu.

— Bien sûr que si. Un vrai deuxième salaire serait le bienvenu.

— J'aime bien les Logue, Joe. Je les admire. Et tu sais très bien que je serais sensationnelle dans ce boulot.

— Certainement. Tu es sensationnelle dans tout ce que tu fais.

— Tout juste.

Il sourit et lui tendit la main. Si seulement il avait mieux gagné sa vie ! À part lui, il se promit que dès que l'enquête en cours serait bouclée et la cellule de crise dissoute, il commencerait à chercher sérieusement un autre travail.

— Tu n'oublies pas que nous dînons chez Bud Longbrake et maman demain soir, lui rappela Marybeth, assombrissant ainsi un peu plus son humeur.

*

Il y avait un pli spécial dans la corbeille « courrier arrivé » sur son bureau. En se rendant compte qu'il émanait du laboratoire d'anatomo-pathologie de Laramie, il l'ouvrit aussitôt. C'était le rapport de toxicologie sur l'orignal. Il parcourut rapidement les pages consacrées au détail des analyses et passa aux conclusions.

Le labo n'avait trouvé aucune substance inhabituelle ni aucun niveau anormal de substances naturelles. Il revint sur le rapport, cherchant des yeux le mot « oxindole » mais ne le vit nulle part.

— Et zut ! dit-il en jetant le pli sur son bureau.

*

Sheridan ronflait, mais Lucy était encore réveillée lorsqu'il entra dans leur chambre pour les embrasser. La pièce était petite et l'espace réduit entre leurs lits. Il se glissa entre eux, s'assit au bord de celui de Lucy et caressa les cheveux de sa fille.

— Je suis au courant de ce qui s'est passé, dit-il doucement.

— Maman t'a dit pour la cabane qu'on a trouvée ?

— Non.

— Y a quelqu'un qui y habite. On a vu où il dormait et on a entendu du bruit. On a eu une de ces frousses !

Joe se demanda pourquoi Marybeth ne lui en avait pas parlé, puis il se dit que ce n'était pas vraiment le problème. Sans doute un vagabond qui s'était réfugié dans la cabane, mais cela l'inquiéta tout de même. Depuis quand l'endroit était-il utilisé ainsi ? La maison était restée inoccupée avant que les Logue ne l'achètent et commencent les travaux. Cam avait-il appelé le shérif ? Il allait le demander à Marybeth.

— Il n'est pas question que tu retournes dans ces vieilles baraques, Lucy, dit-il d'un ton ferme. Il y a des gens bizarres en ville à cause de ce qui se passe. Tu dois nous obéir et écouter ce que te dit M. Logue.

Lucy fit oui de la tête, les yeux grands ouverts.

*

En se rendant dans sa chambre, il pensa : *ma femme, agent immobilier* et imagina sa photo au bas d'une publicité dans la page des petites annonces du *Saddlestring Roundup*.

Chapitre 15

Le lendemain matin, il gagna le Riverside RV Park, autrement dit le parc pour les caravanes et mobile homes. Il voulait voir Cleve Garrett, expert autoproclamé en phénomènes paranormaux. Pourvu, se dit-il, que sa belle-mère n'apprenne jamais qu'il lui avait parlé ! Il avait déjà des sueurs froides rien qu'à l'idée d'être bombardé de ses questions de foldingue. Le Riverside était situé sur la rive ouest de la rivière, au milieu d'un hectare ou deux de bataillons serrés de peupliers qu'on avait laissé beaucoup trop pousser.

Au moment où il engageait le pick-up sur l'antique passerelle de fer, il lui vint à l'esprit que l'endroit donnait l'impression qu'on y avait renversé une énorme poubelle un jour de grand vent. Débris de verre et de métal, bouts de contreplaqué en voie de désagrégation et vieux pneus, tout paraissait pris dans la structure arachnéenne des arbres argentés qui venaient juste de perdre leurs feuilles. Vus de plus près, ces déchets étaient en réalité un certain nombre de mobile homes vieillissants et de caravanes délabrées coincés çà et là entre les arbres. On avait mis des pneus usagés sur les toits pour les empêcher de s'envoler.

Il aperçut un unique pêcheur sous le pont et ne put s'empêcher de sourire. Il s'agissait de l'homme qu'on appelait Not-Ike, le plus grand fanatique de pêche à la mouche que Joe avait jamais vu depuis qu'il avait débarqué à Saddlestring. Not-Ike était le cousin un peu lent d'Ike Easter, le secrétaire général du comté. Celui-ci ayant été dix ans durant le seul et unique Noir de Saddlestring, lorsque son cousin pêcheur à la mouche était arrivé, il avait été appelé Ike partout où il allait, et s'était fait faire un sweat-shirt sur lequel on pouvait lire « I'M NOT IKE* ». Résultat : au lieu d'être appelé par son vrai nom (George) il était aussitôt devenu Not-Ike pour les gens du coin.

Avec deux ou trois retraités de la région, Not-Ike écumait les plans d'eau entre les deux ponts qui enjambent la Twelve Sleep River, pêchant la truite à la mouche par tous les temps ou presque, Joe en avait été témoin. Comme Not-Ike n'avait pas les moyens de s'offrir un permis de pêche pour non-résident, il achetait des permis temporaires de trois à cinq jours, bien meilleur marché, au fur et à mesure qu'ils arrivaient à expiration, pour pouvoir continuer à pêcher. C'est au moins ce qu'espérait Joe qui prit mentalement note de vérifier plus tard.

Une fois de l'autre côté du pont, Joe tourna à gauche et passa sous un panneau délavé annonçant qu'il entrait dans le parc à mobile homes et caravanes de Riverside.

Bien que conçu au départ comme un lieu de villégiature, le Riverside avait décliné pour devenir une sorte d'hybride un peu particulier. La plupart des espaces étaient occupés par des résidants permanents : retraités des scieries, employés de l'Eagle Mountain Club, visiteurs temporaires et, en ce moment, le personnel des puits de forage de gaz. Quelques mobile homes flambant neufs au milieu de leur bout de pelouse bien tondue voisinaient avec des caravanes en voie d'effondrement montées sur parpaings, des appentis en planches mal assujetties, occupant à peu près toute la surface restante. À l'entrée du parc, le chemin se divisait en trois allées, toutes bordées de mobile homes ou de caravanes.

Joe, qui avait eu l'occasion de venir au Riverside deux années auparavant suite à une dénonciation anonyme pour braconnage, connaissait la disposition des lieux. Il avait alors pu surprendre deux employés des travaux publics en train de dépouiller des antilopes pronghorn qu'ils avaient suspendues aux arbres derrière leur caravane de location ; la chasse étant interdite à cette époque, il les avait verbalisés et arrêtés. Le parc n'avait guère changé depuis, même si, avec l'afflux des ouvriers des puits CBM, la plupart des emplacements étaient occupés.

* Soit « Je ne suis pas Ike » (NdT).

Il s'arrêta à hauteur du premier, celui qui s'ornait d'un GÉRANT en fer forgé au-dessus de son portail. La caravane était là depuis si longtemps que son revêtement autrefois argenté s'était oxydé pour prendre un aspect de vieil étain. Au petit porche à côté de la porte était accroché un panier contenant des fleurs en plastique décolorées.

Laissant le moteur du pick-up tourner au ralenti et Maxine dormir roulée en boule sous le tableau de bord, près de l'arrivée d'air chaud, il descendit et enfonça son Stetson gris sur sa tête. La matinée était calme et froide, et pas un bruit ne troublait le camping. Il remonta la fermeture à glissière de son blouson et fourra ses mains dans ses poches.

Une odeur de café et de bacon frit lui parvint lorsqu'il approcha de la porte. Il dut sortir une main de sa poche pour sonner, puis il recula de deux pas pour attendre en espérant que le soleil matinal allait le trouver entre les branches pour lui réchauffer le dos.

La porte intérieure cliqueta et s'ouvrit, puis le gérant poussa la porte-moustiquaire vers l'extérieur.

– Bonjour, Jimbo, dit Joe.

Jimbo Francis était déjà responsable du Riverside à l'époque où Joe était arrivé à Saddlestring. C'était un homme corpulent et doté d'un ventre massif. Il avait le visage aussi rond qu'un enjoliveur de roue, des oreilles proéminentes et son crâne chauve était entouré d'un duvet cotonneux qui lui descendait sur le visage pour se déployer en une moustache et une barbe luxuriantes mais qui jaunissaient. Jadis trappeur du gouvernement, Jimbo avait été chargé de l'élimination des prédateurs dans la région des Bighorn, en employant le fusil, les pièges ou le poison. Mais suite à des restrictions du budget fédéral, il avait pris cet emploi au Riverside en attendant le rétablissement du programme. Cela remontait à vingt-cinq ans et il attendait toujours. Également protecteur autoproclamé des arts, Jimbo était de plus président de la Fondation pour la bibliothèque de Saddlestring (il avait joué un rôle décisif dans la création de la section « Livres enregistrés »). Il avait dit une fois à Joe qu'il avait deux passions dans la vie : lire et éliminer la vermine. Aujourd'hui qu'il avait plus de 70 ans et que sa vue commençait à lui faire défaut, ses passions étaient plutôt sur le déclin. De même que sa santé mentale, soupçonnait Joe.

— Ah, bonjour, Vern ! tonna Jimbo.

— Non, Joe Pickett, rectifia Joe. Ça fait six ans que Vern Dunnegan a pris sa retraite. C'est moi qui le remplace.

Sa retraite derrière les barreaux, c'est-à-dire à sa place, pensa Joe sans le dire. Inutile de semer un peu plus la confusion dans son esprit déjà embrouillé.

— Ah, oui, je crois que je le savais, répondit Jimbo en se passant la main dans la barbe. Évidemment que je le savais, je me demande à quoi je pensais ! Mais Vern a été là si longtemps que c'est encore à lui que je pense. Voilà qui te montre qu'il ne faudrait jamais ouvrir sa porte à quiconque avant sa troisième tasse de café le matin. Bien sûr que je savais que Vern était parti.

— Bien sûr, répéta Joe en lui tapotant l'épaule.

— Marybeth travaille encore à la bibliothèque ? demanda-t-il, comme pour lui prouver qu'il avait toute sa tête.

— Non, elle a arrêté.

— C'est bien dommage, dit Jimbo. Sacrée belle femme.

Joe soupira.

— Un café, ça te va ? Dis-moi, tu es tombé du lit ou quoi, Joe ? Mon déjeuner est prêt. Un peu d'œufs et de bacon ?

— Non merci, Jimbo. Je venais juste pour vérifier la présence d'un nouveau locataire.

— On les appelle des « hôtes ».

— D'accord, d'un nouvel hôte. Cleve Garrett.

Jimbo leva les yeux au ciel, comme s'il compulsait mentalement la liste des résidants. Joe attendit que ses yeux reparaissent, ce qu'ils firent au bout d'un moment.

— Il fait plutôt frisquet, reprit-il. Tu ne veux pas entrer ?

— Non, ça ira, répondit Joe, patient.

Il se souvenait de l'intérieur de la grande caravane, un modèle trailer. De quoi devenir claustrophobe avec ses piles de bouquins qui s'entassaient entre sa collection d'animaux empaillés – coyotes, blaireaux, castors – et de crânes de puma et autres prédateurs dont les orbites vides surveillaient les moindres recoins.

— Si je pouvais simplement connaître l'emplacement qu'a réservé Garrett, ça me suffirait.

— Il a une fille avec lui, répondit Jimbo. Une petite maigrichonne.

Joe acquiesça de la tête. Il aurait pu se contenter de faire le tour des allées et de contrôler les mobile homes les plus récents. Mais il avait préféré passer voir Jimbo avant. À présent, il le regrettait.

– Il est donc ici ?

– Oui, il est ici, dit Jimbo. Ç'a été un vrai défilé chez lui ces temps derniers ; tout le monde demandait « Cleve Garrett, Cleve Garrett ». Tous des fondus. C'est une espèce de spécialiste du paranormal, je crois. Il donne des conférences là-dessus. J'ai prévu d'aller l'écouter. On pourrait peut-être lui faire faire une présentation à la bibliothèque pendant qu'il est là ?

– Peut-être, répondit Joe, dont les réserves de patience s'amenuisaient. L'emplacement ?

– C-17, répondit enfin le vieil homme. Tu sais, je l'ai déjà vu, mais où ? Je n'arrive pas à m'en souvenir. À la télé peut-être… un truc comme ça. Ces histoires de mutilations, ça me trotte tout le temps dans la tête. Tu es sûr que tu veux pas un morceau de bacon pour la route ?

*

Joe s'engagea dans l'allée C en mâchonnant son morceau de bacon et jeta le reste à Maxine.

Le trailer de Garrett ressortait tellement du lot que c'est à peine si le garde-chasse jeta un coup d'œil au numéro. L'engin n'aurait pas pu être plus déplacé. Joe dut contenir son envie d'éclater de rire, mais sentit en même temps un petit frisson électrique glacé lui remonter le dos. L'énorme remorque avait tout d'un vaisseau spatial qui aurait atterri au milieu d'un cimetière. Il s'agissait d'un Airstream métallisé. Étincelant, bulbeux et hors de prix – c'était la Rolls des trailers – il était hérissé d'antennes et de petites paraboles. Un appareil en forme de diapason géant tournait près de l'avant. La caravane était détachée et le 4 × 4 Suburban diesel qui l'avait tractée garé juste à côté. Joe s'arrêta un instant, le temps de relever le numéro d'immatriculation du Suburban (Nevada), et alla se garer de l'autre côté du trailer.

Sur une plaque en Formica vissée à la porte on pouvait lire :

DR CLEVE GARRETT
ICONOCLAST SOCIETY
RENO, NEVADA

Joe coupa le moteur et descendit du pick-up au moment où la porte de l'Airstream s'ouvrait sur un personnage au visage de hibou souriant.

– Cleve Garrett ?

– Docteur Cleve Garrett, le reprit l'homme en serrant autour de lui un sweat-shirt trop grand de deux tailles.

Proche de la cinquantaine, il était mince et avait un casque de cheveux tombants qui lui donnait un aspect désagréablement juvénile. Il avait un long nez aquilin et une grande bouche aux lèvres presque inexistantes et dont les commissures retombaient brusquement ; mais ce qui frappait le plus dans son visage c'étaient ses yeux, que des verres épais et ronds faisaient paraître encore plus grands.

– Joe Pickett. Je suis le garde-chasse du comté et je fais partie de la cellule de crise chargée d'enquêter sur les mutilations.

La tête redressée, Garrett avait presque l'air d'étudier son visiteur par le trou fin de ses narines.

– Je me demandais quand vous vous manifesteriez. Je suis un peu surpris qu'on ne m'ait envoyé qu'un garde-chasse.

– Désolé de vous décevoir, répondit un Joe nullement désolé.

Garrett eut un petit geste pour dire de laisser tomber.

– Peu importe. Entrez, je vous attendais. Tout est prêt.

Joe hésita. « Tout est prêt ? » Devait-il révéler à Garrett que grâce à Dave Avery, il avait déjà des informations sur lui et son travail au Montana ? Non, il valait mieux ne rien dire pour le moment et le laisser faire la conversation.

Iconoclast Society ? demanda-t-il. C'est quoi ?

Les yeux énormes de Garrett s'écarquillèrent encore plus, remplissant ses verres. C'était énervant.

– Les iconoclastes, dit-il. Ceux qui brisent les images, qui crèvent la bulle des illusions, qui dénoncent, qui dénigrent. Mais sans passion. Je suis un scientifique, monsieur Pickett.

Joe se contenta d'un simple « Oh » et se demanda quelle mouche l'avait piqué de se charger de cette partie de l'enquête.

– Permettez-moi de vous montrer à qui vous avez affaire, vous et la cellule de crise, reprit Garrett.

Entrer dans l'Airstream lui donna l'impression de pénétrer dans les entrailles d'un ordinateur. Sur trois des parois, des étagères étaient chargées de matériel électronique, de cadrans, d'écrans et de claviers. Le ronronnement bas des appareils high-tech et le chuintement des minuscules ventilateurs internes créaient un fond sonore permanent. Des réseaux de câbles et de fils regroupés avec de l'adhésif couraient d'un appareil à l'autre et le long du plafond.

Au fond, une porte fermée donnait sur l'autre partie de la caravane ; de part et d'autre, il y avait des éviers et des paillasses en acier inox, sur lesquels étaient éparpillés des cornues et des contenants en verre, sans parler de tout l'outillage médical et mécanique disposé sur la paroi.

Joe s'installa comme il put sur un tabouret, à côté d'une petite table métallique chargée de piles de dossiers, de classeurs et de sorties d'imprimante. Garrett prit l'autre tabouret et commença par mettre un peu d'ordre devant lui.

– C'est pas un endroit ordinaire, fit remarquer Joe et ôtant son chapeau et regardant autour de lui.

– L'intérieur a été modifié pour en faire un laboratoire mobile et un centre de commandement, dit Garrett avec brusquerie, comme si c'était la centième fois qu'il l'expliquait et qu'il voulait en terminer au plus vite pour passer à autre chose. Il y a pour un million et demi de dollars de matériel électronique ultramoderne, de logiciels et d'appareils de contrôle. Le labo occupe une moitié du trailer, la partie logement l'autre moitié. Je dispose d'un générateur autonome, mais je préfère m'installer dans ce genre d'endroit (il eut un geste vague vers l'extérieur pour faire allusion au Riverside) pour pouvoir me brancher. Toutes les informations et découvertes sont relayées via satellite à notre centre du Nevada, où une demi-douzaine d'autres scientifiques les analysent. Je suis entièrement mobile et puis me mettre en route en deux heures pour me rendre sur un site. Pour vous donner un exemple, je suis arrivé à Saddlestring moins de quarante-huit heures après la découverte des premières vaches mortes.

Joe eut un hochement de tête.

– Et qui paie pour tout ça ?

– Une fondation totalement privée. Nous n'acceptons aucun fonds des entreprises ou du gouvernement. Il n'y a donc aucun risque de corruption. Nous sommes un centre complètement indépendant qui se consacre à une recherche scientifique impartiale dans le domaine des activités paranormales.

— Bien. Et qui paie ? répéta Joe.

Garrett laissa transparaître un début d'agacement.

— Quatre-vingt-dix-huit pour cent des fonds proviennent d'une seule source. Un homme d'affaires qui a très bien réussi, M. Marco Weakland. Vous avez sans doute entendu parler de lui.

— Jamais, non.

— En dehors de ses nombreuses activités, il s'intéresse tout particulièrement à la psychologie du paranormal et aux sciences. Cela le fascine. Il n'emploie qu'une toute petite partie de sa fortune pour financer ce projet et engager les meilleurs scientifiques alternatifs du monde. Notre travail consiste à nous rendre sur les lieux de toute activité inexpliquée et analyser la chose en termes purement scientifiques. M. Weakland n'a pas confiance dans les conclusions du gouvernement, et pour parler franchement, nous avons démasqué beaucoup plus de mystifications que trouvé de preuves d'une activité paranormale ou surnaturelle. Nous avons trouvé des explications entièrement naturelles à la plupart des phénomènes sur lesquels nous avons enquêté au cours des trois petites années où nous avons été opérationnels. Mais ne vous méprenez pas : M. Weakland croit sincèrement qu'il peut exister des extraterrestres et d'autres civilisations et que des incursions ont peut-être lieu. Cela dit, il souhaite que cela soit prouvé scientifiquement avant d'être rendu public. Ce que je ne comprends pas tout à fait, monsieur Pickett, c'est pourquoi il faut que je vous explique tout cela alors que j'ai déjà donné tous ces détails au bureau du shérif.

Joe imagina McLanahan en train d'écouter Garrett au téléphone tout en remplissant la grille des mots croisés au dos de *TV Guide*.

— L'adjoint ne m'a fait part que de très peu de choses, dit Joe, peu enclin à s'excuser pour McLanahan.

— Ah, fit Garrett, l'air ennuyé, voilà sans doute qui explique pourquoi on ne m'a pas demandé de participer à la réunion de la cellule de crise.

Joe garda une expression neutre.

— En fait, si vous vouliez vraiment aller au fond des choses dans ces affaires de mutilations et de meurtres, vous devriez me nommer coprésident du groupe de travail.

– C'est avec l'avocat général du district que vous devriez en parler. Il s'appelle Robey Hersig.

Joe prit note dans sa tête : *appeler Hersig dès que possible pour l'avertir que le Dr Garrett allait le contacter.*

*

Garrett parla pendant une pleine demi-heure sans s'arrêter, et Joe écouta. L'expert en extraterrestres montra à son visiteur des photos de bétail mutilé, moutons, chevaux et chèvres, toutes prises au cours des quarante dernières années aux États-Unis, au Canada, en Amérique centrale et du Sud. Des cas de mutilations de vaches laitières avaient été signalés en Europe, notamment en Grande-Bretagne, au cours des années 1960, souvent en même temps qu'on découvrait des cercles dans les champs de céréales. Les explications officielles variaient au gré des pays, mais il y était la plupart du temps question d'oiseaux, d'insectes ou de sectes.

Les photos et les dossiers – dont beaucoup étaient des copies carbone et plusieurs rédigés en espagnol ou en portugais – s'empilaient sur la table devant eux. Les derniers documents comportaient des photos et des noms de lieux que Joe connaissait : Conrad et Helena, dans le Montana.

– L'hiver dernier, on a découvert du bétail mutilé au Montana, reprit Garrett. Quelqu'un qui connaissait notre groupe nous a appelés. Malheureusement, c'était après trois semaines. Le temps que je me rende sur place, les rigolos du coin avaient complètement bouleversé les sites et ont refusé notre aide.

Joe écoutait en silence, se gardant bien de dire qu'il connaissait la version de Dave Avery sur cette histoire.

– Nous avons pu nous procurer les têtes de plusieurs vaches, mais la mort remontait déjà à deux mois. Nous les avons fait parvenir à Reno pour qu'ils procèdent aux analyses techniques.

Garrett posa un gros dossier plein de photos d'autopsie sur la table. Joe l'ouvrit sur une tête de vache sans peau et le haut du crâne découpé. À l'aide d'un instrument métallique plat, quelqu'un recueillait un échantillon de ce qui restait de la cervelle en un geste qui lui rappela désagréablement celui qu'on fait pour prendre de la confiture dans un pot. Il referma doucement le dossier et sentit son café du matin gargouiller dans son estomac avec le morceau de bacon de Jimbo.

– Nous avons trouvé, dans le cerveau et les organes, des niveaux d'éléments chimiques supérieurs à ce qu'ils auraient dû normalement être.

Joe pensa : *oxindole.*

– Comme quoi ?

Garrett commença à répondre, mais s'interrompit pour dire finalement d'un ton penaud :

– Je préfère présenter ces résultats à la réunion de la cellule de crise.

– On joue à des petits jeux ?

– Non, pas du tout. Mais je ne tiens pas à abattre toutes mes cartes tant que nous ne serons pas dans un cadre officiel et que je n'aurai pas ma place dans la cellule de crise.

– Continuez.

– En plus de quoi, certaines de ces traces étaient celles de produits chimiques inconnus de nos scientifiques. Vous vous rendez compte ? Inconnus ! On a ainsi découvert dans le cerveau du bétail mort au Montana des poisons ou des sédatifs qui ne sont pas de ce monde. Et non seulement ça, mais les incisions ont été pratiquées avec des lasers à température ultra-haute, soit des instruments qu'on ne trouve que dans les salles d'opération des grands hôpitaux et pas dans les champs ! C'est le genre de chose qu'il est impossible de faire dans la nature, genre au fin fond du Montana.

Joe était intrigué. Il leva les yeux pour ne plus voir ces photos (Garrett avait rouvert le dossier) qui, par leur seul nombre, avaient déjà de quoi donner le tournis.

– Quelles conclusions en avez-vous tiré ? demanda-t-il.

Garrett soupira.

– Nous sommes arrivés trop tard sur le site pour en tirer, voilà notre principale conclusion. Nous avons attendu que de nouveaux incidents aient lieu au Montana, mais il ne s'en est produit aucun. Nous étions très déçus. Nos chercheurs nous suppliaient de nous procurer des tissus récents pour pouvoir les étudier avant la décomposition naturelle. Mais la chose qui avait mutilé ces bêtes était partie ailleurs.

– Ici, dans le Twelve Sleep County ?

– Oui ! cria Garrett en manquant de renverser la table.

Cette soudaine exclamation avait résonné comme un coup de

revolver dans la pièce, où on n'entendait que le ronronnement paisible des appareils électroniques.

— Aujourd'hui, reprit-il, nous sommes en plein milieu, exactement là où les événements se produisent. Non seulement pour du bétail et de la faune sauvage mais, pour la première fois, pour des êtres humains ! C'est pour ça qu'on doit me prendre dans la cellule de crise. Il faut que je sois impliqué, que je sois tenu informé. Vous n'imaginez pas les ressources que nous avons ! ajouta-t-il en se tapant sur la poitrine. Vous ne pouvez pas les ignorer ! Vous ne devez pas ! Regardez le matériel de ce laboratoire. Peut-on rêver mieux ?

— Je peux parler de vous à la cellule de crise.

— D'après ce que nous pouvons déterminer, continua Garrett comme si Joe n'avait rien dit, les mutilations de bétail et d'animaux sauvages ne sont nullement faites au hasard. Nous commençons à penser que c'est un phénomène qui dure depuis au moins quarante ans.

— Là, vous me voyez perdu, reconnut Joe.

— Vous vous êtes perdu vous-même, répliqua Garrett.

Il s'était de plus en plus excité au fur et à mesure qu'il parlait et se trouvait à présent dans un état de grande agitation. Ses mains volaient en tous sens et ses yeux, si c'était possible, s'écarquillaient encore plus.

— Ce que nous disons, c'est que le phénomène des mutilations est comme la propagation mondiale du virus de la grippe. Il ne s'arrête jamais vraiment ; il ne fait que circuler autour de la terre. Il y a des périodes sans rien, sans aucun incident signalé, et ce sont des périodes qui peuvent durer des années, en fait ; mais c'est parce que nous n'avons aucune information sur des continents tels que l'Afrique ou l'Asie, ou sur de vastes territoires comme celui de la Russie. Et nous n'avons évidemment aucune information non plus sur les centaines, voire les milliers d'incidents qui ne sont jamais découverts ou reconnus pour ce qu'ils sont. Vous comprenez ce que cela signifie ?

— Non, quoi ? demanda Joe en se rendant compte de ce que sa relance avait d'idiot.

Garrett se leva, puis se pencha sur la petite table. Ses paumes humides se collèrent aux feuilles de papier et les froissèrent.

– Il se pourrait très bien qu'il y ait des êtres en train de conduire des expériences à plein temps sur notre bonne vieille Terre. Pour quelles raisons génétiques ou physiologiques, nous l'ignorons. Mais ils prennent notre planète pour une boîte de Petri et c'est avec beaucoup d'agressivité qu'ils tentent de découvrir, de confirmer ou de créer quelque chose.

Garrett laissa sa phrase en suspens en espérant de toute évidence que Joe allait en comprendre toute l'importance.

– S'ils sont parmi nous actuellement, c'est l'occasion rêvée pour prendre contact directement avec eux. On peut leur faire savoir que nous ne sommes pas dupes de leur petit jeu, et peut-être leur offrir notre aide. Peut-être pouvons-nous aussi commencer à créer un climat de confiance, échanger des idées. Ce qui se passe ici, en ce moment, est peut-être une occasion unique, quelque chose qui ne se produit qu'une fois dans une vie !

Ou pas, pensa Joe.

– Et les victimes humaines ? demanda-t-il. Comment cadrent-elles avec votre théorie ?

Garrett retint un sourire. Un sourire plutôt dément, se dit Joe.

– C'est maintenant que les choses deviennent intéressantes, répondit Garrett, sa voix presque réduite à un murmure. Ils ont manifestement franchi une grande étape dans leurs recherches.

– Pourquoi maintenant ? Et pourquoi deux hommes ?

Garrett hocha la tête.

– Ça, je ne saurais le dire, même si j'ai quelques idées sur la question. Et il y en a une dont vous ne préféreriez sans doute pas entendre parler.

À la manière dont il avait dit ça, il était clair qu'il ne demandait qu'une chose : l'exposer. Joe haussa les sourcils.

– Au moins un des deux hommes a été tué par d'autres moyens, dit vivement Garrett pour avoir plus d'impact.

Joe sentit son estomac se soulever. Si ça continuait, il allait devoir rapidement quitter le trailer.

– Qu'est-ce qui vous le fait dire ?

Garrett leva les mains en l'air, paumes ouvertes.

– D'après ce que j'ai compris, les deux hommes ont été tués à environ quatre-vingts kilomètres l'un de l'autre et la même nuit. Et l'un et l'autre ont été mutilés de la même façon que le bétail et les animaux sauvages. Mais l'un des deux hommes a été tiré du lieu du crime par un ours qui s'en est ensuite nourri, alors qu'on a retrouvé l'autre intact.

Joe acquiesça de la tête.

— De toute évidence, il y a quelque chose qui cloche là-dedans. L'une des principales caractéristiques de ces mutilations est l'absence de prédation sur les carcasses. J'ai des centaines de photos qui le prouvent. Cela dit, un prédateur a bel et bien dévoré une partie du cadavre d'un homme quelques heures après que celui-ci a été tué. Cela ne vous paraît pas bizarre ?

— Si, reconnut Joe.

— Mais il y a plus, beaucoup plus, reprit Garrett, dont les mains s'agitaient comme deux oiseaux qu'on vient de libérer de leur cage.

— Ah bon ?

— Je réserve ça pour la prochaine réunion de la cellule de crise.

Quelque chose avait changé dans la pièce ; une odeur lui parvenant, Joe tourna la tête.

La porte entre les éviers était entrouverte. Il n'avait rien entendu, mais l'odeur était celle de la fumée de cigarette.

La porte s'ouvrit en grand et une jeune femme la franchit. Elle était pâle, mince, avec des cheveux blonds et raides qui lui tombaient jusqu'aux épaules et qu'une raie partageait au milieu. Elle ne portait que du noir : jeans noirs, col roulé à manches longues noir, Doc Martens noires aux pieds. Son rouge à lèvres était noir et ses yeux bleu foncé rehaussés d'une épaisse couche de mascara. *Elle n'est pas très jolie*, se dit Joe. *Sans la provocation du noir, elle passerait inaperçue.*

Garrett s'était tourné, lui aussi, et semblait en colère.

— Qu'est-ce que je t'ai déjà dit, Deena ? Je ne veux pas que tu fumes ici avec tout ce matos qui vaut un prix fou !

Le regard de Deena s'arrêta sur Joe et continua à le fixer tandis qu'elle répondait.

— Je suis désolée, Cleve. J'ai entendu parler fort et...

— Ferme la porte, s'il te plaît, lui dit Garrett d'un ton autoritaire.

Comme s'il parlait à une gosse, se dit Joe, qui soutint le regard de la fille. Ses yeux et son visage étaient remarquables par leur absence d'expression. Mais il semblait que dans ce vide elle cherchait à entrer en contact avec lui.

— Deena… l'avertit Garrett.

— Salut, dit-elle d'une voix de petite fille avant de repasser de l'autre côté de la porte et de la fermer derrière elle.

Joe, l'air interrogateur, regarda Garrett. Celui-ci parut de nouveau agité. On avait interrompu son monologue théâtral.

— Deena est avec moi depuis le Montana, expliqua-t-il, glacial. (Une certaine rougeur était néanmoins montée à ses joues, comme s'il était gêné d'avoir à se justifier.) C'est une sorte de groupie, si vous voulez. Je travaille dans un domaine qui a le don d'attirer des gens qui vivent plus ou moins en marge de la société. Je fais ce que je peux pour l'aider à en sortir.

— Est-ce qu'elle a seulement 17 ans ?

— Elle en a 19 ! rétorqua Garrett. Plus que l'âge légal. Elle sait ce qu'elle fait.

Joe se contenta de répondre d'un signe de tête et repoussa son tabouret.

— Quoi ? Vous partez ? s'exclama Garrett.

— Je crois que vous m'en avez dit assez pour aujourd'hui.

Sur quoi il se leva, prit son chapeau et se tourna vers la porte. Garrett le suivit.

— Je pense savoir ce qui se passe ici, monsieur Pickett. J'en suis tellement proche que c'est à portée de voix ! Mais il faut que vous me fassiez admettre dans la cellule de crise et accéder à vos renseignements. J'ai besoin de consulter les dossiers et les rapports d'enquêtes. Et vous devez faire en sorte que je sois immédiatement averti en cas de nouvelle découverte.

— Je vous ai déjà donné le nom de Robey, non ? C'est lui que vous devez appeler pour tout ça, répondit Joe par-dessus son épaule, avant de descendre du trailer.

— J'ai besoin que vous vous portiez garant pour moi. Je vous en prie, monsieur !

Joe ouvrit la porte de son pick-up et hésita un instant. Garrett, debout devant l'Airstream, lui tendait les mains dans un geste presque suppliant.

— Je leur parlerai, dit Joe. J'ai simplement besoin de réfléchir à ce que je vais leur raconter.

— C'est tout ce que je vous demande, répondit Garrett, dont le visage s'éclaira. Tout ce que je vous demande.

*

Il l'aperçut au milieu des gros troncs d'arbres avant de tourner pour quitter le Riverside – à peine un instant, par la vitre du passager, ses yeux charbonneux contrastant avec la végétation.

Il jeta un coup d'œil dans le rétroviseur. Cleve Garrett était retourné dans sa caravane, dont la vitre avant était cachée par des branches basses qu'on avait trop laissé pousser sur le côté de l'allée. D'où il se tenait, le spécialiste des extraterrestres ne pouvait pas le voir.

Il s'arrêta et descendit de voiture.

– Deena ?

– Oui.

Il quitta le gravier de l'allée pour le sol élastique du sous-bois. Elle était adossée au tronc imposant d'un vénérable peuplier. Elle n'avait pas pris de veste et son visage paraissait encore plus pâle que quelques minutes auparavant. Elle serrait les bras contre elle, ses longs doigts blancs aux ongles noirs s'agrippant à ses épaules.

– Vouliez-vous me dire quelque chose tout à l'heure ?

La jeune femme étudia son visage comme pour y lire ce qu'elle pouvait en attendre.

– Je crois, dit-elle d'une voix tremblante. Peut-être…

A-t-elle froid ou peur ? se demanda Joe.

Il enleva son blouson et le lui passa autour des épaules.

– En quelle année êtes-vous née, Deena ? lui demanda-t-il.

Comme il s'y attendait, elle eut un tressaillement de confusion en faisant le calcul. Savait-elle que Garrett lui avait donné 19 ans ?

Elle renonça sans même essayer de mentir.

– Je vous en prie, ne me renvoyez pas au Montana. Il n'y a rien que j'aie envie d'y revoir. Ni personne qui attende mon retour.

– Que vouliez-vous me dire, Deena ?

Joe étudia le visage de la jeune fille. Sous le maquillage, il aperçut une véritable carte routière de cicatrices d'acné sur ses deux joues. En bavant, son rouge à lèvres avait formé une sorte de virgule noire et brillante à la commissure d'une de ses lèvres.

– Je n'ai pas entendu grand-chose de ce que vous vous êtes raconté tous les deux, dit-elle d'une voix si faible qu'il dut faire un effort pour l'entendre, mais je sais qu'avec Cleve, il ne faut pas se fier aux apparences. Il y a plus, chez lui. Et moins, je crois aussi.

Elle leva les yeux sur Joe et eut un sourire mystérieux, comme s'ils partageaient un secret.

Malheureusement, Joe ignorait lequel.

– Vous ne comprenez pas, n'est-ce pas ?

– Non.

Elle jeta un coup d'œil furtif par-dessus son épaule et regarda l'Airstream comme si elle calculait le temps qui lui restait.

– Vous avez une adresse e-mail ? demanda-t-elle à Joe.

Il acquiesça de la tête.

– Je vais vous écrire. Nous n'avons pas le temps d'entrer dans les détails maintenant. J'ai une adresse e-mail que Cleve ne connaît pas.

– Êtes-vous retenue contre votre volonté, Deena ? Avez-vous besoin qu'on vous trouve un endroit où vous réfugier ?

Elle eut un sourire glacial et hocha la tête.

– Il n'y pas un endroit sur terre ou dans le cosmos où je préférerais être plutôt qu'ici. Non, je ne suis pas prisonnière. Cleve va susciter des choses et je veux être là pour le voir. Pour en faire l'expérience. Le reste ne compte pas tellement.

– Quel reste ? Et qu'est-ce que Cleve doit susciter ?

Elle s'écarta du tronc contre lequel elle s'était appuyée et s'éloigna de Joe.

– Cleve ne me fait pas peur, rassurez-vous, dit-elle avec un sourire provocant. Je peux faire ce que je veux de pratiquement tous les hommes. Ce n'est pas si dur, au fond.

Joe voulut répondre, mais elle leva la main.

– Faut que j'y aille. Je vous envoie un e-mail.

Il écrivit son adresse au dos d'une de ses cartes professionnelles et la lui tendit.

– Merci pour le blouson, dit-elle en s'en débarrassant pour le lui rendre.

Puis elle partit en direction du trailer.

Lorsqu'il remit son blouson, l'odeur de la jeune femme y était restée accrochée. Maquillage, tabac, et quelque chose d'autre. Une odeur pharmaceutique, il en eut l'impression. Une lotion, un onguent quelconque.

Quand il releva les yeux, elle avait disparu.

*

En traversant le pont, Joe regarda par-dessus le garde-fou. Jack, un retraité, pêchait en amont près d'une sablière. Not-Ike était toujours en bas du pont à lancer ses mouches dans les vaguelettes qui précédaient un trou profond. Il y avait de belles prises à faire dans ce trou, et Joe le savait. Des truites de cinquante à soixante centimètres et pouvant peser plus de trois livres, de celles que les pêcheurs sérieux surnomment des *hog*. Not-Ike leva la tête, aperçut Joe et le salua de la main. Joe lui rendit son salut et se promit encore une fois de vérifier son permis. Plus tard, se dit-il, une fois qu'il y verrait un peu plus clair dans ce qui venait de se passer au Riverside RV Park.

Plus tard, quand il serait redevenu un simple garde-chasse.

Chapitre 16

– J'ai parié avec Cam que j'arriverais à vous faire dire plus de trois mots ce soir, dit Marie Logue à Joe entre deux plats, pendant le dîner au ranch Longbrake.

– Perdu, répondit Joe, imperturbable.

Marie parut tout d'abord déçue, voire un peu mortifiée, puis elle échangea un coup d'œil avec Marybeth et les deux femmes éclatèrent de rire. Joe sourit.

– Ça fait des années qu'il attend de la sortir, dit Marybeth, toujours en riant. Tu la lui as servie sur un plat. Le premier à l'avoir faite est Calvin Coolidge.

– Elle est bien bonne, dit Cam, bourru, de l'autre côté de la table. Il faudra que je m'en souvienne.

– Tu es bien trop bavard pour en avoir l'occasion, lui renvoya Marie avec un sourire faux. Sauf avec moi depuis quelque temps.

Cam leva les yeux au ciel et se détourna, se désintéressant de sa femme.

Oh! oh! se dit Joe, *ils ne blaguent pas.* Marybeth l'avait aussi remarqué. Elle lui avait déjà parlé de la tension croissante à l'agence immobilière, lui disant qu'en dépit des nombreux ranchs, commerces et maisons pour lesquels Cam faisait signer des mandats, rien ne se vendait.

Ces dîners au ranch Longbrake avaient lieu deux fois par mois et étaient devenus une institution depuis que Missy vivait avec Bud. Outre sa fille, son gendre et ses petites-filles, Missy invitait aussi souvent d'autres personnes, en général des gens influents, grands propriétaires, chefs d'entreprise, le directeur du *Saddlestring*

Roundup, des députés et des sénateurs de l'État. Ce soir-là, il n'y avait que les Pickett et les Logue. Comme devait l'admettre Joe à contrecœur, Missy était une parfaite maîtresse de maison ; on aurait dit qu'elle était née pour ça et elle se complaisait dans ce rôle. La soirée commençait la plupart du temps par quelques verres pris sous les vieux peupliers derrière le ranch, ou dans l'immense séjour lorsqu'il faisait froid ou qu'il y avait du vent ; puis on passait dans la salle à manger pour le repas, toujours arrosé d'excellents vins. La soirée se terminait dans le séjour pour les femmes et dans le vaste bureau de Bud pour les hommes. Missy passait avec grâce d'un invité à l'autre, incitant chacun à vider son verre, posant des questions anodines, riant des plaisanteries qu'on lançait, expliquant les travaux de rénovation du vieux ranch, qu'elle supervisait, parlant du projet de son mariage avec Bud. Son visage prenait alors un éclat qui la rendait vraiment belle – *sauf si on la connaissait mieux*, pensa Joe.

Il avait fait de vagues tentatives pour échapper à ce rituel, mais sans succès. Marybeth disait se sentir obligée d'y aller et faisait remarquer qu'il était important que leurs filles aient de bonnes relations avec leur grand-mère. Joe soupçonnait sa femme de prendre plaisir à ces mondanités et à ces discussions, même si elle prétendait que ce n'était pas très important pour elle. Sheridan et Lucy, pour autant qu'il pouvait en juger, penchaient plus pour son point de vue que pour celui de leur mère. Il y avait rarement d'autres enfants à ces dîners.

*

– On peut sortir de table ? demanda Lucy.

Elle était assise à côté de Sheridan et Jessica et posait la question au nom des trois filles.

Marybeth regarda Marie et les deux mamans acquiescèrent de la tête. Lucy et Jessica n'avaient pas joué ensemble depuis leur dernière bêtise et ne pouvaient cacher le plaisir qu'elles avaient de se retrouver grâce à ce dîner.

– Est-ce qu'elles peuvent sortir ? demanda Marybeth à Joe.

– On pourra les surveiller d'ici, dit Missy en écartant ainsi les inquiétudes de sa fille.

Puis elle ajouta, à voix plus basse :

– Rien n'est jamais arrivé près des maisons, ma chérie.

— D'accord, mais ne vous éloignez pas ! lança Marybeth aux trois filles qui partaient déjà en courant après avoir remercié Missy pour le repas.

— Nous allons juste voir les chevaux ! répondit Sheridan avant de claquer la porte-moustiquaire de l'entrée.

*

À la fin du dîner, la conversation porta sur les mutilations et la mort de Tuff Montegue. Bud Longbrake interrogea Cam sur les conséquences économiques de ces affaires sur la région, en particulier pour la valeur des terrains.

— Nous ne pouvons que prier pour que cela ne dure pas, répondit Cam. Mais il ne faut pas se faire d'illusions : le prix des terrains et des maisons a baissé d'au moins vingt pour cent, à mon avis. Le Twelve Sleep County est devenu radioactif.

Il hocha la tête.

— J'ai une affaire avec quelqu'un qui est prêt à acheter et quelqu'un qui est prêt à vendre, mais l'acheteur a décidé de faire traîner pour attendre que le prix baisse. Les vendeurs ne sont pas d'accord entre eux et se demandent s'il faut baisser les prix ou pas. En attendant, rien ne se fait.

Bud eut un sourire entendu.

— Je crois savoir de qui vous parlez… Le ranch des deux cinglées de sœurs. Elles seraient riches si leur père n'avait pas vendu les droits d'exploitation du sous-sol. À l'époque, personne ne croyait qu'ils avaient la moindre valeur. On pensait que du moment qu'il n'y avait pas de pétrole sous ces terres, et il n'y en a pas, vendre ces droits revenait à plumer un pigeon volontaire. J'ai entendu dire qu'on envisage le percement de deux mille puits CBM dans le secteur.

Cam hocha la tête, l'air vague. Il n'avait manifestement pas envie d'être plus précis sur le ranch et la transaction. Mais Bud aimait bien provoquer et jouer les curieux et avait l'art de s'y prendre sur un mode bon enfant.

— Ça devient fou, dit Marie en hochant la tête à son tour.

— Marybeth m'a dit qu'en plus de tout ça, vous avez aussi de la visite, dit Missy à Cam et Marie.

Cam se mit à rire et passa une main dans son épaisse chevelure blonde.

— C'est vrai, dit-il. Et ce n'est pas le meilleur moment pour avoir toute ma famille chez moi.

— Ça ne l'est jamais, roucoula Missy, compatissante.

Et dire que c'était cette même femme, songea Joe avec amertume, qui avait campé chez eux pendant un mois et demi avant d'aller loger chez Bud Longbrake !

Puis, la conversation dérivant vers des sujets plus futiles, Joe se perdit dans ses pensées. Il ne cessait de tourner et retourner dans sa tête sa visite matinale au Riverside Park et la conversation qu'il avait eue avec Cleve Garrett ; il n'arrivait toujours pas à surmonter son malaise. La remarque que lui avait faite ce type sur la différence entre la mort de Montegue et celle de Tanner l'avait titillé toute l'après-midi. Encore une fois, rien n'avait de sens, rien ne paraissait avoir de rapport.

*

— Joe ? dit Marybeth, dont la voix le tira de sa rêverie. Bud t'a posé une question. Tu comptes y répondre ?

Joe regarda autour de lui et se rendit compte que Missy avait interrompu le service du dessert et l'observait, dans l'expectative. Cam et Marie étaient silencieux, attendant la réponse à la question qu'il n'avait pas entendue. La conversation, qui quelques instants avant était encore vive et animée autour de lui, s'était complètement arrêtée. On entendait l'horloge égrener le temps dans la pièce voisine. Marybeth paraissait exaspérée, comme souvent quand son mari se réfugiait dans ce qu'elle appelait sa *Joe Zone*. Cela l'ennuyait particulièrement lorsque c'était en présence de Missy : elle lui trouvait alors l'air d'un ignorant.

Joe s'éclaircit la gorge.

— Je suis désolé, dit-il. Quelle était la question ?

*

Accoudées à la traverse supérieure du corral, les trois fillettes profitaient des derniers moments du crépuscule pour admirer les chevaux de Bud Longbrake, une douzaine de solides bêtes de ferme. Roberto, le seul employé qui restait, défaisait des meules de foin pour en distribuer aux bêtes par-dessus la barrière.

Sheridan posa un pied sur la traverse inférieure. Elle trouvait extrêmement apaisants les « grumm-grumm » que faisaient les chevaux en mangeant.

— J'ai entendu grand-mère Missy dire que M. Longbrake avait ramené tous ses chevaux de la montagne à cause des extraterrestres, lança-t-elle.

Lucy se tourna vers sa sœur en ouvrant de grands yeux.

— Elle a vraiment dit « extraterrestre » ?

— Oui, elle l'a dit. Je l'ai entendu quand elle en a parlé à Mme Logue.

— Oh ! la la !

Derrière elles dans la cour, le capteur de l'éclairage se mit à bourdonner en haut de son mât et la lumière s'alluma, dissipant la pénombre qui gagnait. Même s'il paraissait peu vraisemblable que la température ait brusquement baissé parce que le soleil venait de passer derrière les montagnes, Sheridan ajusta sa veste. Cela tenait à l'altitude et à l'air moins dense, lui avait expliqué son père.

— On aurait peut-être dû mettre ces casquettes couvertes d'alu pour sortir, dit tout à coup Jessica. Celles que les garçons vendaient à la cafétéria.

— Qu'est-ce que tu racontes ? demanda Sheridan, tandis que Lucy riait.

Les deux plus jeunes lui expliquèrent l'histoire des casquettes mmm exxxxx mmm. Elles te dirent ensuite qu'elles trouvaient injuste de ne pas avoir pu jouer ensemble pendant toute une semaine après l'école, tout ça à cause de leur incursion jusqu'à la cabane hantée. Il fallait que Sheridan la voie, lui dit Lucy. Elle aurait peur, comme elles. Elle verrait peut-être qui y habitait.

— C'est probablement un pauvre SDF, dit Sheridan.

— Ou alors, dit Jessica en marquant un temps d'arrêt théâtral, c'est le Mutilateur !

— Jessica ! s'exclama Lucy. Arrête ça ! Tu fais comme Hailey. Tu essaies de faire peur à tout le monde.

Jessica commença à pouffer et Lucy se mit à en faire autant. Quand elles eurent fini de rire, elles abordèrent un autre sujet passionnant, la fête d'anniversaire de l'une de leurs camarades, qui devait avoir lieu bientôt. Pendant qu'elles bavardaient, Sheridan observait les chevaux. Quelque chose n'allait pas. Elle savait, pour avoir vu comment se comportaient les leurs, qu'une fois devant leur tas de foin, les chevaux n'avaient qu'une seule préoccupation : manger. Manger jusqu'à ce qu'il n'y ait plus rien. Elle trouvait bizarre que ceux de Bud Longbrake ne fassent pas de même ; au lieu de ça, ils continuaient à tourner en rond dans le corral. Ils mangeaient quelques minutes, s'interrompaient et s'agitaient nerveusement.

— Vous ne trouvez pas les chevaux bien nerveux ? demanda-t-elle.

Jessica et Lucy s'étaient lancées dans une grande conversation sur ce qui s'était passé à l'école et comment Hailey Bond était rentrée chez elle parce qu'elle était souffrante.

— Quoi ? Qu'est-ce qu'ils ont ? demanda Lucy.

— Je n'y connais rien aux chevaux, dit Jessica. Pose-moi plutôt des questions sur quelque chose que je connais. Les leçons de piano, par exemple.

— Vous n'êtes que des bébés ! laissa tomber Sheridan.

Elle restait pourtant convaincue que quelque chose n'allait pas dans le corral. Un des chevaux, un louvet, se détacha du troupeau et fonça sur les filles, ne s'arrêtant qu'au dernier moment et les faisant vivement reculer. Il les regardait, naseaux frémissants, des éclairs blancs sauvages dans les yeux, les oreilles rabattues vers l'arrière. Puis, tout aussi soudainement, il se détendit, baissa la tête et se mit à brouter le foin.

— Qu'est-ce qu'elle voulait ? demanda Jessica à Sheridan.

— C'est un mâle, pas une femelle, répondit Sheridan. Un hongre… tu ne sais pas ce que ça veut dire ?

— Non.

— Dans ce cas, je ne te le dirai pas. Mais non, je ne sais pas ce qu'il voulait. Les chevaux ne devraient pas faire ça quand ils mangent. Y'a quelque chose qui ne va pas.

*

— Tuff pouvait être sacrément casse-pieds, mais personne ne mérite de mourir de cette façon, disait Bud, un verre de brandy à la main.

Les trois hommes étaient dans son bureau aux étagères couvertes de livres. Cam acquiesça en murmurant et but une gorgée. Joe avait préféré le bourbon.

– La plupart du temps, on ne peut pas compter sur ses employés, reprit Bud. Leur fidélité ne va pas plus loin que la prochaine paye. Ils ont tous l'impression qu'on leur doit beaucoup plus, que c'est leur droit d'avoir plus. C'est pour ça que j'aime bien engager des types comme Roberto, qui savent qu'ils sont sacrément bien payés. Ce Tuff, je l'ai engagé au moins cinq fois au fil des ans. Je l'ai flanqué à la porte deux fois, mais les trois autres, c'est lui qui est parti pour faire autre chose. Il a servi d'assistant à un géomètre-arpenteur, puis il a travaillé au service clientèle d'une boîte de téléphones mobiles... Imaginez un peu ça, un cow-boy en représentant ! Et voilà qu'après avoir joué les cow-boys d'opérette dans un spectacle à Jackson Hole pendant un temps, il est de retour ici même, dans ce bureau, le chapeau à la main, et me supplie de lui rendre son travail. Et maintenant, il est mort.

Joe releva vivement la tête ; quelque chose dans ce qu'avait dit Bud avait déclenché un signal d'alerte dans sa tête.

– Vous avez bien dit que Tuff avait travaillé avec un géomètre-arpenteur, n'est-ce pas ?

– Oui. Pourquoi ?

– Je ne suis pas sûr, répondit Joe en haussant les épaules. C'est juste... intéressant.

Joe remarqua que Cam Logue l'étudiait attentivement, comme s'il essayait de deviner quelque chose. Il croisa son regard, mais l'agent immobilier détourna le sien.

– Tuff a fait des tas de trucs, reprit Bud en riant. Est-ce que je vous ai raconté quand il a essayé de soulever une femme dans son spectacle pour touristes ? À l'époque où il jouait le cow-boy des montagnes ?

Tout en écoutant l'histoire, Joe se leva pour prendre des glaçons dans le seau posé sur le bureau de Bud. Les rideaux étaient ouverts et la nuit commençait à tomber. Il se faisait tard. C'était un argument pour convaincre Marybeth de rentrer, se dit-il. D'autant qu'il y avait école le lendemain.

Dans la faible lumière dispensée par l'éclairage de la cour, il aperçut ses deux filles et Jessica.

– Je suis sûre et certaine qu'il y a quelque chose qui ne va pas, disait Sheridan à Jessica et à Lucy, interrompant le débat qu'elles avaient lancé pour savoir quel était le garçon le plus mignon de la classe.

Roberto était parti depuis un moment. Il faisait trop sombre au-delà du rond de lumière pour distinguer les chevaux dans le corral, leur troupeau formant une masse confuse et agitée. De temps en temps, l'un d'eux s'en détachait et, comme le louvet auparavant, faisait semblant de charger droit devant lui pour s'arrêter tout d'un coup ; on voyait alors sa silhouette se détacher contre la barrière opposée. Mais de même que le louvet, il finissait par se fondre à nouveau dans la masse. On entendait nettement le bruit assourdi de tous leurs pas, comme les « grumm-grumm » de leur mastication.

– C'est peut-être le Mutilateur, recommença Jessica.

– Arrête ça, cria Lucy. Ça m'amuse plus.

– Je suis d'accord, renchérit Sheridan. Laisse tomber.

– Désolée, répondit Jessica en murmurant presque.

Puis dans le coin du corral, au milieu de la masse sombre du troupeau, un cheval se mit à hennir frénétiquement.

*

Marybeth sursauta.

– Qu'est-ce que c'est que ça ?

– Rien que les chevaux, répondit Missy en arborant son sourire d'hôtesse tandis qu'elle servait le café sur un plateau d'argent. Bud les a tous rassemblés dans le corral.

– Maman ? Pourquoi les a-t-il ramenés ?

Marybeth avait posé sa question d'un ton qui fit sourciller Missy.

– Oh, tu sais, depuis que Tuff a été tué, Bud est un peu nerveux pour ses bêtes.

Marybeth poussa un juron.

– Mais les filles sont dehors !

Marie se cacha la bouche de la main.

Marybeth était à mi-chemin de la porte d'entrée lorsque Joe fit soudain irruption du bureau, marchant à grand pas, et se dirigea vers elle. Cam s'encadra dans la porte de communication, un verre à la main, en regardant Joe avec inquiétude.

– T'as entendu ? demanda Marybeth à son mari.

– Oui.

*

Le roulement sourd des sabots emplissait la nuit, amplifié par l'écho, tandis que Joe courait jusque dans la cour du ranch en appelant les filles.

– Sheridan! Lucy! Jessica!

Il s'empara d'une lampe-torche en passant près du van (il y en avait toujours une dans la boîte à gants) et l'alluma. Rien. Les piles étaient fichues. Il la cogna contre sa cuisse, elle émit un rayon. Il espéra que ce n'était qu'un faux contact et qu'elle tiendrait assez longtemps.

En regardant en direction du corral, il aperçut une grande agitation et sentit son cœur bondir dans sa poitrine. Puis il se rendit compte que c'étaient les trois gamines qui traversaient la cour en courant; vestes, cheveux et robes au vent, elles s'enfuyaient du corral.

Merci mon Dieu, murmura-t-il intérieurement, tandis qu'elles s'approchaient de lui.

– Papa! Papa!

Elles arrivèrent à sa hauteur à l'instant où s'allumaient les lumières extérieures du porche. Elles se jetèrent sur lui pour le serrer de toutes leurs forces en même temps qu'il entendait des pas précipités derrière lui. Jessica obliqua vers la maison et alla enfouir son visage contre le sein de sa mère.

– Il est arrivé quelque chose aux chevaux pendant que nous étions là-bas, dit Sheridan d'un ton saccadé. Ils sont devenus comme fous et se sont mis à hennir.

– Tout va bien, tout va bien, répondit Joe en lui caressant le dos. On dirait que vous n'avez rien.

– Papa, papa! j'ai peur! dit Lucy.

Marybeth descendit les marches du porche et les deux fillettes lâchèrent Joe pour aller retrouver leur mère. Joe vit alors la silhouette de Bud Longbrake s'encadrer dans la porte; il tenait une carabine Winchester 30-30 à la main et regardait vers le corral.

– Vous n'auriez pas une torche, Joe? demanda Bud en descendant lourdement les marches.

– Si, mais elle ne vaut pas grand-chose.

– Apportez-la toujours, répondit-il en passant devant le van pour prendre la direction du corral.

Joe acquiesça d'un hochement de tête que Bud, qui venait de passer de la lumière à la pénombre, ne vit sans doute pas. Joe regrettait de ne pas avoir plutôt pris le pick-up, dans lequel il avait une torche puissante, sans parler du projecteur du véhicule. Quant à son fusil de chasse, il était soigneusement rangé, lui aussi, derrière le siège de son pick-up.

Alors qu'ils approchaient du corral, d'où montait toujours le vacarme des piétinements furieux des chevaux affolés, de leurs hennissements et de leurs grognements gutturaux, Joe sentit une présence à ses côtés. C'était Cam.

– OK, OK, calmez-vous, bon Dieu ! cria Bud à ses bêtes.

Joe fit passer le rayon de sa torche par-dessus la barrière. Les chevaux furent un instant faiblement éclairés par la flaque de lumière, tandis qu'ils bondissaient en tous sens dans le corral. Il aperçut brièvement des yeux fous, de grandes dents jaunes sous des babines retroussées, des muscles gorgés de sang qui se contractaient sous la peau, des narines frémissantes, des crinières et des queues qui s'agitaient sauvagement.

Bud, Joe et Cam escaladèrent la barrière et sautèrent sur le sol mou, à l'intérieur du corral.

– Allez les petits, on se calme, on se calme, répétait Bud en tablant sur l'effet apaisant de sa voix.

Les trois hommes avancèrent épaule contre épaule à l'intérieur du corral, tandis que les chevaux tourbillonnaient autour d'eux. À travers ses bottes, Joe sentait le sol vibrer sous le martèlement puissant des sabots. Un cheval s'approcha de trop près, bouscula Cam et le fit pivoter sur lui-même.

– Merde, quel crétin !

– Il vous a fait mal ? demanda Joe.

– Non, ça va, répondit Cam en reprenant place à côté des deux autres.

Puis soudain, en poussant tous une espèce de soupir collectif, les chevaux cessèrent de courir. Le calme retomba instantanément et l'on n'entendit plus que la respiration haletante des bêtes qui, depuis les coins du corral où elles s'étaient réfugiées, regardaient les trois hommes.

– Enfin ! dit Bud.

Joe vit plusieurs chevaux, qui l'instant d'avant galopaient

frénétiquement en tous sens, baisser la tête et se mettre à brouter le foin.

— C'est vraiment bizarre, fit remarquer Cam. Il faudra me rappeler de ne jamais acheter de chevaux.

Joe sourit.

Bud abaissa sa carabine et siffla.

— En tout cas, ce qui les a affolés a disparu.

— Ça pourrait être n'importe quoi, fit observer Joe, qui savait que quelque chose d'aussi inoffensif qu'un sac en plastique soulevé par le vent pouvait provoquer l'emballement de tout un troupeau.

— Probablement un cheval qui a voulu s'imposer à un autre, dit Bud. Petit règlement de comptes à l'intérieur du troupeau. À moins qu'un coyote ou un puma ne soit descendu de la montagne. Ou le foutu grizzly de Joe.

Pourquoi faut-il que ce soit toujours « mon » *grizzly ?* se demanda celui-ci, agacé.

Il fit passer le rayon de sa torche sur les bêtes. La plupart mangeaient tranquillement.

— OK, la fête est finie. Merci pour le coup de main, les gars.

Cam eut un petit rire.

— Oui, je crois que j'ai ma dose d'émotions pour la soirée.

Personne ne dit tout haut ce que chacun pensait tout bas : que quelqu'un, ou quelque chose, avait attaqué le troupeau.

Et les filles qui étaient justement là, se dit Joe en son for intérieur.

Un frisson le traversa.

Avant de faire demi-tour, il braqua sa torche sur un groupe serré de chevaux qui buvaient dans l'auge. Il les entendait engloutir l'eau par demi-litres. La lumière se reflétait sur la surface dansante de l'eau, éclairant leurs lèvres veloutées et se reflétant dans leurs yeux. Mais lorsqu'il dirigea le rayon un peu plus haut, il vit autre chose.

Et eut l'impression qu'une lame glacée le pénétrait.

— Bud…

Joe gardait le rayon braqué sur le deuxième cheval à partir de la gauche, un rouan. Bud et Cam avaient entrepris d'enjamber la barrière dans l'autre sens.

— Bud !

L'éleveur, à cheval sur la traverse supérieure, se retourna.

– Qu'est-ce qu'il y a ?
– Regardez.
– Oh, nom de Dieu ! jura Longbrake à mi-voix.
– Mon Dieu, dit de son côté Cam, d'une voix qui s'étranglait.
Le cheval que Joe éclairait de sa torche releva la tête de l'auge. L'eau en excès qui gouttait de sa bouche s'était teintée d'un rouge brillant. Un fin filet de sang coulait du menton de l'animal dans l'eau, qui devenait rose. Beaucoup plus grands qu'ils n'auraient dû être, les yeux de la bête dépassaient de manière obscène de part et d'autre de sa tête. Ils n'avaient plus de paupières.

La plus grande partie de la peau de sa tête avait été découpée et pendait à sa mâchoire inférieure comme un bavoir sanglant.

*

Sur le chemin du retour, Joe écouta attentivement Sheridan et Lucy lui décrire ce qu'elles avaient vu, entendu et ressenti à proximité du corral. Il savait qu'il était important pour elles d'en parler, même si elles lui avaient déjà tout raconté après la découverte du cheval mutilé.

Joe n'avait pas manqué de remarquer que Bud avait eu la délicatesse de ranger sa carabine et d'attendre le départ de ses invités pour abattre l'animal blessé avant qu'il ne saigne à mort, hors de la vue des petits-enfants de Missy et de Jessica. Joe appréciait.

Bud n'avait pas dit s'il prévoyait d'appeler le shérif ou Hersig avant le matin.

– Papa ? Je viens de penser à quelque chose, dit Sheridan.
– Oui ?
– Tu te rappelles la sensation bizarre que nous avons eue quand nous avons trouvé l'orignal dans la prairie ?
– Oui, répéta Joe, prudent.
– Eh bien, j'ai ressenti la même chose pendant ma leçon de fauconnerie avec Nate, le jour où les faucons n'ont pas voulu voler.
– Et alors ?
– Eh bien aujourd'hui, je n'ai rien senti du tout. D'après toi, qu'est-ce que ça veut dire ?
Joe roula encore quelques kilomètres, sans trouver de réponse.

*

Une fois dans l'allée, il attendit devant la maison, jusqu'à ce que Marybeth et les filles soient rentrées. Puis il s'adossa à la calandre du van, croisa les bras et leva la tête. Le ciel était faiblement éclairé par la lueur laiteuse des étoiles. Il ne paraissait pas menaçant, mais infini et immensément compliqué. Un fin croissant de lune s'y était levé. Il n'y avait rien d'autre là-haut que ce qu'il devait y avoir. De fait, il ne savait trop ce qu'il cherchait, ni ce qu'il aurait fait s'il avait vu quelque chose d'inhabituel.

Il se dit que tout ça le dépassait.

À moins que...

Marybeth rouvrit la porte et le chercha des yeux.

— Joe ? Tu ne rentres pas ?

— J'arrive.

*

En pleine nuit – il était trois heures et demie – il fut réveillé en sursaut par Marybeth qui venait brusquement de s'asseoir toute droite dans le lit.

— Ça va ? lui demanda-t-il.

Elle respirait fort, profondément, en essayant de se calmer.

— J'ai fait un cauchemar, dit-elle. J'entendais les chevaux qui hennissaient, qui hennissaient...

— Tu es sûre que ce n'était qu'un rêve ?

— Oui. Tout à fait.

— Veux-tu que j'aille voir les nôtres ?

Elle se rallongea dans le lit.

— Ce n'est pas nécessaire. Je sais que ce n'était qu'un rêve.

Il la serra contre lui, mettant une main en coupe sous l'un de ses seins à travers la chemise de nuit. Il sentit son cœur qui battait fort. Il resta ainsi jusqu'à ce que les battements soient redevenus imperceptibles et sa respiration paisible. Quand elle fut rendormie, il se dégagea et sortit du lit.

Puis il enfila ses pieds nus dans ses bottes, mit son chapeau, resserra la ceinture de sa robe de chambre, prit son fusil de chasse et sortit. Les chevaux allaient très bien. Il poussa un soupir de soulagement.

Il était parfaitement réveillé lorsqu'il revint à la maison. Il passa dans son petit bureau, referma la porte et posa le fusil contre le mur. Il régnait un tel silence à cette heure qu'il ne put retenir une grimace au bruit que fit l'ordinateur lorsqu'il le lança.

Il ouvrit sa boîte aux lettres et, enfoncé dans son fauteuil, attendit de voir ce qui s'affichait à l'écran. Des directives et des coupures de presse en provenance du quartier général de Cheyenne, un message de Trey Crump intitulé « Comment va ? », rien de Hersig ou de Dave Avery, rien du labo, et enfin un gros dossier qui mit un bon moment à se charger.

Ce dernier document n'avait pas d'intitulé, mais l'adresse de l'expéditrice était deenadoomed666@aol.com.

Il cliqua dessus.

Lorsque le message s'ouvrit, il eut un haut-le-corps.

– Oh non ! murmura-t-il.

Chapitre 17

« Prête, elle attend Joe Pickett », était-il écrit en caractères fantaisie de couleur.

Sous ce titre, une photo numérique. Tandis qu'elle s'affichait, Joe se sentit tout d'un coup glacé et serra un peu plus sa robe de chambre autour de lui.

C'était Deena. Elle posait, assise sur cette même table de métal devant laquelle il s'était installé avec Garrett le matin même. Nue, avec seulement ses grosses Doc Martens aux pieds. Jambes écartées, esquissant un sourire timide. Elle n'avait qu'un duvet léger de poils pubiens et son vagin rose s'entrouvrait légèrement. Elle avait de petits seins, dont la pointe en érection était percée d'un anneau d'argent. Sa peau était si blanche que c'en était douloureux à voir ; les ecchymoses qu'elle avait à l'intérieur des cuisses et sur le haut des bras, ainsi que les hématomes sur ses côtes et son cou en ressortaient d'autant. Elle avait un pansement de la taille d'une main à l'épaule gauche. Il paraissait suinter et la peau brillait autour. *L'odeur de médicament qu'il avait sentie en reprenant son blouson*, pensa-t-il. Tatoué sur son abdomen s'étalait le mot DÉTOURNÉE.

– Oh, non, répéta-t-il.

Elle paraissait si jeune, si maigre, en si mauvaise santé… c'était insupportable. Loin d'être excité, Joe se sentit nauséeux.

Un autre texte en caractères fantaisie s'afficha sous la photo :

« Grand, fort et silencieux, il essaie de la sauver. Mais elle ne peut pas être sauvée. Elle le veut en elle comme un animal. Elle veut qu'il sache qu'il peut tout lui faire… »

Je ne suis ni si grand, ni si fort, ni si silencieux que ça, pensa-t-il en se sentant rougir.

Une deuxième photo apparut. Elle y était à quatre pattes sur la table, les fesses pointées vers l'objectif et, la tête tournée vers lui, souriait.

« **Quoi qu'il veuille, quelle que soit la manière dont il le veut, elle est consentante. Il n'y a rien qu'il pourrait lui faire qui n'a déjà été fait. Elle aime son chapeau et désire le porter… »**

Une troisième photo. Elle était habillée, cette fois. Devant la caravane, entièrement vêtue de noir, la bouche peinte en rouge-sang. Elle faisait du charme à l'objectif : la tête inclinée en avant et les lèvres entrouvertes, elle s'essayait à la technique du racolage.

« **Il sait où elle habite, et il ne tient plus en place. Elle n'y restera pas longtemps, il le sait. Elle sera bientôt partie, elle aura bientôt disparu de façon permanente. Elle sait des choses, elle fait des choses… »**

Puis, juste en dessous, un smiley, un rond d'un jaune criard au sourire stupide.

« **Répondra-t-il bientôt ? »**

Joe se laissa aller dans son fauteuil. Le bureau, soudain, manquait bizarrement d'air. Il entendit le tic-tac de l'horloge dans le séjour et Maxine qui reniflait à la porte pour qu'on la laisse entrer.

Quelles circonstances pouvaient produire une fille pareille ? se demanda-t-il. Que lui était-il arrivé pour qu'elle en soit là ? Deena n'était pas tellement plus âgée que Sheridan… mais quelle différence !

D'où provenaient ses affreuses contusions ou ce qui semblait être une blessure à son épaule ? Était-ce Cleve Garrett ? Se mutilait-elle elle-même ? Joe hocha la tête. Il ne comprenait pas pour quelle raison elle avait choisi cette approche. Partait-elle du principe que c'était ce que voulaient tous les hommes ?

Il se frotta vigoureusement le visage à deux mains, faisant tomber son chapeau au sol par inadvertance. Son chapeau ! Son chapeau lui plaisait...

— Joe ?

Il manqua tomber de sa chaise.

— Qu'est-ce que tu fais ici ? lui demanda Marybeth.

Elle clignait des yeux à cause de la lumière, mais regardait l'écran de l'ordinateur.

— Ce n'est pas ce que tu crois, dit-il.

— Et qu'est-ce que je crois, Joe ? rétorqua-t-elle, tendue.

— Que je regarde de la pornographie.

— Eh bien ? dit-elle en tendant un menton accusateur vers l'écran, les bras croisés sur la poitrine.

— Approche-toi, Marybeth. Tu te souviens de la fille dont je t'ai parlé, celle qui était avec Cleve Garrett ?

— Sheena, quelque chose comme ça ?

— Deena. Sheena, c'est la fille de la jungle.

— Oui, et alors ?

— C'est elle qui m'a envoyé ça. En fait, c'est bien de la pornographie. Dans ce qu'elle peut avoir de pire, même.

Marybeth resta debout à côté de Joe pendant qu'il lui montrait les messages et il l'observa en faisant défiler le texte et les images.

— C'est dégoûtant, dit-elle.

— Oui, dégoûtant. Je ne sais pas ce qu'elle a dans la tête.

— Ce qu'elle a dans la tête ? De t'exciter et de t'inquiéter à la fois. C'est comme si elle essayait de t'attirer de la manière la plus sordide qui soit. Comme si elle était désespérée.

Joe hocha la tête et soupira.

— Ça me fait un effet... comment dire ?

— C'est pitoyable, hein ? dit-elle en achevant sa pensée.

Elle se mit contre lui et le serra avec sa hanche.

— Surtout ne t'approche pas d'elle, Joe, reprit-elle. Tu n'y gagneras que des ennuis. Tout porte à croire qu'elle a subi des sévices graves.

Elle se tut un instant, puis reprit :

— À ton avis, a-t-elle pris elle-même ces photos ?

La question lui fit un choc.

— C'est ce que je me suis dit.

— Et dans le cas contraire, Joe ?

Il en eut le tournis. Et si c'était Cleve ? Si tout cela n'était qu'un moyen de l'attirer pour obtenir quelque chose de lui, pour avoir barre sur lui et lui permettre d'entrer dans la cellule de crise ? Dans ce cas, il était monstrueux d'utiliser Deena de cette façon. Sauf, bien entendu, si elle était dans le coup.

— C'est un peu trop pour aujourd'hui, dit Marybeth en lui étreignant l'épaule. La soirée a déjà été assez dure comme ça. On se retrouve au lit, Joe. Nous devons essayer de dormir un peu.

Il resta encore quelques minutes dans son bureau. Il ne savait pas très bien ce qu'il fallait faire du courriel. Le montrer à Hersig ? Appeler quelqu'un ? Il ne pouvait s'empêcher de penser que Deena se trouvait dans une situation critique, que Garrett abusait d'elle de toutes sortes de manières, toutes plus terribles les unes que les autres. Même si elle se laissait faire — ce qui ne lui paraissait que trop vraisemblable, étant donné l'âge et la situation de la jeune fille —, cela ne signifiait pas qu'elle n'avait pas besoin d'être secourue. Mais que pouvait-il faire ? Se précipiter au Riverside avec son fusil et rejouer la grande scène de *Taxi Driver*, version Wyoming ?

Finalement, il ferma le programme et éteignit l'ordinateur.

*

Une fois au lit, Joe contempla le plafond et attendit la sonnerie du réveil. Cela dura deux heures, et il l'arrêta dès qu'elle se déclencha.

Marybeth soupira, se tourna vers lui et posa une main chaude sur sa poitrine. Il se rapprocha d'elle, mais il avait la tête à autre chose.

Nate Romanowski. Il lui fallait trouver Nate et lui en parler, avoir son point de vue sur tout ça.

Il se glissa hors du lit, Marybeth s'étira.

— Tu te lèves de bonne heure, marmonna-t-elle.

— Je vais préparer le café.

— Quand tu t'es levé cette nuit, tu as été voir les chevaux ?

— Oui.

— Ils allaient bien ?

– Très bien.

Elle ouvrit les yeux.

– Et toi, Joe, tu vas bien ?

Il hésita un instant à mentir.

– Impec.

C'est alors que le téléphone sonna, les faisant sursauter tous les deux. Joe décrocha.

– Joe Pickett.

– C'est bien vous le type de la cellule de crise ?

Une voix d'homme. On parlait vite et on allait droit au fait.

– Disons que j'en fais partie, oui.

– Je vous demande ça parce que j'ai appelé le bureau du shérif et on m'a dit qu'il était dans un ranch pour enquêter sur une mutilation. Un cheval, cette fois, il paraît. Bref, on m'a suggéré de vous appeler, en me disant que vous faisiez partie de l'équipe.

– En quoi puis-je vous aider ?

– Voilà, ce n'est pas aussi grave qu'un meurtre ou des mutilations…

– J'en suis soulagé.

L'homme marqua une pause.

– Vous avez déjà entendu parler de ces histoires de cercles dans les champs ?

Joe ne s'attendait pas à ça.

– Oui, vaguement.

– Eh bien, je ne crois que j'en ai un dans un pré. Je l'ai trouvé ce matin.

Chapitre 18

David Thompson, l'éleveur qui avait appelé, possédait une propriété d'environ quatre-vingts hectares jouxtant le lotissement chic des Elkhorn Ranches, sur les contreforts des Bighorns. De même que les Elkhorn, le ranch de Thompson faisait partie des dépouilles de ce qui avait jadis été le V Bar U Ranch, une propriété immense qui avait appartenu à feu Jim Finotta. Selon les normes en vigueur au Wyoming, le ranch de Thompson n'en était pas vraiment un, se disait Joe tout en roulant, mais une belle maison avec une très, très grande pelouse.

Il n'empêche, Thompson avait dû débourser une belle somme pour s'offrir le portique en pin noueux où était accroché le panneau BIGHORN VIEW RANCH, sous lequel il passa. La route montait en décrivant une courbe et franchissait une colline couverte de sauge pour redescendre dans un vallon verdoyant et paysagé, où la maison, récemment construite, était nichée au milieu de pins et de jeunes peupliers.

En chemin, Joe essaya de se rappeler ce qu'il savait des cercles dans les champs de céréales et arriva vite à la conclusion que ses connaissances se résumaient à peu de chose. Il se rappela avoir lu dans sa jeunesse un livre du genre « Incroyable mais vrai » reproduisant des photos aériennes floues, et en noir et blanc, de champs (en Angleterre et en Écosse) où les moissons avaient été aplaties en cercles parfaits ; sur d'autres clichés, on voyait des motifs compliqués, qui seraient apparus en une nuit, en général en même temps que des rapports sur des ovnis en forme de cigare.

Sacré bon sang !

Voilà qui le mettait de mauvaise humeur et fort désireux de régler cette question au plus vite.

Il trouva Thompson qui l'attendait déjà dans la cour de son ranch. Le bruit courait que l'homme, un brun à la peau mate âgé d'un peu plus de 60 ans et qui prenait soin de lui, aurait réussi une belle spéculation par Internet sur une société d'Austin qui avait déposé son bilan quelques mois après. Avec cette petite fortune nouvellement acquise, il s'était acheté une maison à Galveston, Texas, pour l'hiver, et le Bighorn View Ranch pour la belle saison. Il élevait des chevaux miniatures pour les concours. Joe n'aimait pas les chevaux miniatures. Il les trouvait idiots, tout comme il trouvait idiots les chats sans poils.

Thompson était habillé d'un vêtement de travail en toile impeccable et d'une casquette sur laquelle on lisait BIGHORN VIEW MINIATURES. Il ouvrit la portière de Joe côté passager et Maxine sauta au milieu du siège pour lui faire de la place.

– Vous voulez que je vous montre ça tout de suite ? demanda-t-il en s'installant.

– Autant y aller, vu que vous êtes déjà dans mon pick-up.

Thompson ne fit pas attention au sarcasme ; il paraissait tout excité par sa découverte.

– Vous ne voulez pas savoir quand je l'ai trouvé ?

– Vous me l'avez dit. Ce matin.

– Ah bon ?

– J'ai...

Prenez ce chemin, dit Thompson en montrant une route ancienne qui sortait du vallon. Je ne l'utilise pas souvent. Les corrals et les miniatures sont de l'autre côté. Mais quand je me suis levé pour nourrir les bêtes ce matin, j'ai eu comme un pressentiment qui me disait d'aller par là. Une prémonition, vous voyez ? Comme si quelqu'un ou quelque chose voulait que je prenne cette route.

Joe hocha la tête.

– C'est un coup de chance de l'avoir trouvé, reprit Thompson. En général, à cette date, je suis déjà de retour au Texas. En particulier cette année, avec toutes ces histoires de trucs surnaturels qui se sont produits dans le secteur, j'aurais eu de bonnes raisons de m'en aller plus tôt. Mais je ne peux pas partir sans mes chevaux et mon bon Dieu de transporteur est coincé je ne sais où en Alberta.

Il n'est pas très fiable. Il devrait arriver d'un jour à l'autre. Et je peux vous garantir que dès qu'il sera venu chercher mes bêtes, je fiche le camp. Je laisse les gens du coin s'occuper des extraterrestres.

— Vous êtes trop bon, répondit Joe, pince-sans-rire.

— J'avais d'ailleurs déjà envisagé de vendre le ranch. Faire tous ces allers-retours avec les minis entre le Wyoming et le Texas, ça finit par être casse-pieds. J'ai envie de voir ce que je pourrais trouver au Nouveau-Mexique ou en Arizona ; on se les gèle trop l'hiver ici. Un coin sans trucs bizarres, ça aussi. Le problème, c'est qu'à l'heure actuelle, j'ai bien peur de ne pas pouvoir revendre le ranch ce que je l'ai payé, vous voyez ? J'ai entendu dire que le prix des terrains était dans les choux vu ce qui se passe. Je suis allé le mettre en vente à l'agence Logue et il m'a dit que la baisse était de l'ordre de vingt pour cent. C'est vraiment bradé, ma parole.

Joe gardait le silence d'autant plus facilement que Thompson ne paraissait pas avoir besoin d'interlocuteur pour être relancé.

— Quand j'ai vu ce cercle, je me suis dit : « Pourquoi moi ? Pourquoi maintenant ? Pourquoi mon ranch ? » Mais à présent que je sais qu'il y a eu une mutilation dans un autre ranch, ça semble plus logique. (Il parlait à toute vitesse.) Croyez-vous que tout ça ait un rapport ?

— Je ne sais pas.

Thompson jeta un regard inquiet à Joe.

— Vous appartenez bien à la cellule de crise, non ?

— Si, si !

— Et vous n'êtes pas intrigué par ma découverte ?

Joe haussa les épaules.

— Comment voulez-vous que je sois intrigué ? Je ne l'ai pas encore vue.

— C'est juste de l'autre côté de la colline.

*

Ils franchirent le sommet et Joe arrêta le pick-up.

— Voilà ! dit Thompson avec un geste de la main comme s'il présentait ce qu'un rideau venait de découvrir.

Joe regarda. Au-dessous d'eux, on distinguait un cercle parfaitement tracé dans l'herbe à bison. Joe estima sa circonférence à environ vingt-cinq mètres. Il se gratta le menton, ignorant l'expression de triomphe qu'arborait l'éleveur.

— Exactement comme je vous avais dit, pas vrai ?

— C'est un cercle, aucun doute, convint Joe.

— Un cercle de champ de céréales.

Joe continuait d'étudier la scène.

— Est-ce qu'il ne faut pas qu'il y ait des céréales pour parler de cercle de champ de céréales ?

— Oh, bonté divine !

— Je plaisantais.

— Je ne suis guère impressionné par vos techniques d'investigation, monsieur Pickett, dit Thompson en adoptant un débit plus lent. J'aurais peut-être dû attendre le shérif.

Joe haussa les sourcils.

— Peut-être. Allons toujours voir ça de plus près.

Il fit avancer le pick-up jusqu'au bas de la colline et le gara sur le côté gauche du cercle. Les deux hommes descendirent. Pendant que Joe faisait le tour par l'extérieur pour étudier le phénomène, Thompson resta adossé au véhicule. Le cercle ayant fait disparaître l'herbe à bison, on ne voyait plus que le sol nu. Pas de traces d'arrachement ou de carbonisation sur le pourtour ; pas de mottes de terre éparpillées à l'extérieur. On aurait dit l'anneau d'humidité dessiné par un verre glacé posé sur un bar. Son tour terminé, Joe revint au pick-up.

Thompson avait une expression qui voulait dire : *Vous voyez ? Qu'est-ce que je vous avais dit ?*

Joe parcourut encore une fois le cercle du regard en plissant les paupières.

— Quand avez-vous emprunté ce chemin pour la dernière fois, monsieur Thompson ? demanda-t-il.

— Oh, ça doit faire plusieurs mois.

— Vous êtes sûr ? Vous ne vous souvenez pas de la dernière fois où vous êtes venu par ici ?

Thompson fronça un peu les sourcils.

— Pourquoi cette question ?

Joe se balançait légèrement sur ses talons, les mains dans les poches revolver de ses Wrangler.

— J'essaie d'estimer depuis combien de temps ce cercle existe.

— Je vous ai parlé de cette prémonition…

Joe hocha la tête.

— Oui, mais elle ne signifie pas pour autant que parce que vous l'avez trouvé aujourd'hui, ce truc-là a été fait la nuit dernière. Si l'on regarde un peu près la terre, là, dans l'anneau, on voit des craquelures et des marques laissées par les dernières pluies et elles ne datent pas d'hier. Ce cercle est là depuis un bon moment… au moins un mois, probablement davantage.

Thompson parut un moment désarçonné, doutant évidemment de lui, puis rebondit, comme Joe ne doutait pas qu'il ferait.

— Qu'est-ce que ça change qu'il date de cette nuit ou d'il y a un mois ? Ça n'en reste pas moins un cercle de champ de céréales.

Joe hocha la tête.

— Vous n'avez pas de gardiens au ranch pendant l'hiver ? Quand vous êtes au Texas ?

— Si, une femme, répondit Thompson en essayant de comprendre où Joe voulait en venir. Heidi Moos. Elle loge dans la maison des invités et surveille les lieux.

— Je la connais, dit Joe. (C'était une brune séduisante, originaire de l'Alabama.) Elle est arrivée à Saddlestring il y a quelques années avec des chevaux. Elle dresse bien les chevaux, n'est-ce pas ? Je veux dire… les vrais ?

Thompson se hérissa.

— Je trouve cette remarque désobligeante, monsieur. Les miniatures sont de vrais chevaux.

Joe leva une main d'un air apaisant.

— Calmez-vous, ce n'est pas ce que j'ai voulu dire. J'aurais dû parler de chevaux de taille normale. Non, ce qui m'intéresse est qu'elle est dresseuse de chevaux. Cet endroit est le seul terrain plat de ce côté-ci de la colline. Autrement dit, le meilleur endroit pour y installer un enclos rond temporaire. Vous savez ce qu'on appelle un enclos rond, n'est-ce pas ?

— Bien entendu, dit Thompson. J'en ai un à côté de mon corral.

— Mon idée est que Heidi Moos a dû installer son enclos temporaire ici, l'hiver ou le printemps dernier, reprit Joe en poursuivant son raisonnement. Quand les chevaux courent dans un espace délimité comme un enclos, ils finissent par faire disparaître complètement l'herbe, comme ici. J'ai moi-même deux de ces cercles «de champ de céréales» près de mon propre corral, là où ma femme fait travailler nos chevaux.

Le visage de Thompson s'était empourpré.

– Et c'est tout ce que vous avez trouvé comme explication?

– Ouais.

– Vous pensez que je me raconte des histoires? Que ce truc-là est l'endroit où Heidi a installé son enclos?

– Ouais.

– Eh bien, bon Dieu de Dieu, s'exclama Thompson en hochant la tête, pas étonnant que vous n'ayez pas été encore fichu de trouver d'où venaient ces mutilations, si c'est comme ça que vous travaillez...

– Pourquoi n'appelez-vous pas Heidi? l'interrompit Joe. Il suffit de lui demander où elle a installé son enclos.

Thompson lui jeta un regard assassin. Manifestement, il n'était pas habitué à voir son jugement remis en question.

*

Joe repensa au soi-disant cercle de champ de céréales de Thompson qui n'était qu'un enclos temporaire; il avait pris la grand-route jusqu'au carrefour, où il tournerait pour se rendre chez Nate Romanowski. Malgré ses défauts et son goût pour les chevaux miniatures, David Thompson n'était ni sot ni écervelé. Mais l'atmosphère du comté était devenue telle que quelqu'un d'aussi sérieux que lui pouvait voir un cercle sur le sol et penser à un atterrissage d'extraterrestres au lieu de se dire que c'était ce qui restait d'un enclos rond provisoire.

Ce qui se passait déformait l'état d'esprit de la région, pensa-t-il. Les entraînements de football se pratiquaient maintenant dans les gymnases et non dehors. Des chasseurs devant venir d'autres États avaient annulé des voyages à trois mille dollars auprès des guides locaux. Une réunion publique du Wyoming Business Council qui devait se tenir à l'Holiday Inn avait été transférée à Cody. Le bétail avait été ramené dans les étables et les hangars. Et les enfants se coiffaient d'une casquette emballée dans du papier d'aluminium pour aller à l'école.

Malgré les forages de puits CBM, Saddlestring subissait une vraie crise économique. Les habitants avaient adopté une mentalité d'assiégés, le ton montait facilement et les altercations se faisaient plus fréquentes. Marybeth lui avait même parlé d'un échange de coups de poing dans la file d'attente à l'épicerie.

La cellule de crise, elle, piétinait. Aucune nouvelle réunion n'avait été convoquée, personne n'ayant rien de neuf à y apporter.

Cela dit, pour une raison qu'il aurait été incapable de donner, Joe pensait qu'il y avait une explication à tous ces événements. Aussi incongrue qu'elle fût, elle était là, sous leur nez, attendant que Joe ou quelqu'un d'autre la découvre. Il espérait seulement que cela interviendrait avant que ne meurent d'autres animaux et d'autres êtres humains.

Chapitre 19

Tout en dévalant la mauvaise route en terre qui conduisait à la cabane en pierre de Nate Romanowski, sur la berge de la Twelve Sleep River, Joe fouillait le ciel des yeux ; les faucons de son ami n'y étaient pas.

La Jeep décrépite de Nate était garée près de la petite maison ; Joe alla ranger son pick-up à côté et coupa le moteur.

— Reste ici, dit-il à Maxine en refermant la portière.

S'il l'avait laissée sortir, elle aurait foncé tout droit vers les cages des faucons — Nate en avait toujours deux ou trois — et les aurait affolés en reniflant autour.

Joe frappa à la porte en bois brut, puis l'entrouvrit. Il faisait sombre, mais l'odeur du café et d'un petit déjeuner récent lui parvint. Joe appela, mais personne ne répondit. Rien d'anormal à ça : Nate faisait souvent de longues sorties à pied ou à cheval dans le paysage tourmenté des Breaklands, au milieu duquel il avait édifié sa cabane. Joe alla voir du côté des faucons, puis du corral. Personne.

Il arrivait à Nate Romanowski de disparaître pendant plusieurs semaines. Des séjours clandestins dans les États voisins – l'Idaho, en particulier – voire à l'étranger. C'était Joe et Sheridan qui nourrissaient alors les oiseaux. Nate restait discret sur le but de ces voyages et Joe ne lui posait pas de questions. L'homme était impliqué dans des activités que Joe préférait ignorer et leur histoire commune comportait déjà assez de squelettes dans le placard comme ça. Leur relation était atypique, mais étrangement décontractée. Nate avait juré fidélité à Joe en échange de la preuve de son innocence dans une affaire de meurtre – telle était la vérité. Joe n'avait pas demandé ce serment et avait été un peu surpris, voire stupéfait, par le fait que Nate ne veuille pas en démordre, étendant même sa protection à la famille de Joe. Joe et Marybeth n'avaient jamais parlé entre eux de ce qu'ils savaient de Nate Romanowski – les années pendant lesquelles il avait travaillé, sans laisser de traces, pour une mystérieuse agence fédérale, le meurtre de deux hommes lancés sur sa piste au Montana, la mort d'un agent du FBI corrompu et la part qu'il avait prise dans le suicide de Melinda Strickland, l'hiver précédent. Sheridan avait une véritable vénération pour Nate et apprenait l'art de la fauconnerie avec lui. Le shérif Barnum, ses adjoints et l'agent Portenson – et même Robey Hersig – redoutaient Nate et n'appréciaient pas trop qu'il y ait des liens d'amitié entre lui et Joe. Ce qui convenait parfaitement à ce dernier.

*

À cause de tous les trucs bizarres qui se passaient dans la vallée, Joe se mit à chercher Nate en se sentant de plus en plus gagné par de mauvais pressentiments. L'image du cheval dépouillé de sa peau au ranch Longbrake le hantait encore. Elle lui était plus pénible que tout ce qu'il avait vu, y compris les restes de Tuff Montegue.

– Nate !

Son appel se répercuta sur la paroi d'un rouge profond de l'autre rive, une première fois, puis une deuxième, et se perdit.

Croyant entendre une faible réponse, il resta un instant immobile, l'oreille tendue. Il avait l'impression que ça venait du côté de la rivière.

– Nate ! Tu es dans le coin ? lança-t-il en marchant.

Il parcourut la rive des yeux, suivit le cours d'eau vers l'aval, jusqu'à l'endroit où se formait un coude, mais ne découvrit pas âme qui vive. Il leva la tête, chose qu'il n'avait jamais éprouvé le besoin de faire jusqu'alors, mais ne vit que le ciel d'un bleu limpide.

C'est en baissant les yeux qu'il tomba sur ce qu'il cherchait. Un petit tube de plastique qui dépassait de l'eau dans un bassin tranquille, à deux ou trois mètres de la berge. En s'en approchant, il distingua une forme sombre sous la surface de l'eau et de longs cheveux blonds qui ondulaient comme des algues. Nate était sous l'eau et respirait par un tuba.

Joe hocha la tête et s'assit sur un gros morceau de bois mort rejeté par la rivière. Dans le creux de la souche, il aperçut le gros calibre 454 Casull de Nate dans son holster. À portée de main : on ne sait jamais.

— Tu n'aurais pas une minute, Nate ? dit-il.

Nate essaya de parler à travers le tuba. Il n'en sortit que des borborygmes nasillards — le gargouillis que Joe avait vaguement perçu un peu plus tôt.

— Veux-tu que je revienne plus tard ?

L'eau s'agita au bout d'un instant et Nate refit surface. Il regarda Joe à travers les mèches de cheveux collées sur son visage. Il portait une combinaison de plongée qui brillait dans le soleil du matin. Il retira le tuyau de sa bouche avec deux doigts, comme s'il fumait.

— Je n'aurais même pas dû le demander.

Repoussant ses cheveux mouillés, Nate sourit et regarda Joe avec intensité. Il avait un visage anguleux, un nez en lame de couteau et des yeux vert clair au regard aigu.

— C'est fou ce qu'on entend sous la surface, dit-il. Je m'amuse à ça depuis que l'eau s'est un peu réchauffée. Je m'étais dit que ce serait relaxant, mais il se passe plein de trucs là-dessous. La rivière a l'air calme vue d'ici, mais dessous, ça n'arrête pas.

Joe se contenta d'un hochement de tête.

— Aussi ridicule que ça paraisse, on a l'impression de ne plus faire qu'un avec la planète, reprit Nate. Sous l'eau, c'est-à-dire hors de l'air et du vent, tout est solide, tout est plus ou moins en contact. C'est pour ça qu'on entend et sent autant de choses.

Ses yeux s'agrandirent.

— J'ai entendu des pierres se détacher et rouler dans le lit de la rivière avec le courant. On aurait dit des boules de bowling. J'ai entendu des poissons me frôler pour capturer une nymphe d'insecte. J'ai entendu ton pick-up, je t'ai entendu en sortir et marcher. En me concentrant, je suis même arrivé à percevoir tes pas pendant que tu te dirigeais vers la rivière.

Joe resta rêveur. Il n'aurait jamais fait un truc pareil, mais c'était du Nate tout craché.

— Génial, conclut celui-ci.

*

Une fois chez lui, Nate prépara un autre café pendant que Joe lui racontait l'affaire des mutilations et des meurtres dans tous leurs détails. Nate écoutait sans rien dire, mais avec une attention manifeste. Il posa deux grandes tasses sur la table et s'assit en face de Joe.

Ils en étaient à leur troisième café lorsque Joe acheva son récit.

Nate s'enfonça dans son siège et, les mains croisées sous la nuque, contempla le plafond, les lèvres serrées. Joe attendit.

— Mon impression est que tu réfléchis trop comme un flic, dit enfin Nate. Tu te laisses déborder par les événements. Tu dois changer ta manière d'aborder les choses et tout examiner d'un œil neuf et sous un angle complètement différent.

— Lequel ?

Joe s'était douté que Nate lui proposerait quelque chose, mais il s'attendait à plus, peut-être même, qui sait ? à une réponse. Au moins à une hypothèse.

— Tu me donnes l'impression de partir de l'idée qu'il y a un rapport entre tous ces faits. C'est l'approche logique, l'approche policière. Mais rien ne prouve que ce rapport existe. Il n'est pas impossible qu'il y ait tout un paquet de trucs en train de se produire simultanément et qu'ils culminent autour de nous.

— On croirait entendre Cleve Garrett, dit Joe en soupirant.

Nate haussa les sourcils.

— Ce n'est pas parce qu'il est un peu bizarre sur les bords qu'il n'a pas mis le doigt sur quelque chose. D'après ce que tu m'en as dit, je ne suis pas d'accord. Lui aussi essaie de tout attribuer à une cause, les extraterrestres ou je ne sais quoi. Ce que je dis, moi, c'est que tous ces événements n'ont peut-être aucun rapport entre eux. Qu'il y a plusieurs pistes.

Joe se redressa, pris d'une bouffée de satisfaction ; il avait déjà lui-même envisagé cette possibilité.

— Et sur la base de ce que je t'ai dit, pourrais-tu suivre une de ces pistes ?

— Possible. À quand remontent les derniers rapports sérieux sur des mutilations de bétail dans cette région ?

— À trente ans. Au cours des années 1970.

— Et qu'est-ce qui se passait d'autre à l'époque ?

– Je ne sais pas. Des histoires de gazoduc, il y avait la récession et Jimmy Carter.

Nate sourit froidement.

– Oui, mais ici ? Dans ce secteur précis ?

Joe réfléchit et sentit une fois de plus qu'il y avait quelque chose.

– Des investissements délirants dans le pétrole et le gaz. Le dernier grand boom sur l'énergie.

– Exact. Au moins jusqu'à aujourd'hui. C'était donc un peu ce qu'on voit en ce moment, non ?

– Je n'y avais pas pensé, avoua Joe.

– Bien sûr que non : tu réfléchissais comme un flic. Il faut voir les choses en plan large, Joe. Et sans préjugés.

– Il y a tout un tas d'ouvriers venus d'un peu partout pour travailler aux forages CBM et à la pose des gazoducs. La dernière fois qu'il y a eu autant de gens ici, c'était lors de ce dernier boom.

– Tout juste. On peut donc se demander si certains n'étaient pas déjà venus ici avant, non ? Ou alors, et je sais que tu y penses déjà, il y a quelqu'un que ça rend fou, de voir tous ces trous qu'on fait dans la terre…

Joe poussa un gémissement.

– C'est vraiment trop tordu, Nate.

– Nouvelle approche, c'est tout, Joe.

Celui-ci resta quelques instants silencieux.

– Rien d'autre ?

Nate inclina légèrement la tête.

– Ce qui m'inquiète, c'est le grizzly. J'ai rêvé d'un ours, l'autre nuit.

– Quoi ?

– Dans mon rêve, il était envoyé ici dans un but précis. Il avait une mission.

Nate avait plissé les paupières et parlait plus bas, d'un ton de conspirateur.

Joe fit la grimace et se détourna. Qu'est-ce que c'était encore que ce truc ? Sheridan faisait des rêves menaçants et maintenant c'était Nate ! Y avait-il quelque chose dans l'air ? En avaient-ils discuté tous les deux ?

– Alors, Nate, qu'est-ce que tu en conclus ?

Le dresseur de faucons haussa les épaules.

– Je ne suis sûr de rien. J'ai juste l'impression que l'ours joue un rôle central dans l'affaire. Comme je te l'ai dit, cet ours, j'en ai rêvé.

Joe ne répondit pas. Nate pensait simplement de manière différente de celle de tout le monde. Rien ne lui paraissait impossible.

– Encore une chose, reprit Nate. As-tu envisagé que les deux meurtres n'aient aucun rapport avec les mutilations d'animaux ?

– À vrai dire, oui.

– As-tu poussé un peu plus loin ?

– Barnum et Portenson sont responsables de l'enquête sur les meurtres.

– Et tu leur fais confiance ?

Joe finit de vider sa tasse et se leva. Il avait le tournis.

Nate le suivit jusqu'au pick-up.

– J'ai un contact spécial avec cet ours à cause de mes rêves. J'aimerais le rencontrer, entrer dans sa tête. Peux-tu m'appeler si on le signale encore ?

Joe lui répondit que oui. Il ne fit même pas semblant de comprendre de quoi Nate voulait parler.

– Repars de zéro, c'est mon conseil, dit Nate pendant que Joe se glissait derrière le volant. Envoie chier Barnum et Portenson. Ce sont des flics. Ils ne veulent qu'une chose : une explication simple… ou que l'affaire s'évanouisse d'elle-même.

Joe lança le moteur et Nate se pencha par la fenêtre passager restée ouverte.

– Appelle-moi si tu as besoin d'un coup de main, d'un peu de renfort… n'importe quoi.

– La dernière fois que je l'ai fait, tu as coupé l'oreille d'un type et tu me l'as donnée, répondit Joe.

*

Nate avait raison sur au moins un point, se dit Joe. Même si un ou deux trucs qu'il avait dit paraissaient invraisemblables – le coup de l'ours en mission, entre autres –, l'idée qu'il devait penser de manière différente était intéressante.

Joe prit son téléphone mobile et composa le numéro de Robey Hersig. Celui-ci était dans son bureau.

– Robey ? Joe.

– Salut, Joe, répondit Robey d'un ton fatigué.

– Rien de neuf du côté de la cellule de crise ?

Il y eut un long soupir à l'autre bout du fil.

– Tes notes sur ton entretien avec Garrett ont beaucoup amusé, comme tu devais t'en douter.

Joe se demanda un instant s'il ne devait pas parler du courriel de Deena à son ami, puis il estima que ça pouvait attendre. Il n'avait pas encore décidé ce que serait sa réaction et il devait lui répondre pour qu'elle continue à lui parler. Même s'il espérait qu'elle laisse tomber l'envoi de photos numériques de sa petite personne.

– Rien sur Tuff et l'autre type ?

– Non, rien d'important, répondit Hersig. Je sais que Barnum et Portenson ont interrogé des gens qui les connaissaient, des trucs comme ça. La méthode classique. Si l'un ou l'autre a quelque chose, ils ne m'en ont pas fait part. L'enquête est au point mort et même si ça me fait mal de le dire, nous nous contentons d'attendre qu'il y ait un nouveau cadavre ou un coup de chance. Mais jusqu'ici, rien. Raison pour laquelle je n'ai pas convoqué de nouvelle réunion.

– Robey ? Étant donné la situation, je souhaiterais élargir mes compétences dans l'enquête.

– Tu veux pouvoir t'occuper des meurtres ?

– Oui.

– Tu peux être sûr que ça va mettre Barnum en pétard.

– Je peux supporter.

Hersig eut un petit rire gêné.

– Je ne sais pas trop si je peux l'autoriser, Joe.

– Ce n'est pas nécessaire. En tant que garde-chasse, je suis indépendant. Ils n'ont aucune autorité pour me dire ce que je dois faire ou ne pas faire.

– Bon Dieu, Joe… C'est quoi, ton approche ?

– Je ne suis pas bien sûr d'en avoir une. Mais ça ne peut pas faire de mal d'envisager les meurtres sous un autre angle. Nous pourrions peut-être comparer nos notes au cours d'une réunion et trouver des contradictions dans nos informations. Ce qui pourrait nous conduire quelque part.

Hersig ne répondit pas. Joe l'imagina penché en avant, les coudes sur le bureau et les sourcils froncés tandis qu'il analysait tout à fond.

— Très bien, très bien, finit-il par dire. Mais au moins par courtoisie, je dois avertir Barnum et Portenson.

— Parfait.

— Et le vacarme que tu entendras sera celui de l'explosion quand Barnum apprendra la nouvelle.

— Eh ! Ils peuvent toujours aller interroger Garrett eux-mêmes et patrouiller dans la région en mettant leur sirène pour chercher des cercles de champs de céréales qui n'en sont pas. Ils trouveront peut-être quelque chose qui m'a échappé.

— Comme s'ils allaient le faire !

— Eh bien…

— Bonne chance, Joe !

— Merci, répondit celui-ci en continuant de rouler vers la ville.

Et c'est à partir de maintenant qu'on commence à fâcher les gens, se dit-il.

TROISIÈME PARTIE

Chapitre 20

Joe décida qu'il débuterait son enquête en partant de l'endroit où on avait retrouvé le corps massacré de Tuff Montegue. Pour des raisons qu'il aurait eu beaucoup de mal à expliquer, même à lui-même, il avait l'impression que la mort de Tuff était la clef du mystère.

Après avoir déjeuné en vitesse au Burg-O-Pardner, à l'entrée de la ville, il traversa le centre pour franchir le pont. Not-Ike était une fois de plus dans la rivière et y lançait la mouche. Joe alla se garer de l'autre côté, descendit du pick-up et intima à Maxine, qui l'avait suivi, de rester près de lui. Il commençait à peine à lui faire perdre son habitude de foncer récupérer les mouches artificielles qui tombaient sur l'eau.

Véritable géant aux grands yeux noirs et au sourire prompt, Not-Ike avait une poitrine en barrique tellement puissante qu'il avait du mal à boutonner sa veste de pêche par-dessus le sweat-shirt où on lisait I'M NOT IKE. Quand il l'aperçut, il adressa à Joe un sourire éclatant et un salut de la main. Joe attendit au bord de la rivière et le regarda lancer sa mouche avec grâce. Elle alla atterrir exactement au milieu du courant, Not-Ike ramenant aussitôt sa ligne de manière à garder la bonne tension. La mouche dériva jusqu'au milieu d'un bassin profond et calme. Joe vit un éclair sous la surface de l'eau et entendit le bruit de succion de la truite gobant l'appât ; la ligne se tendit et sortit de l'eau tandis que l'extrémité de la canne de Not-Ike prenait la forme d'un boomerang.

— J'en ai une ! s'écria Not-Ike en éclatant d'un rire sonore qui fit sourire Joe.

Il ramena patiemment sa truite sans la brutaliser, puis il la cueillit avec son filet. Il la tendit à Joe pour qu'il la voie, le soleil se reflétant sur les flancs aux couleurs de l'arc-en-ciel du poisson – en réalité un hybride de truite arc-en-ciel et d'une variété locale – et sur les gouttes d'eau prises dans le filet.

— Trois pour moi ! proclama Not-Ike.

Il disait toujours avoir pris trois poissons, qu'il en ait capturé un ou vingt.

— Belle prise ! s'exclama Joe quand le pêcheur se fut rapproché de la berge.

— Belle prise, belle prise, répéta Not-Ike. (Puis son visage s'assombrit.) Qu'est-ce tu veux ? Tu veux encore vérifier mon permis ?

— Tu le sais bien, George.

— Très bien, très bien, une minute.

Not-Ike s'avança de quelques pas dans l'eau, y plongea lentement son filet, retira la mouche de la bouche de la truite et relâcha le poisson. Celui-ci resta un moment sur place, comme indécis, puis fila tout d'un coup et disparut.

Au moins, il sait comment on relâche un poisson, Dieu le bénisse, pensa Joe.

Puis Not-Ike revint en pataugeant bruyamment sur la berge, toujours souriant.

— Trois pour moi !

Ike Easter avait expliqué à Joe que son cousin avait eu jadis toute sa tête, même s'il n'avait jamais été une flèche, mais qu'il avait eu de mauvaises fréquentations à Denver. Impliqué dans des affaires de bandes et de drogue, il s'était trouvé un jour au beau milieu d'un affrontement et avait pris trois balles de calibre 22 dans la nuque ; il avait été abandonné dans le Five Points District et laissé pour mort. Au sortir de son coma trois ans plus tard, il était devenu différent. Il avait aujourd'hui les capacités intellectuelles d'un gamin de 5 ou 6 ans, d'après Ike Easter, qui avait accepté de devenir son tuteur légal. Peu après son arrivée à Saddlestring, Robey Hersig avait appris à pêcher à Not-Ike. Pêcher était devenu un but dans l'existence de l'infirme et, pour ce que Joe en savait, sa grande occupation. Ce qui était une raison supplémentaire pour ne pas être trop sévère si son permis de pêche n'était pas toujours en règle.

Pendant que Joe vérifiait, le géant qui le dominait de toute sa tête affichait un sourire aussi vide qu'éclatant. Le permis était expiré depuis une semaine.

– Bon sang, George ! qu'est-ce que tu dirais si je te conduisais tout de suite chez Barrett pour que tu t'achètes un permis annuel ? lui demanda Joe.

– J'ai pàs l'argent pour le grand, répondit Not-Ike.

– T'en parles comme si ça coûtait une fortune. Il ne vaut que quinze dollars.

– J'ai pas quinze dollars, Joseph.

Not-Ike était la seule personne au monde qui appelait Joe « Joseph », mais Joe ignorait pourquoi.

– Écoute, c'est moi qui vais te le payer. Comme ça, tu pourras garder ton argent.

Not-Ike prit cette proposition comme un affront personnel et fronça les sourcils.

– Je veux pas de ta charité, Joseph. C'est comme avant.

Joe soupira. Il lui avait déjà offert de lui acheter son permis, et Not-Ike, effectivement, avait refusé.

– Je devrais peut-être en parler à Ike.

– C'est pas la peine, dit Not-Ike en hochant la tête comme s'il partageait la frustration de Joe. Il sait que je ne veux pas la charité.

Joe lui rendit son permis périmé.

– Va au moins acheter un permis temporaire quand tu pourras, d'accord ?

Not-Ike acquiesça de la tête. Puis il se concentra sur la tâche consistant à replier le document et à le glisser dans la poche de sa veste. Sa grosse figure se plissait sous l'effort. Il avait une médiocre coordination des gestes et alors qu'il lançait sa mouche avec beaucoup d'élégance, il lui fallait dix minutes pour reboutonner sa veste et encore plus longtemps pour accrocher une nouvelle mouche à son hameçon. Il avait toute la patience du monde, se dit Joe, une patience qui manquait fichtrement à certains individus avides et énervés – Jeff O'Bannon, par exemple.

– Bon, OK, dit Not-Ike. Tu vas me mettre une amende ?

Joe hocha la tête.

– Va juste t'acheter un nouveau permis, d'accord ?

Not-Ike regarda Joe, son visage soudain assombri par l'inquiétude.

– Tu as trouvé l'éventreur ?

– Non, pas encore.

Not-Ike s'approcha un peu plus.

– Je crois que je les ai vus dans l'allée le soir avant.

– Le soir avant quoi ?

– Quand les deux hommes ont été tués.

– Vraiment ?

– Je pêchais un peu plus haut, près du coude. Je l'ai dit au shérif et à l'adjoint. Même au type du FBI.

Joe ne savait trop quelle question lui poser.

– De quoi avaient-ils l'air ?

– Tout maigres. Tout poilus et tout maigres. Ils étaient dans l'allée, dans l'ombre.

Not-Ike lui indiqua le centre de Saddlestring et les allées qui couraient parallèlement à Main Street, derrière les bâtiments.

– Et il y a autre chose, reprit-il.

– Quoi donc ?

Not-Ike se pencha encore un peu plus, ses lèvres venant presque toucher l'oreille de Joe, sa voix réduite à un murmure théâtral.

– Ce soir-là, j'en ai pris trois !

*

– Selon toute vraisemblance, la mort de Tuff est due à la très grave blessure qu'il a reçue à la tête, expliqua le coroner à Joe quand il le rappela enfin sur son portable. Avant même qu'on nous demande de confier le corps au FBI, il était évident qu'il avait eu un traumatisme sévère au crâne. Comme celui que pourrait causer un marteau ou une batte de base-ball, mais très probablement provoqué par le rocher, sur lequel il a été projeté. Nous avons relevé du sang et des tissus humains dessus.

– Et qu'a donné l'autopsie, sinon ? Rien d'inhabituel ? demanda Joe en conduisant.

– Non. Taux d'alcoolémie à 0,15, il était donc légalement ivre. Mais je ne crois pas qu'il y ait de loi qui interdise de monter à cheval quand on est saoul.

– Et vous n'avez rien trouvé d'autre de bizarre ? La toxicologie ?

Joe entendait, lointaine, de la musique country en fond sonore dans le bureau du coroner.

– Non, rien que les mutilations et les marques de dents de votre grizzly.

Joe leva les yeux au ciel. Encore *son* grizzly !

– Et pour l'autre type… vous avez des nouvelles du coroner de Park County ? Vous préférez que je l'appelle ?

– J'ai parlé à Frank hier… c'est un ami. Pour M. Tanner, il est pratiquement arrivé aux mêmes conclusions que moi pour Montegue : violent traumatisme crânien comme cause probable de la mort. Mais il est possible que celle-ci n'ait pas été instantanée. D'après Frank, l'homme a été sévèrement touché, mais on a peut-être commencé à lui enlever la peau avant le décès proprement dit.

– Beurk ! dit Joe, pris d'un frisson.

– Bien d'accord.

– Rien d'autre ?

– Rien, sinon que le type de Frank ne présentait pas les autres blessures constatées sur Tuff Montegue. Le corps semble avoir été trouvé à l'emplacement où il est tombé et ne présente pas de traces de prédation. Ton ours n'a pas fait le voyage jusque là-bas, j'ai l'impression.

– Bien, répondit Joe que ces derniers détails avaient fait penser à quelque chose. Merci, Jim.

– De rien. J'ai déjà raconté tout ça au shérif Barnum et à l'agent Portenson.

– Je sais.

Il avait déjà l'esprit ailleurs.

*

À la sortie de la ville, Joe quitta la route pour s'engager dans le parking creusé d'ornières d'un club privé du nom du Bear Trap. L'établissement, une construction en parpaings sans étage, avait des barreaux à ses rares et minuscules fenêtres et un panneau délavé RÉSERVÉ AUX MEMBRES sur sa porte. On aurait dit un blockhaus. Cinq véhicules, tous des pick-up en piteux état, étaient garés n'importe comment à proximité de l'entrée. Le Bear Trap contournait la loi sur les débits de boisson en se proclamant club privé et avait pour clientèle tous ceux qui avaient encore soif après la fermeture des bars de Saddlestring, à deux heures du matin. À côté, le Stockman's Bar avait l'air d'un établissement chic. Joe était déjà venu une fois au Bear Trap, après avoir eu un tuyau anonyme selon lequel on aurait vu un des membres du club abattre une antilope pronghorn en dehors de la période d'ouverture ; le braconnier aurait été fêter son exploit au Bear Trap après avoir vidé l'animal.

Rien n'avait été plus facile que de trouver et d'arrêter le coupable, la carcasse encore tiède de l'animal se trouvant à l'arrière de son pick-up sous une bâche, un sang épais coulant du plateau jusque par terre ; et le braconnier avait la chemise encore maculée de sang et couverte de poils de pronghorn. Il s'était livré sans faire d'histoires et avait paru envisager sans états d'âme de passer la nuit en cellule. Le Bear Trap était le genre d'endroit où une chemise tachée de sang ne se remarquait pas vraiment, avait dit plus tard le barman à Joe. Ce barman, qui s'appelait Terry Montegue, était le frère de Tuff.

Joe vérifia qu'il avait bien son arme et sa bombe lacrymo à la ceinture avant d'entrer. Il lui fallut quelques instants pour s'habituer à la pénombre qui régnait à l'intérieur. Les volets des fenêtres à barreaux étant fermés, seules diverses publicités de bière diffusaient un peu de lumière, formant un entrelacs de néons multicolores au-dessus du bar, ainsi que le vieux juke-box qui jouait de vieux airs de Johnny Horton. Joe aimait bien ce chanteur, mais aurait été bien en peine d'expliquer pourquoi si on le lui avait demandé.

Quatre consommateurs s'étaient regroupés au milieu du bar, juchés sur des tabourets et Terry Montegue se tenait devant eux, de l'autre côté. Joe entendit un bruit de dés jetés dans un cornet tandis que les buveurs fourraient hâtivement au fond de leur poche l'argent qu'ils étaient en train de jouer.

— Faut pas vous inquiéter, les gars, dit Terry à ses clients, c'est juste le garde-chasse.

Joe sourit en son for intérieur, contourna les consommateurs à bonne distance et alla se poser sur un tabouret à l'extrémité du bar.

Grand et chauve, Montegue avait un durillon de comptoir qui dissimulait la boucle de son ceinturon. Il présentait le visage à la peau molle et malsaine et à l'expression cruelle des gros buveurs, rendu pire encore par une cicatrice blanche et serpentine qui remontait de sa joue et passait par sa paupière pour aller se perdre dans son front. Trop courte pour lui, la chemisette qu'il portait mettait en valeur la musculature de ses bras et les tatouages de têtes de serpent à sonnette qui ornaient ses avant-bras.

— Vous prenez quelque chose ?

Joe jeta un coup d'œil aux buveurs, qui essayaient de le surveiller sans en avoir l'air. On aurait dit des employés de ranch au chômage ou des ouvriers des puits de forage entre deux tours de service. Joe penchait plutôt pour cette deuxième hypothèse, vu les liasses qui gonflaient leurs poches. Il se demanda ce qui lui arriverait s'il demandait à vérifier leurs papiers.

— Je croyais qu'il fallait être membre pour boire ici ?

La lèvre supérieure de Montegue se recourbant, Joe se dit que l'homme devait sourire. Puis celui-ci passa la main sous le bar et en ressortit un gros paquet de cartes perforées qu'il jeta sur le comptoir. Des cartes d'adhésion vierges.

— C'est quinze billets par an, ou dix avec votre premier verre. Vous vous inscrivez ?

— Non.

— Et donc… ?

— Votre frère, Tuff. Je fais partie de la cellule de crise…

L'un des buveurs renifla avec mépris et se détourna. Les autres regardèrent droit dt vant eux, évitant d'échanger des coups d'œil — sans quoi, se dit Joe, ils n'auraient pu s'empêcher d'éclater de rire.

Joe recommença.

— J'enquête sur la mort de votre frère, Terry. J'aimerais vous poser quelques questions.

Montegue soupira et se pencha en avant, paumes à plat sur le bar. Puis, par un mouvement de pivot des bras, il fit rouler ses muscles, offrant à Joe une vue imprenable sur ses triceps.

— Le shérif est déjà passé, et aussi un abruti du FBI. Vous organisez un défilé ou quoi, les gars ?

— Oui, en quelque sorte, reconnut Joe.

— Je parie que celui qui a sucé le sang de Tuff est resté fin saoul pendant une semaine. Vous devriez chercher du côté des extraterrestres alcooliques, à mon avis.

Ce commentaire déclencha de gros rires dans la bande des buveurs.

— Je m'intéresse à ce que Tuff a fait ces deux dernières années, reprit Joe. Je sais qu'il travaillait chez Bud Longbrake au moment de sa mort, mais avant ?

Montegue lui énuméra la liste : ouvrier agricole, conducteur de bus scolaire, couvreur, représentant d'un service consommateurs, arpenteur et enfin cow-boy d'opérette dans un spectacle sur l'Ouest sauvage jusqu'à ce que son dos le lâche.

— Quand a-t-il été arpenteur ?

— Il n'en était pas vraiment un, en fait. C'était simplement le grouillot d'un arpenteur.

— Le porte-toise, lança un des buveurs qui suivait la conversation. Vous savez, le type qui se balade avec un piquet pour que l'arpenteur puisse prendre ses mesures.

— Et pour qui travaillait-il ?

Montegue se redressa et se caressa le menton.

— Je sais qu'il a un peu travaillé pour la voirie du comté et ensuite pour une grosse boîte du Texas qui faisait des travaux dans la région. (Il se tourna vers les consommateurs.) Quelqu'un se souvient du nom de la boîte où Tuff a travaillé, les gars ? Je me rappelle qu'il s'en vantait, mais j'ai oublié comment elle s'appelait.

— Quelque chose avec « Engineering » dedans, dit l'un des buveurs. Du genre « Turner Engineering ».

Montegue fronça les sourcils.

— Non, c'est pas ça. C'est pas loin, mais c'est pas ça. Et puis… qu'est-ce que ça peut faire ? demanda le barman à Joe.

Celui-ci haussa les épaules.

— Je n'en suis pas sûr. Juste de la curiosité. Je vérifierai.

— Allez vérifier ailleurs.

— Tuff avait-il des ennemis ? Quelqu'un qui aurait pu vouloir le tuer ?

— Oui, moi, parfois, répondit Montegue en ricanant. Il me devait 850 billets. Il me les doit encore et je vais vendre un ou deux de ses fusils pour régler nos comptes.

Joe acquiesça de la tête.

— Il s'est pas mal bagarré, je dois dire. Mais il est comme tous ces trous du cul : ils se foutent sur la gueule et ensuite ils se paient un coup à boire et sont copains pour la vie. Non, je ne pense pas que Tuff avait des ennemis sérieux à ce point. D'autres questions?

— Non, rien qui me vienne à l'esprit. Je reviendrai peut-être.

— Pas de problème, dit Montegue en semblant avoir soudain une idée qui le fit sourire. Tenez, amenez donc votre femme, la prochaine fois. Je vous ferai cadeau de la première année d'adhésion.

— Je vous offre votre adhésion si vous l'amenez, lança un des buveurs, salué par un éclat de rire des autres.

— Laissez ma femme en dehors de ça, répliqua Joe avec juste ce qu'il fallait de détermination dans la voix pour que Montegue lève les mains en l'air anfin de montrer que ce n'était qu'une plaisanterie.

*

Tout en escaladant les contreforts des Bighorn avec pour objectif le ranch Longbrake, Joe se mit à méditer sur une hypothèse qui lui trottait depuis un moment dans la tête. Il y avait quelque chose dans la mort de Tuff qui ne collait pas tout à fait. Elle paraissait ne pas complètement cadrer avec le mode opératoire habituel.

Les blessures infligées au bétail et à la faune sauvage avaient été décrites jusque dans leurs détails les plus macabres dans les articles du *Saddlestring Roundup*, d'accord. Mais les papiers n'avaient rien dit du genre exact d'entailles pratiquées sur la peau des vaches. Quiconque se serait inspiré de ces articles en aurait su juste assez pour donner l'impression que le meurtre de Tuff était identique aux autres. Sauf que son auteur n'avait pas employé la bonne lame, l'instrument qu'il aurait fallu. Et comment un tueur pouvait il empêcher les charognards de trouver les corps? Alors qu'il y avait quelque chose de très particulier dans les cadavres du bétail, de l'orignal et de Stuart Tanner qui, apparemment, détournait d'eux les prédateurs, le tueur de Tuff n'avait pu le reproduire.

Il se pouvait donc fort bien que le meurtre de Tuff ne soit qu'une imitation sans aucun rapport avec les autres. Qui sait si Tuff n'avait pas été tué pour des raisons entièrement différentes, par quelqu'un qui avait trouvé dans son accident l'occasion rêvée de régler un vieux compte avec le cow-boy?

— Ou bien pas du tout, dit Joe à Maxine, avec pas mal de frustration dans la voix. Peut-être que toute cette saloperie est l'œuvre de deux personnages maigres, poilus et inquiétants qui traînaient dans les allées de Saddlestring, comme l'a dit Not-Ike.

Chapitre 21

Après l'école, Marybeth conduisit ses deux filles, ainsi que Jessica et Hailey, au domicile des Logue. Il y avait de l'électricité dans l'air. Les trois plus jeunes étaient assises ensemble sur le siège du milieu et, l'air de conspiratrices excitées, se parlaient à l'oreille, à peine capables de se contenir. *Elles mijotent quelque chose*, se dit Marybeth, qui les surveillait dans le rétroviseur. C'était évident, à leurs manières, à leurs yeux pétillants, aux coups d'œil qu'elles lui lançaient tout en en murmurant.

– Jessica? C'est bien vrai que tes parents sont d'accord pour que Lucy aille chez toi?

Marybeth essaya de déchiffrer l'expression de la fillette dans le rétroviseur. La gamine était fine et devait savoir très bien mentir.

– Oui, madame Pickett, ils sont d'accord, répondit-elle pendant que Lucy et Hailey arrêtaient leurs messes basses et regardaient Marybeth d'un air innocent... trop innocent.

– Et Sheridan vient aussi, ajouta Lucy.

– Quoi?

Depuis le siège du fond, Sheridan confirma la chose d'une voix ennuyée.

– Pas de problème, maman. Vraiment. On sera à l'heure pour le dîner, promis.

Cette fois, Marybeth était sûre que les gamines mijotaient quelque chose : sinon, pourquoi Sheridan serait-elle allée, elle aussi, chez les Logue? Il y avait de la conspiration dans l'air, pas de doute. Et, chose inhabituelle, Sheridan était dans le coup. Marybeth essaya de déchiffrer l'expression de son aînée tout en conduisant, mais la fillette devait s'y attendre car elle avait détourné les yeux et montrait un intérêt soudain pour les maisons de la rue.

Le choc fut douloureux pour Marybeth ; ses filles grandissaient. Elles n'avaient plus envie de partager tous leurs secrets avec elle. Voilà qui faisait mal. Si elle n'avait pas autant travaillé, songeat-elle, peut-être les choses auraient-elles été différentes. Si elles la trouvaient à la maison au retour de l'école comme naguère, ses filles se confieraient peut-être de nouveau à elle. Sheridan, en particulier. Elle qui lui disait tout, qui lui décrivait sans fard ses soucis et ses sentiments, qui se débarrassait de tout ce qui la tracassait pendant la préparation du repas. Elle ne le faisait plus, à cause de l'emploi du temps de Marybeth, de son travail, de son entreprise qui se développait. Préparer les repas se réduisait à décongeler un plat au micro-ondes et à cuire au barbecue une grillade à leur père, ou carrément à déballer un plat à emporter. Si elle tenait encore à ce qu'il y ait un dîner familial, ce n'était plus comme avant. Il fallait tout faire à toute vitesse. On dînait parce qu'il fallait manger, pas pour se tenir au courant, se parler, se raconter sa journée. Le repas se réduisait à faire le plein de carburant avant les devoirs, la douche et le lit. Seigneur ! ce qu'elle se sentait coupable...

Cependant, lorsque Cam Logue était entré dans son petit local, l'allure étonnamment *intéressante* (mot qu'elle sélectionna pour ne pas dire *séduisante*), avec son col roulé et son blazer noirs, ses jeans et ses bottes de cow-boy, et s'était perché sur son bureau, une mèche lui retombant sur les yeux et arborant son expression de chien battu, pour lui demander si cela ne l'intéressait pas de devenir associée à part entière dans l'agence immobilière, elle avait eu la vision, brève mais enivrante, de ce que cela représenterait si elle réussissait comme elle s'en sentait capable. Elle s'était vue emménageant dans une maison de Saddlestring avec assez de chambres pour toute la famille et une cuisinière dont les quatre brûleurs fonctionneraient.

— J'y ai déjà réfléchi, avait ajouté Cam, et je pense que tout le monde y gagnerait.

Il l'avait regardée d'une manière nouvelle, avait-elle pensé, comme si c'était la première fois qu'il la jaugeait vraiment.

— Moi aussi, je pense que ça pourrait marcher. Que je pourrais vous faire gagner beaucoup d'argent.

— Je n'en doute pas une seconde, avait-il dit en se penchant vers elle, et si près qu'elle avait pu sentir l'odeur de son eau de Cologne (Joe n'en mettait jamais). Je suis sûr que vous apporteriez beaucoup à l'entreprise.

— Une chose est sûre, lui avait-elle répondu alors qu'il se rapprochait encore. Je me casserais le cul pour vous.

Il avait eu un sourire presque douloureux.

— Surtout pas : il est parfait tel qu'il est.

Cette fois, elle avait compris.

Une ligne venait d'être franchie. Cam lui faisait du rentre-dedans et elle s'était sentie flattée un instant. Un instant seulement. Elle voulait être prise au sérieux sur le plan professionnel, mais à présent, elle se posait des questions. Cette proposition de devenir associée n'aurait-elle pas simplement été une ruse de Cam pour l'attirer dans son lit ?

— Cam, vous êtes physiquement beaucoup trop près de moi en ce moment. Soyez gentil, reculez un peu. Et si vous voulez me faire prendre une licence pour qu'il se passe quelque chose entre nous, vous commettez une telle erreur que j'en ai mal au ventre. Marie est mon amie et ne vous y trompez pas : je crois que vous êtes un homme d'affaires remarquable, mais si cette proposition n'a pour but que ce que vous sous-entendez, eh bien…

Cam s'était redressé pendant qu'elle parlait et était sur le point de tomber littéralement du bureau.

— … Joe est mon mec. Point final. C'est tout ce qu'il y a à dire. Il lui arrive de ne pas être très malin et il ne gagne pas beaucoup, mais c'est mon mec.

Elle s'était mise en colère contre elle-même, car elle avait senti à ce moment-là que les larmes lui montaient aux yeux, ce qui était bien la dernière chose qu'elle souhaitait. Mais elle avait continué, en s'efforçant de les contenir :

— Et si jamais, je dis bien SI JAMAIS, vous laissez seulement entendre qu'il pourrait y avoir autre chose qu'une relation d'affaires entre nous, je le lui dirai. Et je le dirai aussi à Nate Romanowski…

À ce nom, Cam n'avait pu retenir une grimace.

— … et c'en sera fini, avait-elle conclu.

*

C'est toute cette scène que Marybeth se remémorait en s'engouffrant dans l'allée des Logue, où, une fois de plus, elle freina brusquement derrière le pick-up avec les plaques du Dakota du Sud. Ce coup-ci, il était de l'autre côté du passage, mais l'arrière dépassait sur le chemin.

— Tes grands-parents sont encore ici, Jessica ? demanda-t-elle en regardant dans le rétroviseur.

— Oui, madame.

— Ta maman se sent mieux ? Ça fait deux jours qu'elle n'est pas venue au bureau.

— Je crois, répondit la fillette.

Il était évident qu'elle n'avait qu'une hâte : descendre de la voiture. Tout comme Lucy. Et Sheridan la foudroyait du regard.

— Bien, reprit Marybeth, dis bonjour à ta maman de ma part. Et que je lui souhaite un prompt rétablissement.

— D'accord, madame Pickett !

Marybeth se tourna sur son siège.

— Et vous deux, soyez à la maison pour le dîner. Ne vous approchez pas de ces vieilles baraques, là-bas derrière. Et si Marie ne se sent pas assez bien pour vous ramener, appelez-moi, que je vienne vous chercher. Vu ?

Lucy acquiesça d'un signe de tête. Sheridan marmonna quelque chose et détourna les yeux.

— Qu'est-ce que tu as dit, Sherry ?

— Rien.

Marybeth avait parfaitement distingué les paroles de sa fille : « Comme si tu allais préparer à manger. »

Piquée au vif et blessée, Marybeth regarda les quatre filles se diriger vers la vieille maison, penchées les unes vers les autres, complotant à nouveau. Pour la deuxième fois de la journée, elle sentit les larmes lui monter aux yeux.

Chapitre 22

– Alors, c'est encore loin ? demanda Hailey Bond.

Le ton se voulait courageux mais sa voix chevrotait légèrement.

– On y est presque, répondit Jessica. Et ne parle pas si fort. On pourra peut-être le prendre par surprise.

À contrecœur, Sheridan suivait les trois autres. Elle n'arrivait pas à croire qu'elle s'était laissé convaincre de venir. Mais Lucy avait supplié sa grande sœur de les accompagner et celle-ci s'y était sentie obligée, se considérant plus ou moins responsable de sa cadette. Si jamais il se passait quelque chose dans cette histoire démente, elle voulait être là pour elle. Mais elle se sentait mal à l'aise avec les plus jeunes et leur manière de jacasser et se demanda si elle avait été comme ça à leur âge. Probablement pas.

– C'est juste là, dit Jessica en s'arrêtant et en se tournant vers les autres, un doigt sur les lèvres. À partir de maintenant, il faut parler tout doucement.

– Tu essaies de me faire peur ! dit Hailey a à voix haute.

– Pas si fort ! lui ordonna Jessica.

Hailey haussa les épaules en essayant de prendre l'air décontracté.

C'est stupide, pensa Sheridan. Lucy allait le lui payer.

Elle remarqua que sa petite sœur la regardait avec un sourire aussi feint qu'effrayé. C'était peut-être stupide, mais Lucy prenait l'histoire au sérieux. Sheridan lui adressa un signe de tête pour l'encourager.

La cabane donna l'impression de se matérialiser au milieu des troncs épais, comme si elle en était l'émanation. Loin de se découper nettement, sa forme se fondait au milieu des arbres. Elle était plus vieille, plus petite et plus décrépite que ce que Sheridan avait imaginé.

Jessica avança d'un pas et se tourna à nouveau, les yeux écarquillés. Elle indiqua de la main la fenêtre ouverte, à côté de la porte. Elle et Lucy n'avaient pas été plus loin la première fois. Il y avait quelque chose dans l'air, peut-être le silence qui régnait, qui fit flipper Hailey. Elle fit non de la tête.

— Je ne veux pas aller plus loin, murmura-t-elle d'un ton précipité. Vous faites juste qu'essayer de me faire peur !

Sheridan nota la petite grimace de satisfaction de Jessica. Elle espérait que l'affaire n'était pas un coup monté et qu'on ne lui avait pas seulement demandé de venir pour la légitimer. Dans ce cas, Lucy allait avoir l'occasion de le regretter. Cependant, ça ne lui ressemblait pas tellement. Elle venait même de reculer d'un pas et de prendre son aînée par la main.

— Laissez-moi regarder, dit Sheridan en se débarrassant de la main de Lucy.

Les trois plus jeunes se tournèrent vers elle, ouvrant de grands yeux.

— Poussez-vous.

Les fillettes s'écartèrent et Sheridan passa devant elles. Elle s'efforçait d'avancer d'un pas confiant, avec courage. Elle sentait néanmoins ses genoux sur le point de flageoler en approchant de la fenêtre. Lucy lui avait dit qu'elle et Jessica avaient eu du mal à regarder à l'intérieur ; mais pour elle, ce ne serait pas un problème. Son menton était à la hauteur de l'appui de fenêtre.

Elle ralentit. La pénombre régnait dans la pièce. Pas un instant elle n'envisagea d'ouvrir la porte et d'entrer.

Elle s'arrêta à quelques centimètres de l'encadrement de la fenêtre et se pencha en avant en retenant sa respiration.

Il y avait bien un sac de couchage par terre. Et personne dedans. Elle aperçut des revues, des papiers, des boîtes de conserve vides. Une petite cuisinière à gaz. Des livres. Grand format, épais. Et, sur un carré de tissu sombre, quelque chose qui faisait penser à de l'argenterie. Beaucoup d'argenterie.

Elle ne perdit pas complètement son sang-froid, mais quand elle se tourna, elle vit les trois autres qui détalaient. Hailey avait déjà disparu, Jessica était en train de s'évanouir au milieu des troncs, mais Lucy s'était arrêtée, effrayée, et attendait sa grande sœur.

Sheridan était sur le point de lui dire qu'il n'y avait rien d'inquiétant lorsqu'elle remarqua que les yeux de Lucy s'étaient portés vers le côté de la cabane. Elle suivit le regard de sa sœur et sentit son cœur bondir dans sa poitrine.

L'homme était grand, corpulent et crasseux. Elle le vit de profil au moment où il tournait le coin de la cabane. Il regardait Lucy. Il avait les cheveux longs et graisseux, une barbe en torsades éparses et le nez crochu ; sous ses yeux sombres et ses paupières plissées, sa bouche faisait la moue. Il portait un lourd manteau déchiré et sale et des pantalons trop grands.

— Fous-moi le camp d-d'ici ! rugit-il en direction de Lucy. Fous le-le camp !

Lucy fit demi-tour et courut sur quelques mètres, puis s'arrêta à nouveau. Sheridan savait pourquoi ; elle ne voulait pas partir sans sa sœur.

L'homme n'avait pas encore vu Sheridan, qui s'était collée à la paroi de la cabane.

Pourvu qu'il ne tourne pas la tête, se dit-elle.

Il la tourna.

Pendant une seconde, elle le regarda dans les yeux – des yeux sombres dans lesquels on lisait de la rage. Peut-être même un peu de peur, se dit-elle plus tard.

— F-f-fous-moi le camp d'ici, p-p-petite s-salope ! hurla-t-il.

Les yeux de Sheridan glissèrent sur le personnage et elle vit, sous le manteau ouvert, un nom marqué sur la poche de poitrine de son vêtement : BOB.

Il fit un pas vers elle et Sheridan bondit. Jamais elle n'avait couru aussi vite. Elle rattrapa Lucy en deux secondes. Elle lui tendit la main, la prit et ne la lâcha plus tandis qu'elles zigzaguaient entre les arbres et contournaient les buissons infranchissables avant de s'effondrer devant la maison des Logue.

Chapitre 23

Une heure et demie plus tard, après avoir appelé Marybeth pour lui dire qu'il rentrerait plus tard que d'habitude, Joe s'engagea dans la piste qui, à la sortie du ranch Longbrake, conduisait à la lisière d'arbres près de laquelle on avait retrouvé le cadavre de Tuff Montegue. Son idée était de suivre l'itinéraire suivi par le cowboy et de se trouver sur place à peu près à l'heure où il était mort.

Il faisait un temps frais de saison et, avec le crépuscule, la température avait rapidement perdu une dizaine de degrés. Le froid, joint à la vivacité des couleurs automnales des bosquets de trembles se détachant sur le fond sombre des sapins, lui donnait l'impression d'exacerber ses sens. Les bruits paraissaient mieux se détacher ; sa vision, devenir plus aiguë ; jusqu'à l'odeur sèche et acide de la sauge qui semblait plus agressive. Peut-être était-ce parce que le vent tombait en général juste avant la nuit et qu'alors le silence faisait tout mieux ressortir.

Il s'était placé au milieu du champ pour servir d'appât. Marybeth n'aurait pas approuvé.

Autour de la scène du crime – les mutilations qui avaient suivi l'accident, selon toute vraisemblance –, l'herbe était encore couchée et Joe n'avait eu aucun mal à retrouver l'endroit. Il s'arrêta et coupa le moteur. Maxine lui jetait des regards suppliants, ayant le plus grand mal à contenir son excitation.

– Ouais, on va descendre, lui dit-il. Mais tu vas rester sur mes talons.

Elle se mit à trembler. *C'est si facile de faire plaisir à un chien !* se dit Joe.

Il enfila son blouson et sauta du pick-up, puis il retira le fusil calibre 12 de son étui derrière le siège ; il le chargea de chevrotines double-zéro et bourra l'une de ses poches d'autres munitions. Il enfila des gants de cuir, s'enfonça son Stetson sur la tête et se mit à parcourir le périmètre. Il constata avec satisfaction que tout avait été nettoyé. Pas de mégots de cigarettes ni de boîtes de Coke vides dans l'herbe. Maxine parcourut, elle aussi, le terrain, le museau près du sol, s'abreuvant littéralement à cette corne d'abondance d'odeurs, restes de sang, émanations d'un ours peut-être – sans parler de la douzaine d'hommes du bureau du shérif, des équipes de secours, du coroner et de tous les effluves qui pouvaient être restés accrochés à l'herbe.

Il se tourna pour faire face à l'est, étudiant la lisière de la forêt au-dessus de lui et se demandant ce que Tuff et son cheval avaient bien pu voir qui ait provoqué une telle panique. En marchant très lentement et en s'arrêtant souvent, comme s'il était sur la piste d'un wapiti, il escalada la pente. Il avait appris que se déplacer trop vite dans la nature émoussait les sens. S'il se mettait à haleter, il n'entendrait plus que sa respiration. En revanche, avancer sur une centaine de mètres et s'arrêter lui permettrait de mieux voir et entendre. Ses yeux s'étaient habitués à l'obscurité grandissante. Le ciel était brillant de l'éclat des étoiles et semblait proche. Un quart de lune faisait naître des reflets bleutés sur l'herbe et la sauge. Maxine restait collée à ses talons.

À ce rythme, il lui fallut une heure pour atteindre les premiers arbres, puis pénétrer dans la forêt, dont le mur se dressait devant lui.

Il le sentit bien plus qu'il ne le vit ; c'était de l'ordre du pressentiment, de l'indice subliminal, quelque chose qui lui rappela la pression qu'il avait ressentie beaucoup plus fortement lorsqu'il avait découvert l'orignal avec les filles.

Maxine passa devant lui et marqua l'arrêt. Une patte levée, les poils du dos hérissés, elle se mit à renifler l'air.

Il se pencha pour la caresser à hauteur du cou et la calmer, mais elle restait toute raide, le regard fixe, les oreilles dressées.

– Calme, murmura-t-il, calme, Maxine.

Elle scrutait l'obscurité qui enveloppait les arbres, comme si elle était à la chasse et venait de repérer un faisan. Joe, lui, ne distinguait rien.

Soudain, la chienne fonça furieusement au milieu des arbres, l'air de savoir où elle allait. Joe avait tenté, mais trop tard, de la retenir par le collier. Elle aboyait sur un mode frénétique et grave, rappelant celui des grands chiens courants. Cela résonnait si fort dans le silence qu'il éprouva lui-même un frisson de peur. Il n'avait jamais vu Maxine, d'ordinaire si douce, se comporter avec autant de sauvagerie.

— Maxine ! cria-t-il.

Inutile de respecter le silence, à présent.

— Maxine ! Reviens ici, Maxine !

Il l'aperçut encore un instant dans l'ombre, l'arrière-train éclairé par un pâle rayon de lune. Puis elle disparut.

Il la suivit entre les arbres, guidé par ses aboiements. Il eut l'impression qu'elle obliquait à gauche, puis à droite. Elle semblait absolument féroce. Il crut aussi entendre autre chose. Des bruits de pas ? Quelqu'un qui courait ? Pas moyen d'être sûr.

Il la siffla et continua de l'appeler, mais les aboiements du labrador étaient de plus en plus lointains. Il sortit sa torche et dirigea le puissant rayon entre les arbres, dans la direction générale prise par la chienne ; mais il ne put relever aucune trace.

— Oh, non ! gémit-il.

Depuis sept ans qu'il l'avait, jamais elle ne lui avait désobéi. Il se demanda si elle avait été assez bête pour se lancer aux trousses du grizzly.

Ses aboiements, de plus en plus faibles, devinrent bientôt pratiquement inaudibles, en provenance du plus profond de la forêt, quelque part sur sa droite.

Alors qu'il était encore à portée d'oreille (du moins l'espérait-il), il tira en l'air par deux fois, faisant naître des reflets stroboscopiques orange sur les troncs, autour de lui.

Il attendit un peu, appela, siffla, tira encore à deux reprises en l'air, en vain, puis rechargea le fusil. Le silence était complètement retombé.

— Et merde ! Maxine…

Il était complètement exclu de pouvoir suivre sa piste dans l'obscurité. Il n'était même pas sûr qu'elle soit partie vers la droite à la manière dont la montagne répercutait les bruits. Ce n'est qu'avec la plus grande répugnance qu'il battit en retraite, reprenant l'itinéraire par lequel il était arrivé jusqu'à la forêt, s'arrêtant de temps en temps pour tendre l'oreille. Il était certain que si jamais elle réussissait à échapper à ce qui l'avait transformée en molosse sorti tout droit de l'enfer, elle saurait retrouver le pick-up. Dans des circonstances normales, il lui aurait donné vingt-quatre heures avant de s'inquiéter. Mais les circonstances n'avaient rien de normal. Il se représenta son corps mutilé et fut pris d'un frisson d'horreur.

*

Assis derrière le volant, vitres baissées, phares allumés, il klaxonnait longuement toutes les deux ou trois minutes. C'était un bruit que Maxine reconnaîtrait ; elle saurait que c'était lui. Il ne cessait de parcourir des yeux la pente herbeuse et la lisière de la forêt, désespérant de la voir jamais reparaître.

Il était douloureux de se dire que la chienne avait peut-être poursuivi quelque chose pour le sauver. Sinon, pourquoi était-elle devenue aussi féroce, aussi déterminée ? Ce n'était pas pour se défendre elle-même, il en était sûr. Elle n'était pas de nature bagarreuse.

Il jura et dut se retenir pour ne pas frapper du poing sur le volant. Il n'arrêtait pas de jeter des coups d'œil sur le siège du passager en se disant que c'était là qu'elle aurait dû être. Il se fit la réflexion qu'il avait passé plus d'heures en sa compagnie qu'avec Marybeth ou ses filles. Maxine faisait partie de lui.

Il était sur le point de pleurnicher. Il écrasa l'avertisseur, laissant à ce bruit le soin d'exprimer ce qu'il ressentait.

Puis il se redressa en sursaut en croyant distinguer une forme de couleur plus claire qui rasait le sol, juste au-delà du faisceau des phares. Il prit le projecteur, le brancha d'un coup de pouce et dirigea le rayon de lumière blanche sur la zone plongée dans l'obscurité. La forme était bien celle d'un chien, à quelque chose près… un bon Dieu de coyote ! L'animal s'immobilisa un instant, un reflet rouge dans les yeux, puis fila vers le bas de la montagne.

Joe poussa un nouveau juron. Et le juron libéra quelque chose qui était tapi au fond de sa gorge comme une masse chaude et dure. Assis dans la pénombre de la cabine, Joe se mit à pleurer.

*

Le portable, posé sur le tableau de bord, sonna à vingt-deux heures. Sur le minuscule écran, Joe vit que l'appel venait de Marybeth. Il n'avait pu se résoudre à l'appeler.

— Tu penses rentrer un de ces jours ? lui demanda-t-elle sans cacher son irritation.

— Oui. J'allais partir. Je serai à la maison dans trois quarts d'heure.

Le ton de sa voix dut certainement le trahir.

— Joe ? Ça va ? Il s'est passé quelque chose ?

— J'ai perdu Maxine.

Puis il lui expliqua en quelques mots ce qui s'était passé. Ils gardèrent tous les deux le silence un certain temps.

— Pas question de le dire aux filles, dit enfin Marybeth.

— Il faudra bien.

— D'accord, mais demain matin. Sans quoi, elles vont pleurer toute la nuit.

Joe hocha la tête, comme si elle pouvait voir son geste.

— Oh, Joe… dit-elle d'un ton qui une fois de plus le fit se sentir coupable d'être responsable des souffrances de sa famille.

— Je suis désolé, ma chérie.

*

Il continua de klaxonner à intervalles réguliers en redescendant de la montagne. Il se demanda si Bud Longbrake n'allait pas l'entendre depuis le ranch ; probablement que oui. Il appela donc l'éleveur, lui expliqua pourquoi il faisait tout ce boucan et lui demanda de garder l'œil ouvert pour Maxine.

— Bon sang, Joe, ta chienne ? s'exclama-t-il avec de la vraie sympathie dans la voix. Je suis vraiment désolé pour toi.

— Oui, moi aussi, je suis désolé.

— Quand ma première femme m'a quitté, je crois que je n'ai pas été aussi malheureux que quand j'ai perdu mon chien.

Joe n'osa pas répondre à cette remarque.

*

Il n'était qu'à quatre cents mètres du carrefour où il rejoindrait la route en dur lorsque, jetant un coup d'œil machinal dans son rétroviseur, il vit quelque chose dans la lumière des feux de position.

– Oui ! hurla-t-il en écrasant le frein.

Épuisée, Maxine se tenait la tête basse, la langue pendant hors de sa gueule comme une cravate rouge et épaisse. Elle s'effondra littéralement sur la route.

Joe alla la chercher et la prit dans ses bras – elle pesait plus de trente kilos – et enfouit son visage dans son pelage en la ramenant au pick-up. Elle ne présentait aucune blessure apparente, mais tremblait de tout son corps. Il la déposa sur la banquette, d'où elle le regarda de ses yeux bruns et profonds. Il lui remplit un bol avec l'eau de son bidon et voulut la faire boire, mais elle était trop épuisée.

Après s'être engagé sur la grand-route, ivre de joie, il appela Marybeth, qui fondit en larmes. Puis il rappela Bud pour lui dire de ne pas s'inquiéter de la chienne. Après avoir raccroché, il dit à Maxine :

– Ne me refais jamais un coup pareil, tu m'entends ? Jamais. Sans quoi je t'abats comme l'idiot de clébard que tu es.

Bien entendu, il ne pensait pas un mot de la deuxième partie de sa phrase. La chienne ne l'entendit pas car elle dormait déjà, la tête posée à sa place habituelle, sur la cuisse de son maître.

En se garant dans l'allée, il aperçut la silhouette de Marybeth qui écartait le store de la fenêtre. La lumière du porche s'alluma et éclaira partiellement l'intérieur du pick-up. Il regarda si Maxine était réveillée ; il n'avait pas envie de la porter encore une fois.

C'est alors qu'il remarqua quelque chose de bizarre. Son pelage paraissait plus clair.

Il alluma l'éclairage de la cabine et en resta pantois : elle avait eu une telle frayeur que sa fourrure était en train de blanchir.

– OK, dit-il à voix haute. Trop, c'est trop. Cette fois, je vais me mettre en colère.

*

Sheridan et Lucy étaient encore debout en dépit de l'heure tardive : Marybeth avait exigé qu'elles racontent à leur père leur escapade de l'après-midi chez les Logue. Après avoir accroché sa veste au portemanteau de l'entrée, il découvrit ainsi au pied de l'escalier deux petites filles en pyjama et l'air bien coupable. Marybeth était derrière elles dans la cuisine et s'essuyait les mains à une serviette.

— Allez, les filles, racontez-lui vos exploits, leur dit-elle.

Sheridan soupira et prit l'initiative.

— Papa… on a fait une bêtise cet après-midi et on est terriblement désolées. Nous sommes allées voir la cabane chez les Logue…

Appuyé au chambranle de la porte de son bureau, il écouta Sheridan lui raconter comment elles avaient désobéi à leur mère pour se lancer dans leur expédition. Elle lui décrivit ensuite le contenu de la cabane, le sac de couchage, les livres, la cuisinière, les multiples pièces d'argenterie posées sur le tissu noir, puis elle lui raconta l'apparition de « Bob », qui l'avait traitée de salope. Pendant ce temps, Lucy tortillait le bas de sa veste de pyjama en se sentant aussi coupable que sa sœur.

— Il a traité Sherry de salope ! répéta-t-elle inutilement.

— Mais il ne vous a pas suivies, fit remarquer Joe, inquiet.

Les deux fillettes hochèrent la tête en signe de dénégation.

— Vous êtes sûres ?

Sheridan acquiesça.

« Oui, on n'en a rencontré quand on courait. Je l'ai vu rentrer dans la cabane.

— As-tu appelé le shérif ? demanda-t-il à Marybeth.

— Non. Je n'étais pas trop sûre que tu aies envie qu'il s'occupe de ça. On peut encore le faire, si tu veux.

— De toute façon, c'est à Cam Logue de s'en occuper, dit-il. Je me demande pourquoi il ne l'a pas fait l'autre fois.

— Je crois que c'est juste un SDF, dit Sheridan. Je m'en veux d'être allée l'embêter. Ça me fait mal qu'un adulte soit obligé de vivre comme ça.

Marybeth lança un coup d'œil à Joe. Elle ne voulait pas qu'il cède, il fallait qu'il ajoute ses réprimandes à celles qu'elle avait adressées aux filles un peu plus tôt. Elle connaissait bien son homme et craignait qu'il ne se laisse attendrir. Il comprit le message. *C'est elle qui a raison*, se dit-il. Il s'efforça de garder l'air sévère et fâché.

— Les filles, l'heure de vous coucher est déjà dépassée depuis un bon moment, dit Marybeth. Allez embrasser votre père et au lit! Nous parlerons plus tard de votre punition.

Soulagées que la séance soit terminée, Sheridan et Lucy s'approchèrent de Joe. C'est alors que Sheridan resta pétrifiée tandis qu'elle regardait, derrière Joe, Maxine qui était allée se coucher dans l'entrée.

— Qu'est-ce qui lui est arrivé?

— Elle est épuisée. Un moment, j'ai même cru que je l'avais perdue.

Sheridan contourna son père et alluma la lumière de l'entrée.

— Mais… elle est toute blanche! s'écria-t-elle.

— Qu'est-ce qui s'est passé? demanda Lucy. Elle est tombée dans de la peinture blanche?

— Non, répondit Joe. Je crois qu'elle a eu très très peur. J'ai entendu dire que ça arrivait parfois aux animaux. Ils ont une telle frousse que leur pelage devient tout blanc.

— Mais elle va bien? demanda Sheridan en se penchant sur la chienne pour caresser sa nouvelle fourrure.

— Je crois, répondit-il. Elle est sans doute seulement très fatiguée d'avoir couru pour me rattraper.

Les deux fillettes firent des câlins à Maxine endormie, lui disant que tout allait bien. Marybeth les laissa faire quelques instants avant de les expédier dans leur chambre.

Quand ils furent seuls, Marybeth prit la parole.

— Je n'arrive pas à croire qu'elle ait pu devenir aussi blanche…

— Je n'avais jamais vu ça, reconnut Joe en se laissant tomber dans le fauteuil de son bureau. Je n'avais jamais vu pas mal de trucs qui se passent ici en ce moment.

— Qu'est-ce que tu vas faire?

Il soupira.

— Il faut que je voie si je n'ai pas de messages. Des fois que quelque chose se serait passé… Et je monte.

— Ne traîne pas trop.

— Promis.

Mais il la rappela avant qu'elle ne monte l'escalier.

– Essaie de ne pas t'endormir tout de suite. Je voudrais te parler de quelque chose.

– Oh, mais bien sûr, lui répondit-elle avec un sourire qui le prit au dépourvu.

Il fut ravi. Elle avait un tel emploi du temps depuis quelque temps que cela faisait un moment qu'ils étaient trop fatigués pour faire autre chose que dormir quand ils se couchaient.

– Tiens, tiens ! dit-il en lui rendant son sourire. Tu parles d'une journée ! J'ai enquêté sur un cercle de champ de céréales qui n'en était pas un, rencontré Nate qui écoutait les bruits sous l'eau et perdu la chienne.

– Hmmmm, ronronna-t-elle en préparant sa réponse. Moi aussi, j'ai eu une journée intéressante. Viens vite.

*

Rien de Robey, ni de Trey Crump, mais il y avait un nouveau courriel de Deena.

– Oh, non ! marmonna-t-il.

Mais elle ne lui avait pas envoyé de photos cette fois ; juste du texte.

« Cher Joe,

J'espère que vous avez eu mon dernier mail – pas de nouvelles de vous, je n'étais pas sûre. J'espère que vous avez aimé les photos. Les choses deviennent passablement démentes ici et je dois donc faire court. J'ai des trucs très importants à vous dire et qui devraient vous intéresser. Je ne sais pas combien de temps il me reste pour ça. Je vous en prie, venez le plus vite possible, ou au moins répondez-moi. J'en sais beaucoup plus, maintenant. Faut que j'y aille. Il va revenir d'une minute à l'autre. C'est juste quand on pense que les choses ne peuvent pas devenir plus délirantes qu'elles le deviennent.

Bises,
Deena.

Joe répondit :

Deena :
Je passerai demain matin. J'espère que vous allez bien. Si vous

voulez me parler hors de sa présence, dites-moi où nous pouvons nous retrouver. Votre sécurité est importante. Si vous avez besoin d'aide tout de suite, faites le 911 ou ma ligne directe.

Joe Pickett.

Alors qu'il se préparait à aller se coucher, avec dans la tête des images du courriel précédent de Deena qu'il aurait préféré n'avoir jamais vues, il aperçut un rai de lumière sous la porte de la salle de bains. Il s'arrêta et frappa.

— Entrez.

C'était Lucy.

Il se contenta de passer la tête par la porte. La fillette se tenait devant le lavabo et s'examinait attentivement dans la glace.

— Qu'est-ce tu fais là, ma chérie ?

Elle se mit à rougir.

— J'ai vraiment eu très peur aujourd'hui quand cet homme est arrivé. Sherry m'a dit que j'avais l'air bizarre. Alors, j'ai voulu vérifier.

Joe sourit.

— Vérifier si tes cheveux ne devenaient pas blancs ?

— Oui, je crois… C'est ce que dit Sheridan.

— Ne t'inquiète pas, mon chou. Ils sont toujours blonds.

En passant devant la chambre des filles, où la lumière était éteinte, il lança :

— Et toi, arrête de faire peur à ta petite sœur !

— Désolée, papa, dit Sheridan de dessous les couvertures, où elle s'était probablement cachée pour contenir son envie de rire. Elle le méritait bien, c'est tout.

— Bonne nuit.

*

Marybeth était au lit, plus belle qu'elle ne l'avait jamais été, trouva-t-il. Elle avait ramené ses cheveux blonds défaits sur le côté et ils s'étalaient sur l'oreiller. Ses genoux tendaient les couvertures, mais la couette n'empêchait pas de voir qu'elle avait enfilé la nuisette bleu nuit qui avait le don de le rendre fou. L'une des fines bretelles tombait de son épaule.

— Amène-toi par ici. Nous pourrons parler plus tard.

Chapitre 24

Joe se sentit bouillir de colère au petit déjeuner, lorsque Marybeth lui raconta comment Cam Logue s'était comporté avec elle. Certes, elle s'en était bien tirée – elle se tirait toujours bien de ce genre de situation –, mais la seule idée de ce qui s'était passé le mettait d'une humeur massacrante. Elle lui avait fait promettre de ne rien faire, de ne pas foncer au bureau de l'agence immobilière pour s'en prendre à Cam et de ne pas lui demander de trouver un autre travail. Ses chances de trouver un emploi aussi prometteur à Saddlestring étaient, comme ils le savaient tous les deux, des plus minces.

– Ce type ne m'a jamais vraiment plu, lui dit-il en beurrant une tartine.

– Joe, se contenta-t-elle de lui répondre en l'implorant du regard d'en rester là.

C'est à ce moment-là que Sheridan entra dans la cuisine. Elle était toujours la première à descendre. Lucy, elle, passait un temps fou à coordonner les couleurs de sa tenue et à déterminer comment elle serait coiffée pour la journée.

– J'ai encore fait mon rêve, annonça Sheridan. Je crois que je commence à comprendre ce qu'il veut dire. Il s'agit d'une sorte d'affrontement.

Joe reposa son couteau sur la table et la regarda.

– D'affrontement avec qui ?

– Entre le bien et le mal, répondit-elle d'un ton tout à fait naturel.

– Et qui l'emporte ?

Elle haussa les épaules.

— Le rêve n'est pas encore allé jusque-là.

— Tu me le raconteras ?

— Bien sûr.

Elle tendait la main vers la confiture lorsqu'il y eut un crisse-ment de graviers dans l'allée devant la maison.

— Il y a quelqu'un dehors. Il s'est garé à côté du pick-up.

— Tu as vu qui c'était ?

Elle était occupée à remplir son bol de céréales.

— C'est un 4 × 4 avec un gyrophare. Sans doute le shérif Barnum.

— Génial, dit-il en repoussant sa chaise.

— Joe, répéta Marybeth du même ton de mise en garde.

*

Il fonça dehors à peu près dans le même esprit que s'il montait sur un ring de boxe. Il enfonça son chapeau sur sa tête et poussa la porte d'entrée plus vigoureusement qu'il n'en avait l'intention, la faisant claquer contre le mur.

C'était effectivement Barnum, accompagné de l'agent Portenson, tous les deux assis dans la cabine de leur véhicule au milieu d'un nuage de fumée. Ils plissèrent les paupières en le regar-dant approcher. Les portières s'ouvrirent simultanément et les deux hommes descendirent. *Quelle bonne idée de venir ce matin*, se dit Joe, sardonique. *Dommage que Cam Logue ne soit pas avec eux, j'au-rais pu régler deux problèmes en même temps.*

— Désolé de vous déranger au petit déjeuner, dit Barnum d'une voix plus rocailleuse que d'habitude et le visage plus gris que jamais.

— Vous ne me dérangez pas.

Joe prit position de l'autre côté de son pick-up et s'accouda au capot. Il ne faisait aucune confiance au shérif et il y avait, dans cette visite surprise matinale, un parfum de confrontation. Si quelque chose devait se passer, il préférait avoir le véhicule entre lui et eux. Au moins le temps que lui décide de le contourner.

— Qu'est-ce que vous voulez ? reprit-il. Qu'est-ce que vous attendez pour parler ? J'ai une journée chargée qui m'attend.

— Vous pourriez au moins nous inviter à venir prendre un café, répliqua Barnum en prenant l'air faussement offensé.

Portenson émit un petit bruit narquois et alluma une cigarette.

— Vous n'êtes pas le bienvenu chez moi, shérif. C'est mon domicile, ici. Si vous voulez me parler, passez-moi un coup de fil et je vous retrouverai où vous voudrez.

— C'est aussi votre bureau, non ? fit observer Barnum en plissant les paupières. Ça doit être dur d'arriver à faire quelque chose au milieu de toutes ces filles.

— Exact, répondit-il en le regardant droit dans les yeux. Tout le contraire du bureau du shérif, où on a tout le temps de faire les choses mais où on les fait mal.

Le shérif ne broncha pas, mais ses mâchoires se contractèrent.

— Voyons, les gars ! dit Portenson en agitant sa cigarette en l'air. Ça ne nous mène nulle part.

— Qu'est-ce que vous voulez ? répéta Joe.

Ce fut Barnum qui détourna les yeux le premier.

— On ne pourrait pas tout simplement en discuter à la cellule de crise ?

— Vous voulez commencer, shérif ? demanda Portenson.

— Ne venez pas fourrer votre sale nez dans notre enquête, gronda Barnum. Allez traîner vos guêtres ailleurs, bordel. Vous nous faites perdre notre temps.

Joe eut un sourire qui n'avait rien d'aimable.

— Je me doutais bien que c'était de ça qu'il serait question.

— Contentez-vous de vous occuper de vos bestioles à fourrure et de ce chasseur d'extraterrestres, comme vous l'a demandé Herzig, reprit le shérif. Arrêtez de remettre en cause nos hypothèses de travail et d'aller interroger une deuxième fois tous nos témoins. Vous ne trouverez rien de plus que nous.

Joe regarda Portenson. L'agent du FBI semblait se concentrer sur sa cigarette et contempler le lever du soleil sur Battle Mountain. Il avait l'air complètement déplacé dans ce paysage, pensa Joe. Son manteau était bien trop chaud pour l'automne – il avait l'air de sortir d'un catalogue de mode pour la vie à la campagne vue de la ville. En revanche, son pantalon et ses chaussures noires sans lacets étaient faits pour la température climatisée d'un bureau.

— J'ai parlé avec Robey, dit Joe en s'adressant aux deux hommes. Je lui ai expliqué ce que j'avais l'intention de faire. Je ne remets en question les hypothèses de personne, mais je pense que je pourrais peut-être trouver une autre approche pour tout ce gâchis. Quelque chose à quoi on n'aurait pas fait attention. Vous pouvez aller voir Cleve Garrett, si vous voulez. Je ne vois aucun inconvénient à ce que vous passiez derrière moi. Vous trouverez peut-être un élément qui m'a échappé. Jusqu'ici, nous n'avons rien. Pas la moindre chose. Si je peux voir les meurtres d'un œil neuf…

– Vous n'êtes rien de plus qu'un foutu garde-chasse! ragea Barnum en contournant le capot du pick-up pour s'approcher de Joe. Pas un enquêteur! Vous n'êtes à la cellule de crise que parce que le gouverneur tenait à ce qu'il y ait quelqu'un de votre département!

La figure empourprée, il s'était arrêté juste avant de faire le tour complet du capot.

– Votre boulot, c'est trouver l'ours, compter les poissons et tous les trucs de merde qui sont de votre ressort. Laissez les pros faire le boulot des pros!

– Des pros? Quels pros?

– Espèce de salopard! cracha Barnum.

Joe se tendit.

Cela faisait des années que cela devait arriver. Joe remarqua que le shérif avait son pistolet sur lui et la main sur la crosse, alors que lui-même était sans arme. Parfait, pensa-t-il. Il ne pouvait imaginer Barnum lui tirant dessus, pas en présence d'un agent du FBI, de toute façon. Sans compter qu'il n'était pas dans le tempérament de Barnum d'agir directement. Il était bien plus du type flic corrompu qui préfère agir dans l'ombre.

Malgré tout…

À cause du sang qui battait à ses oreilles, Joe n'entendit arriver le bus scolaire que lorsque ses freins grincèrent à la hauteur de sa maison et que ses portières s'ouvrirent dans un sifflement d'air comprimé.

– Salut, shérif! lança joyeusement le chauffeur. Salut Joe!

Portenson leva les yeux au ciel. La porte de la maison s'ouvrit et Sheridan et Lucy sortirent de la maison en finissant d'enfiler leurs vestes, empêtrées avec leurs cartables et leurs boîtes à sand-wichs. Marybeth les regarda partir de l'embrasure de la porte, mais c'était surtout son mari, Barnum et Portenson qu'elle observait, et Joe le savait.

Sheridan fit exprès de passer entre son père et le shérif et tendit la joue à Joe pour un baiser. Lucy était juste derrière elle.

Les trois hommes regardèrent les fillettes monter dans le bus et les portières se refermer. Elles allèrent s'installer près d'une fenêtre et saluèrent de la main au moment où le bus repartait. Joe leur rendit leur salut. Un fin nuage de poussière monta des roues tandis que le pesant véhicule prenait lentement de la vitesse.

Il y eut un silence inconfortable. La main de Barnum, qui se tenait toujours à la hauteur de la calandre du pick-up, retomba de la crosse de son revolver. Marybeth, elle aussi, restait immobile dans l'entrée, regardant ostensiblement le bus s'éloigner. Portenson s'adossa au 4 × 4 de Barnum, riant en silence.

– C'est terminé, dit l'agent du FBI.

– Non, le contredit Barnum à voix basse. Juste remis à plus tard.

– Quand vous voudrez, shérif, dit Joe.

Barnum lui tourna le dos, adressa un signe de tête à Marybeth et regagna son Blazer. Il s'installa au volant avec plus d'agilité que Joe ne l'aurait cru, étant donné son âge et son état de santé, et fit claquer la portière.

– Agent Portenson ? dit Joe. Comment est-il possible que vous soyez copain avec ce type ?

Portenson le regarda avec un sourire glacial.

– Faut que j'y aille, dit-il.

– Ce ne sont pas les oiseaux, Portenson.

L'homme agita une main devant lui, comme pour chasser une mouche.

– Dans ce cas, c'est quoi ?

– Deux choses, à mon avis, répondit Joe suffisamment bas pour que Barnum n'entende pas. À mon avis, il y a un premier groupe de tueurs pour la plupart des animaux et Stuart Tanner. Et un autre type qui n'a rien à voir avec tout ça pour Tuff Montegue. (Portenson prit un air peiné.) Parce que s'il y a un rapport entre les deux, j'ignore ce qu'il peut être. Et de toute façon, nous devons éclaircir une chose après l'autre. Nous ne devons plus considérer cette affaire comme une seule affaire, sans quoi nous n'arriverons jamais nulle part.

– Nulle part, nous y sommes déjà.

— Non. Moi, je suis convaincu qu'en changeant notre manière de voir les choses, nous pourrions trouver quelque chose.

Portenson hocha la tête comme pour chasser une idée désagréable.

- Écoutez, Portenson, je sais que vous êtes un type bien. Je sais ce que vous avez fait l'hiver dernier, comment vous avez essayé d'arrêter le massacre. Vous m'en voulez de vous avoir mis dans cette situation, mais vous avez fait ce qu'il fallait. Et vous le pouvez encore.

— Oh, fermez-la un peu, lui renvoya Portenson.

Joe sourit.

— Je peux compter sur vous, pas vrai ?

— Qu'est-ce que ça peut vous faire ?

Joe haussa les épaules.

— Je n'ai aucune envie que ce genre de choses continue à se produire dans mes montagnes, dans mon district. Alors que ma famille est au milieu. Elle a déjà dû subir trop de choses ces dernières années et je ne veux pas que ça recommence.

L'agent du FBI eut un air de sympathie authentique. Puis quelque chose changea dans son regard.

— Je n'en pense toujours pas moins que vous et ce cinglé de Romanowski êtes coupables de quelque chose. Je finirai bien par trouver de quoi et je vous coincerai tous les deux. Après quoi, je foutrai le camp de ce bon Dieu de bled perdu.

Joe acquiesça de la tête.

— Comme vous voudrez. Mais pour le moment, nous avons sur les bras des tueurs qui se baladent dans la nature et qui sont aussi terrifiants que tout ce qu'on peut imaginer. Vous le savez.

Portenson alluma encore une cigarette, puis la jeta avec colère après une seule bouffée.

— J'espère juste que cette affaire va tomber en quenouille. Ça fait plusieurs jours qu'il n'y a pas eu d'incidents… plus depuis que ce crétin de cheval s'est fait arracher la peau. J'espère simplement que tout ça est fini.

— C'est possible, répondit Joe en repensant à la théorie de Garrett. Mais peut-être une partie, seulement. Ce qui veut dire que l'autre reste à régler.

Portenson n'était qu'à quelques mètres du Blazer, mais Barnum écrasa néanmoins l'avertisseur.

– Quel enfoiré ! dit Portenson.

– Plutôt deux fois qu'une.

Chapitre 25

Au Riverside, l'emplacement C-17 était désert.

Joe jura doucement et frappa son volant de la paume de la main. Il se tourna vers la place de Maxine, se rappela qu'il l'avait laissée se reposer à la maison, puis revint sur le rectangle vide.

Depuis combien de temps l'Airstream et ses occupants avaient-ils quitté les lieux ?

Il sentit monter la nausée et se prit à espérer que Deena aille bien. Il se sentait responsable d'elle depuis qu'elle l'avait appelé à l'aide à sa manière pathétique. En admettant qu'il ait agi plus tôt (en venant par exemple dès le lendemain de son premier message), aurait-il pu empêcher quelque chose ? Cleve Garrett avait-il découvert leur correspondance et s'en était-il pris à elle ? Ou avait-il simplement décidé de déplacer son labo-poste de commandement ailleurs ?

Il trouva Jimbo en train de ratisser les feuilles mortes dans la courette grande comme un timbre-poste, derrière son trailer.

— Dis-moi, Jimbo, quand Cleve Garrett est-il parti ? lui demanda Joe.

L'homme s'immobilisa et leva lentement la tête.

— Qu'est-ce que tu veux dire ?

Joe resta un instant sans comprendre.

— Tu ne sais pas qu'il est parti ? Je viens de là-bas et l'emplacement est vide.

Le vieil homme laissa tomber son râteau sur la pile de feuilles.

— Eh… comment savoir au juste ? Il a dû partir pendant la nuit. Il avait payé d'avance et il ne me devait rien. Il aurait pu au moins me prévenir, que je sache que j'avais une place de libre.

— Tu ne l'as pas entendu partir ? demanda Joe, incrédule.

Jimbo lui montra une de ses oreilles.

— Je n'entends plus rien sans mes appareils. Je les enlève pour dormir. C'est pourquoi je pense qu'il est parti pendant que je dormais.

— À quelle heure t'es-tu couché ?

Jimbo réfléchit à la question.

— Voyons… j'ai regardé les informations, ensuite j'ai lu un peu. Tu connais les *Harry Potter* ?

Joe avait lu le premier, mais n'avait pas envie d'en discuter.

— Je suis fasciné, avoua Jimbo. J'en suis au troisième. Jamais j'aurais cru pouvoir m'intéresser autant à un petit orphelin anglais, mais…

— À quelle heure, Jimbo ?

L'expression d'enthousiasme s'effaça sur le visage du gardien.

— Après onze heures et demie, à peu près. Ouais, c'est vers cette heure-là que je me suis mis au lit.

Le dernier courriel de Deena avait été envoyé à vingt-trois heures quinze, il s'en souvint. Elle ne disait pas qu'ils allaient partir ; peut-être ne le savait-elle pas à ce moment-là. L'impression désagréable refit surface. Garrett avait peut-être lu la réponse de Joe par-dessus l'épaule de Deena et décidé qu'ils devaient filer tout de suite.

Mais qu'est-ce que ça changeait de savoir l'heure exacte à laquelle ils étaient partis ? C'était qu'ils soient partis qui était important et qu'ils aient éprouvé le besoin de le faire en pleine nuit.

Pourquoi ?

*

À peu près au moment où il quittait Twelve Sleep County pour entrer dans Park County, Joe appela Hersig pour lui signaler le départ de Cleve Garrett. Il mentionna les courriels de Deena.

— Je crois qu'on devrait lancer un avis de recherche, ajouta Joe. Le gros Airstream devrait être assez facile à repérer.

Hersig hésita.

— Qu'est-ce qu'il y a ? demanda Joe.

— Il n'a commis aucune infraction, lui fit observer Robey. Un citoyen a le droit de déplacer son trailer quand et où il veut, Joe.

— Oui, mais Deena ?

— Parlons-en. As-tu des preuves convaincantes qu'elle est en danger ? Ou menacée ? D'après ce que tu m'as dit toi-même, rien n'indique dans ses propos qu'elle aurait des ennuis. À l'analyse, nous n'avons rien pour justifier un avis de recherche.

Joe écarta le téléphone de son oreille et le foudroya bien inutilement du regard.

— Ils sont partis tout de suite après son deuxième courriel, rappela-t-il à Hersig. Ce matin, elle avait quelque chose à me dire qu'elle jugeait important. Ce Garrett n'est pas net, Robey. Pour quelle raison filer en douce en pleine nuit, alors que deux jours avant il me suppliait littéralement de le faire entrer dans la cellule de crise ? J'ai peur qu'il ne s'en prenne physiquement à elle, si ce n'est pas déjà fait.

— Écoute, Joe…

— Bon sang, Robey ! Si on retrouve son corps quelque part, j'espère que tu te souviendras de cette conversation !

Le procureur poussa un soupir.

— D'accord, d'accord, je vais appeler la police de la route. Mais si on les repère, nous aurons besoin d'autre chose que ce que tu m'as dit pour fouiller la caravane ou arrêter ce type. Si elle est avec lui et a l'air d'aller bien, il ne nous restera plus qu'à lui présenter nos excuses.

Joe espéra que si la police l'interceptait, Garrett se trahirait d'une manière ou d'une autre et donnerait lui-même une raison de déclencher une enquête. Au moins Joe saurait-il si Deena était avec lui et allait bien ou non.

Barnum n'avait peut-être pas complètement tort, se dit-il après avoir raccroché. Peut-être, en effet, ne savait-il pas ce qu'il faisait. Il ralentit pour entrer dans Cody.

*

Dan Harvey, le shérif de Park County, avait accepté de recevoir Joe et de revoir avec lui le dossier sur la mort de Stuart Tanner. Harvey lui parut plus jeune et plus à l'aise que lors de la réunion de la cellule de crise ; peut-être était-il tout simplement plus décontracté quand il était sur son terrain.

Il offrit un café à Joe, qui accepta, et ils allèrent s'installer dans le bureau du shérif – plus grand et beaucoup mieux rangé que le trou à rat de Barnum, comme Joe s'en fit la réflexion. Il y avait même des livres sur les étagères.

– J'ai demandé à Cook, un de mes adjoints, de se joindre à nous. C'est lui qui a reçu l'appel et lui qui était le premier sur les lieux.

Joe et Cook échangèrent un signe de tête. L'homme fit bonne impression à Joe ; il paraissait capable et sérieux.

– Rien de neuf dans le Twelve Sleep County ? demanda Harvey pendant que la réceptionniste leur apportait des gobelets en polyuréthane remplis d'un liquide qui n'empêchait pas d'en voir le fond.

– Du sucre ? Du lait ? demanda la jeune femme à Joe.

Du café, ce serait pas mal, pensa Joe.

Il déclina l'offre, puis demanda à Harvey si Hersig avait pris contact avec lui.

– Oui, régulièrement, tous les après-midi.

– Vous savez donc que nous n'avons pas avancé d'un pouce. La seule chose à signaler est la disparition du spécialiste du paranormal, votre ami Cleve Garrett. Nous le recherchons. Sinon, l'enquête est au point mort.

Harvey haussa les épaules.

– C'est une affaire pourrie et je voudrais bien en être débarrassé. Il n'y a pas la moindre preuve de quoi que ce soit.

Cook approuva de la tête et intervint à son tour.

– La seule bonne nouvelle est qu'il n'y a pas eu d'autres meurtres ou mutilations dans Park County.

– Nous avons eu un cheval, dit Joe avec une petite grimace.

– Je suis au courant. Vous étiez sur place, je crois ?

Joe acquiesça de la tête.

– Vous savez que le FBI n'a rien relevé de spécial dans l'examen toxicologique de Tanner, n'est-ce pas ? demanda Harvey. Rien d'anormal, je veux dire. Il est mort d'un coup porté à la tête et serait de toute façon mort des suites de sa blessure même si on l'avait secouru tout de suite. Les mutilations sont intervenues *post mortem.*

– Fondamentalement, enchaîna Cook avec quelque chose de légèrement officiel dans le ton pour bien faire comprendre qu'on ne pouvait mettre en doute leur intégrité, Hersig dispose déjà de tous les éléments que nous avons trouvés. Franchement, je ne vois pas pourquoi vous avez fait ce déplacement.

– Je veux juste tout revoir moi-même, répondit Joe. Je perds peut-être mon temps, mais en aucun cas je ne vous accuse de retenir des informations.

– C'est parfait, dit le shérif en échangeant un regard avec son adjoint. Parce qu'effectivement, nous n'en retenons aucune. De plus, presque tout s'est passé dans le Twelve Sleep County. Notre client est mort simplement parce que les extraterrestres ou j'sais-pas-qui ne connaissait pas les limites du comté.

Cook rit de la plaisanterie de son patron et Joe sourit.

– Bon. Qui a appelé ? demanda Joe.

L'adjoint ouvrit un dossier comportant une copie de l'appel au 911.

– Appel arrivé à quatre heures trente-deux du matin, voix masculine, pas donné d'identification. Déclare avoir aperçu un corps visible depuis la route 212. On m'a rappelé chez moi parce que je venais tout juste de finir mon quart. Katherine, la standardiste de service cette nuit-là, a déclaré que l'homme était difficile à comprendre et qu'elle avait dû lui demander plusieurs fois de répéter. Sans doute un problème de ligne.

Joe garda le silence un moment et analysa ce qui venait de lui être dit en tournant et retournant les détails dans sa tête.

– Adjoint Cook, vous avez dit que le corps était visible de la route, mais… était-il parallèle à la route ou dans un virage ?

L'adjoint s'enfonça dans son siège en se demandant où Joe voulait en venir.

– Il était parallèle à la route, non loin des arbres, au milieu d'une clairière.

– Vous l'avez donc trouvé très facilement ?

– Oui. Les indications du type étaient précises. Il nous a dit qu'il se trouvait à dix kilomètres huit cents du carrefour de la nationale. Il était exactement là, à dix kilomètres huit cents.

– Vous avez donc roulé sur dix kilomètres huit cents… et ensuite ? Vous avez tourné votre projecteur sur le bas-côté ?

Cook fit oui de la tête.

– Le corps était à l'endroit exact où il devait être.

– Si vous n'aviez pas connu l'emplacement exact du corps, dit Joe en se frottant le menton, auriez-vous pu le voir depuis le bord de la route ?

– En plein jour, certainement. Il était parfaitement visible de là.

– Mais c'était la nuit, le reprit Joe en s'animant soudain. Est-ce que vous auriez pu le voir dans vos phares si vous étiez passé par là en voiture ?

Cook hésita un instant.

– Non. Je n'aurais certainement pas pu le voir dans ces conditions.

Le shérif Harvey se redressa lentement sur son siège et s'accouda au bureau.

– Merde ! Comment le type qui a appelé a-t-il vu le corps, lui ? Comment savait-il qu'il se trouvait à cet endroit ?

– Bonne question, dit Joe.

– Je n'y avais pas pensé, avoua Cook. Bon Dieu de Dieu ! D'après le coroner, Tanner a été tué entre dix heures du soir et deux heures du matin, ce qui signifie soit que le type a assisté au meurtre, soit qu'il l'a commis lui-même.

– Gardez-vous les enregistrements de ces appels ? voulut savoir Joe, dont l'excitation ne cessait de grandir.

Cook rougit.

– Normalement oui, mais le fichu appareil était en panne cette nuit-là. Je suis désolé.

– Le coup de fil a été donné à quatre heures et demie. Vous ne trouvez pas bizarre qu'un type passe en voiture sur cette route écartée à une heure pareille ? demanda Joe.

Harvey hocha la tête.

– Non, pas vraiment. Nous savons qu'elle a servi dans des histoires de trafic de drogue, de la méthadone. C'est aussi une route qu'aiment bien les étudiants. Ils vont là pour boire un coup et se sauter dessus. C'est quelqu'un comme ça qui a dû appeler, à mon avis.

– Donc à partir d'un téléphone portable ?

– On le suppose.

– Votre central a-t-il un système d'identification des appels ?

Harvey haussa les sourcils.

– Pour être honnête, nous n'y avons pas pensé. Nous l'avons, mais on ne s'y est pas vraiment intéressé parce que l'identité du type qui appelait nous importait peu. Ça ne paraissait pas important. La standardiste nous a dit qu'elle avait eu beaucoup de mal à le comprendre et qu'elle n'avait cessé de le faire répéter. Comme s'il était ivre ou drogué, d'après elle.

– Je vais aller vérifier, dit Cook en se levant. J'en ai pour une minute.

– Il a l'air bien, ce garçon, fit observer Joe lorsque l'adjoint eut quitté la pièce.

– Il l'est, lui confirma Harvey en sirotant son café. Je crois qu'il est un peu vexé de n'avoir pas pensé à tout ça lui-même.

– Je vais lui dire de ne pas s'en faire.

En attendant Cook, Joe raconta à Harvey sa rencontre avec Garrett et Deena, ainsi que l'histoire du soi-disant cercle dans les céréales qui n'avait rien de surnaturel. Il lui expliqua aussi qu'il partait du principe que les mutilations et les meurtres de Twelve Sleep County et de Park County avaient des liens, à l'exception de la mort de Tuff Montegue, qui, elle, ne cadrait pas avec le reste. Harvey ne se départit pas de son sourire, hochant de temps en temps la tête, mais sans jamais prendre particulièrement position. Joe soupçonna le shérif de préférer que le meurtre de Tanner fasse partie du tableau plutôt que d'en être l'exception : de cette façon, on n'attendrait d'efforts particuliers ni de sa part, ni de celle de son bureau. Mais lorsqu'il lui raconta comment Maxine était devenue entièrement blanche, Harvey parut sincèrement choqué.

– Les vaches, dit-il, c'est une chose. Mais on ne déconne pas avec le chien d'un homme.

– Certainement pas, l'approuva Joe.

*

L'adjoint revint quelques minutes plus tard, une sortie d'imprimante à la main. Il referma la porte derrière lui et s'assit lourdement sur sa chaise.

– Je ne sais pas si ce truc pourra vous aider, dit-il, parce que moi, je n'y comprends pas grand-chose.

– Tu as un numéro ? lui demanda Harvey, impatient.

— Oui. Mais il n'est pas du coin, comme je l'aurais cru. L'indicatif régional est 910.

Cook regarda tour à tour ses deux interlocuteurs pour voir si ce numéro leur disait quelque chose. Les deux hommes hochèrent la tête.

— Neuf, un, zéro, répéta-t-il. Fayetteville, Caroline du Nord.

— Quoi ?! s'exclama Harvey, la voix plus haute d'un cran. Un type débarque de Caroline du Nord pour se balader dans nos montagnes à quatre heures du matin ?

Joe était aussi perplexe que l'adjoint. Il nota le numéro dans son carnet.

— C'est peut-être un de ces types venus pour les forages CBM, dit Cook. Ils arrivent d'un peu partout. Il y a du gaz naturel en Caroline du Nord ? Ou bien c'est le siège d'une société ?

Harvey haussa les épaules.

— Il va falloir suivre cette piste, Arden.

— Je m'y mets tout de suite, dit l'adjoint.

Il demanda s'il pouvait enrôler un de ses collègues pour gagner du temps et le shérif accepta.

Après le départ de Cook, Harvey se tourna vers Joe, l'air interrogateur.

— Nous tenons peut-être quelque chose cette fois.

— De toute façon, c'est un point de départ. Pouvez-vous m'appeler quand vous aurez un nom ? demanda Joe en lui tendant sa carte. En attendant, je briefe Robey sur ce que nous avons

— Ce qui n'est pas grand-chose quand on y pense. Mais au moins, j'ai des bonshommes qui courent partout au lieu de rester assis à lire *Pro Rodeo News*.

Joe se leva, serra la main du shérif et ouvrit la porte. Ce n'est qu'au moment de sortir qu'il se rappela la question qu'il avait prévu de poser.

— Au fait… vous m'avez bien dit que Tanner était propriétaire d'une entreprise du nom de Tanner Engineering, non ?

— Exact. Elle a son siège au Texas, mais sa famille est propriétaire d'un chalet ici depuis des années. Il s'y installait quand sa boîte avait un chantier dans le secteur.

— Et savez-vous précisément quels genres de travaux exécutait la Tanner Engineering ?

Pendant que Harvey parcourait le dossier, Joe se rappela un détail de la veille. Le barman du Bear Trap lui avait dit que son frère avait travaillé pour une boîte d'un nom comme Turner Engineering. Ne pouvait-il pas s'agir de cette Tanner Engineering ?

Joe eut un petit picotement.

Harvey releva bientôt la tête.

– Non, nous n'avons rien sur ce que son entreprise faisait ici, dit-il. Vous savez, je me sens un peu idiot de n'avoir pas cherché dans cette direction. Pour être honnête, nous attendions que quelque chose se passe dans le Twelve Sleep County.

Voilà qui sonne juste, songea Joe.

– Faut que je réfléchisse à tout ça, reprit Harvey autant pour lui-même que pour Joe. Le salopard qui a tué Tanner et l'a mutilé est-il aussi celui qui a mutilé tout le bétail et l'orignal ? Et le cow-boy ? Ça ne me paraît pas tenir debout.

Joe ne sut trop quoi lui répondre. Il avait lui-même la tête qui tournait.

*

De nouveau au volant de son pick-up – il roulait vers Saddlestring –, Joe appela Marybeth à l'agence immobilière.

– Ça se passe bien aujourd'hui ?

– Très bien, dit-elle, d'un ton plus joyeux que ce à quoi il s'attendait. Sauf que Marie est encore malade. Ça fait trois jours que je ne l'ai pas vue. Elle commence à m'inquiéter un peu. J'ai demandé à Cam comment elle allait et tout ce qu'il a pu me dire était qu'à son avis, elle allait revenir d'ici quelques jours.

– Tu lui as donc parlé, hein ? demanda Joe en ressentant une bouffée de colère.

– Évidemment que je lui ai parlé, lui renvoya-t-elle d'un ton de reproche. C'est mon patron, non ? Il n'y a pas eu la moindre allusion à ce qui s'est passé hier et je crois qu'il a un peu honte de son comportement. Je ne suis pas inquiète, Joe.

– Tu m'appelleras si quelque chose ne va pas ?

– Bien sûr. Mais je peux régler ça toute seule. Je suis une grande fille et plus fine que le diable lui-même.

– Indiscutablement, reconnut-il d'un ton apaisant, même si l'envie le démangeait de flanquer son poing dans la figure de Cam.

– Ce n'est quand même pas seulement pour ça que tu m'appelais, hein ? le taquina-t-elle.

Agaçant comme elle le perçait à jour.

– Je me demandais si tu aurais le temps de faire une petite recherche pour moi. Ça doit pouvoir se faire par Internet et avec deux ou trois coups de téléphone.

– Du nouveau ?

– Possible. Mais rien dont je sois sûr pour le moment.

– Je peux prendre un peu de temps sur le déjeuner. De quoi s'agit-il ?

– Tu as un crayon ?

*

L'après-midi tirait à sa fin lorsque Saddlestring fut en vue. De loin, depuis la nationale, le bourg paraissait insignifiant sous les épaulements énormes des Bighorn. On devinait quelques bâtiments, dont les toits dépassaient les arbres, des fragments du cours sinueux de la Twelve Sleep qui traversait l'agglomération et disparaissait au milieu de la végétation et quatre rubans de macadam brillant – le croisement des deux nationales.

Il s'était efforcé de faire travailler son esprit pendant le trajet du retour, afin de mettre en perspective ce qu'il avait appris à Cody. Il se demandait en particulier ce qui avait encore pu leur échapper tout en étant là, sous leur nez.

Il en avait mal à la tête. Mais peut-être cette nouvelle information allait-elle se mettre en place d'elle-même, s'emboîter quelque part comme une pièce de puzzle.

Puis une idée lui vint à l'esprit. Elle était évidente, mais risquée. Elle pouvait ouvrir une nouvelle piste pour l'enquête comme la gâcher définitivement.

Il lui suffisait de composer le numéro du portable et de voir qui répondrait.

Fayetteville, se dit-il. Qu'est-ce qu'il y avait de spécial à Fayetteville ?

Au moment où il voulut prendre son portable et son carnet sur le tableau de bord, le téléphone sonna.

– Joe ? C'est Trey.

Joe ne s'était pas entretenu avec son chef de district depuis la mise en place de la cellule de crise, mais il l'avait tenu au courant de leurs progrès ou plutôt de l'absence de tout progrès, *via* des courriels.

– Oui, qu'est-ce qui se passe ?

– Tu ne vas pas le croire, mais je viens juste d'avoir un coup de fil des types qui s'occupent des ours au parc de Yellowstone. Apparemment, ils viennent de relever un signal du grizzly en vadrouille.

Joe crut savoir ce qui allait suivre.

– Il se trouverait dans un endroit qui est pratiquement dans ton jardin, si je puis dire. Juste à l'est des montagnes, dans les Breaklands. Il semble s'être arrêté car le signal est fort et ne bouge pas.

Joe prit son carnet de notes sur le siège et l'ouvrit à la première page blanche.

– Tu as les coordonnées GPS ?

– Sous les yeux. Prêt ?

– Prêt, répondit Joe, qui les griffonna.

*

Joe traversa Saddlestring sans s'arrêter et appela Nate Romanowski. Comme d'habitude, il eut droit à son répondeur automatique capricieux.

– Nous avons localisé l'ours, dit-il. Si tu as ce message, prends tout de suite la piste BLM qui part de Dreadnought Road. L'ours est en principe en plein milieu, à environ dix kilomètres au nord. Tu devrais voir mon pick-up.

Chapitre 26

Les Breaklands, au-delà de la Dreadnough Road, joue le rôle de lien géologique avec les montagnes en s'élevant peu à peu vers les contreforts des Bighorn pour se transformer en véritables escarpements. Un coup d'œil superficiel donne l'impression d'une étendue plate et largement ouverte, mais en réalité le terrain est trompeur, creusé de profondes ravines d'une terre d'un blanc jaunâtre qui s'effrite et crée de ce fait des îlots massifs couverts d'herbes, particulièrement attirants pour les cervidés, mais aussi pour les éleveurs. Avant l'effondrement des prix de la laine et de la viande d'agneau, dans les années 1980, il y avait des moutons partout dans les Breaklands. On voyait toujours, sur le mur du Stockman's Bar, des photos datant des années 1940 et 1950 représentant des troupeaux de moutons broutant l'herbe des Breaklands jusqu'à l'horizon. Il y avait encore quelques troupeaux, gardés par des bergers mexicains ou basques, mais ce n'était rien par rapport à ce qu'il y avait eu autrefois.

Joe ralentit en s'engageant dans la Dreadnought Road et se mit à surveiller son GPS en roulant. De temps en temps, il jetait un coup d'œil dans son rétroviseur en espérant y voir le véhicule de Nate Romanowski. Il craignait de devoir rouler hors piste au crépuscule à cause du réseau des ravines et d'arroyos qui pouvaient le faire tomber dans un cul-de-sac, ou dans lesquels il risquait de s'ensabler.

Le chemin s'interrompant, il se rendit compte qu'il avait dépassé l'endroit où il aurait dû tourner à droite. Il s'arrêta pour étudier une carte qui menaçait de se déchirer aux pliures et chercha une autre approche possible de l'endroit où on aurait localisé l'ours. Il y avait bien une vieille piste qui entrait dans le secteur par le côté opposé, mais il estima à une heure le temps qu'il lui faudrait pour la rejoindre. Il conclut qu'il n'avait pas d'autre choix que de faire du hors-piste.

Il avait dans son matériel un pistolet à tranquillisant qui tirait de grosses fléchettes hypodermiques chargées d'un sédatif puissant. L'avertissement, sur l'emballage, précisait que le produit était extrêmement concentré et conçu pour des animaux pesant plus de 180 kg ; la dose était mortelle pour un être humain. Après être revenu sur ses pas sur environ quatre cents mètres par la mauvaise route de terre, Joe pointa l'avant du pick-up droit sur les Breaklands, enclencha les quatre roues motrices et entama une lente progression au milieu des buissons de sauge, alors que le crépuscule commençait à tomber. Ses pneus écrasaient les plantes, l'air glacé se parfumant de leur odeur pénétrante qui rappelait le genévrier. Comme toujours, il avait les deux vitres baissées pour mieux voir et entendre. Et lorsqu'une des roues avant roula dans une rigole invisible d'une trentaine de centimètres de profondeur, faisant plonger et rebondir le pick-up, Joe tendit machinalement le bras pour empêcher Maxine de tomber de la banquette... mais Maxine n'était pas là.

*

Vingt minutes après avoir quitté la piste de terre, il aperçut deux phares qui dansaient dans son rétroviseur. Le véhicule était à dix bonnes minutes derrière lui et paraissait suivre la piste qu'il avait ouverte dans l'herbe et les fourrés.

Qui pouvait donc le suivre, ou même simplement savoir où il était ? Nate qui aurait eu son message ?

Mais tandis qu'il scrutait son rétroviseur au lieu de regarder devant lui, son pneu avant gauche s'enfonça dans un énorme terrier de blaireau qui arrêta brutalement le véhicule. Le volant tourna violemment à gauche, suivant le mouvement du pneu, les cartes, carnets et autres documents se mettant à pleuvoir des pare-soleil, où ils n'étaient retenus que par des élastiques. Le moteur cala. Joe ramassa tous les papiers tombés sur lui et les jeta sur la banquette. Un nuage de poussière montait paresseusement dans le faisceau de ses phares, rosi par les derniers feux du soleil couchant.

La poitrine oppressée, il consulta son rétroviseur ; il s'était fait piéger dans une petite cuvette d'où il ne pouvait pas voir les phares qui le suivaient. Même en se tournant sur son siège pour regarder par la lunette arrière, il ne voyait rien.

Était-ce Nate ? Si seulement Joe avait pu revoir les phares, il aurait pu s'en assurer ; la Jeep de son ami avait une calandre reconnaissable et un jeu de phares particulier qui lui donnait une allure de chouette.

Une idée folle lui traversa l'esprit : et si ce n'était pas Nate ? Si quelqu'un avait utilisé la fréquence du collier émetteur du grizzly pour alerter les biologistes et l'attirer dans cet endroit ? Si cette fréquence était en principe réservée au Service fédéral de la faune sauvage et même si son emploi était déconseillé, elle était accessible aux radios portables qu'utilisaient la plupart des pêcheurs et des chasseurs.

Oh ! oh ! se dit Joe. Allait-il avoir le temps de sortir son fusil de l'étui et de le charger avant l'arrivée de l'autre véhicule ?

Puis les phares apparurent en haut de la cuvette et Joe reconnut sur-le-champ la calandre de la Jeep de Nate. Et ce fut bien Nate Romanowski qui passa la tête à la fenêtre.

– Hé, Joe, j'ai eu ton message pour l'ours. Je suis venu tout de suite.

Joe poussa un soupir de soulagement.

– L'idée de me prévenir n'aurait-elle pas pu te venir ? En m'appelant sur mon portable ou en me faisant appeler par le central pour me dire que tu allais me rejoindre ? s'écria Joe en haussant le ton. Tu aurais pu y penser, non, au lieu de me flanquer la trouille en me poursuivant dans ce désert !

Le dresseur de faucons ne réagit pas tout de suite, ce qui était bien dans son style. Il portait son étui à pistolet à l'épaule, Joe le remarqua.

– Bon, dit Nate en esquissant un sourire, où il est, ton ours ?

*

Ils abandonnèrent la Jeep dans la cuvette, puis, après avoir dégagé le pick-up du terrier de blaireau, ils repartirent dans le véhicule de Joe et traversèrent en cahotant la prairie qu'éclairaient les ultimes lueurs du couchant.

– Le grizzly devrait être tout près d'ici, dit Joe, mais je ne pense pas que ce soit lui la solution des mutilations.

Nate haussa les épaules.

– Voilà un cas où des personnes raisonnables peuvent être en désaccord.

– Ah oui ? Explique-toi.

Nate eut un petit rire qui sonnait faux.

– Il se passe des choses dans cette enquête ; je m'en rends compte rien qu'à ton humeur. Tu es… tout excité, soudain. Un peu nerveux aussi, je dirais. Si tu peux m'expliquer le contexte, je pourrais te dire si je suis encore ou non dans le coup. Il y a des idées qui me sont venues et j'ai fait quelques rêves. Et j'ai parlé à des amis indiens.

Joe jeta un coup d'œil à Nate. Il savait que son ami avait des contacts dans la réserve. Il partageait avec les Shohones et les Arapahos le même intérêt pour la fauconnerie, forme de chasse que les Indiens admiraient.

– Il faut donc que tu me dises ce qui se passe, insista Nate.

Joe consulta le GPS. Ils étaient tout près. Jusqu'ici, ils avaient eu la chance d'avancer parallèlement aux ravines les plus profondes des Breaklands et n'étaient tombés sur aucune qui le soit trop pour leur interdire tout passage.

– Oui, les choses commencent à être intéressantes, reconnut Joe, qui lui raconta sa confrontation avec Barnum et Portenson, son entretien avec le frère de Tuff Montegue et sa rencontre avec le shérif Dan Harvey.

– Bien, dit Nate après l'avoir écouté attentivement. Il y a quelque chose qui ne colle pas là-dedans.

– Et quoi donc ?

Nate haussa les épaules.

– J'en sais rien. Mais les choses ne semblent pas s'emboîter comme elles devraient. Il faudrait peut-être commencer par Tanner Engineering. Mais, Joe…

– Quoi ?

– N'oublie pas ce que je t'ai déjà dit. Sur le boom du pétrole et du gaz et le fait que les mutilations et les meurtres semblent se produire quand on fore la terre. Ou sur le fait que l'ours est peut-être plus que l'ours. Que cet ours est ici pour une bonne raison.

Joe eut un geste de la main pour chasser cette idée, comme si c'était une mouche.

– Pas question de s'engager dans cette voie-là, Nate. C'est trop délirant.

Nate se referma comme une huître, piqué par la réaction de Joe. Le silence devint lourd dans la cabine.

– OK, Nate, je n'ai pas complètement rejeté cette idée, reprit Joe au bout d'un moment, désolé d'avoir été aussi agressif. Mais je ne vois pas le rapport.

Ils tombèrent dans un autre terrier de blaireau qui fit danser le pick-up comme un voilier par gros temps.

– Il n'y a probablement pas de rapport, répondit Nate. C'est justement ce que je veux dire. J'ai le sentiment que les choses se produisent à des niveaux de réalité différents, mais toutes en même temps. Le hasard nous fait nous trouver au bon endroit et au bon moment – celui où les différents niveaux de conflits se superposent.

– Quoi ?

– Tu devrais ouvrir un peu plus ton esprit.

– Peut-être.

Les deux hommes regardèrent l'écran du GPS. Ils étaient sur le point d'arriver.

– Au fait, dit Nate en changeant de sujet. C'était quoi, cet indicatif téléphonique ?

L'avant du pick-up pointait vers le ciel et les premières étoiles de la nuit. Quand ils abordèrent le sommet, Joe s'attendait à apercevoir l'ours, tant ils étaient près.

– Neuf, un quelque chose, répondit Joe. Fayetteville, Caroline du Nord. Je ne sais où.

Nate se mit à rire.

– Voilà un type au milieu de nulle part dans le Wyoming et il demande où se trouve la Caroline du Nord !

– On arrive au sommet. Tiens-toi prêt pour… n'importe quoi.

– Neuf un zéro, dit soudain Nate. C'est le numéro de code de Fort Bragg, la base militaire. J'y ai passé quelque temps. Laisse tomber Fayetteville, Joe. Pense Fort Bragg.

Joe sentit une autre porte s'ouvrir. Il venait de franchir le sommet ; devant eux s'étendait un vaste bassin plat qu'illuminait le clair de lune. Pas d'ours en vue. Mais au milieu de la plaine, il y avait un chariot de berger. Aucun véhicule à moteur à côté pour le tirer. Juste quelques moutons blancs, au dos bleuissant dans la lumière de la lune. Le chariot était typique de ceux qu'on voyait partout dans les Rocheuses : un espace à vivre monté sur roues et qu'on pouvait tirer à l'aide d'un timon et déplacer au gré des pacages. L'ancêtre des roulottes et des caravanes, en somme, remontant au XIXe siècle. L'habitacle n'avait qu'une seule porte à l'arrière et une seule fenêtre, près de l'avant. Le tuyau d'un poêle dépassait du toit arrondi.

Joe s'arrêta et vérifia les coordonnées.

— C'est absurde, dit-il.

— Quoi donc ?

— Nous y sommes. Exactement à l'endroit où les types m'ont dit qu'ils avaient repéré le signal du collier-émetteur. Mais en dehors du chariot et des moutons, je ne vois rien.

Nate se pencha vers le GPS, regarda la prairie, revint sur le GPS.

— Sauf erreur de ma part, dit-il, notre bestiau est dans le chariot.

— C'est vraiment bizarre, non ? dit Joe en se tournant vers Nate.

Ce dernier acquiesça d'un signe de tête.

— Tu as ce qu'il faut comme munitions pour ton pétard ? demanda Joe.

Nate arqua un sourcil.

— Tout ce qu'il faut. J'espère simplement ne pas avoir à m'en servir.

Joe arrêta le pick-up à vingt mètres du chariot. Le faisceau des phares éclairait la porte, qui paraissait légèrement entrouverte. Aucune lumière n'en sortait, aucune volute de fumée ne montait de la cheminée.

Joe prépara le pistolet à tranquillisant à la lumière du plafonnier. Il fit sauter la protection en plastique de l'aiguille, vérifia que la charge spéciale contenait bien les 4 centilitres de Telazol, inséra celle-ci dans la chambre et fit descendre le canon sur le montage.

Pendant ce temps, Nate parlait à voix basse.

— J'ai lu un article disant que pour les ours la méthode est proche de celle qu'on emploie avec les kidnappeurs. À une autre échelle, s'entend, mais c'est fondamentalement le même programme d'échanges fondé sur un respect mutuel.

Joe continuait à préparer son arme, engageant cette fois la cartouche de CO_2. Il y eut un bref sifflement coléreux.

– Tu es en train de me dire que tu veux dresser le grizzly ?

Idée incompréhensible pour Joe – sans même parler du fait que c'était illégal.

– Non, pas du tout, répondit Nate avec emphase. Mais entrer dans sa tête, comprendre ce qui le fait fonctionner. Trouver ce qu'il pense et pour quelle raison il est venu ici. Et qui l'a envoyé.

Joe étudia le visage de son ami dans l'espoir d'y trouver l'esquisse d'un sourire, mais Nate était tout à fait sérieux.

*

Le cœur de Joe se mit à battre plus fort lorsqu'il s'approcha du chariot, tenant le pistolet à tranquillisant d'une main et sa grosse lampe-torche de l'autre. Il avait pris par la gauche, du côté où s'ouvrait la porte, Nate prenant par la droite. Une fois en position, celui-ci devait passer une corde à la poignée de la porte et l'ouvrir ; Joe dirigerait alors le faisceau de sa lampe à l'intérieur. Si l'ours s'y trouvait, il lui tirerait dessus à bout portant en visant une hanche ou une épaule. *Surtout pas la tête*, se répétait-il. S'il manquait son coup, l'aiguille hypodermique ne ferait que rebondir sur l'animal.

Il était là, avec sa malheureuse seringue pour toute arme, à se demander s'il aurait le temps de retourner se réfugier dans le 4 × 4 au cas où les choses tourneraient mal. Les moutons qui broutaient un peu plus loin n'avaient même pas relevé la tête à leur arrivée.

Dans cette situation, Nate était sa police d'assurance. En dépit de ses grandes déclarations précédentes, il était convenu que Nate ouvrirait le feu si l'ours s'en prenait à l'un d'entre eux. D'où il était, Joe entendit le petit clic du revolver que Nate venait d'armer.

Aucun bruit, en revanche, ne lui parvenait de l'intérieur du chariot : ni frottements ni respiration. Seule une odeur forte, humide et musquée lui parvenait – une odeur d'ours.

Nate glissa délicatement un nœud coulant autour de la poignée de la porte et recula. Lentement, la corde se tendit et le battant commença à pivoter. Lorsque les gonds se mirent à grincer, Joe crut bien qu'il allait jaillir de ses bottes.

Une fois la porte grande ouverte, Joe vint se placer en face et braqua sa torche à l'intérieur en tenant le pistolet parallèlement au faisceau lumineux.

Le chariot était vide.

— Rien, coassa Joe d'une voix étranglée qui trahissait sa peur.

Nate contourna la porte et jeta un coup d'œil en gardant son arme braquée vers l'intérieur du chariot.

— Tout est sens dessus dessous, fit-il observer.

Il rabaissa le chien et remit le revolver dans son étui.

À la lumière blanche et brutale de la torche, on apercevait une table fendue, un vieux matelas éventré laissant échapper sa bourre, des parois lacérées.

Joe monta sur le timon et braqua la torche sur la cuisinière ; on y voyait de grandes traces de griffes, comme sur le placard et les étagères.

— Il est venu ici, dit-il. Mais où a-t-il bien pu passer, maintenant ?

Nate écarta Joe de son chemin et se pencha dans la pénombre du chariot. Joe déplaça le rayon de lumière pour voir ce qu'il voulait ramasser. Un collier en nylon, délavé par les intempéries, éraillé, resté accroché à la poignée d'acier tordue d'une antique glacière. Nate le détacha et l'examina.

— Le collier a dû se prendre dans la poignée et l'ours a tout arraché quand il a voulu se dégager. Mais qu'est-ce qu'il pouvait bien fabriquer ici, à l'intérieur de ce chariot, et pourquoi a-t-il flanqué la pagaille ? Ce ne sont pourtant pas les moutons qui manquent, s'il cherchait un repas !

Joe étudia de plus près le collier, surpris de voir à quel point il paraissait ancien. Les modèles qu'il connaissait avaient des émetteurs beaucoup plus petits ; celui-ci avait tout l'air de dater. Peut-être les restrictions budgétaires avaient-elles obligé les responsables de Yellowstone à gratter leurs fonds de tiroir pour faire face à la demande ? Pas étonnant que l'engin n'ait pas très bien marché dans ces conditions.

*

Joe ramena Nate jusqu'à la Jeep.

— Merci pour la petite aventure, dit Nate.

— Tu me suis ?

Nate secoua lentement la tête.

– Non, dit-il je vais prendre l'autre direction. Je retourne au chariot.

– Quoi ?

Nate haussa les épaules.

– L'ours n'est pas loin.

– Mais il n'a même plus son collier, Nate. Comment penses-tu le trouver ?

Le dresseur de faucons garda le silence un instant. Il paraissait d'un calme absolu.

– Je vais rester sur place et attendre qu'il vienne à moi. Je pense qu'il va le faire quand il aura compris que je ne lui veux aucun mal.

Joe resta songeur un moment. Inutile de discuter, ça ne changerait rien. Nate chassait le cerf et l'antilope en choisissant un endroit où il attendait que les animaux viennent à lui. Joe l'avait raillé la première fois qu'il avait entendu parler de cette technique. Mais pas la seconde.

– Ne touche pas à la scène de crime, d'accord ? Et fais gaffe à toi.

Nate ne répondit pas tout de suite.

– Tu te demandais pourquoi il avait flanqué la pagaille tout à l'heure…

– Oui.

C'est peut être parce qu'il cherchait quelqu'un, dit Nate en accompagnant sa réponse d'un sourire inquiétant.

*

Une fois de retour sur la nationale, Joe brancha la radio après avoir appelé Trey Crump pour lui apprendre la découverte du collier-émetteur. Son rapport avait provoqué une tempête de récriminations et de controverses au sein de l'équipe chargée des ours. On mettait ouvertement en doute que le collier soit d'un ancien modèle. Un des biologistes accusa un collègue d'avoir utilisé du matériel périmé, ce dont l'autre se défendit avec véhémence. La querelle se mit à enfler. Joe baissa le volume de la radio jusqu'à ce qu'elle ne soit plus qu'une rumeur confuse.

Il repensait au chariot de berger, au collier et à ce que Nate lui avait dit. Il imaginait son ami attendant dans le noir que le grizzly

« vienne à lui ». Et qu'avait-il voulu dire avec ses différents niveaux de réalité ? Joe se secoua pour chasser ces pensées.

Puis il se rappela l'idée qu'il n'avait pas eu le temps de mettre à exécution. Le numéro du portable.

Pourquoi pas ? se dit-il. Il alla se garer sur le bas-côté, ouvrit son carnet de note et composa le numéro.

Il y eut quatre sonneries et on décrocha.

— Fimier-bomb, dit une voix grave.

— Allô ?

— Fimier-bomb.

— Quoi ? Qui est à l'appareil ?

— Fimier-bomb !

— Je ne comprends pas, dit Joe, soudain pris d'un début de panique renforcée par l'idée qu'il venait peut-être de faire quelque chose de particulièrement stupide.

— Fimier… Bomb, répéta l'homme patiemment.

— Où êtes-vous ?

Clic. Le type avait raccroché.

Joe jura. Bon Dieu ! Qu'est-ce qu'il avait fait ?

Il envisagea un instant de rappeler, puis renonça. Il valait mieux voir avec la cellule de crise. Il repartit en se bottant métaphoriquement les fesses. *Crétin, crétin, crétin !*

Sur la route qui le ramenait chez lui, il vit les choses avec plus de calme. L'homme qui avait répondu n'avait aucune raison de penser qu'il était l'objet d'une enquête ; à ses yeux, il devait s'agir de quelqu'un qui avait fait un mauvais numéro. Joe ne s'était pas identifié et n'avait pas donné d'indication sur les raisons de son appel.

*

Il fut content de voir que Maxine était de nouveau sur ses pattes et tout excitée de le voir revenir. Mais elle était toujours aussi blanche.

Sheridan faisait ses devoirs sur la table de la cuisine pendant que Lucy regardait la télévision.

— Où est votre mère ? demanda-t-il.

D'un geste, Sheridan lui montra son bureau. Contrairement à l'habitude, la porte était fermée. Il l'ouvrit.

Marybeth était assise devant l'ordinateur, la lueur de l'écran durcissait ses traits. Lorsqu'elle leva les yeux sur lui, Joe vit qu'elle était troublée.

– Tu as quelques messages sur ton répondeur, dit-elle. Va les écouter et reviens ici. Il faut que nous parlions.

Chapitre 27

Le premier des messages provenait du shérif Harvey, de Park County.

« Joe ? Nous savons qui est le type du portable. C'est un numéro sous contrat d'un fournisseur d'accès, Cingular Wireless, attribué à un certain Robert Eckhardt, infirmier, dont la dernière adresse connue est Fort Bragg, Caroline du Nord.

Nate ne s'est pas trompé, songea Joe en écrivant le nom qu'Harvey avait pris soin d'épeler.

« Nous avons appelé là-bas, mais on ne peut pas dire qu'ils se soient montrés coopératifs. Le premier type qui nous a parlé nous a bien reçus au début ; puis il nous a mis en attente mais, quand il a repris la ligne, il n'a plus voulu en lâcher une. J'ai l'impression qu'ils essaient de faire barrage. Par Portenson, nous avons demandé au FBI de leur mettre un peu la pression et nous devrions en savoir davantage demain. Je vous rappellerai. »

Le deuxième message était de Robey Hersig :

« L'avis de recherche est en place, Joe, mais à dix-huit heures, toujours aucune nouvelle de Cleve Garrett et de son cirque ambulant. »

Le troisième émanait du shérif Barnum, dont la voix s'étranglait presque de colère.

« Pickett ? Je viens d'avoir un coup de fil du shérif Harvey, de Park County. D'après lui, il aurait des soupçons sur quelqu'un, mais il ne m'a pas donné beaucoup de détails... »

Il y eut un long silence et Joe se représenta Barnum en train de fulminer à son bureau et d'essayer de trouver la bonne formulation.

« Vous devez me tenir informé de tous les éléments nouveaux, Pickett ! »

Sur quoi on avait raccroché brutalement le téléphone. Joe n'effaça pas les messages. On ne savait jamais.

— Ça y est ? lui lança Marybeth, qui avait du mal à contenir son impatience.

— J'aimerais bien manger un morceau avant.

— Bien sûr. Il y a un reste de pizza au frigo.

— Je n'ai pas mangé depuis…

— Vas-y, Joe.

Il revint avec le carton et une bière et s'assit devant son bureau. En dehors des condiments, du lait et d'un truc verdâtre qui traînait depuis un moment dans du plastique, le réfrigérateur était officiellement vide. Il essaya de ne pas laisser voir son mécontentement.

L'expression que sa femme affichait lui fit oublier sur-le-champ le frigo désert. Elle paraissait à la fois agitée et triste. Voire un peu en colère. Il espéra ne pas être responsable de son humeur.

— Tu m'as demandé de trouver ce que je pourrais sur Tanner Engineering et sur la période pendant laquelle Tuff Montegue a travaillé pour eux… (Elle se leva et contourna Joe pour aller refermer la porte du bureau.) Il y a tout ce qu'on veut sur eux sur Internet. J'ai commencé tout simplement par une recherche sur Google.

Joe écoutait en mangeant la pizza froide.

— Ce n'était vraiment pas difficile, reprit-elle en ouvrant grand les yeux et montrant la pile de papiers (des sorties d'imprimante) posés à l'envers sur le côté du bureau. La Tanner Engineering est une société de recherche hydrologique ; elle est sous contrat avec le gouvernement fédéral et de nombreuses sociétés de fourniture d'énergie. Son rôle est de procéder à des évaluations techniques d'impact sur l'environnement. Sa spécialité est l'analyse de l'eau ; parmi leurs clients les plus récents, il y a les grandes entreprises qui forent pour le méthane au Colorado, au Montana et au Wyoming, mais surtout au Wyoming. En particulier dans le bassin de la Powder River et ici, dans le Twelve Sleep County.

— Une fois le rapport rédigé et les certificats établis par l'ingénieur en chef, reprit-elle, en l'occurrence M. Tanner, les sociétés de fourniture d'énergie les joignent au dossier qu'elles soumettent aux agences fédérales et de l'État qui doivent donner le feu vert pour les forages. Si la Tanner Engineering trouve trop de minéraux et de sels dans l'eau, les compagnies ont beaucoup plus de mal à obtenir leur permis de forer. C'est dire si ce certificat est important.

Joe dévissa la capsule de sa bière et en but un quart. Elle était fraîche et agréable.

— J'ai appelé la société au siège, à Austin, et j'ai pu avoir une responsable du personnel, reprit-elle en rougissant. Je leur ai plus ou moins dit que j'étais parente avec Tuff Montegue... je sais, j'aurais pas dû. Mais sinon, je ne suis pas sûre qu'ils m'auraient aidée.

— Ne t'inquiète pas de ça, la rassura Joe en levant sa bière vers elle. C'est du bon boulot.

Elle lui adressa un bref sourire.

— Et effectivement, Tuff était sous contrat avec eux au printemps dernier. Il travaillait avec une équipe d'arpenteurs qui reprenaient les mesures d'une propriété et plantaient les piquets pour indiquer où procéder aux analyses d'eau du sous-sol à leurs spécialistes. Il y est resté six semaines.

Mais elle avait fait encore mieux, comme le soupçonnait Joe.

— Et alors ?

— Quand je leur ai demandé le nom de la propriété, la responsable du personnel est devenue un peu méfiante. Je crois que j'aurais fait comme elle... mais je lui ai sorti un autre mensonge. Je lui ai dit que Tuff était décédé et qu'il nous avait dit combien cet endroit sur lequel il avait travaillé l'avait séduit, qu'il le trouvait splendide et qu'il avait même rêvé d'y voir ses cendres dispersées. Sauf que la famille avait besoin de savoir où se trouvait cette propriété.

— C'est, disons... assez créatif, fit remarquer Joe, tout aussi admiratif qu'inquiet de cette supercherie.

Marybeth lui adressa un nouveau sourire, un peu moins à l'aise, cette fois.

— Pendant tout le temps que je lui ai parlé, j'avais peur que Cam ou quelqu'un d'autre entre dans mon bureau et me demande ce que je faisais. Heureusement, personne n'est venu. Bref, la responsable a décidé de m'aider. Elle a dû me croire ou se dire que de toute façon, ça ne pouvait pas faire de mal.

– Oui…

– C'était le Timberline Ranch.

Joe se redressa.

– Et tu te demandes probablement qui a engagé la Tanner Engineering pour faire les analyses d'eau…

– Oui, ma chérie.

Dans sa tête, un signal d'alarme venait de se déclencher.

Elle respira un grand coup et ferma brièvement les yeux.

– La Logue Country Realty, pour le compte d'un client dont le nom n'était pas donné.

Joe poussa un petit sifflement et se renversa dans son siège.

– Je ne sais trop que penser, mais j'ai un mauvais pressentiment. Sans compter que ce n'est pas tout.

– Quoi d'autre ?

Elle prit la pile de papiers sortis de l'imprimante et commença à la feuilleter.

– J'ai fait une recherche sur le site Internet de la Tanner Engineering. Dans la section du personnel dirigeant, il y avait la photo des directeurs. Voici celle du patron.

Elle lui tendit une feuille. Il se trouva face à la photo de Tanner, le PDGet fondateur de la Tanner Engineering. L'homme avait un peu plus de 60 ans, mais était mince et paraissait en forme ; avec son visage buriné et ses lunettes à monture invisible, il avait l'air sérieux. Peut-être Marybeth s'était-elle demandé si Joe ne le reconnaîtrait pas.

– Je l'ai vu, Joe. Je lui ai même parlé, dit-elle. Il est venu au bureau le lundi où on a découvert les premières vaches mutilées. Il avait un dossier épais qu'il devait donner à Cam en mains propres.

– Tu es sûre que c'était Stuart Tanner ?

Elle fit oui de la tête, presque à contrecœur.

– Tout à fait sûre. Ce qui signifie que Cam le connaissait, et peut-être aussi Marie. Pourquoi pas, d'ailleurs ? Ce qui me tracasse, c'est qu'aucun d'eux ne m'en a parlé. Pas une fois les Logue ne m'ont dit qu'ils connaissaient Stuart Tanner. Pas une.

– Peut-être parce qu'on parlait surtout de Tuff…

Marybeth se pencha en avant et resta si immobile et tendue qu'on aurait dit un instantané.

– Joe, est-ce que tu ne crois pas que Cam et Marie…

Joe resta un moment silencieux à réfléchir.

– Nous ne pouvons rejeter aucune hypothèse *a priori*, dit-il enfin. Je pense cependant qu'il est extrêmement peu probable qu'ils aient la moindre chose à voir avec les crimes commis.

Marybeth laissa échapper un long soupir de soulagement, mais continua à fixer son mari.

– En revanche, ça ne signifie pas qu'ils n'aient pas vu là l'occasion de profiter de la situation. Qu'ils ne se soient pas servis de ces circonstances particulières pour pousser leurs pions.

– Je n'arrive pas à y croire, Joe. Je ne vois pas Marie se laissant impliquer dans quelque chose d'aussi affreux.

Joe vida sa bière. Il en aurait volontiers bu une deuxième.

– Tu m'as bien dit que ça faisait plusieurs jours qu'elle n'était pas venue au bureau, non ? Qu'elle était malade ? Peut-être qu'elle n'ose plus te regarder en face ou affronter la situation dans laquelle elle s'est mise.

– Je devrais aller lui parler.

Joe leva la main en l'air.

– Tu peux toujours. Mais j'aimerais bien vérifier deux ou trois trucs avant. Je commencerai par ça demain matin. Toute cette affaire reste encore drôlement incompréhensible.

Joe vit des larmes se former dans les yeux de sa femme, puis se mettre à rouler sur ses joues.

– Voyons, Marybeth…

– Bon sang, mais je les aimais bien, moi ! Je leur faisais confiance. Comment ai-je pu me faire avoir à ce point ? Être aussi aveugle ?

Ils connaissaient tous les deux la réponse à cette question.

Il se leva, fit le tour du bureau, la souleva et la serra dans ses bras. Elle enfouit son visage dans sa chemise tandis qu'il lui embrassait les cheveux.

*

Ils étaient au lit et il était tard, mais Joe avait l'impression que Marybeth ne dormait pas plus que lui. Les mains croisées sous la nuque, il contemplait le plafond. Une moitié de lune jetait des bandes bleues sur le lit, à travers les lamelles du store.

S'efforçant de mettre de côté toutes les autres pistes que présentait l'affaire, il essaya d'analyser en détail ce que lui avait appris Marybeth.

Il se demanda s'il n'avait pas fait fausse route dès le début en s'intéressant à la mort de Tuff plutôt qu'à celle de Tanner. Même si le décès du cow-boy avait tout d'une aberration, peut-être avait-on tout fait pour qu'il en ait justement l'air. Pour attirer toute l'attention sur la mort (accidentelle ?) de Tuff et la détourner de celle de Tanner. La solution de l'énigme était peut-être le PDG de Tanner Engineering.

Mais qui avait pu faire un calcul aussi tordu ?

D'expérience, Joe savait que ce genre de machination ne marche pas. Les gens parlent trop, commettent trop d'erreurs et ont trop de motifs personnels pour garder longtemps le secret. Coordonner deux meurtres à quatre-vingts kilomètres de distance dans la même nuit exige un niveau de professionnalisme et de planification qui relève de l'improbable. Raison pour laquelle personne ne l'avait envisagé. Tout le monde (lui le premier) avait considéré qu'au milieu de ces mutilations d'animaux, les deux meurtres faisaient partie de l'ensemble de l'horrible tableau. Mais si quelqu'un avait utilisé les mutilations d'animaux pour couvrir le meurtre de Tanner par la même méthode, on avait alors affaire à un calculateur glacé et pervers. Et si le tueur était capable de ce genre de stratagème, peut-être était-il encore monté d'un degré dans l'horreur en s'en prenant à Tuff uniquement pour dissimuler sa véritable cible.

Pouvait-il s'agir de Cam Logue ?

Joe n'arrivait tout simplement pas à y croire, même s'il y avait toujours eu chez Cam quelque chose qui le gênait. Il lui paraissait un peu trop passionné, un peu trop accrocheur. Certes, c'étaient des qualités quand on voulait réussir, mais Joe avait l'impression que sous ce vernis de fonceur, Cam cachait une forme de… désespoir. Les motifs qui le poussaient étaient puissants. Mais puissants au point de lui faire commettre un meurtre ? Il ne le pensait pas.

Si le rapport que Tanner avait apporté à Cam indiquait que l'eau était de mauvaise qualité dans le sous-sol du Timberline Ranch, qui allait en pâtir ? Cam, certes, mais seulement dans la mesure où le ranch ne se vendrait pas et où il perdrait une commission. Or il avait beaucoup d'autres propriétés sous le coude, dont plusieurs bien plus vastes que le Timberline Ranch.

L'acheteur secret de Cam aurait lui aussi à en pâtir, songea-t-il encore. S'il apprenait qu'il ne pourrait jamais forer, le ranch n'aurait aucune valeur pour lui. Sauf que ce mystérieux acheteur avait déjà forcément les droits de forage, puisqu'ils avaient été vendus des années auparavant. Ce n'était pas catastrophique.

Soudain, Joe ressentit une contraction dans son ventre. Les agents immobiliers ne travaillent pas pour les acheteurs, *mais pour les vendeurs*. Les personnes qui auraient le plus à souffrir de la découverte que l'eau était mauvaise seraient les sœurs Overstreet. Mais comment imaginer que deux vieilles filles un peu cinglées et se détestant cordialement puissent être capables de telles choses? Autre hypothèse à rejeter car tous ces raisonnements étaient absurdes dès le départ : si les droits de forage étaient indépendants de la propriété, un mauvais rapport n'aurait aucun impact sur un acheteur voulant un ranch et non un champ de CBM – au contraire, même.

Qui diable était donc cet acheteur secret?

Puis, comme si un barrage venait de se rompre, d'autres questions l'assaillirent.

Où étaient passés Cleve Garrett et Deena?

Qui était Robert Eckhardt, le mystérieux homme au portable, et qu'est-ce qu'il fichait sur une route perdue au fin fond des forêts du Wyoming à quatre heures du matin?

Que voulait dire *fimier-bomb*?

Joe laissa échapper un gémissement.

– Ça va pas, mon chéri? lui demanda Marybeth d'une voix ensommeillée.

– Je suis désolé, je réfléchissais et ça me donne la migraine.

– Tu me la donnes aussi.

*

Une heure plus tard, si Joe n'avait toujours pas de réponses à ses questions, il avait dressé une liste d'endroits où il pourrait les trouver. Il commença à sortir du lit avec précaution.

– Te fatigue pas, dit-elle, je ne dors pas.

Il regarda le réveil posé sur sa table de nuit. Il était quatre heures moins dix.

Elle se tourna et alluma sa lampe de chevet.

— Dis-moi, Joe… étant donné que ces informations étaient si faciles à trouver, comment se fait-il que la cellule de crise n'y ait pas pensé plus tôt ?

— Nous ne nous intéressions pas au passé des victimes. On courait après des extraterrestres et des oiseaux et on ne faisait pas grand-chose. On espérait plus ou moins que tout ça s'arrêterait tout seul.

— C'est… (elle hésita, puis eut un éclair dans les yeux) c'est inexcusable.

Joe ne put qu'en convenir.

— Tu n'as pas froid comme ça, debout en sous-vêtements ?

— Je n'arrive pas à dormir. Je voulais aller dresser la liste de tout ce que je veux faire demain matin. Enfin, tout à l'heure.

À son tour, elle regarda le réveil.

— Demain matin, on y est presque. Viens donc te coucher.

— Je pourrais pas dormir. Je suis trop à cran. Chaque fois que je ferme les yeux, un million de choses se jettent sur moi sans que je puisse en arrêter une seule.

— Et si je te dis que ça en vaut la peine ? roucoula-t-elle en souriant.

Il hésita, mais pas longtemps.

*

Lorsqu'ils eurent fini Joe roula sur le dos.

— Désolé, mais je n'arrivais pas à me concentrer.

— Mais non. C'était très bien, ronronna-t-elle.

Chapitre 28

La prison, la salle d'audience du tribunal, les bureaux du shérif et du procureur, tous les locaux administratifs du comté étaient situés dans le même bâtiment. L'homme qui avait la responsabilité de l'accueil et du passage au détecteur de métaux, un certain Stovepipe, fit signe à Joe de passer. Il était huit heures moins le quart.

– Vous êtes tombé du lit ? lui lança Stovepipe en abaissant la dernière édition du *Saddlestring Roundup*.

Un grand titre s'étalait en première page :

HERSIG :

AUCUN ÉLÉMENT NOUVEAU DANS L'AFFAIRE DES MUTILATIONS.

– Toujours en panne ? demanda Joe en faisant allusion au détecteur de métaux.

Stovepipe acquiesça.

– Surtout, ne le dites à personne.

– Promis. Ike est arrivé ?

– Ils n'ouvrent qu'à huit heures, mais il me semble qu'il est déjà là, oui.

*

Fermé par des panneaux vitrés, le bureau d'Ike Easter se trouvait derrière le comptoir où les citoyens du Twelve Sleep County venaient tous les jours faire la queue pour régler des problèmes administratifs avec une des trois matrones qui, du haut de leur tabouret, lançaient régulièrement un sonore « AU SUIVANT ! » La plupart du temps, il s'agissait de renouveler une plaque d'immatriculation ou de changer des titres de propriété. Comme c'était aussi là qu'on délivrait les permis de mariage, les employées qui travaillaient sous les ordres d'Ike constituaient une des meilleures sources de commérages de tout le comté, lesquels étaient fort prisés dans les salons de coiffure.

Lorsque Joe poussa la porte du bureau principal, les trois redoutables gaillardes pivotèrent sur leur tabouret et le foudroyèrent du regard. Cet accueil allait compter parmi les pires qu'on lui avait jamais réservés, se dit-il. Une des trois femmes leva aussitôt la main, paume ouverte, vers lui.

— Nous n'ouvrons que dans un quart d'heure, monsieur, dit-elle. Veuillez aller vous asseoir dans l'entrée et…

— Je suis venu voir Ike, l'interrompit-il sans ménagement.

Puis, l'ignorant, il franchit la double porte battante à côté du comptoir.

— Monsieur ! protesta la femme d'un ton irrité.

— Laissez, Millie, fit la voix d'Ike depuis son bureau, quand il vit que c'était Joe.

— J'avais oublié l'existence de ta garde rapprochée, dit celui-ci en prenant le temps de s'arrêter à l'entrée et de donner un coup de chapeau à Millie, laquelle se fendit d'un soupir mélodramatique.

— Tu as quelques minutes, Ike ? C'est important.

Le secrétaire général du comté lui ayant fait signe d'entrer, Joe referma la porte derrière lui.

— Je ferai la sourde oreille aux commentaires de ma garde rapprochée, mais ma garde rapprochée n'oublie rien. Attends-toi à des retards la prochaine fois que tu viendras demander les papiers de ta nouvelle voiture.

Joe s'assit sur une chaise droite en face d'Ike.

— Malheureusement, il y a des chances qu'elles soient à la retraite d'ici là.

— Parlons-en ! Elles ont toutes les trois le statut de fonctionnaire. Elles travaillent huit heures par jour, pas une minute de plus. Elles prennent une heure pour déjeuner et ont droit à deux pauses d'un quart d'heure. Même réveillée en pleine nuit, n'importe laquelle pourrait te dire combien il lui reste d'années, de mois, de semaines, peut-être même d'heures jusqu'à sa retraite, à combien de jours d'absence pour maladie elle a encore droit pour l'année fiscale et ce que sera le montant de sa retraite, au centime près. Ces trois dragons me terrorisent en permanence.

Ike avait un visage lisse, couleur chocolat au lait ; il portait des lunettes à grosse monture et une moustache argentée et ses cheveux gris commençaient à être clairsemés. Comme Not-ike, son cousin, il avait des yeux noirs au regard expressif et le sourire facile. Lui aussi lisait le journal posé à plat devant lui et ouvert à la page intérieure, où se poursuivait l'article dont Joe venait de voir le titre à la réception.

— Avant que tu me demandes quoi que ce soit, est-ce que je peux te dire quelque chose ? demanda-t-il.

— Bien sûr.

— Merci d'être aussi coulant avec mon cousin, Joe. Je sais que ces histoires de permis temporaires t'embêtent tout le temps.

Joe poussa un grognement et regarda le plancher.

— J'ai essayé je ne sais combien de fois de lui faire prendre un permis annuel, reprit Ike, mais pas moyen de le lui faire comprendre. C'est très généreux de ta part de ne pas te montrer sévère avec lui, Joe. Je sais que tu n'es pas obligé. Mais la pêche à la mouche, c'est sa vie. Pour moi, tant qu'il pêche, il ne risque pas de se retrouver dans une sale histoire.

— Bien compris, Ike.

— N'empêche, Dorothy et moi, nous apprécions et t'en remercions.

— OK, OK, Ike, ça va.

— Bon, qu'est-ce que tu voulais me demander à une heure aussi matinale ?

Joe releva la tête.

— Comment fonctionnent les droits de forage ?

Le secrétaire général plissa les yeux.

— Permets que j'aille me servir un autre café. Il y en a pour un moment.

*

Ike Easter se servit d'un bloc de papier brouillon pour donner ses explications. Il commença par écrire les initiales PG&M en haut de la page.

— L'acronyme des droits pour le pétrole, le gaz et les minerais combustibles. Ce sont des droits d'exploitation vendus pour une période de temps donnée et sur une parcelle de terre donnée ; le propriétaire peut évidemment les garder. S'il vend ses PG&M, c'est soit sous forme de droits forfaitaires soit, dans certains cas, sous celle d'un pourcentage sur les bénéfices tirés de l'exploitation.

— Même principe que les droits sur l'eau ?

— Non. Les droits sur l'eau sont inaliénables et vont avec la terre. Autrement dit, tu vends ta terre, tu vends aussi tes droits sur l'eau. Tu ne peux pas les garder pour en disposer et tu ne peux pas les vendre séparément à quelqu'un qui serait en amont ou en aval. En revanche, les droits PG&M peuvent faire l'objet de transactions entre les sociétés et les entrepreneurs, ou finir par revenir au propriétaire, s'ils n'ont pas été utilisés dans les délais.

Ike lui expliqua ensuite que le marché des droits de forage avait connu un pic au Wyoming vers le milieu du siècle, à l'époque du boom sur le pétrole, le charbon, les schistes bitumeux et l'uranium. Certains propriétaires s'étaient même fait beaucoup plus d'argent avec la vente de ces droits qu'ils n'en avaient gagné avec leurs troupeaux.

— Jusqu'à il y a peu on avait presque oublié toutes les intrigues et les marchandages auxquels avaient donné lieu ces histoires de droits de forage, reprit Ike. J'ai ici une secrétaire qui s'est retrouvée comme une poule devant un cure-dents quand un type à l'accent du Texas est entré dans son bureau pour ouvrir un dossier. Mais depuis, nous nous y sommes vite mis.

— À cause des forages CBM ?

— Oui. Il faut comprendre qu'après la dernière crise pétrolière, personne ne se doutait encore qu'il y avait du gaz en telles quantités dans le sous-sol. Tout d'un coup, tous ces champs qui semblaient ne plus avoir le moindre intérêt commençaient à retrouver de la valeur. Depuis le temps, pas mal de ranchs ont changé de mains et certains des nouveaux propriétaires ne savaient même pas que c'étaient d'autres qu'eux qui détenaient les droits de forage. Une bonne partie des récriminations et des protestations des éleveurs contre les sociétés de forage viennent du fait qu'ils ont découvert que leurs droits avaient été vendus des années avant.

Joe voulut voir s'il avait bien compris.

— Autrement dit, même quand on vend un ranch, les droits d'exploitation PG&M appartiennent toujours à celui qui les détient ?

— Exact.

— Si je prends le Timberline Ranch, par exemple, six cents puits y sont prévus. Les droits d'exploitation sont la propriété d'une entreprise énergétique même si, quand elle les a achetés, elle ignorait la présence du méthane.

— Exact.

Joe se frotta machinalement la joue. Quelque chose lui échappait. Dans ces conditions, il n'y avait aucune raison spéciale de vendre, acheter ou trafiquer le prix de la propriété.

— Mais pourquoi une compagnie voudrait-elle acheter des droits de forage sans savoir ce qu'il y a dans le sous-sol?

Ike haussa les épaules.

— Ça arrivait et ça arrive tout le temps, Joe. C'est de la spéculation. Ils verrouillent le sous-sol en se disant qu'à un moment ou un autre, leur investissement paiera.

— Puis-je voir les titres des droits PG&M du Timberline Ranch? demanda Joe. Ce serait intéressant de savoir qui en est propriétaire. J'ai cru comprendre que le père Overstreet les a vendus il y a belle lurette.

— Bien entendu, tu peux consulter nos archives, c'est du domaine public. Mais ça ne va pas être de la tarte pour les retrouver.

— Comment ça? Tout n'est pas sur l'ordinateur?

Ike se mit à rire.

— Pas vraiment, Joe. Les titres des transactions les plus récentes, si, bien sûr. Mais tout ce qui a plus de dix ans est sur papier et classé dans des livres d'actes. Les archives contiennent bien tout ce qui date de plus de vingt-cinq ans, mais dans un désordre total. Il y a eu une inondation dans le sous-sol et tous les livres ont été imbibés d'eau. Tous ces vieux actes ayant été rédigés à la machine à écrire sur papier parchemin, on les a sortis des livres pour les faire sécher et remis dans des dossiers. Mais pas dans l'ordre.

— Je voudrais tout de même voir celui-là, dit Joe.

— Puis-je savoir pourquoi? demanda Ike en baissant la voix.

Joe soupira.

— Il peut y avoir un rapport avec la vente de la propriété. Ou avec un meurtre.

— Vraiment?

— C'est pure spéculation de ma **part**, Ike. Ça doit rester strictement confidentiel.

Ike se leva et ouvrit la porte du bureau.

— Millie? Pouvez-vous aller me chercher le dossier PG&M du Timberline Ranch, s'il vous plaît? Celui qui est la propriété de sœurs Overstreet?

À contrecœur, Millie descendit de son tabouret et jeta un regard peu amène à Joe en passant à côté de lui.

— Pourquoi elle? demanda-t-il dans un murmure.

Ike eut un sourire de sympathie.

— Parce qu'elle a la responsabilité des archives, Joe. Elle est la seule à pouvoir retrouver ces vieux trucs. Nous avons entrepris de remettre de l'ordre dans les archives du comté… archives qui ont été gardées hors site pendant des années dans des cartons… et de reconstituer et de classer, ici, tous les anciens livres d'actes.

— J'en ai entendu parler, dit Joe. L'ancien secrétaire général faisait payer au comté la location du local où il les avait entreposés – local qui n'était autre que sa maison.

— En effet, dit Ike en haussant les sourcils.

Le scandale avait même été une des raisons qui avaient valu à Ike Easter d'être élu secrétaire général du comté.

— Nous pensions avoir tout récupéré, mais nous découvrons encore un carton ou deux de temps en temps. Il les avait mis dans son sous-sol et on en a même retrouvé dans deux vieux garages fermés en ville.

*

Pendant qu'ils attendaient, Ike posa à Joe des questions sur les meurtres et les mutilations, sur la cellule de crise et sur ce que racontait le journal. Joe lui confirma que l'enquête était pratiquement au point mort, même s'ils commençaient à avoir des débuts de pistes, qu'ils ne savaient trop comment exploiter.

— Attends, dit soudain Joe en regardant Ike.

— Quoi donc?

— Le domicile de l'ancien secrétaire général… là où il avait entreposé les archives… c'est bien la maison qu'occupent les Logue aujourd'hui, non?

— Oui.

— Cam et Marie ont-il pu avoir accès à ces cartons ?

Ike réfléchit quelques instants.

— Je suppose que oui. Ils étaient scellés à l'adhésif, mais c'est tout. Pourquoi cette question ?

— C'est juste intéressant.

*

Millie revint enfin dans le bureau d'Ike en s'essuyant les mains à une serviette.

— Ces vieux cartons sont dégoûtants, dit-elle avec un regard encore plus meurtrier pour Joe.

— Vous l'avez trouvé ? demanda Ike en dépit du fait qu'elle ne portait rien.

Elle hocha la tête.

— C'est sans doute dans un des cartons entreposés en bas. Il n'y avait rien dans la salle des archives.

Ike poussa un grognement, la remercia et attendit que la porte soit refermée.

— Il y a encore une bonne vingtaine de ces cartons dans la chaufferie. Nous les montons les uns après les autres pour les trier et les classer.

— Ça va prendre combien de temps ?

— Tu es sérieux ? demanda Ike.

— Tout à fait.

— Écoute, Joe, je ne demande qu'à t'aider, mais peux-tu au moins me donner une meilleure raison de faire ces recherches pour que je puisse me défendre lorsque ma garde rapprochée me tombera dessus ?

Joe se pencha sur le bureau d'Ike.

— Comme je te l'ai dit, je pense que les meurtres ont un rapport soit avec la vente éventuelle du ranch Timberline, soit avec les droits de forage. Pour moi, si nous savions qui détient ces droits, nous pourrions savoir qui a commandité… ou exécuté ces meurtres.

Ike déglutit.

— Même les vaches ?

— Peut-être pas les vaches, mais Tuff Montegue et Stuart Tanner.

– Et tu es sûr de ton coup ?

Joe se redressa et se frotta la joue.

– Plus ou moins.

*

Joe trouva Robey Hersig dans son bureau. Lui aussi était occupé à lire le *Roundup* et avait l'air de mauvaise humeur.

– Dis-moi quelque chose d'agréable, Joe.

Le garde-chasse s'assit et récapitula tout ce qu'il savait et soupçonnait. Hersig, de plus en plus intéressé, se mit bientôt à prendre des notes. Lorsque Joe eut terminé, le procureur joignit les mains et vint les appuyer sur le haut de son nez.

– Nous n'avons pas assez d'éléments pour arrêter qui que ce soit, ou même pour interroger quelqu'un, fit-il observer.

– Je sais, dit Joe.

– Qu'envisages-tu de faire ?

– Je vais aller voir Cam Logue.

Hersig fit la grimace.

– C'est peut-être un peu tôt.

– Oui, peut-être. Mais ça peut déclencher quelque chose. Ou bien Cam peut réduire à néant toute ma théorie.

Robey resta un moment silencieux, passant en revue ce qu'il venait d'apprendre.

– Qu'est-ce que je peux faire pour t'aider ?

– Deux ou trois choses. Tout d'abord intensifier les recherches sur Cleve Garrett. Nous devons le retrouver et nous assurer que la fille va bien. Il est incompréhensible qu'il ait fichu le camp comme ça, après nous avoir implorés de l'associer à la cellule de crise. Ensuite, garder le contact avec le shérif Harvey et son adjoint, Cook. Ils se sont déjà adressés à Portenson, si bien qu'on devrait vite en apprendre un peu plus sur cet Eckhardt. Je ne sais pas si Fort Bragg est impliqué ou non dans cette histoire, mais Cook dit avoir eu l'impression que l'armée cherchait à faire obstruction lorsqu'il a téléphoné. Peut-être que si c'était toi qui les relançais, ou le gouverneur, nous aurions des réponses à nos questions. Oh ! et puis vérifie aussi auprès d'Ike s'ils n'ont pas trouvé le dossier du Timberline Ranch.

– Rien que je ne puisse faire, dit Hersig après avoir tout pris en notes. Mais tu oublies quelqu'un. Barnum.

— Ne le mêle surtout pas à ça.

— Voyons, Joe…

— Ce n'est pas juste à cause de ce qu'il y a entre lui et moi. Barnum m'a paru plus hostile que d'habitude. Il a appelé chez moi et m'a fait clairement comprendre que je ne devais plus me mêler de cette affaire. Je crois qu'il est impliqué dedans d'une manière ou d'une autre, Robey.

Hersig frappa le bureau du plat de la main, en colère.

— Tu te rends compte de ce que tu viens de dire ?

Joe acquiesça d'un signe de tête.

— Ne te méprends pas. Je ne pense pas que Barnum ait quelque chose à voir avec les meurtres et les mutilations. Mais il joue sa partie, sans que je sache encore dans quel but. Pour moi, il tire profit de la situation, d'une manière ou d'une autre.

Hersig regardait fixement Joe, encore sous le coup de l'émotion.

— Je ne peux pas lui mentir, Joe. Je suis le procureur et c'est le shérif.

— Mais tu peux ne pas l'informer tout de suite, ne pas le rappeler, non ? Juste pour le reste de la journée et peut-être demain, d'accord ?

Hersig secoua la tête.

— Tu crois qu'on est si près du but ?

— Du but, je ne sais pas, mais de quelque chose, oui, répondit Joe en se levant et en remettant son chapeau. Sauf que je n'ai aucune idée de ce que c'est, pour le moment.

Le procureur poussa un petit gémissement.

Au moment où Joe ouvrait la porte, Hersig le rappela.

— Mes amitiés à Cam. Et appelle-moi dès que tu apprends quoi que ce soit.

Chapitre 29

Entrer dans l'agence immobilière lui fit une impression bizarre ; Marybeth allait arriver d'un moment à l'autre.

Marie n'était pas à l'accueil, comme d'habitude. Elle avait été remplacée par une blonde menue, qui faisait la moue en lisant un journal à scandale. Sans doute la seule personne de Saddlestring, se dit-il, à ne pas savoir qu'on n'avançait pas dans l'enquête sur les mutilations.

— Marie est toujours malade ? demanda-t-il.

— Y a des chances, répondit la blonde. Tout ce que je sais, c'est que l'agence d'intérim m'a appelée pour me demander de venir encore ici.

— Cam est arrivé ?

— Puis-je vous demander votre nom ?

— Joe Pickett.

La remplaçante hésita et parut intriguée pendant quelques instants, comme si ce nom lui disait quelque chose.

— Marybeth, ma femme, travaille ici.

— Ah, dit l'intérimaire, elle a l'air charmante.

— Elle l'est, répondit Joe avec une pointe d'agacement, mais c'est Cam que je veux voir.

La jeune femme consulta sa montre.

— D'habitude, il arrive ici vers neuf heures, dit-elle.

Joe vérifia lui aussi l'heure. Neuf heures moins dix.

— J'attendrai dans son bureau.

L'intérimaire ne savait trop si elle devait le laisser faire, mais Joe passa devant elle comme s'il venait attendre M. Logue tous les matins, et elle ne dit rien.

*

Il s'assit dans un des deux fauteuils placés devant le bureau de Cam et posa son chapeau sur l'autre. L'entretien risquait d'être intéressant, songea-t-il. Il allait devoir observer attentivement l'agent immobilier lorsqu'il lui poserait ses questions, et écouter encore plus attentivement ses réponses. Il sortit le magnétophone de sa poche de poitrine, vérifia que la cassette était bien en place et calée au début, la mit en route et reboutonna sa poche. D'après les lois du Wyoming, un enregistrement, même fait à l'insu d'une personne, était une pièce à conviction recevable devant un tribunal.

Joe parcourut la pièce des yeux. Rangés au cordeau, des papiers s'empilaient en colonnes sur une crédence ; une grande carte du Twelve Sleep County couvrait tout un mur de la pièce. Les licences de Cam – comme agent immobilier et assureur – étaient accrochées dans des cadres au-dessus de son bureau, ainsi que de grands portraits de Marie et Jessica et plusieurs photos de famille où ils étaient tous les trois. Il y avait aussi une plaque « Homme d'affaires de l'année » décernée par la chambre de commerce du Twelve Sleep County, ainsi que la photo d'une équipe de football dont Cam était manifestement l'entraîneur, signée de tous les joueurs. Sur le bureau, une tasse à café du genre mug proclamait : MEILLEUR PAPA DU MONDE. Il y avait enfin une récompense « Volontaire de l'année » d'un organisme caritatif.

Diable, pensa Joe, *qu'est-ce que je fiche ici ?*

En entrant dans son bureau quelques minutes plus tard, Cam avait l'air parfaitement serein. Il demanda à Joe comment il allait, l'air de vraiment vouloir le savoir, et s'il désirait un café.

Joe refusa le café, mais se leva et serra la main que lui tendait Cam, esquissant un sourire. Il crut discerner une expression fugitive de malaise dans le regard de l'agent immobilier, mais il n'aurait pu en jurer.

Si j'avais fait du gringue à une femme et que son mari débarque sans s'annoncer dans mon bureau, je serais peut-être un peu nerveux, moi aussi, pensa Joe.

– Qu'est-ce que je peux faire pour toi, Joe ? demanda Cam d'un ton forcé et faussement joyeux, tandis qu'il prenait place dans son grand fauteuil de cuir de l'autre côté du bureau. J'ai une réunion dans vingt minutes et j'espère…

— J'en ai pour moins que ça, l'interrompit Jo. Comment va Marie ?

De nouveau cette brève expression de malaise, sinon de peur.

— Marie ? demanda Cam comme s'il savait à peine de qui il s'agissait. Désolé, je pensais que Marybeth t'avait dit. Elle a attrapé un virus la semaine dernière et elle n'arrive pas à s'en débarrasser. Pas vraiment une partie de plaisir.

— On peut faire quelque chose ?

Cam parut réfléchir à la question, puis il secoua la tête.

— C'est très gentil de ta part, Joe. Mais on dirait que tout va rentrer dans l'ordre. Je ne serais pas surpris si elle venait au bureau dès cet après-midi. Demain matin à coup sûr.

— Bon, très bien. Mais n'hésite pas à demander, au besoin. Marybeth a beaucoup de sympathie pour Marie.

— Oui, elles ont une relation sensationnelle, et c'est merveilleux. Absolument merveilleux ! convint Cam avec enthousiasme.

Avec trop d'enthousiasme, songea Joe. La nervosité de Cam s'expliquait-elle par le rentre-dedans qu'il avait fait à Marybeth, ou avait-elle une autre raison ?

— Tu es au courant de la cellule de crise dont je fais partie, reprit Joe en étudiant attentivement son visage. L'enquête n'avance pas aussi mal que ce qu'on peut lire ce matin dans le *Roundup*. Nous avons quelques pistes.

Les sourcils de Cam s'arquèrent. Il était intéressé.

— Tu es impliqué dans l'une d'elles.

L'agent immobilier parut se pétrifier sur place. Il arrêta même de respirer et perdit toutes ses couleurs.

— Tu… tu dis ?

Sa voix s'était réduite à un murmure étranglé.

— Nous les suivons toutes, même si elles doivent nous mener dans une impasse. Je suis venu ici pour te poser deux ou trois questions, si tu n'y vois pas d'inconvénient.

Cam était secoué, de toute évidence. Mais il était difficile de déterminer si son attitude était une manifestation de culpabilité ou simplement le choc.

— Je… non, je n'y vois pas d'inconvénient. Bon Dieu ! Je

n'arrive même pas à croire que c'est toi qui es ici. Que tu aies seulement pu envisager…

— Pour quelle raison pensais-tu que j'étais venu ? demanda Joe d'un ton innocent.

L'implication de sa question était claire.

À présent, les dés sont jetés… quoi qu'il y ait eu entre les Logue et les Pickett, c'est fini. Marybeth et Marie… Jessica et Lucy. Peut-être même la future carrière de Marybeth. Tu as jeté les dés, mon vieux, et les ponts sont coupés, se répéta Joe

— Bon sang ! et moi qui croyais que c'était parce que nous avons eu un petit malentendu, Marybeth et moi, il y a quelques jours, répondit enfin Cam, les yeux baissés sur ses mains. Je crois qu'elle m'a prêté des intentions que je n'avais pas. C'était déjà assez désagréable comme ça. Mais te voir débarquer pour me dire qu'on enquête sur moi…

Il n'acheva pas sa phrase.

Joe resta assis sans rien dire, laissant Cam faire les questions et les réponses.

— Il vaudrait mieux que j'appelle un avocat ? J'en suis là ?

— Il n'y a que toi qui peux le savoir, répondit Joe en se sentant cruel.

Cam n'arrivait toujours pas à le regarder. Il tendit vers le téléphone une main qui tremblait visiblement.

— S'il vous plaît, veuillez annuler mon rendez-vous de neuf heures et demie, dit-il à l'intérimaire… Non, on en prendra un autre plus tard. (Il reposa maladroitement le combiné sur le récepteur.) Qu'est-ce que tu as à me demander, Joe ?

Le garde-chasse lui trouvait l'air aussi pathétique — ou coupable — que tous les suspects qu'il avait déjà vus. Il était sur le point soit de coincer un tueur, soit de commettre une erreur aussi épouvantable qu'impardonnable.

— Selon une de nos hypothèses, il y aurait un lien entre les meurtres de Tuff Montegue et de Stuart Tanner. Il n'est pas impossible qu'ils aient été tués à cause de quelque chose qu'ils savaient — tous les deux ou l'un d'eux — concernant la vente du Timberline Ranch.

— Tu te fiches de moi ! s'exclama Cam.

Cette fois, c'était de la colère qu'il y avait eu dans ses yeux.

Joe enfonça le clou.

— Je pense que Stuart Tanner était sur le point d'empêcher les forages de CBM à cause de la trop grande salinité de l'eau. Ou parce qu'il y avait trouvé autre chose, de la silice, par exemple. Son rapport risquait de coûter une fortune à certains. La société détentrice des droits de forage en aurait été pour des millions de sa poche, l'agent immobilier perdant, lui, des centaines de milliers de dollars de commission. Pour moi, quelqu'un a décidé que la disparition de Tanner était la seule solution et a saisi l'occasion de le tuer de la même manière que le bétail et l'orignal. (Il s'efforça de prendre une expression aussi impénétrable que possible.) Je voudrais bien savoir qui est ce mystérieux acheteur, Cam.

Le visage de l'agent immobilier avait lentement repris des couleurs jusqu'à devenir écarlate.

— Je n'arrive pas à croire que c'est toi qui me sors un truc pareil. Tu es complètement à côté de la plaque !

Cam avait parlé avec tant de passion que Joe faillit faire la grimace.

— Tu connaissais Stuart Tanner. C'est toi qui l'avais engagé. Il t'a apporté lui-même le rapport hydrologique ici, dans ce bureau. Mais quand on a appris qu'il était mort, tu n'as rien dit. Ni au shérif, ni même à moi.

— Sur ce point, tu as tout à fait raison, répondit Cam d'une voix redevenue normale. J'ai le rapport et je connaissais Tanner. J'ai payé la Tanner Engineering pour faire ce travail. Et si je n'ai rien dit, c'est que vu l'état du marché, moins on en dit, mieux on se porte. Bon Dieu, Joe, je n'arrive même pas à me débarrasser d'un ranch que son propriétaire veut vendre et pour lequel j'ai un acheteur ! Tout le monde attend que votre fichue cellule de crise donne ses conclusions ou arrête quelqu'un. Je vois bien maintenant pourquoi vous n'aboutissez à rien… si le mieux que vous pouvez faire, c'est vous en prendre à un type qui a fait beaucoup pour la communauté…

Cam leva les yeux au ciel et hocha la tête. Il était visiblement furieux et faisait des efforts pour se calmer.

— Il y a deux ou trois trucs dans ta théorie qui ne tiennent pas la route, Joe, et ça me fait vraiment mal au ventre que tu ailles dans cette direction.

— Et c'est quoi, ces deux ou trois trucs ?

— Primo, la Tanner Engineering a rendu un rapport favorable. L'eau est impeccable.

Il se tourna vivement et fouilla parmi les documents dans une des piles bien rangées de la crédence. Puis il en sortit un dossier épais de deux ou trois centimètres et relié en plastique et le jeta en travers du bureau. Joe le prit et le feuilleta jusqu'à trouver le sommaire.

— Tanner a conclu qu'il n'y avait aucune salinité excessive ni rien d'autre dans cette eau, Joe. Elle est bonne ; que dis-je ? elle est excellente. Si ça se trouve, c'est même la meilleure flotte de toute la vallée de la Twelve Sleep.

Joe en lut assez pour se rendre compte que Cam disait vrai.

— Secundo, reprit Cam en haussant le ton, le client mystérieux, c'est moi. Et le shérif Barnum.

— Quoi ? s'écria Joe, estomaqué.

C'était donc là que Barnum entrait en scène…

Cam se leva si brusquement que son fauteuil alla rouler contre la crédence. Il regardait Joe d'un air assassin.

— Barnum est à un an de la retraite et va toucher un paquet au bout de vingt-cinq ans de service comme shérif. Son plan était de faire un emprunt garanti par cette retraite pour un premier versement sur cent hectares du ranch que nous devons acheter conjointement. Pour y habiter. Mais avec toutes ces conneries, les banques traînent les pieds. Ce n'est que temporaire, mais pour l'instant elles ne veulent rien signer. J'ai toujours voulu racheter le ranch familial, Joe. C'est là que j'ai grandi. C'est mon rêve et c'est celui de Marie. Nous ne pouvions rien dire, même pas à Marybeth.

— Même avec tous les forages CBM dessus ? s'étonna Joe.

Cam haussa les épaules.

— Ils n'y seront pas éternellement. Et la loi prévoit qu'ils doivent tout remettre en état avant de partir.

— Mais il peut y en avoir pour trente ans…

Le sourire de Cam n'avait rien de chaleureux.

— Je peux bien attendre. La terre, c'est toujours un bon investissement. En particulier une terre sur laquelle on a grandi et qu'on aime toujours.

Joe avait l'impression qu'on venait de tirer de sous ses pieds non seulement le tapis, mais le plancher et ses lambourdes.

— Mais avec quoi vas-tu le racheter, bon sang ? demanda Joe.

L'œil de Cam s'alluma.

— D'accord, puisque tu poses la question et puisque tu as consacré une bonne partie de ta matinée à foutre ma vie en l'air, je vais te le dire.

Cette fois-ci, Joe grimaça vraiment.

— L'immobilier, c'est très volatil, Joe. Si le marché flambe, l'agent immobilier s'envole. Et tout le monde veut travailler avec celui qui réussit. Moi, en l'occurrence. Une fois décroché le mandat du Timberline, les propriétaires du coin se sont dit que si j'étais capable de faire signer deux vieilles toupies comme les sœurs Overstreet, c'est que j'étais sacrément fortiche. Comme tu le sais, nous détenons à l'heure actuelle des mandats exclusifs pour pratiquement tous les ranchs à vendre dans ce secteur du Wyoming. J'y suis parvenu en bossant comme un malade, Joe, et en donnant l'image d'un champion toutes catégories.

Joe se sentait toujours aussi abasourdi.

— Et tu t'es dit qu'un ou deux de ces autres ranchs allaient bien finir par se vendre et que l'argent des commissions te permettrait de faire l'apport personnel pour l'achat du Timberline.

Cam ouvrit exagérément les yeux, comme s'il s'adressait à un attardé.

— Tout juste, Joe. Sauf qu'il n'y a strictement rien d'illégal là-dedans. Strictement rien.

— Sauf aussi que pas une seule propriété ne s'est vendue à cause des mutilations.

— Tout juste encore. Exactement ce que je vous serine à toi et à Marybeth depuis un mois. Rien ne se vend parce que les acheteurs croient que le pays est hanté.

— Bon sang…

Mais Cam était lancé.

— Sais-tu qui je vais inviter au ranch quand il sera enfin à moi ?

Joe ne risqua pas de réponse.

— Mes parents, Joe. Mon papa et ma maman. Ceux-là même qui m'ont floué pour pouvoir consacrer tout leur temps et tout leur argent à mon frère, Eric. Pour qu'il fasse médecine. Tu as cru que j'allais dire Marybeth et toi, hein ?

Joe releva la tête.

— Eh bien, c'est peu probable que je vous invite. Plus mainte-nant, dit Cam avec quelque chose de diabolique dans le regard.

Joe avait beau se sentir en faute et stupide, il perçut comme une fêlure dans l'attitude de Cam. Le désespoir qu'il avait déjà cru remarquer au début de leur entretien, une trop grande intensité par rapport aux enjeux.

— Un jour, vous allez tous regretter la manière dont vous avez traité Cam Logue, je te le dis, reprit l'agent immobilier, sa voix redescendue d'un ton, mais le visage révulsé par la rage. Vous n'avez trouvé rien de mieux que de vous asseoir autour d'une table et de décréter que c'était la faute du nouveau venu dans le coin ; que ce n'était que lui qui pouvait flanquer le bordel dans la petite ville endormie en se bougeant le cul et en se montrant agressif.

— Ça ne s'est pas passé comme ça, se récria assez lamentable-ment Joe.

Cam se pencha sur son bureau, la mâchoire en avant.

— Je sais comment ça se passe, Joe. Je n'ai pas oublié comment vous êtes, les uns et les autres… non, je n'ai pas oublié. Comment vous regardiez tous ailleurs quand je suis parti d'ici. Comment per-sonne n'est venu me dire adieu pendant que j'escortais mes crétins de parents partout dans ce bled et qu'ils annulaient toutes leurs affaires… jusqu'à leur boîte postale… et retiraient mon dossier scolaire.

Nous n'habitions pas encore ici, pensa Joe sans le dire. Il se contentait d'écouter.

— Personne n'a eu une pensée pour moi lorsque je me suis retrouvé dans une école du Dakota, où il y avait la moitié d'Indiens et où c'était le bordel. Si vous avez pensé à quelqu'un, ç'a été à mon frère, le futur médecin qui devait rendre ses parents si fiers. Vous vouliez pouvoir dire que vous vous souveniez de lui quand il était encore gamin et que c'était un petit génie en avance de deux ans dans ses études et qui remportait tous les concours scientifiques. Si seulement vous aviez su…

Soudain, il s'arrêta.

— Je parle trop, marmonna-t-il.

Il se laissa retomber dans son fauteuil et se mit à contempler un point au-dessus de la tête de Joe, l'air épuisé.

— Je suis sincèrement désolé, Cam.

Pas de réaction.

– J'ai tout gâché, reprit Joe. J'ai commencé par tirer une conclusion et cherché les faits qui concordaient après, au lieu de faire le contraire.

Il remit son chapeau et se leva.

Cam ne bougea pas, l'air non seulement éreinté mais ailleurs.

– Cam ?

Complètement ailleurs.

– Cam ! (L'agent immobilier parut soudain retomber sur terre, cligna vivement des yeux et regarda Joe.) Je te laisse.

Cam hocha la tête.

– OK.

Joe commença à faire demi-tour, puis s'arrêta.

– Est-ce que tu as, toi, une idée de ce qui se passe avec ces histoires de mutilations et de meurtres ? De toute évidence, nous n'en avons pas la moindre idée.

Cam fit lentement non de la tête.

– On a parlé d'ours, d'extraterrestres et que sais-je d'encore plus délirant. Eh ! il y a même quelqu'un qui a cru en voir deux dans l'allée derrière ta boutique, il y a une semaine.

– Qui a raconté ça ?

Joe haussa les épaules.

– C'est sans importance. Je voulais juste te montrer qu'on a fait les hypothèses les plus démentes.

– Dis-moi qui te l'a raconté.

– Je suis désolé, Cam, il faut que j'y aille. Navré de t'avoir pris tout ce temps.

Cam regarda Joe, mais garda les lèvres serrées.

– Je suis sincèrement désolé pour tout ça, Cam.

*

Une fois dans le pick-up, Joe ne put s'empêcher de frapper le volant de la paume de la main. Il s'était complètement fichu dedans.

Il appela Hersig, qui attendait son coup de fil avec inquiétude.

– Tu devrais me virer de la cellule de crise, dit-il, morose. Je me demande bien ce que j'y fabrique.

– Fausse piste ?

— Faux pays, même. Rien à voir.

Hersig soupira.

— Après un truc pareil, va falloir réparer quelques pots cassés avec ces messieurs des affaires.

— Pire que ça, Robey. Je vais devoir en parler à Marybeth.

*

Joe la retrouva dans son minuscule bureau, au fond de la pharmacie Barrett. Elle leva sur lui des yeux interrogateurs.

— Je me suis trompé sur Cam.

— Raconte.

Il le fit, ses traits se durcissant au fur et à mesure de son récit.

— Mais pourquoi lui tomber aussi brutalement dessus, Joe ?

Il haussa les épaules.

— Je pensais que c'était la meilleure méthode. Que sous le coup de l'émotion, il lâcherait quelque chose.

— Eh bien, d'une certaine manière, tu y es arrivé.

Il hocha la tête et contempla le bout de ses bottes.

— Je me sens mal…

— Il ne faut pas.

Il releva la tête, intrigué.

— Moi, je trouve que comme numéro de haute voltige, c'est de première bourre.

— Je sais, mais je pensais que si je balançais tout…

— Non, dit-elle en lui coupant la parole, je ne parlais pas de toi, mais de Cam. Il y a quelque chose là-dessous, Joe, je le sens. Cam et Marie n'avaient aucune bonne raison de ne pas me parler de leur projet. Ils savaient que je ne l'aurais dit à personne et de toute façon, qu'est-ce que ça aurait changé ? On partageait tout, Marie et moi. On parlait de toi et de Cam, de nos enfants, de nos aspirations. Crois-moi, si Marie avait su ce que mijotait Cam, elle m'aurait mise au courant. Quand il nous a parlé d'un acheteur confidentiel, il la menait tout autant en bateau que moi. Pour quelle raison avoir un comportement aussi inhabituel ? Autrement dit, il t'a menti. Sans compter qu'il n'y a rien de plus banal pour un agent immobilier que d'acheter un bien. C'est leur boulot, non ?

Joe se sentit envahi par une vague de soulagement.

– Mais j'ai saboté ta carrière.

Elle sourit.

– Si j'avais vraiment voulu faire carrière, Joe, je m'y serais prise autrement. Et je m'en sortirai très bien. Même sans les Logue, je fais déjà mon petit bonhomme de chemin. Il faut simplement que ça ne prenne pas trop de place… je viens juste de le comprendre. Plus de souplesse. Il faut que je pense à Sheridan, à Lucy… et à toi.

– Marybeth, je…

– Ce n'est qu'un contretemps. Personne n'a dit que ce serait facile.

Joe se sentait toujours aussi mal.

– J'aimerais bien être aussi coriace que toi.

Elle sourit à nouveau et lui pinça la joue.

– Tu es mieux que coriace, Joe. Tu es bon. Je te préfère comme ça.

Chapitre 30

Secoué, tendu, Joe passa le reste de la matinée à patrouiller dans les Breaklands et les collines proches de la ville, vérifiant le permis des chasseurs, mais mécaniquement, l'esprit constamment ailleurs. Il ne trouva personne en infraction et dans tous les camps on lui demanda où on en était avec ces histoires de mutilations, au point qu'il finit par en avoir par-dessus la tête.

Il ne cessait de regarder s'il n'avait pas de message de Hersig, d'Ike ou du shérif Harvey sur son portable et, comme rien ne venait, il décida de prendre l'initiative – ne serait-ce que pour provoquer une réaction, fût-elle de panique. En commençant par le service du secrétaire général du comté.

*

À son arrivée, Joe trouva Ike Easter, Millie et les deux autres employées installés autour d'une table de conférences, sur laquelle étaient posés plusieurs douzaines de vieux cartons et de piles de dossiers, qui dégageaient une odeur de moisi et de choses anciennes.

S'il avait eu droit à une réception plutôt glaciale le matin même, cette fois elle fut carrément polaire. La petite équipe n'était que sourcils froncés, bouches pincées et vêtements sales.

– Tiens, le voilà, murmura Millie entre ses dents, tandis que la porte se refermait derrière Joe dans un sifflement.

– Oui, me voilà, dit-il. Vous l'avez trouvé ?

Ike paraissait en avoir par-dessus la tête. Joe se dit qu'il avait dû passer l'essentiel de sa journée à subir les assauts de mauvaise humeur de ses trois employées condamnées à fouiller dans ces archives poussiéreuses.

— Tu arrives pile au bon moment, répondit Ike en brandissant un dossier. J'ai effectivement quelque chose pour toi, mais ça va te laisser perplexe.

Joe le suivit dans son bureau.

— Merci pour tout ce boulot, dit Joe en passant à côté des trois femmes. Nous sommes sensibles à vos efforts.

Millie soutint son regard pendant quelques instants, puis elle leva les yeux au plafond.

Ike se laissa tomber dans son fauteuil et poussa le dossier vers Joe. Sur l'étiquette, on lisait « Overstreet » suivi des coordonnées topographiques de la propriété.

— Ouvre-le.

Joe s'exécuta. Le dossier contenait une copie impeccable de l'acte et du titre de propriété attribué en 1921 à un certain Walter Overstreet ; y était joint un avenant rédigé en 1970, lorsque le domaine s'était agrandi des quelques hectares du ranch Logue. Joe feuilleta les documents, puis il regarda Ike d'un œil interrogateur.

— Tout est parfaitement en ordre là-dedans, dit Ike. Sauf deux choses. Un, il n'y a pas trace de la vente des droits de forage et d'extraction et il devrait y avoir un extrait de l'acte. Deux, ce document n'est qu'une copie de l'acte authentique.

Joe hocha la tête.

— Et ça signifie ?

Ike haussa les épaules.

— Pour ce qui est des droits de forage, il pourrait simplement s'agir d'un oubli. Il y en a beaucoup dans ces vieux dossiers. Le problème n'est pas bien grave. Je peux très facilement demander une copie aux archives d'État…

— Tu l'aurais dans combien de temps ?

Ike consulta sa montre, murmura « elles vont me tuer ! » et appela Millie par l'interphone pour lui demander de prendre immédiatement contact avec Cheyenne pour qu'ils leur faxent le plus vite possible une copie de l'acte de vente des droits de forage et d'extraction du ranch Overstreet. Joe se garda bien de se tourner pour voir le genre de mouvements de fureur que sa requête avait déclenchés.

– Et l'autre chose ?

– Regarde le document que tu as entre les mains, Joe.

Joe l'étudia, mais ne vit rien d'anormal. Il avait été tapé à la machine – une machine manuelle, sans doute – sur un formulaire d'acte datant de plusieurs dizaines d'années. Il vérifia les dates et la description et ne vit aucune altération.

– C'est une copie impeccable de l'original, reprit Ike. Absolument impeccable. Pas une copie carbone, comme on en faisait à cette époque. Mais une copie moderne, faite à la photo-copieuse.

Joe sentit quelque chose le titiller.

– Autrement dit, faite récemment.

– À mon avis, oui. Pendant que le document était dans les archives, pour je ne sais quelle raison, quelqu'un a fait une copie et l'a rangée dans les vieilles boîtes. Nous ne nous en serions pro-bablement pas rendu compte si nous n'avions pas recherché ce document aujourd'hui.

– Combien de personnes ont accès à ces archives ?

Ike haussa les sourcils.

– Nous tous. Les adjoints du shérif qui ont effectué le transfert. L'ancien secrétaire général du comté, évidemment. Et les nouveaux propriétaires de la maison du secrétaire, où ces dossiers avaient été entreposés.

– Cam Logue… et le shérif.

– Peut-être. Mais ça ne constitue en rien un délit. Il est par-faitement légal de faire une photocopie d'un acte notarié.

– Et l'absence de l'acte concernant les droits de forage et d'extraction ?

– Pas un délit non plus. Pourquoi ?

*

Joe se leva pour partir et demanda à Ike de l'appeler dès que le fax serait arrivé de Cheyenne. Le secrétaire général le raccompagna.

Joe remercia à nouveau les employées, l'une d'elles lui rendant même son sourire.

– Est-ce que je peux te demander un service, Joe ? demanda Ike.

– Bien sûr.

— Nous allons en avoir pour un moment à nettoyer cette pièce avec tout ce bazar (il eut un geste vers les cartons empilés sur la table). Normalement, c'était moi qui devais passer prendre George après sa journée de pêche. Ça t'ennuierait de le ramener à la maison ?

— Pas de problème. C'est ma direction.

Ike sourit et jeta un coup d'œil par-dessus son épaule, vers les employées, comme pour mesurer la gravité de la menace qu'il allait devoir affronter.

Chapitre 31

Cet après-midi-là, Marybeth n'alla pas travailler à l'agence immobilière Logue, se disant qu'elle n'y était plus employée. Mais elle se sentait coupable. L'idée de laisser un travail inachevé, même pour quelqu'un comme Cam, lui était insupportable.

Lorsqu'elle en eut terminé avec la comptabilité de la pharmacie, elle appela l'agence et demanda M. Logue. L'intérimaire lui répondit qu'il était sorti pour le reste de la journée.

— Est-il joignable sur son portable ?

— Il ne m'en a pas parlé, répondit la remplaçante. Il avait l'air furieux et je n'ai pas osé lui demander.

— Pouvez-vous me passer sa boîte vocale dans ce cas ?

La jeune femme mit quelque temps à trouver le bon bouton.

Marybeth écouta le message d'accueil de Cam, puis parla d'une voix douce.

— Cam, j'ai parlé avec Joe de ce qui s'est passé et je suis sûre que vous serez d'accord pour dire qu'il vaut mieux que vous engagiez une autre comptable. J'espère seulement que cela n'affectera pas l'amitié qu'il y a entre Jessica et Lucy. J'espère aussi que nous nous montrerons, vous et nous, des parents à la hauteur sur ce point... et j'espère que Marie et moi continuerons à être amies. Inutile de lui en parler, j'irai la voir en personne.

Elle raccrocha. Pour une fois, elle avait son après-midi libre.

Elle acheta des chocolats à la pharmacie, puis alla prendre une portion de soupe aux nouilles et au poulet au Burg-O-Pardner avant de se rendre au domicile des Logue. Cette fois-ci, elle anticipa la présence du véhicule et de la caravane immatriculés au

Dakota dans l'allée et les contourna pour aller se garer devant l'entrée. La maison avait quelque chose d'abandonné, de mort même, alors qu'elle savait bien qu'elle était habitée.

Munie de sa soupe et des chocolats, elle descendit et sonna. Elle n'entendit pas retentir le carillon.

Après une minute sans qu'il y ait eu de réaction, elle sonna à nouveau. C'était bizarre, se dit-elle. Aucun bruit ne venait de l'intérieur, aucun pas ne se dirigeait vers la porte.

Elle cogna au battant, attendit, cogna plus fort.

Rien.

Elle posa le sac sur les marches et entreprit de faire le tour de la maison. La porte du garage étant fermée, elle ne put voir si la voiture de Marie s'y trouvait. Elle se demanda si Marie avait emmené ses beaux-parents déjeuner quelque part. Sauf que Marie, en principe, était souffrante…

Ou alors, elle s'était rendue chez le médecin. Un instant, Marybeth fut rassérénée. Mais si Marie était allée chez le médecin, aurait-elle amené ses beaux-parents avec elle?

Intriguée, Marybeth alla prendre une enveloppe dans le van et y griffonna un mot pour lui dire qu'elle était désolée de l'avoir manquée et espérait qu'elle allait mieux. « Appelle-moi dès que tu peux », ajouta-t-elle. Elle laissa le mot avec la soupe et les chocolats sur le porche, devant la porte.

En revenant vers le van, elle se retourna une dernière fois et crut voir un rideau bouger à l'une des fenêtres de l'étage.

Elle resta pétrifiée et, le souffle coupé, fixa la fenêtre. En dépit de la chaude température de l'après-midi, elle sentit un frisson lui remonter dans le dos. Mais le rideau restant immobile, elle finit par se demander si elle n'avait pas tout imaginé.

Puis une autre idée lui vint : peut-être Cam avait-il déjà parlé à Marie ; peut-être lui avait-il déjà raconté comment Joe l'avait accusé. Et peut-être, pensa-t-elle, envahie par un sentiment de honte inattendu, Marie ne voulait-elle plus entendre parler de Marybeth Pickett.

Chapitre 32

Le département Chasse et Pêche du Wyoming avait mis au point un programme très apprécié, par lequel il prenait à bail les terres des propriétaires particuliers afin d'en permettre l'accès aux chasseurs. C'était Joe qui avait lui-même négocié la plupart des accords le printemps précédent, et il était de sa responsabilité que les secteurs d'accès soient clairement indiqués. Malheureusement, un violent orage accompagné d'un coup de vent avait endommagé un certain nombre de panneaux indicateurs et, au cours de ses patrouilles, il ne cessait d'en retrouver par terre. Il les remettait donc debout à chaque fois, utilisant le rouleau de fil de fer qu'il avait toujours à l'arrière de son pick-up.

Il était précisément en train d'en refixer un lorsqu'il entendit son portable sonner dans la cabine de son véhicule. Il plongea par la fenêtre ouverte pour décrocher.

Ce n'était ni Hersig, ni Ike, ni le shérif Harvey, mais l'agent du FBI, Portenson.

– J'ai essayé de vous joindre à votre bureau, mais vous n'étiez pas là, dit celui-ci en guise de salut. (Il avait quelque chose de fatigué et de méfiant dans le ton.) J'aimerais autant que nous ayons cette conversation sur un poste fixe… pour des questions de sécurité.

– Vous n'êtes pas un peu parano, au FBI ?

– Écoutez… Nous tenons peut-être quelque chose.

– J'écoute. Merci de me tenir au courant.

– Vous fatiguez pas. Je veux juste qu'on en finisse avec cette affaire, que je puisse rentrer chez moi. Et avoir mon transfert, peut-être. J'espère.

— Bref… dit Joe pour l'aiguillonner.

— Bref, Harvey m'a demandé de retrouver la trace du type au portable de Fort Bragg, comme vous le savez. Ça n'a pas été facile, alors qu'il n'y aurait pas dû avoir de problème. Mais c'est un truc sur lequel on est bons, comme vous le savez.

Joe l'écouta en regardant l'ombre d'un unique cumulus passer sur l'épaulement couvert de sauge devant lui.

— J'ai été obligé d'appeler des huiles à Washington afin qu'elles mettent la pression sur l'armée et fassent tomber le mur de Fort Bragg. Ils ont tout fait pour ne pas avoir à parler. Mais nous avons fini par découvrir un certain nombre de choses intéressantes. Une seconde… (Joe entendit un bruit de papiers qu'on déplaçait.) Robert Eckhardt était infirmier de l'armée. Un excellent infirmier, d'après ses premières évaluations. Infirmier de terrain, en plus. Il a été envoyé en Bosnie, en Afghanistan et aux Philippines. Mais on ne l'a pas envoyé en Irak… vous voulez savoir pourquoi ?

— Oui, répondit Joe, qui s'impatientait.

— C'est pour cette raison que l'armée ne voulait pas nous en parler, reprit Portenson. On soupçonnait Eckhardt d'être impliqué dans des mutilations chirurgicales infligées aux combattants ennemis. Ce sont exactement les termes du rapport, « mutilations chirurgicales ». Le principal accusé était un médecin, dont Eckhardt était l'assistant. Toute l'affaire a été mise sous le boisseau… comme on en étouffe beaucoup en temps de guerre, j'imagine. Il y a eu une enquête interne de l'armée, mais rien n'est sorti dans la presse. Ces types, c'est à dire Eckhardt et le médecin, ont été renvoyés des Philippines à Fort Bragg il y a un an et demi pour passer en cour martiale.

Joe continuait à contempler le nuage tout en digérant ces informations.

— Le rapport précise-t-il en quoi consistaient ces mutilations ?

— Non. Juste « mutilations chirurgicales ». Mais c'est peut-être la clef du mystère. Eckhardt et le médecin ont disparu avant leur procès. Il y a six mois de ça. L'armée n'est pas peu contrariée et les recherche depuis. Ils ne veulent surtout pas que l'affaire devienne publique, et nous non plus. Mais lorsque nous leur avons raconté l'histoire du coup de fil donné par le portable d'Eckhardt à propos d'un cadavre retrouvé dans les bois, ils se sont mis à grimper aux rideaux. Deux flics militaires doivent rappliquer d'un moment à l'autre au Wyoming.

L'agent du FBI marqua un temps d'arrêt.

— Il reste toujours possible, évidemment, que quelqu'un d'autre ait utilisé le portable d'Eckhardt, mais ce n'est pas très vraisemblable. Ils nous ont demandé si le type qui avait appelé n'avait pas un problème d'élocution parce que Eckhardt en a un, mais je n'ai pas pu leur répondre là-dessus. Bref, nous sommes en train de rechercher d'autres appels faits avec ce portable et nous verrons bien si nous en tirerons quelque chose.

Le nuage venait de franchir la colline et passait au-dessus de Joe, qui sentit aussitôt la température tomber de deux ou trois degrés.

— La standardiste de Park County a eu du mal à distinguer les paroles du type qui signalait le cadavre, dit Joe.

— Intéressant…

Joe réfléchissait à toute vitesse.

— Joe ? Vous êtes toujours là ?

— Oui, oui.

— Il faut convoquer d'urgence une réunion de la cellule de crise. J'en ai déjà parlé à Hersig et il est en train de l'organiser pour ce soir, sept heures.

Joe ne réagit pas.

— Joe, vous m'entendez ?

— Oui, je réfléchissais… Vous n'avez pas le nom de ce médecin qui était avec Eckhardt ?

— Attendez…, dit Portenson.

Joe l'entendit feuilleter à nouveau son dossier.

— OK, le voici. Il s'appelle… Eric Logue. Dr Eric Logue.

— Logue ? Ah, nom de Dieu…

Joe, qui s'était appuyé à la carrosserie du pick-up, se redressa d'un coup de reins tandis que le nom de l'agent immobilier ricochait dans sa tête. Toute une série d'informations disparates et plus ou moins conscientes cessèrent de tourner dans tous les sens pour s'aligner et se connecter. Comme si tous les rouages d'une serrure compliquée venaient de se mettre enfin en place, dégageant ainsi le pêne.

Un médecin.

Des mutilations chirurgicales.

D'après Cam, son frère était chirurgien.

Robert Eckhardt. « Bob ». Le nom qu'avait lu Sheridan sur la veste de l'armée du SDF qui lui avait crié après.

Bob. « L'infirmier Bob ». Une difficulté d'élocution. La standardiste se rappelant qu'elle avait eu du mal à comprendre son correspondant.

« Fimier Bomb ». Infirmier Bob.

— Joe ? Vous êtes toujours en ligne, Joe ? Qu'est-ce qui se passe ? demanda Portenson.

— Puis-je vous poser une question, agent Portenson ?

— Bien sûr.

— Si votre père et votre mère venaient vous rendre visite et que ça tombe mal, diriez-vous : « ce n'est pas exactement le meilleur moment pour avoir toute ma famille chez moi » ?

— Mais quel rapport...

— « Toute ma famille », répéta Joe. Utiliseriez-vous cette expression s'il n'y avait que votre père et votre mère ? Ne serait-il pas plus logique de dire « mes vieux » ou mes « parents ? »

— Sans doute, admit un Portenson perplexe et agacé.

— Sans doute, en effet. Cependant, lorsque le sujet est venu sur le tapis devant Cam Logue au cours d'un repas, il a dit « toute ma famille ». Ce n'était peut-être qu'une erreur, mais je n'y crois pas. Il voulait peut-être vraiment dire toute sa famille, y compris son frère.

— Putain, je suis largué ! Qui est Cam Logue et qu'est-ce que j'ai à foutre de ce qu'il a pu vous raconter pendant que vous cassiez la croûte ?

— Ne vous éloignez pas de votre téléphone pendant quelques minutes. J'ai un autre appel à faire.

— Qu'est-ce que vous...

Mais Joe avait déjà raccroché et composait le premier de ses numéros mémorisés. En attendant que Marybeth décroche, il fit les cent pas devant son pick-up. Elle répondit à la quatrième sonnerie et à son ton, il comprit tout de suite que quelque chose n'allait pas.

Il lui demanda ce qui se passait.

— J'ai déjà été mieux, répondit-elle après une seconde d'hésitation.

— C'est ma faute ?

— Non, Joe. Pourquoi penses-tu toujours que c'est de ta faute ?

– Parce c'est comme ça, la plupart du temps. Bref, tu as une minute pour quelque chose d'urgent ?

– Oui.

– Le frère de Cam est bien médecin, n'est-ce pas ?

– Euh, oui, répondit Marybeth, manifestement intriguée par la question.

– Où ça ?

– Tu veux dire… dans quel État ? Marie a dit une ou deux fois qu'il était à l'étranger…

– N'était-il pas médecin militaire ?

Elle observa un moment de silence.

– Oui… je suis à peu près sûre que c'est ce qu'elle a dit.

Joe frappa de la main le capot du pick-up.

– Et comment s'appelle-t-il ?

– Eric. Dr Eric Logue, répondit Marybeth. Mais pourquoi cette question ? Qu'est-ce qui se passe ?

Joe arrêta d'aller et venir.

– Je n'ai pas le temps de t'expliquer… et je ne suis même pas sûr du lien qu'il y a entre tout ça. Mais quoi que tu fasses, Marybeth, tiens-toi à l'écart de Cam. Je crois que lui ou son frère a quelque chose à voir avec les mutilations. Si tu es dans son bureau, prends tes affaires et fiche le camp. Tout de suite.

Elle eut un petit rire triste.

– Tu n'as pas à t'inquiéter pour ça, Joe. Je suis à la maison. Mais je reviens justement du domicile des Logue et personne n'a répondu.

– Grâce au ciel, tu vas bien ! s'exclama Joe en sentant retomber la pression.

– Je m'inquiétais pour Marie, tu comprends. Je ne sais pas où elle est…

*

Joe rappela Portenson.

– Est-ce que le rapport donne d'autres informations sur Eric Logue ? Mentionne-t-il de quel État il est originaire ?

– Qu'est-ce que ça peut faire ? demanda l'agent du FBI d'un ton irrité. C'est peut-être quelque part dans le rapport, mais il va falloir que je cherche.

— Il faut savoir où il a passé son enfance, dit Joe d'un ton insistant. Et si ce n'est pas dans le rapport et s'ils ne veulent pas vous le dire, essayez de vous faire confirmer que le Dr Eric Logue a été en mission dans les mêmes endroits qu'Eckhardt.

— Je ne ferai absolument rien tant que vous ne m'aurez pas dit ce qui se passe, aboya Portenson. Vous avez déjà fichu ma carrière en l'air une fois, Joe… et aujourd'hui, en quoi est-ce si important de savoir où Eric Logue a passé son enfance ?

— Cam Logue est agent immobilier ici, à Saddlestring, répondit Joe. C'est à Saddlestring qu'il a grandi et il vient juste d'y revenir pour ouvrir boutique. Tout porte à croire que notre docteur Eric Logue est le frère de ce Cam Logue. Je ne sais pas très bien comment tout cela s'emmanche, mais nous tenons quelque chose. Écoutez, je suis en pleine nature et il faut que nous en parlions tout de suite à Hersig… en tout cas, avant la réunion de la cellule de crise de ce soir. Je pourrai mieux m'expliquer.

— J'appelle Robey sur-le-champ, dit Portenson. Arrêtez votre numéro de garde-chasse en patrouille et rappliquez en ville, que nous puissions voir Robey. Et gardez votre téléphone branché. Je vous rappelle dès que je lui ai parlé.

*

Joe roulait en direction de Saddlestring lorsque son portable sonna.

— Robey est collé au téléphone avec le gouverneur, dit Portenson sans autre préambule. Il veut qu'on lui fasse le point sur ce qu'a fait la cellule de crise.

— Et Robey va en avoir pour longtemps ? demanda Joe.

— D'après sa secrétaire, ça risque de durer un bon moment, mais elle nous a marqués pour dix-sept heures, répondit Portenson, la voix lourde de sarcasme.

Joe regarda sa montre. Presque trois heures et demie.

— Il faut coincer Eric Logue. Plus nous aurons d'informations à donner à Robey, mieux ça vaudra.

— J'en ai déjà parlé au Bureau. Nous devrions avoir du nouveau d'une minute à l'autre.

— Voyez s'ils peuvent vous faire parvenir des photos d'Eckhardt et d'Eric Logue et prévenez-moi dès qu'il y a quoi que ce soit. Si

Eric est bien l'autre Logue, il faut aller cueillir Cam et l'interroger le plus rapidement possible.

— Quelqu'un est-il mort pour qu'on vous nomme aussi vite agent du FBI ? lui renvoya sèchement Portenson. Je connais mon boulot. Arrangez-vous simplement pour être chez Robey à cinq heures… je m'occupe du reste.

*

Joe jeta le téléphone sur la banquette et fonça vers Saddlestring, de plus en plus inquiet. Il se demandait ce qu'il allait faire en attendant le rendez-vous chez le procureur. Il envisagea un instant de se rendre au bureau de Portenson pour y attendre les informations sur Eric Logue, mais l'agent du FBI n'était manifestement pas d'humeur à avoir le garde-chasse du coin regarder par-dessus son épaule. Pas question non plus de se rendre à l'agence immobilière ; après le fiasco du matin, il y avait toutes les chances que Cam refuse de lui parler.

Au moment où il quittait le pont qui conduisait en ville en se demandant s'il ne devrait pas retourner se changer chez lui car il avait sali ses vêtements, il se rappela brusquement qu'il avait promis à Ike de récupérer Not-Ike. Il ralentit et parcourut les berges de la rivière des yeux, mais il ne vit qu'un seul pêcheur et ce n'était pas Not-ike.

Il alla se ranger sur le bas-côté, à l'entrée du pont. Le temps de dégringoler la pente de la berge, il avait reconnu le pêcheur : Jack, l'instituteur à la retraite et le seul habitant de Saddlestring à rivaliser avec Not-Ike en termes d'heures de pêche.

— Hé, Jack, vous n'avez pas vu Not-ike ?

Jack était occupé à attacher une mouche flottante. Les reflets du soleil sur l'eau derrière lui obligeaient Joe à cligner des yeux.

— Si, il était encore sous le pont il n'y a pas une heure. Il m'a appelé pour me dire qu'il en avait pris trois.

Joe sourit.

— Quelqu'un l'a pris en stop, continua Jack, et il n'est pas revenu.

— Vous avez vu qui c'était ?

Jack hocha la tête.

— Pas exactement. Mais il conduisait un gros 4 × 4 et tractait une caravane. Un grand machin argenté, avec des trucs écrits dessus.

Joe resta pétrifié.

— Est-ce que ce n'était pas « Dr Cleve Garrett, Iconoclast Society, Reno, Nevada » ?

Levant enfin les yeux de la mouche, Jack haussa les épaules.

— C'est possible, mais je pourrais pas dire. Je ne l'avais jamais vu dans le secteur, ce bahut. J'ai vu le type qui était au volant ; lui, je jurerais l'avoir déjà rencontré.

Joe recula involontairement d'un pas. C'était absurde. Pourquoi Garrett serait-il revenu à Saddlestring ? Et pourquoi aurait-il pris Not-Ike en stop ?

Puis, la lumière se faisant en lui, il sentit un désagréable picotement au creux de l'estomac.

— Eh ! Joe, ça va ?

Mais le garde-chasse avait déjà fait demi-tour et escaladait la berge à toute vitesse pour regagner son pick-up. Avant d'ouvrir sa portière, il lança à Jack :

— Par où ?

L'ancien instituteur pointa en direction de l'ouest, vers les montagnes.

Joe sauta derrière le volant, embraya et fit hurler les pneus en effectuant son demi-tour sur la route pour s'engager à nouveau sur le pont, manquant de peu de frôler la rambarde.

Chapitre 33

Joe accéléra dès qu'il fut sur la route des Bighorn et lança un appel radio en conduisant.

— Cleve Garrett a kidnappé un certain George Easter, dit Not-Ike, hurla-t-il dans le micro dès qu'il fut sur le canal d'urgence. Tout le monde doit rechercher une Suburban qui tracte une caravane Airstream…

Il décrivit le véhicule et sa remorque, ainsi que Not-Ike, du mieux qu'il put.

Il fallut quelques minutes pour que la fourmilière commence à s'agiter et que *via* le central de Saddlestring fusent commentaires, questions et rapports entre la police, les adjoints du shérif et la police de la route. Tout le monde voulait savoir ce qui se passait et avoir plus de détails. L'adjoint McLanahan râla parce qu'il venait juste de terminer son service et s'apprêtait à aller manger un morceau au Burg-O-Pardner. Il demanda comment on épelait « iconoclast ».

Le portable de Joe se mit à sonner presque tout de suite, comme il s'y était attendu.

C'était le procureur – un procureur pas très content.

— Qu'est-ce qui se passe, Joe ? Qu'est-ce qui te prend ? Tu as déclenché un vrai branle-bas de combat, ici !

— Un homme dont la description correspond à Cleve Garrett a convaincu Not-Ike d'arrêter de pêcher et l'a emmené avec lui. La dernière fois qu'on les a vus, ils roulaient vers les montagnes.

— Cleve Garrett ? s'étrangla Hersig. « Cleve Garrett ? » Et Eric Logue, alors ? Je viens juste d'avoir un message de Portenson le concernant.

— Je sais pas ! répliqua Joe en s'étranglant tout autant que Robey. C'était peut-être Garrett depuis le début !

— Mais bordel de Dieu, comment sais-tu que Not-Ike ne faisait pas tout simplement du stop pour aller pêcher plus haut sur la rivière ?

— Parce que les choses commencent à se mettre en place, Robey. Et d'une drôle de manière. Aucun de nous — et moi en particulier — n'a pris ce Garrett au sérieux, à cause de ses théories à la noix. Mais le fait est qu'il se trouvait au Montana lorsqu'on a signalé les premières mutilations de bétail. Et quand il s'en est produit à Saddlestring, il y était aussi. À notre connaissance, Garrett est la seule personne à avoir été sur les lieux les deux fois. Sur quoi le type s'évanouit dans la nature d'une manière qui fait penser qu'il était pressé. Je ne suis pas arrivé à comprendre pourquoi sur le coup ; je pensais que c'était à cause de Deena. Je me dis maintenant qu'il avait compris que nous commencions à nous intéresser à lui — que moi, je commençais à m'intéresser à lui.

— Admettons. Mais alors, pourquoi revenir à Saddlestring et risquer de se faire prendre ? Et pourquoi s'en prendre à Not-Ike en particulier ? s'étonna Robey.

— Not-Ike nous a dit qu'il avait vu quelqu'un, ou plutôt deux hommes, se faufiler dans l'allée derrière l'agence Logue. Il les a décrits comme effrayants ou inquiétants, c'est dans le rapport. Tu ne te rappelles pas ?

Si, ça me revient. Je n'y ai pas prêté attention.

— Moi non plus, bon Dieu ! dit Joe. Mais je commence à me dire que Not-Ike est peut-être la seule personne vivante à avoir vu ces salauds. À pouvoir les identifier, peut-être.

Hersig garda le silence un instant.

— En dehors de nous, qui était au courant ?

— Cam Logue.

— Comment diable l'était-il ?

— C'est moi qui le lui ai dit, à son bureau.

— Oh, non…

— Si. Il doit y avoir un lien entre Cam et Garrett. Lequel, je n'en sais rien, mais c'est la seule explication. Les deux personnes que Not-Ike dit avoir vues dans l'allée, derrière l'agence immobilière, sont probablement Garrett lui-même et Cam. Cam a dû appeler Garrett après mon départ pour l'informer.

Joe se botta mentalement les fesses d'avoir été aussi stupide. S'il arrivait quelque chose à Not-Ike, il ne se le pardonnerait jamais.

— Calme-toi, Joe, calme-toi, dit Hersig. Reste bien concentré, d'accord ? Nous ne savons même pas avec certitude si Cam est impliqué ou non. Et Not-Ike a pu dire ce qu'il avait vu à d'autres personnes... c'est même probable. Ce matin, tu prétendais que Logue n'était pas impliqué dans cette affaire et soudain te voilà convaincu qu'il est en cheville avec Garrett ?

— Oublie ce que j'ai dit, Robey, fit Joe, toujours énervé. Je me trompe peut-être, mais si ce n'est pas le cas, la vie de Not-Ike est en danger. Il faut envoyer quelqu'un arrêter Cam tout de suite. Peut-être sait-il où Garrett cherche à se rendre. Pour ce que nous en savons, il est peut-être lui-même en fuite à l'heure actuelle !

— Et qui veux-tu que j'envoie ? La priorité de tout le monde est de retrouver Garrett et Not-Ike. Barnum, ses adjoints et pratiquement tous les représentants de la loi dans un rayon de cinquante kilomètres autour de Saddlestring sont sur le terrain à la recherche de Garrett. Je ne vais pas en rappeler un pour lui dire d'aller passer les menottes à un homme d'affaires respecté à cause d'une vague présomption !

Joe serrait tellement fort le téléphone qu'il se dit qu'il allait le casser.

— Tu envoies qui tu veux, je m'en fiche... les flics de la route, s'il n'y a qu'eux. Mais quelqu'un ! Cam est impliqué dans cette affaire d'une manière ou d'une autre et nous ne pouvons pas risquer de le perdre comme nous l'avons fait avec Garrett.

— Je vais voir ce que je peux faire, dit Hersig. Mais je ne te promets rien.

— Fais tout passer par le central. Je vais rester branché et je transmettrai tout ce que j'aurai à signaler.

Hersig coupa la communication sans répondre.

*

Joe essaya de mettre les pièces du puzzle en place. L'implication de Garrett l'intriguait. Il avait été tellement obnubilé par Cam Logue qu'il n'avait accordé qu'une attention superficielle au chasseur d'extraterrestres. Deena lui avait procuré une occasion de creuser plus profondément dans les motivations de Garrett, mais il n'avait pu la saisir à temps ni enrayer la suite des événements.

Puis une autre idée lui vint. Garrett était avide de publicité. Il voulait attirer l'attention afin de pouvoir présenter ses idées délirantes sur les extraterrestres et les prétendues conspirations qu'ils ourdissaient. Avait-il un côté plus sombre, plus pervers ? Le peu de crédit que lui avait accordé Joe l'avait peut-être poussé à monter d'un cran dans l'horreur criminelle...

Et où diable Cam Logue entrait-il dans ce tableau ? Car il devait bien y entrer d'une manière ou d'une autre : sinon comment Garrett aurait-il été au courant de la conversation que Joe avait eue avec Cam ? Garrett avait disparu avant que Joe et Cam aient eu cette conversation. Étaient-ils en contact ?

Si la cellule de crise avait été un fiasco, Joe était celui qui, pendant tout ce temps, avait été sans le savoir le plus proche du tueur. Il pouvait encore y avoir une autre explication ; il l'espérait, mais il en doutait. Si l'affaire tournait comme elle semblait vouloir tourner, ce serait de sa faute. Il n'aurait pu empêcher un nouveau meurtre. Il en grinçait des dents en conduisant.

– Merde, merde, merde, merde !

Il prit le téléphone sur le tableau de bord et appela Nate Romanowski. Pour une fois, Nate décrocha.

– C'est Joe.

Nate était excité.

– Ah, Joe, on ne s'est pas parlé depuis que nous avons trouvé le collier. Eh bien, crois-le ou non...

– Nate ! J'ai besoin de ton aide, le coupa Joe.

– Je t'écoute.

– Dans combien de temps peux-tu me retrouver sur la Bighorn Road ? Avec ton arme ! Je me dirige vers les montagnes.

– Dix minutes.

– Je te prends au passage.

*

Au sommet de la colline suivante, Joe aperçut Nate qui descendait de sa Jeep et fixait son étui d'épaule. Il ralentit et Nate monta en voltige dans la cabine. Sans s'arrêter, Joe ramena le pick-up sur la route et le moteur rugit.

— C'est Cleve Garrett, dit Joe.

— Vraiment ? dit Nate en poussant un sifflement. Ça ne devrait pas tellement nous étonner, non ?

— Non. Ça ne devrait pas. Mais je crois que Cam Logue est impliqué d'une manière ou d'une autre et sans doute aussi quelques autres personnes.

Pendant qu'ils roulaient, Nate sortit son arme, vérifia la présence des cinq cartouches dans le barillet et la remit dans son étui.

— Tu es nommé adjoint temporaire, Nate, dit Joe en lui jetant un coup d'œil.

— J'ignorais que les gardes-chasses pouvaient nommer des adjoints.

Joe haussa les épaules.

— Sans doute pas. Je le fais donc au nom de la cellule de crise pour les affaires de meurtres et de mutilations du Twelve Sleep County.

— Cool, dit Nate. Dans la mesure où ce n'est que temporaire.

Joe fit oui de la tête.

— Tu te souviens quand je t'ai parlé de ce qu'il y avait sous la surface apparemment calme d'une rivière ? demanda Nate, les yeux agrandis par cette évocation. Comment il y avait un monde tout à fait différent, plein de bruits et de chaos…

— Quel rapport avec…

— Écoute-moi une minute, pour une fois, Joe. J'en suis venu à croire qu'il y a différents niveaux de conscience et d'existence. Des univers complets avec chacun sa version de ce qu'est la réalité, avec chacun son ensemble complet de lois naturelles. Parfois, ces lois sont transgressées et les choses débordent d'un niveau de réalité dans un autre. Dans ce cas-là, il faut espérer qu'on envoie quelque chose de ce niveau pour réparer les dégâts, sans quoi tous les démons de l'enfer vont se déchaîner…

Joe resta sans voix.

– Écoute, Nate…

– Je sais. Nous n'avons pas le temps d'approfondir. Mais l'ours est avec moi, à présent. Nous sommes en communication.

*

La radio se mit à grésiller. C'était Wendy, de service au standard.

– Un pêcheur vient tout juste de nous signaler un véhicule et une remorque correspondant au signalement de ceux du suspect sur une aire de pêche aménagée.

Joe et Nate échangèrent un regard et Joe s'empara du micro.

– Wendy ? C'est Joe Pickett. Il y a six de ces camps de pêche sur le cours de la Twelve Sleep River. Peux-tu me dire duquel il s'agit ?

Il y eut quelques instants de silence, puis Wendy répondit :

– D'après le pêcheur, ce serait au camp de Pick Pike Bridge.

Joe, bien entendu, savait où se trouvait cette aire aménagée ; c'était la dernière sur le cours supérieur de la rivière, avant la forêt. De taille réduite, elle ne comportait que quatre ou cinq emplacements situés au milieu d'un bosquet d'une certaine densité. Les seules installations du camp étaient des toilettes sommaires et une table pour nettoyer les poissons, près du cours d'eau. Du fait de sa situation au milieu des arbres, l'endroit était très discret. Il y avait donné plus de contraventions à des pêcheurs qui n'étaient pas en règle que dans tous les autres camps de la rivière, les petits malins s'imaginant que personne ne les verrait ou ne les trouverait dans cette planque.

– Je suis à un quart d'heure de là, dit Joe à Wendy. D'autres unités dans le coin ?

– Le shérif Barnum est en route.

– Exact, aboya Barnum en intervenant dans la liaison. Sécurisez les issues et attendez la cavalerie, Pickett !

« Sécuriser les issues ? »

Joe regarda Nate.

– Shérif ? Il n'y a qu'une petite route qui relie le camp à la Bighorn Road, mais il y a au moins quatre pistes praticables qui y aboutissent de ce côté-ci et de l'autre de la rivière. Ce qui nous fait cinq issues.

– Alors, servez-vous de votre jugeote, lâcha Portenson d'un autre émetteur. Je prends la direction des opérations, shérif. Suivez-moi.

Joe se sentit soulagé que ce soit l'agent du FBI qui soit aux commandes.

*

Par la route à deux voies, ils franchirent le sommet couvert de sauge d'une colline et découvrirent la rivière et le camp dans la vallée au-dessous d'eux. Joe fit halte pour évaluer la situation. La Twelve Sleep River, qui reflétait la lumière dorée du soir, cascadait d'une paroi rocheuse pour suivre un cours sinueux en U avant de disparaître après une autre courbe au milieu d'un bosquet de peupliers. Le camp se trouvait sous les arbres, dans le creux du U formé par la rivière.

Comme Joe l'avait décrit à Barnum, des chemins qui avaient l'air de fils abandonnés, d'aspect plus sombre au milieu de la végétation, serpentaient au milieu des sauges, sortant des bosquets d'arbres et y entrant, offrant de multiples points d'accès à l'aire aménagée.

D'où ils étaient, ils ne pouvaient pas voir si le Suburban et la caravane de Garrett étaient arrivés. Pour le savoir, ils allaient devoir rejoindre le fond de la vallée et s'avancer dans le camp proprement dit, sous les arbres.

Joe décida de n'attendre ni Portenson ni Barnum. Si Cleve Garrett avait commencé à taillader Not-Ike, il fallait arrêter le massacre le plus tôt possible. *J'ai assez fait de conneries dans cette affaire, pas question de me dire que j'attendais tranquillement en haut d'une colline pendant qu'on torturait Not-Ike,* pensa-t-il.

— Prêt? demanda Joe à Nate.

— Bien sûr.

*

À la maison, Marybeth préparait des spaghettis sauce bolognaise quand le téléphone sonna. Son « Allô ? » fut accueilli par un silence à l'autre bout du fil, mais elle crut entendre le bruit d'une respiration.

— Allô ? répéta-t-elle.

Rien. Elle était sur le point de raccrocher quand une voix lui dit dans un souffle :

— Marybeth ?

Elle ne reconnut pas tout de suite sa mystérieuse correspondante.

— Marie ? C'est toi Marie ?

Il y eut un instant d'hésitation et la voix répondit, toujours
doucement :

— J'ai eu ton mot, Marybeth. C'était adorable de ta part. Mais
c'était trop tard. Beaucoup trop tard.

Au ton retenu et vide avec lequel Marie s'exprimait, Marybeth
comprit que quelque chose n'allait pas du tout.

— Ça va, Marie ?

Il y eut un sanglot déchirant, puis Marie eut l'air de se
reprendre un instant.

— Non, ça ne va pas, répondit-elle, d'une voix brisée. Ça ne va
pas du tout. Cam est parti et j'ai fait quelque chose d'horrible. Ils
l'ont pris.

— Qui a pris Cam ? Qu'est-ce que tu me racontes, Marie ?

Elle se rappela sa récente conversation téléphonique avec Joe et
sa recommandation de ne pas approcher Cam.

Mais Marie était incapable d'en dire davantage : elle pleurait
trop fort. Elle finit par aboyer « je te rappelle ! » entre deux sanglots
et raccrocha.

Marybeth se retrouva en train de contempler sa cuisinière sans
vraiment la voir. Elle se rendit soudain compte qu'elle tremblait.

Où était Joe ? Il fallait qu'il vienne la retrouver tout de suite au
domicile des Logue.

Chapitre 34

Au moment où, arrivés au bas de la colline, ils traversèrent le petit ruisseau après lequel commençaient les arbres, Joe coupa son téléphone portable et réduisit le volume de la radio à un murmure. Les deux vitres étant baissées pour mieux capter ce qui les entourait, Joe fit tourner le moteur au ralenti pour qu'il émette un minimum de bruit. Il voulait faire une entrée aussi discrète que possible dans le camp.

Ils passèrent devant un panneau du service des forêts – panneau que des années passées à essuyer les coups de fusil des chasseurs avaient rendu presque illisible et qui annonçait PICK PIKE CAMP-GROUND.

La pénombre et une odeur d'humidité où dominaient les effluves de la décomposition végétale régnaient sous les arbres. Les feuilles jaune pâle des peupliers jonchaient la terre molle et noire. De petites taches de soleil crevaient le feuillage et étoilaient le sol.

Nate montra la piste. Des traces de pneu.

– Récentes, murmura-t-il.

Joe lui répondit d'un signe de tête. Lui aussi les avait vues. L'empreinte des sculptures était même encore parfaite, sans signe d'érosion.

Nate avait pris son Casull dans la main droite et le tenait pointé vers le plancher. Joe avait son Beretta posé à côté de lui, contre sa cuisse. Il avait les mains glacées et sa respiration était courte et saccadée d'appréhension. Il serrait tellement les mâchoires qu'il en avait mal aux dents.

Avant de tourner en direction des emplacements de camping, le chemin passait devant la table métallique rouillée qui servait de poste de nettoyage des poissons, près d'un petit point d'amarrage des bateaux. Il l'avait dépassée lorsque Joe sentit des effluves qui le firent s'arrêter. Une odeur anormale.

Il ouvrit sa portière aussi silencieusement qu'il put et s'approcha de la table. Nate fit de même, mais se dirigea vers la rivière. L'installation était rudimentaire – quatre cornières de fer plantées dans le sol, aux angles desquelles était soudée une plaque en métal qu'on pouvait nettoyer grâce à un robinet qui prenait l'eau dans la rivière. En règle générale, c'étaient des endroits qui sentaient mauvais, mais leur odeur habituelle était celle des entrailles et des têtes de poissons, voire de leurs squelettes entiers lorsque le pêcheur ne conservait que les filets. Là, ça ne sentait nullement le poisson, il s'en rendit compte : la table dégageait une forte et âcre odeur d'eau de Javel et d'ammoniaque.

La plaque de métal, récurée à fond, était parfaitement propre. Elle comportait en son centre un trou de vidange prolongé d'un tuyau d'évacuation qui renvoyait les écoulements à la rivière.

La table avait été utilisée par un pêcheur particulièrement soucieux de propreté, voire obsessionnel, ou alors... pour tout autre chose.

Joe sentit son estomac se nouer.

Il chercha Nate des yeux et vit qu'il lui faisait des signes véhéments, lui intimant l'ordre de le rejoindre. Il se dirigea vers lui, pris d'un pressentiment de plus en plus désagréable.

Nate était penché sur l'eau et lui indiquait le tuyau de sortie de la vidange, à une vingtaine de centimètres sous l'eau. Un long ruban blanc et mou s'était pris dans une plante aquatique et ondulait dans le courant. Nate plongea la main dans l'eau, le retira et le tendit entre ses deux mains pour l'examiner.

De la peau humaine. Blanche. À l'une des extrémités du ruban, il y avait une sorte d'empreinte bleutée, faite de deux lignes horizontales. Horrifié, Joe comprit de quoi il s'agissait.

– Oh, mon Dieu ! murmura-t-il. C'est le haut de deux lettres, E-E... la fin du mot DÉTOURNÉE ! Ça vient de Deena. Elle l'avait tatoué en travers du ventre. Ce fumier l'a écorchée vivante !

*

Joe sentit monter en lui une colère incontrôlable. Tout ce qu'il avait ressenti jusque-là – sa frustration, son embarras, sa peur quand ils s'étaient avancés sous les arbres – se muait en un bloc de rage.

– On va le trouver et lui faire la peau, lança-t-il par-dessus son épaule à Nate en se dirigeant à grands pas vers le pick-up.

Inclinant le dossier du siège, il retira le fusil à pompe de son étui. L'arme était toujours chargée de chevrotines double zéro.

Nate l'avait suivi.

– Calme-toi, Joe.

– Je suis calme, répondit Joe, les dents serrées.

Il pensait à Deena, à Not-Ike, à Montegue, à Tanner, au déluge de dépravation et d'humiliations qui s'était abattu sur sa vallée et dont Cleve Garrett était responsable.

– Prenons le temps d'en parler, dit Nate.

Joe fit jouer la pompe pour introduire une cartouche dans la chambre.

– Nous avons besoin d'une stratégie. Prends le temps de respirer.

*

La caravane était toujours attachée au pick-up Suburban de Garrett, l'ensemble étant garé dans le cinquième et dernier emplacement du camping*. On aurait dit un gros tuyau métallique, lisse et luisant, au milieu de la végétation plus sombre. Au-delà de l'attelage, de l'autre côté d'une rangée de saules, coulait la rivière, large et peu profonde à cet endroit.

Joe verrouilla le volant de son véhicule pour bloquer le passage et coupa le moteur. Garrett ne pouvait plus sortir du site et son encombrant attelage n'aurait pas pu se faufiler entre les arbres, beaucoup trop serrés à cet endroit.

Les stores étant baissés à toutes les fenêtres de la caravane, Joe se demanda si ses occupants les avaient vus ou entendus. Joe et Nate descendirent du pick-up, Nate, comme ils en avaient convenu,

---

* Les campings américains sont divisés en emplacements matérialisés en général par une haie sur trois côtés, et comportent une table de pique-nique et un foyer à barbecue sommaire (NdT).

s'enfonça aussitôt dans les broussailles et y disparut rapidement pour aller se mettre à couvert et pouvoir couvrir Joe mais voir aussi si quelqu'un essayait de s'enfuir par l'arrière de la caravane.

Joe était passé derrière son propre véhicule, mais il avait branché le haut-parleur et tenait le micro à la main, le cordon tendu au maximum passant par la fenêtre de la cabine.

Quand il estima que Nate devait avoir pris position, il brancha le micro.

– Sortez de cette caravane, Cleve Garrett ! Tout de suite !

Il surveillait attentivement les fenêtres : il vit un rideau onduler à l'une d'elles. Quelqu'un regardait dehors.

– SI VOUS AVEZ DES ARMES, LAISSEZ-LES À L'INTÉRIEUR. OUVREZ LA PORTE ET SORTEZ LES MAINS EN L'AIR ET BIEN OUVERTES !

Le store de la fenêtre à l'avant de la caravane s'enroula brusquement. Joe s'accroupit et épaula son fusil, prenant la fenêtre dans sa ligne de mire. Un visage apparut dans l'encadrement, pressé contre la vitre.

– Joseph ? articula Not-Ike. Joseph ?

De l'extérieur on n'entendait rien.

Not-Ike paraissait perdu mais aller bien. Joe eut une bouffée de soulagement. Garrett devait lui appuyer le canon d'une arme sur la tête et le repousser contre la vitre.

De nouveau, Not-Ike essaya d'articuler quelque chose. *Ces types sont barjots, Joseph,* lut Joe sur ses lèvres.

Les lamelles d'un panneau d'aération, près de la tête de Not-Ike, commencèrent à pivoter. Joe espéra que Nate, de sa cachette, disposait d'une meilleure vue que lui sur la fenêtre. Avec un peu de chance, il pourrait voir Garrett à l'intérieur et l'abattre si l'homme abaissait son arme ou était distrait par quelque chose.

– Joseph, c'est bien toi, pas vrai ?

Joe entendait à présent clairement la voix de Not-Ike.

– Oui, c'est moi, répondit-il dans le micro pour être bien sûr que Garrett l'entendrait aussi. Mais je ne suis pas tout seul. Il y a une vingtaine de policiers en train de prendre position. La caravane est cernée.

Une seconde passa et la tête de Not-Ike disparut de la fenêtre. Joe espéra que Garrett allait se décider à parler. Peut-être allait-il proposer quelque chose.

— Ne nous obligez pas à avoir recours à la force, reprit Joe en essayant de prendre un ton calme et empreint de bonne volonté. Laissez vos armes à l'intérieur et sortez, c'est tout.

Une légère oscillation de la caravane trahit un mouvement à l'intérieur.

La porte s'ouvrit avec un cliquetis métallique. Joe braqua le fusil dessus. Le battant alla claquer contre la paroi extérieure et l'encadrement se remplit de la silhouette massive de Not-Ike ; Garrett se tenait derrière lui, un avant-bras passé autour du cou de son prisonnier, le canon d'un pistolet pointé sur son oreille. Garrett étant beaucoup plus petit que Not-Ike, Joe ne voyait de lui que ses yeux au-dessus de l'épaule du Noir.

— Nous sortons ! cria Garrett.

Not-Ike descendit de la caravane, Garrett serré contre lui. Les deux hommes avancèrent ainsi de quelques pas, Not-Ike souriant à Joe comme s'il ne saisissait pas entièrement ce qui se passait. Joe n'abaissa pas son arme. Pendant un bref et intense moment chargé d'électricité, Joe et Garrett soutinrent mutuellement leur regard.

— Lâchez-le, dit Joe, qui n'avait plus besoin de son micro. Abaissez votre arme et laissez-la tomber par terre.

Garrett jeta des coups d'œil furtifs autour de lui.

— Je ne vois personne, dit-il. Elle est où, votre cavalerie ?

— Par là derrière, dit Joe qui commençait à se demander ce que fabriquait Nate.

Garrett poussa Not-Ike et les deux hommes firent quelques pas en direction de Joe. Le canon du pistolet s'enfonçait dans l'oreille du Noir, dont la tête s'inclinait de côté. Le chien était relevé. Not-Ike paraissait étrangement serein — ce qui, pensa Joe, rendait la situation encore pire.

— Nous allons nous avancer jusqu'à votre pick-up et vous l'emprunter, dit Garrett, dont le ton gagnait peu à peu en confiance. Et vous, vous allez baisser ce fusil et vous mettre de côté.

Oui, il ne me reste que ça à faire, pensa Joe qui, effectivement, n'avait pas le choix. À moins que Nate… Nate ?

À ce moment-là, une autre silhouette se profila dans l'encadrement de la porte de la caravane. Une silhouette humaine, certes, mais épouvantable.

Cam Logue, dont la moitié du visage avait été pelée. Sa chemise était imbibée de sang, sa tête retombait et ses bras pendaient mollement. Un grand costaud barbu au teint mat, habillé d'une veste militaire de camouflage ensanglantée, le tenait par-derrière.

– Oh, mon Dieu ! s'entendit murmurer Joe.

Qu'est-ce que Cam fiche ici et qu'est-ce qu'ils lui ont fait ? se dit Joe

L'homme descendit de la caravane ; on aurait dit non pas qu'il poussait Cam devant lui, mais qu'il le portait, le maintenant en position verticale d'un bras qui lui serrait fortement la poitrine. L'autre main du costaud tenait un scalpel appuyé contre la gorge de Cam.

– Hé, Doc, vous m'auriez p-pas oublié, par ha-asard ? lança l'homme à Garrett.

Son élocution était brouillée et ralentie. Ce détail et la tenue camouflée furent le déclic. Il s'agissait de l'infirmier Bob.

– Bien sûr que non, répondit Garrett sans se retourner. Plutôt malpropre, comme boulot, ajouta-t-il à l'adresse de Joe.

Frappé de stupeur, le garde-chasse n'arrivait pas à prendre la mesure de la scène atroce qu'il avait sous les yeux. Elle n'avait aucun sens.

BOUM !

La moitié gauche de la tête de Bob disparut. Des débris ensanglantés de chair et de cervelle allèrent consteller la caravane avec un bruit mou écœurant, tandis que son corps s'effondrait en arrière tiiiiiii iiii iiliii. Cam Logue, que plus rien ne retenait, tomba aussi mais en avant, tête la première dans la poussière.

Instinctivement, Joe se redressa et passa à la gauche du pick-up pour avoir un meilleur angle sur Garrett. Celui-ci avait fait brusquement pivoter Not-Ike en direction de la détonation, et Joe voyait beaucoup mieux sa cible. Mais Garrett avait toujours son pistolet braqué sur la tête de Not-Ike.

– Qui a tiré ? hurla Garrett en jetant un coup d'œil au corps immobile de Cam.

– Lâchez cette arme ! cria Joe.

Garrett n'en fit rien et partit à reculons, entraînant Not-Ike avec lui. Une fois à hauteur de la caravane, il se dirigea vers l'arrière tandis que le Noir, qui venait peut-être de comprendre ce qui se passait, commençait à paniquer.

— Joseph !

Garrett s'enfonça au milieu des joncs à l'arrière de l'Airstream, la dernière chose que vit Joe avant qu'il disparaisse étant les bras de Not-Ike qui moulinaient vainement l'air.

Puis il y eut le bruit de quelque chose de lourd tombant dans l'eau.

*

Joe et Nate se précipitèrent.

— Tu ne m'avais pas dit qu'ils seraient deux, dit Nate.

— Personne ne me l'avait dit non plus, grommela Joe. Ni que Cam serait avec eux.

Nate ne répondit pas.

Ils trouvèrent Not-Ike dans l'eau, s'étouffant et crachant, mais indemne. Cleve Garrett avait disparu.

— Je m'en charge, dit Nate en laissant Joe et Not-Ike dans la rivière, qu'il entreprit de traverser pour gagner l'autre rive.

Chapitre 35

Les trois heures suivantes, alors que, la nuit tombant, l'aire aménagée se remplissait de véhicules et d'hommes et que des projecteurs éclairaient la scène du drame, Joe Pickett resta plongé dans une sorte de brouillard. Il avait encore assez de lucidité pour comprendre qu'il était en léger état de choc. Il avait raconté les détails de ce qui s'était passé d'un ton monocorde à Portenson, Hersig et Barnum. Puis, pendant que tout le monde s'agitait autour de lui, il était resté sur le côté, hébété, à observer tous ces va-et-vient comme s'il n'avait rien à voir avec tout cela.

À un moment donné, Hersig s'approcha pour lui dire qu'ils avaient trouvé dans la caravane un sac marin contenant des effets personnels qui permettait de confirmer que l'homme abattu par Nate était bien Robert Eckhardt, l'infirmier déserteur de l'armée, accusé d'avoir commis des mutilations sur des prisonniers. Le numéro de téléphone du portable, trouvé lui aussi dans le sac, correspondait à celui relevé par le shérif de Park County grâce à son service d'identification. On avait pris les empreintes digitales d'Eckhardt pour confirmer définitivement son identification, l'étendue de ses blessures au visage rendant impossible de le faire à l'aide d'une photographie.

Sous les yeux de Joe, on transporta le corps de Cam Logue dans une ambulance et celui d'Eckhardt dans une autre. Barnum envoya une équipe d'adjoints de l'autre côté de la rivière pour rattraper Garrett.

Deena, étonnamment, était encore en vie. Les hommes du service de secours la firent sortir de la pièce du fond de l'Airstream.

Elle était nue, si l'on ne tenait pas compte des bandages qu'elle avait autour du ventre et des jambes et du mince drap blanc que l'équipe médicale avait jeté sur ses épaules. Elle était consciente, mais somnolente, probablement droguée, se dit Joe. Tandis qu'on la transportait sur une civière vers une troisième ambulance, elle tourna la tête de côté et sourit faiblement à Joe.

L'un des urgentistes, que Joe avait déjà vu sur la scène du crime de Tuff Montegue, raconta à un adjoint que Deena lui avait dit quelques mots quand ils l'avaient trouvée.

— Garrett faisait des expériences sur elle. Il lui a prélevé un lambeau de peau. Elle a dit que ça ne l'embêtait pas plus que ça, mais qu'elle était en colère parce qu'il avait touché à son tatouage. Non mais tu te rends compte ?

L'adjoint Reed sortit de la caravane un paquet enroulé dans un tissu sombre à la main et un de ses collègues braqua sa lampe dessus quand il l'ouvrit. Des instruments chirurgicaux en acier brillèrent dans la lumière. Joe se souvint brusquement de Sheridan et Lucy parlant d'ustensiles de cuisine posés sur un tissu, dans la cabane au fond de la propriété des Logue, et de l'homme qui les avait chassées et avait le nom « Bob » inscrit sur sa pochette. Il repensa aussi au type dont la moitié de la tête avait été emportée et eut un frisson.

— Comment cet Eckhardt s'est-il trouvé en cheville avec Garrett ? demanda Hersig à Portenson. Et pourquoi diable s'en sont-ils pris à Cam Logue et à Not-Ike ?

Portenson haussa les épaules et jura.

— Et toi, Joe, tu le sais ? lui demanda Hersig.

Joe fit non de la tête.

— Il est mal en point, dit Portenson en regardant Joe avec sympathie. Je crois que c'est la première fois qu'il voit un type se faire exploser la tête.

— Et non seulement ça… Vous avez vu ce qu'ils ont fait à Cam Logue ? Bordel ! je vais faire des cauchemars pendant des années après un truc pareil.

— Vous avez été sensationnel, dit Portenson à Joe. Votre initiative a probablement sauvé la vie de deux personnes.

Hersig se tenait à côté de lui, le regard perdu dans l'obscurité du sous-bois.

– Quelque chose m'échappe, murmura-t-il autant pour lui-même que pour Joe. Qu'est-ce que Cam fichait ici ? Comment ce cinglé d'infirmier militaire s'est-il retrouvé avec Cleve Garrett ? Et quel rapport avec Cam ? Ce n'est pas une histoire de coïncidences, sûrement pas. (Il se tourna vers Joe.) Alors d'après toi, c'était Cam depuis le début ? En collusion avec Garrett ? Il aurait fait la connaissance de Robert Eckhardt par son frère ? Je croyais qu'il le haïssait…

Joe avait du mal à suivre. Il tendait l'oreille pour entendre la détonation qui aurait dû lui parvenir de l'autre côté de la rivière. Mais elle ne venait pas.

*

Peu après, Nate fit son apparition au milieu des projecteurs et chercha Joe des yeux ; les adjoints qui allaient et venaient s'arrêtèrent et le regardèrent. Nate Romanowski, remarqua Joe, avait une présence peu ordinaire.

– J'ai perdu sa piste avec la tombée de la nuit, dit Nate à la cantonade.

– Merde ! grommela Barnum. Vous avez vu mes adjoints ?

– Ils sont sur mes talons.

Nate fouilla la foule des yeux, vit Joe debout à côté de son pick-up et commença à se diriger vers lui. Portenson se mit en travers de son chemin.

– J'ai cru comprendre que vous étiez le tireur. Vous risquez une mise en examen et nous avons besoin de votre déposition.

Nate regarda froidement l'agent du FBI.

– Une mise en examen ?

– Je l'ai nommé adjoint, dit Joe.

Portenson hocha la tête.

– Qu'est-ce que vous voulez dire ?

Nate haussa les épaules et contourna Portenson.

– De toute façon, nous avons besoin de votre déposition, monsieur.

– Vous l'aurez, lui répondit Nate. Pour le moment, je ramène Joe à la maison. Je passerai demain à votre bureau.

Portenson s'approcha de Joe d'un pas hésitant.

– L'identification vient de nous parvenir. Le médecin déserteur est bien le frère de Cam Logue, Eric Logue, qui a passé son enfance ici. On devrait avoir des photos de Robert Eckhardt et d'Eric Logue sur l'ordinateur, à Saddlestring. C'est Washington qui nous les envoie. Mais comment tout ça se tient, pour moi, le mystère est complet.

Joe haussa les épaules. Ses mouvements avaient une seconde de retard sur ses pensées.

*

Joe et Nate laissèrent Hersig, Portenson et Barnum organiser la traque de Garrett et coordonner au mieux l'action des hélicoptères et des chiens.

— Tu es sûr que tu es en état de conduire ? demanda Nate.

— Oui, ça va.

— Je n'ai pas pu tirer sur Garrett. J'aurais fait deux morts.

Joe hocha la tête. La scène où la tête d'Eckhardt explosait et où les deux corps tombaient chacun de leur côté tournait en boucle devant ses yeux, quelque part au-delà du capot de son camion.

— Donc, Cam Logue est mort ? demanda Nate.

— Oui.

— Autrement dit, j'ai sauvé un mort ?

— Tu ne le savais pas. Ni moi non plus à ce moment-là. Comme tir de précision, c'était fantastique.

— J'ai sauvé un mort, répéta Nate.

— T'es OK, Nate ?

— OK n'est pas le bon mot quand tu viens de tuer un type, Joe. Je crois que je suis… Je sais pas quoi. Disons que je ne suis pas mécontent du boulot que j'ai fait, si tu veux.

*

Joe se souvint soudain de son portable et le ralluma tandis qu'ils s'engageaient sur la route en dur.

Il y avait un message.

Marybeth, se dit Joe. *Elle doit se ronger les sangs.*

Il composa le numéro de la messagerie et porta l'appareil à son oreille.

C'était bien Marybeth, mais elle parlait à voix basse et d'un ton précipité.

— Tu es où, Joe ? Je suis avec Marie, chez elle. C'est une scène terrible et j'ai peur pour elle. Peux-tu venir dès que possible ? Vite !

Il écrasa le champignon et le moteur se mit à rugir.

— Qu'est-ce qui se passe ?

— Je ne sais pas.

Chapitre 36

Les phares de Joe passèrent sur le van de Marybeth garé dans l'allée en rond-point, devant la maison des Logue. Le véhicule n'était pas vide : il aperçut une petite tête blonde sur le siège du milieu. S'agissait-t-il de Sheridan ou de Lucy ? Son cœur se mit à battre plus fort.

Joe s'arrêta et, laissant le fusil dans le pick-up, courut jusqu'au van, dont il fit coulisser la portière. Quand le plafonnier s'alluma, il découvrit non pas une de ses filles mais Jessica Logue sagement assise les mains sur les genoux, les joues barbouillées de larmes.

— Qu'est-ce que tu fais ici, Jessica ?

— Mme Pickett a demandé à ma maman si je pouvais venir ici, répondit la fillette en regardant ses mains. Ma maman a dit que oui.

— Elles sont dedans ?

Jessica acquiesça d'un signe de tête.

Joe lui tapota l'épaule.

— Reste ici pour le moment. Je n'en aurai pas pour longtemps.

— Monsieur Pickett ?

— Oui ?

— J'espère que vous allez pouvoir aider ma maman, dit-elle en levant les yeux sur lui.

— Je vais essayer, ma chérie.

Nate était descendu du pick-up et se tenait derrière Joe, silencieux.

— Je préférerais que tu restes ici, lui dit Joe. Je n'ai aucune idée de ce qui se passe là-dedans. Tu peux peut-être essayer de regarder par une fenêtre et si les choses se gâtent, eh bien…

— Je serai prêt. Et la petite, ça va aller ?
— Ce n'est pas certain.

*

Joe frappa à la porte et essaya de voir à travers l'épais rideau qui en masquait la partie vitrée. Il y avait un peu de lumière à l'intérieur, provenant d'une pièce sur la droite de l'entrée, mais pas moyen de voir Marybeth. Il frappa à nouveau et une silhouette sombre s'avança vers la porte.
— C'est toi, Joe ? fit la voix de Marybeth.
Il ferma fortement les yeux un instant — elle allait bien — et répondit que oui.
— Tu es seul ?
— Oui.
— D'accord pour laisser entrer Joe ? demanda-t-elle à quelqu'un dans la pièce voisine.
La main de Joe tournait déjà la poignée lorsque Marybeth lui dit qu'il pouvait entrer. Il le fit et referma la porte derrière lui. Le vestibule était sombre. Pourquoi Marybeth ne s'approchait-elle pas de lui ? Était-elle sous la menace de quelqu'un ?
Il voulut prendre son pistolet, mais Marybeth fit non de la tête, d'un mouvement presque imperceptible. Joe, de la même manière, lui indiqua l'extérieur et articula silencieusement, « Nate ». Elle cligna des yeux pour montrer qu'elle avait compris.
Ses bottes sonnèrent bruyamment sur le plancher de la maison silencieuse, tandis qu'il s'approchait de Marybeth. Celle-ci tourna la tête vers l'intérieur de la pièce d'où elle était sortie et dit :
— Marie ? Joe arrive.
— D'accord.
Marybeth s'effaça pour laisser passer son mari. Il évalua rapidement la situation. La pièce n'était éclairée que par deux lampes de table de faible puissance. Des étagères remplies de livres couvraient le mur opposé. La télé et la chaîne stéréo du coin détente étaient toutes les deux éteintes.
Marie Logue se tenait debout, adossée à un piano droit. Elle tenait un verre de vin rouge d'une main et un pistolet semi-automatique de l'autre. Ses yeux donnaient l'impression d'être vitreux

et n'exprimaient rien. En séchant, des larmes avaient laissé des traces sur ses joues, comme sur celles de sa fille.

En face de Marie, un couple âgé était assis dans deux gros fauteuils. Ils paraissaient fragiles, ratatinés et regardaient Joe derrière des lunettes à monture métallique. Les bretelles de l'homme étaient passées par-dessus son tee-shirt blanc et la femme portait un sweat-shirt deux fois trop grand pour elle ; ses cheveux frisottés ressemblaient à des copeaux d'acier.

— Joe, je crois que tu n'as jamais rencontré les beaux-parents de Marie, dit Marybeth d'un ton exagérément calme qui signifiait que la situation était tendue. Je te présente Clancy et Helen Logue.

Joe les salua d'un hochement de tête.

— Joe, mon mari.

Clancy Logue répondit lui aussi d'un signe de tête, mais Helen continua à fixer le nouveau venu d'un regard scrutateur.

— J'étais sur le point de les tuer, dit tranquillement Marie dans le coin de la pièce, et Marybeth se décarcasse tant qu'elle peut pour me convaincre de ne pas le faire.

Joe la regarda.

— Je parie qu'aujourd'hui, j'arriverai à vous arracher plus de trois mots, Joe, ajouta-t-elle avec un rictus.

*

— Marie ? Est-ce que je peux expliquer à Joe de quoi nous parlions ? demanda Marybeth toujours avec le même calme remarquable.

Marie eut une expression disant *j'en ai rien à foutre* et but une gorgée de vin. Elle regarda tour à tour Joe, Clancy et Helen pendant que Marybeth parlait.

— La semaine dernière, Marie a appris que Cam essayait de racheter le ranch Overstreet en sous-main. Autrement dit, ce fameux acheteur secret était Cam lui-même. Apparemment, les seules autres personnes à être au courant étaient ses parents. Il leur a dit qu'il allait racheter leur ancien ranch, mais qu'ils n'y seraient pas les bienvenus. Mais il avait une autre raison, et pas sentimentale, de vouloir le racheter. Ça va jusqu'ici, Marie ?

— Tout à fait.

– Comme tu le sais, Joe, l'ancien secrétaire général du comté avait transformé cette maison en dépôt d'archives. Cam aimait bien regarder dans les vieux dossiers, apprendre l'histoire des propriétés de la région… c'est ce qu'il racontait à Marie. Et apparemment, un jour il est tombé sur le dossier du ranch Overstreet et a découvert que le père Overstreet avait vendu les droits de forage et d'exploitation pour cinquante ans. Autrement dit, ces droits devaient retourner au propriétaire dans deux ans. Les sœurs Overstreet l'ignoraient. Elles croyaient que la vente était définitive.

– Et donc, Cam aurait touché un joli pourcentage sur l'exploitation des puits, conclut Joe.

Marie eut un petit rire sardonique.

– Étiez-vous au courant de ses plans ? lui demanda-t-il.

– Non. J'ai découvert le coup des droits de forage il y a seulement quelques jours, quand il m'a tout avoué. J'étais absolument furieuse contre lui. On croit connaître quelqu'un… j'ai une morale, moi, Joe ! Marybeth le sait. C'est pour ça que je refusais de venir travailler. Je n'admettais pas qu'on puisse arnaquer ces deux vieilles femmes. Cam le sait bien et c'est pour ça qu'il a mis autant de temps à me le dire.

Et Stuart Tanner devait le savoir lui aussi, pensa Joe. Il avait dû le découvrir en consultant le dossier sur l'origine de la propriété. Ces détails devaient figurer dans celui qu'il avait apporté lui-même à Cam.

Marybeth reprit la parole.

– Helen et Clancy ont décidé de venir rendre visite à leur fils. D'après Marie, quand ils ont appris les projets de Cam, ils ont émis le souhait de venir vivre sur le ranch, eux aussi. À ce moment-là, personne n'était au courant des droits de forage. Helen et Clancy pensaient simplement que ce serait agréable d'y prendre leur retraite.

– Et comment ! lança Clancy d'un ton de défi. Pour une fois que le p'tit gars faisait quelque chose de bien, il ne voulait pas partager.

Joe jeta un coup d'œil à Marie. Elle regardait son beau-père, les paupières plissées.

– Je vous en prie, dit Marybeth, laissez-moi finir de raconter l'histoire.

Clancy eut un reniflement de mépris et se renfonça dans son fauteuil.

— Marie m'a expliqué que Cam avait un frère, Eric. C'est un médecin militaire qui a eu de sérieux problèmes de santé il y a quelques années, une sorte de dépression nerveuse. On l'accusait d'avoir volontairement blessé des patients…

— Ce n'était pas volontaire ! s'écria Helen.

— Oh, vous, la ferme ! cracha Marie en brandissant son pistolet et foudroyant sa belle-mère du regard.

Celle-ci serra les lèvres, mais ses yeux brûlaient de haine.

— Il est possible qu'il s'en soit pris à ses patients à cause de sa dépression, reprit diplomatiquement Marybeth en choisissant des mots acceptables pour tous. Bref, un ami d'Eric, un infirmier, est venu avec Helen et Clancy dans leur mobile home. Tu l'as sans doute vu, dehors. Celui avec des cadenas aux portes.

Joe acquiesça d'un signe de tête. *Bordel !*

— C'est comme ça qu'ils ont amené l'ami d'Eric. Bouclé à double tour.

Joe regarda le vieux couple. Ils n'avaient pourtant pas l'air de monstres ; on aurait dit de simples retraités aux limites de l'indigence.

— Apparemment, l'infirmier a réussi à s'enfuir. Il a peut-être vécu sur la propriété, dans la cabane qu'ont trouvée les filles, mais on n'en est pas encore certain.

Quelque chose échappait à Joe.

— Mais pourquoi l'avez-vous amené ici ?

Clancy et Helen échangèrent un regard.

— Vous avez intérêt à parler, dit Marie d'un ton faussement léger, sans quoi je vais devoir commencer à tirer.

Helen s'éclaircit la gorge.

— Bob a débarqué chez nous sans s'annoncer. Il nous a dit qu'il cherchait Eric. Notre fils nous a demandé de l'amener ici.

— C'est Cam qui vous l'a demandé ? demanda Marie, incrédule.

— Non, pas Cam, Eric.

— Quoi ?

Le visage de Marie s'était empourpré.

— Calme-toi, Marie, je t'en prie, dit Marybeth.

— Eric voulait nous faire cadeau de cette espèce d'ordure ?

demanda Marie dont la voix devenait stridente. Il voulait l'envoyer dans la maison de votre petite-fille ?

– Bob n'est pas si mauvais, fit observer Clancy. Même si on a du mal à le comprendre quand il parle.

– Sans compter qu'il est resté tout seul là-bas derrière sans jamais embêter personne, ajouta Helen.

Tu devrais les descendre tout de suite, Marie, pensa Joe.

– Bref, dit Marybeth en essayant de reprendre le contrôle de la conversation, Eric et Bob ont débarqué ici aujourd'hui et ont pris Cam avec eux.

– Eric est venu ici ? s'écria Joe.

Son expression avait dû le trahir car Marie comme Marybeth se tournèrent vers lui, le regard interrogateur.

– Vous savez où est Cam, Joe ? demanda Marie.

Il la regarda sans rien dire.

– Oh, mon Dieu ! Vous savez où il est ?

– Je suis absolument désolé, répondit Joe. Cam est mort. Nous sommes arrivés trop tard. L'infirmier est mort, lui aussi. Nous pensons qu'il a peut-être joué un rôle dans le meurtre de Cam.

Marie eut un hoquet, resta quelques instants la respiration bloquée, puis poussa un gémissement à fendre l'âme. Joe sentit les poils de ses bras se hérisser. Marybeth recula d'un pas, la main devant la bouche, les yeux écarquillés.

Marie n'avait pas fini de gémir qu'elle braquait son pistolet sur Helen et appuyait sur la détente – sans que Joe ait eu le temps de se jeter sur elle pour lui enlever son arme. Le percuteur claqua à vide. Joe lui prit le pistolet à deux mains. Marie se laissa faire et courut se réfugier auprès de Marybeth, qui la prit dans ses bras.

Joe poussa un grand soupir, examina le pistolet et se rendit compte que Marie avait simplement oublié de l'armer. Puis il regarda Helen. Son expression n'avait pas changé. Regard noir, mort, reptilien sous le masque d'une vieille femme.

– Ils ont eu Cam ? demanda-t-elle.

– Oui.

– Quel dommage !

– Dommage surtout que Marie n'ait pas su comment on arme un semi-automatique, dit Joe.

– C'est pas très gentil, ça, siffla Helen.

Puis Joe se figea sur place, avec l'impression que la pièce se mettait à tourner autour de lui. Quelques photos encadrées étaient disposées sur une étagère, derrière Helen et Clancy. Cam et Marie le jour de leur mariage, Jessica, un couple d'un certain âge – les parents de Marie, se dit Joe. Au milieu de tout ça, il y avait une photo qui semblait devenir de plus en plus grande tandis qu'il la regardait fixement.

Elle représentait Helen et Clancy avec un Cam beaucoup plus jeune. Et à côté de Cam, plus grand d'une bonne tête, Cleve Garrett.

Joe se pencha au-dessus d'Helen et Clancy, s'empara de la photo et la secoua sous leur nez.

– Que fout Cleve Garrett sur cette photo ?

Clancy regarda Joe comme s'il était devenu fou.

– Je ne comprends rien à ce que vous racontez. C'est Eric. Notre fils Eric. Le médecin. Le chirurgien.

C'est alors que Joe se souvint des dernières paroles prononcées par Bob. « Hé, Doc, vous m'auriez pas oublié, par hasard ? »

Chapitre 37

Cleve Garrett et Eric Logue étaient donc une seule et même personne. Et en dépit des équipes de recherche, des hélicoptères et des chiens, on ne le débusqua pas. Trois jours après la fusillade, on retrouva brièvement sa trace dans l'abri sommaire d'un vieux campement à un peu plus de vingt kilomètres à l'ouest de la rivière, en pleine montagne. Dans le site enfoui au milieu des trembles, les policiers trouvèrent les cendres d'un petit feu de camp et les restes d'un faon à demi mangé. La constatation que des parties de peau avaient été enlevées sur la tête et l'arrière-train de l'animal permit aux enquêteurs de déduire que le dernier occupant de ce camp de fortune avait bien été Garrett-Logue. Encore un trophée.

À la suite de cette découverte, les recherches s'intensifièrent. Le gouverneur Budd autorisa l'intervention de la garde nationale du Wyoming, qui, pendant une semaine, décrivit des cercles concentriques autour des Bighorn. On ne trouva aucun autre camp, aucune autre piste.

Garrett-Logue connaissait le terrain comme sa poche : il y était né et y avait grandi.

*

Le lendemain des funérailles de Cam Logue – elles avaient rassemblé le plus grand nombre de personnes depuis dix ans à Saddlestring, à en croire le pasteur, Ken Siman – Marie et Jessica passèrent au domicile des Pickett, sur la route des Bighorn. Marie Logue quittait la ville. À la grande joie de Lucy, Marybeth avait accepté de garder Jessica, le temps que Marie puisse s'installer à Denver, où habitaient ses parents. La prime d'assurance de Cam devait leur permettre de vivre, Jessica et elle, pendant des années. Les deux femmes s'embrassèrent, il y eut des pleurs et des adieux chargés d'émotion. Joe et Sheridan, un peu en retrait, échangeaient des coups d'œil gênés.

— Je crois que c'est le fait d'avoir trouvé ces archives, dit Marie à l'intention de Joe, comme s'il lui avait posé la question. Tout lui est revenu. Mon impression est qu'il essayait de prendre sa revanche sur son passé.

Joe acquiesça d'un signe de tête.

— Est-il possible qu'Eric ait cherché à l'aider ? En faisant baisser le prix de la terre pour qu'il puisse racheter le ranch ?

Marie garda les yeux au sol.

— Non, je ne pense pas. À mon avis, il ne savait même pas qu'Eric était dans le secteur jusqu'à ce matin-là. (Elle releva la tête.) Je ne veux plus y penser. Et je n'y penserai plus.

*

Les jours, puis les semaines passant, Joe en vint à s'intéresser davantage à Cam Logue et moins à son frère. Il était douloureux de penser à Cam et il se sentait désolé pour lui, désolé que les choses aient tourné aussi mal. Cam était le résultat de parents cruels, pervers, qui n'avaient aucune affection pour lui. Des parents qui avaient eu deux rejetons, un criminel pathologique et un orphelin affectif. En dépit de ce handicap, Cam avait essayé de bâtir quelque chose pour lui et sa famille. Bourreau de travail, il avait aussi été, pour ce qu'en savait Joe, un bon mari et un bon père jusqu'à la fin. Très proche en cela de Joe, dont les parents s'étaient fait une spécialité d'être alcooliques, négligeants et ineptes, Cam s'était lancé dans la vie sans boussole. Il avait eu besoin de la solidité de Marie comme Joe de celle de Marybeth. Guidé par son épouse, Cam avait participé à la vie de la communauté, gagné des récompenses et des compliments, eu droit à une admiration méritée. Il avait caché ses doutes, ses frustrations et ses peurs à tout le monde – à Marie aussi, et c'était dommage, car elle seule aurait pu l'aider. À la fin, plus qu'il n'avait trahi, il avait laissé ressortir de vieux conflits profondément enfouis en lui et jamais réglés.

Cam Logue avait fait preuve de cupidité et trop désespérément cherché à offrir à sa femme et à sa fille une vie meilleure que celle qu'il avait connue. Il n'était ni criminel par nature, ni un homme d'affaires sans principes et prêt à tout. Il avait succombé à son désir de redresser un tort et de réécrire le passé. Mais son passé lui était retombé dessus sous la forme d'un vieux pick-up cabossé avec des plaques du Dakota du Sud.

Joe pensait avoir vu le véritable Cam Logue le jour où il était venu l'affronter dans son bureau. Ce n'était pas le businessman conquérant qu'il avait vu ce jour-là, mais un homme peu sûr de lui, amer, pris au piège de la toile qu'il avait lui-même tissée, otage d'une situation dans laquelle il n'aurait jamais dû se mettre.

*

Un jour, Trey Crump appela Joe pour lui annoncer une nouvelle troublante.

– Tu ne vas pas me croire, lui dit-il, mais tu avais raison pour ce collier d'ours. Il datait de Mathusalem… d'après les spécialistes du grizzly, il était sorti des inventaires depuis plus de trente ans ! Nous ne savons absolument pas comment il a refait surface dans cette roulotte de berger.

Joe absorba l'information, l'esprit en roue libre.

– Parce que c'est là que l'ours l'a perdu, Trey.

– Mais les types disent que c'est impossible. Il est tout à fait impossible qu'un ours se balade pendant trente ans sans émettre de signaux et qu'il apparaisse tout d'un coup dans ton district. Sans compter qu'il est assez rare qu'ils vivent aussi vieux ! Leur seule explication, c'est que le berger qui occupait la roulotte a dû le retrouver et le ramener à un moment donné.

Joe repensa à la roulotte dévastée et à la manière dont elle empestait l'ours.

– Certainement pas, dit-il.

Trey s'éclaircit la gorge.

– Mais c'est pas tout, Joe. Il y a encore plus bizarre. Figure-toi que le grizzly du Yellowstone en vadrouille a été tué par un crétin de braco du côté de Meeteetse, il y a un mois. La bête n'a jamais mis les pattes dans les Bighorn.

– Quoi ?

— Le type l'a abattu, lui a pris sa fourrure et a écrabouillé l'émetteur radio du collier. On ne l'aurait jamais découvert si cet imbécile n'avait pas eu la bonne idée de confier la fourrure à un taxidermiste de Cody pour en faire une descente de lit. Le taxidermiste nous a appelés et le braco nous a tout raconté. Ça date de cet après-midi. Une équipe a même retrouvé ce qui restait du cadavre décomposé et du collier.

Joe n'en revenait pas.

— Mais un ours est bien passé dans le chariot, Trey ! J'ai vu ses empreintes. Et j'ai vu ce qu'il a fait au cadavre du cow-boy.

— Il doit s'agir d'un autre animal, répondit Trey sans conviction.

Joe lutta contre l'envie de lui parler de l'ours avec lequel Nate Romanowski aurait été en communication. Sauf que si jamais il racontait un truc pareil à son supérieur, Nate et lui risquaient de sérieux ennuis.

Le téléphone resta silencieux une bonne minute avant que chacun raccroche de son côté.

Joe regarda par la fenêtre, très perplexe. Un collier d'ours vieux de trente ans ? Un ours qui aurait disparu de la surface de la terre pendant trois décennies pour réapparaître tout d'un coup ?

— Ça ne tient pas debout, dit-il à voix haute en condamnant définitivement cette hypothèse.

Bon Dieu, qu'est-ce qu'il avait besoin d'une bière…

*

Quelques instants plus tard, alors qu'il était sur le point d'aller à la cuisine, Nate appela.

— L'homme à qui je voulais justement parler…

Nate eut un petit rire.

— Je viens d'avoir des nouvelles intéressantes, reprit Joe. On a retrouvé le grizzly manquant. Il n'a jamais mis les pattes ici.

— C'est vrai que c'est intéressant, dit Nate d'un ton espiègle.

— Sauf que nous savons tous les deux qu'il y a bien eu un ours.

— En effet, on peut présenter les choses comme ça.

— Et je n'ai pas oublié que tu avais commencé à me dire quelque chose juste avant d'arriver au terrain de camping. Nous n'avons jamais terminé cette conversation.

— Non, jamais.

— On devrait peut-être le faire maintenant?

Nate avait tendance à faire durer les silences. Joe attendit patiemment.

— En théorie, dit Nate, si je savais qu'un grizzly rôde encore dans les parages et que je t'en parle, tu serais obligé, pour respecter ton règlement, de signaler ma découverte, non?

— Exact. Les grizzlys sont sur la liste des espèces en danger et à ce titre tombent sous la responsabilité de notre service.

— C'est bien ce que je pensais.

Nouveau long silence.

— Nate?

— J'ai appris beaucoup de choses. Pas toujours agréables. Mais au bout du compte, ça me donne de l'espoir.

— Comment ça?

— Il y a des choses plus grandes que nous... à d'autres niveaux de réalité. Heureusement, elles prennent leurs propres affaires en main...

— Heu...

— Tout ce que je peux te dire pour le moment, c'est qu'il faut que tu me fasses confiance là-dessus. Elle est fascinante, cette expérience. Tu seras le premier à apprendre ce qui s'est passé, promis.

Joe s'enfonça dans son siège en pensant aux propos que Nate lui avait déjà tenus :

« Dans mon rêve, l'ours était envoyé ici dans un but précis. Il avait une mission.

« Cet ours est plus qu'un ours. Cet ours est ici pour une bonne raison. »

« Le hasard nous fait nous trouver au bon endroit et au bon moment – celui où les différents niveaux de conflits se superposent. »

« Tu devrais garder l'esprit un peu plus ouvert » (ou quelque chose comme ça).

Grâce aux ressources du FBI, Portenson remonta la piste d'Eric Logue depuis l'époque où il était entré dans l'armée jusqu'au jour où il avait pris la clef des champs, en Caroline du Nord, pour se retrouver dans le camping Riverside de Saddlestring.

Des militaires qui l'avaient connu confirmèrent que ce chirurgien exceptionnellement doué avait peu à peu sombré dans la folie, pris dans une sorte de spirale descendante. Il disposait également d'importantes ressources, ayant investi dans des entreprises de haute technologie à l'époque où leurs actions ne valaient presque rien et ayant retiré ses billes juste avant l'éclatement de la bulle spéculative. Les premiers signes de sa paranoïa et de son obsession pour les phénomènes paranormaux s'étaient manifestés aux Philippines. On l'avait soupçonné de se droguer, ainsi que l'infirmier Eckhardt. Lorsque ses patients avaient commencé à sortir de la salle d'opération avec des plaies et des points de suture sans rapport avec la procédure d'intervention de leur pathologie, on l'avait placé sous surveillance permanente. Et lorsqu'un rebelle philippin, atteint d'une blessure sans gravité à la jambe, était mort d'une hémorragie massive à la suite d'une opération effectuée par le docteur Logue, l'enquête avait abouti à son renvoi devant une cour martiale.

Pendant sa détention, il avait proclamé être en relation avec des extraterrestres qui lui rendaient régulièrement visite pendant la nuit. Il disait à ses gardiens que ses contacts lui avaient demandé de recueillir des échantillons pour leur compte. On le soupçonnait d'invoquer ces hallucinations pour faire annuler la procédure en plaidant la folie. Puis, profitant de son transfert dans un autre centre de détention, il s'était évadé.

Eric Logue avait acheté sa nouvelle identité à La Nouvelle-Orléans auprès d'un faussaire spécialisé dans ce genre de contrefaçon. Le pick-up Suburban et la caravane Airstream avaient été acquis légalement chez un revendeur de Birmingham. Il n'existait aucune Iconoclast Society, ni de richissime bienfaiteur finançant ses recherches. Il n'y avait qu'Eric Logue, tellement rempli de conviction messianique qu'il était pratiquement au-dessus de tout soupçon.

*

Hersig avait interrogé Deena pendant qu'elle récupérait à l'hôpital de Saddlestring, puis avait appelé Joe pour lui raconter la conversation.

Deena avait rencontré le soi-disant Cleve Garrett à Helena ; elle ne connaissait strictement rien de son passé et s'en moquait complètement. Il ne lui avait jamais dit avoir un frère. Ce qu'elle savait, c'est qu'elle l'avait trouvé au moment précis où elle avait le plus grand besoin de quelqu'un comme lui. Il savait des choses qu'elle voulait apprendre et se disait en contact intime avec des êtres venus d'ailleurs. Il était leur intermédiaire humain. C'est en tout cas ce que Garrett lui avait raconté et elle n'avait vu aucune raison de ne pas le croire.

Si c'était vraiment Cleve qui avait pratiqué les mutilations, avait-elle répondu, c'était simplement parce qu'il obéissait aux ordres.

Oui, elle avait accepté qu'il se livre à ses expériences sur elle. Pour elle, ce n'était pas différent de se faire tatouer ou de se faire faire un piercing. Mais elle lui en voulait un peu de lui avoir entaillé une partie de son tatouage.

Et oui, elle savait que Cleve s'était débarrassé du lambeau de peau à la table de nettoyage des poissons. Il le lui avait dit.

Elle avait dormi pendant presque tout le temps de l'intervention des forces de l'ordre, au camping. Après son « expérience » chirurgicale, Cleve lui avait administré un analgésique puissant qui l'avait assommée. Les bruits qu'elle avait entendus en provenance de l'autre pièce de la caravane, avant l'arrivée de Joe, avaient été effrayants, inhumains, mais elle avait cru qu'elle rêvait.

En dépit de tout, elle aimait encore Cleve Garrett. Pire, elle croyait encore en lui.

En racontant cette histoire, Hersig en avait la voix qui chevrotait. En terminant il ajouta :

– Je crois que je vais aller prendre une douche.

*

Le shérif Barnum prétendit n'avoir rien su des vues qu'avait Cam sur les droits de forage du ranch Overstreet, même s'il reconnut avoir effectivement songé à en acheter une partie pour y prendre sa retraite. Joe le crut, mais il avait constaté, comme Hersig, que le shérif ne s'était pas montré très offensif pendant l'enquête, comme s'il avait attendu que le prix des propriétés s'effondre. N'ayant pas fait part de ses projets immobiliers au reste de la cellule de crise, il aurait donc pu profiter en sous-main de la mauvaise réputation que l'affaire avait donnée à la vallée. Cela dit, s'ils se demandaient si Barnum n'avait pas eu des motifs personnels de ralentir l'enquête, Hersig et Joe manquer de preuves pour étayer leurs soupçons.

Malgré tout, l'histoire de l'affaire Overstreet finit par être connue de la communauté locale, de même que le rôle que Barnum y avait joué. Il y eut même des gens pour lancer l'idée, devant un café au Burg-O-Pardner, d'une pétition demandant la démission du shérif. Apparemment, le projet n'alla pas plus loin. Il ne faisait cependant aucun doute que la réputation de Barnum avait été atteinte et qu'il n'aurait guère eu de chance d'être réélu ; ce qui était de toute façon sans importance, comme l'intéressé le déclara lui-même au *Saddlestring Roundup*, étant donné qu'il avait prévu de ne pas se représenter et de prendre sa retraite. Vingt-six ans, ça suffisait bien, avait-il ajouté.

*

Pour la énième fois depuis la fin de l'affaire, Joe se retrouvait assis à son bureau, perdu dans ses pensées. La saison de la chasse au gros gibier était pratiquement terminée et l'hiver approchait. Les tâches administratives s'accumulaient sous la forme d'une grande pile de papiers dans la corbeille « en instance » et il devait trois rapports hebdomadaires à son supérieur, Trey Crump. Bien entendu, il n'y avait plus eu de cas de mutilations. Portenson était retourné à Cheyenne et on avait dissous la cellule de crise devenue obsolète.

Pour Joe, cependant, la tâche n'était pas terminée et le dossier n'était pas clos – et pas seulement parce qu'Eric Logue courait toujours : trop de questions n'avaient pas reçu de réponses.

Nate Romanowski avait pratiquement disparu. Tout ce que Joe avait eu de lui était un message laconique sur son répondeur : « J'avais raison, Joe. Cet ours est ici pour une bonne raison. C'est juste un véhicule, un agent. Il n'y restera que le temps qu'il faudra. »

Pour finir, alors que les recherches pour retrouver Eric Logue paraissaient de plus en plus vouées à l'échec et de moins en moins urgentes, le seul scénario à peu près crédible était encore celui-ci : Eric Logue était enfant à l'époque de la première épidémie de mutilations des années 1970 : la chose, autrement dit, ne lui était pas étrangère. Sa fascination et son obsession à expliquer ces crimes par le paranormal dataient peut-être de là.

Dans son délire, il en était arrivé à croire que sa mission était de tuer et défigurer des êtres vivants et de rassembler des trophées. Il avait la conviction que des extraterrestres lui ordonnaient de le faire, ou bien il s'était convaincu lui-même que ses actes plaisaient aux propriétaires des voix qu'il entendait. Pour cela, il se servait de son savoir-faire de chirurgien et des instruments de son métier. Son premier disciple avait été l'infirmier Bob, lequel avait ses propres problèmes psychologiques.

Sous couvert de sa nouvelle identité et du mandat d'une société fictive, il était retourné dans les Rocheuses, tout d'abord dans le nord du Montana, puis dans le Wyoming. Il avait un bon prétexte pour se trouver à l'endroit où avaient lieu les mutilations : il les étudiait.

Celles du Montana, dans l'esprit d'Eric, s'étaient très bien passées. Personne ne l'avait soupçonné. Ce qui n'avait pas marché, en revanche, c'était que le responsable de l'enquête l'avait traité comme un cinglé ; il n'avait pas pris ses théories au sérieux et n'avait voulu ni de ses connaissances ni de ses conseils. Il avait fait quelques convertis – avant tout Deena – mais dans l'ensemble, c'était un échec.

Il s'était rendu compte qu'il ne suffisait pas de s'en prendre au bétail et à la faune sauvage. Il fallait frapper plus fort. Pour cela, il avait eu besoin d'aide et avait fait appel à Eckhardt, qui était venu le rejoindre à Saddlestring, où personne n'avait reconnu Eric Logue sous le masque de Cleve Garrett.

Eric et Bob avaient commencé par des animaux, comme au Montana. Puis, la même nuit, ils s'étaient séparés : l'un d'eux (Eric) s'en était pris à Stuart Tanner, l'autre (Bob) à Tuff Montegue. Voilà qui expliquait pourquoi la mort de Tanner ressemblait tant aux mutilations faites sur les animaux ; Eckhardt, moins expérimenté, avait massacré le malheureux Montegue.

Nate pensait qu'Eric était resté un certain temps auprès du corps de Tanner, ce qui avait découragé les charognards. Pendant ce temps, Bob avait laissé le corps de Montegue à l'ours pour aller rechercher Éric. C'était Bob qui, en dépit de sa mauvaise élocution, avait rapporté la mort de Tanner sur son portable après avoir récupéré Eric.

C'était à partir de là que le scénario, déjà scabreux aux yeux de Joe, ne tenait plus la route. Pourquoi Eric était-il revenu chez lui, à Saddlestring ? Avait-il repris contact avec son frère ? Sinon, pourquoi les meurtres avaient-ils autant facilité les projets immobiliers de Cam ? Il ne pouvait s'agir d'une simple coïncidence.

Il fallait que les deux frères aient été en contact, d'une manière ou d'une autre. Soit Cam avait demandé à Eric d'utiliser les mutilations de bétail pour faire passer le meurtre de Tanner pour autre chose que ce qu'il était, soit Eric avait de lui-même décidé d'aider son frère. Sans quoi, pour quelle raison s'en serait-il pris précisément à l'ingénieur ?

La méthode et les suites des mutilations elles-mêmes, dans le cas des humains comme des animaux, ne présentaient aucune explication logique. Comment Eric s'y était-il pris pour tuer les animaux sans laisser la moindre trace de son passage ? Qu'avait-il fait aux cadavres pour tenir ainsi les charognards à l'écart ?

Qu'est-ce qui expliquait la curieuse sensation éprouvée par Joe et Sheridan lorsqu'ils avaient trouvé l'orignal mort ?

Et qu'est-ce qui avait pu terrifier Maxine à ce point pour que Joe se retrouve propriétaire du seul labrador entièrement blanc au monde ?

La dernière partie du scénario le laissait tout aussi perplexe. Pour quelle raison Eric et Bob étaient-ils venus au domicile de Cam Logue et l'avaient-ils enlevé ? Et pourquoi avoir enlevé Not-Ike ? Pourquoi avoir tué et mutilé Cam ?

La question numéro un, toutefois, restait la même : où avait bien pu passer Eric Logue ?

*

Joe était encore plongé dans ses pensées lorsque, aidé de Marybeth, il débarrassa la table. Il avait à peine suivi la conversation pendant le repas, alors que Jessica, Lucy et Sheridan parlaient de leur journée à l'école.

Pendant qu'il remplissait l'évier, Marybeth l'interpella :

— Je parie que tu es encore en train de penser à Eric Logue, pas vrai ?

Il la regarda sans rien dire.

— On ne saura peut-être jamais, Joe. On en a parlé jusqu'à plus soif.

— Plus on parle, plus on a soif, répondit-il pour tourner la chose en plaisanterie.

— Très drôle.

Il lava la vaisselle, elle l'essuya.

Lucy et Jessica riaient devant la télévision dans l'autre pièce. Joe leur jeta un coup d'œil par-dessus son épaule. En sortant de table, elles s'étaient changées pour enfiler une tenue identique (des combinaisons vertes d'hôpital dans lesquelles elles nageaient), à la grande consternation de Sheridan.

— Pourquoi ont-elles mis ces trucs? dit Marybeth en fronçant les sourcils.

Elle savait d'où venaient ces tenues.

— Allez vous changer tout de suite, toutes les deux! reprit-elle en haussant le ton. Je croyais vous avoir dit que je ne voulais plus les voir.

Les deux fillettes regardèrent Marybeth d'un air coupable, de toute évidence, elles avaient oublié.

— Désolée, maman.

— Désolée, madame Pickett.

Puis ce fut comme si les jambes de Marybeth allaient se dérober sous elle et elle dut se retenir de la main au chambranle de la porte.

— Qu'est-ce qui t'arrive? demanda Joe, intrigué.

Elle le regarda. Elle avait une expression terrible et son visage était devenu d'une pâleur mortelle...

— Quoi?

— Oh, non...

— Marybeth...

Elle se tourna vers lui et murmura:

— Joe? Marie n'a pas jeté ces blouses. Elle a permis à Jessica de les garder et de les porter.

— Et alors?

— Réfléchis un peu, Joe. Elle n'aurait pas gardé ces vêtements chez elle sans une bonne raison. Marie savait forcément à qui ils appartenaient. Elle les a lavés, séchés et rangés je ne sais combien de fois pour la petite.

— Continue, l'encouragea Joe.

— Pourquoi garder et utiliser des tenues qui ne pouvaient que rappeler à son mari un frère détesté? Pourquoi cette photo de son beau-frère sur la cheminée? Et maintenant que j'y pense... Marie a été moins surprise que toi en apprenant qu'Eric était venu chez eux ce jour-là.

Joe eut l'impression de recevoir un coup de poing en plein plexus.

— Tu te rends compte de ce que tu dis, Marybeth ?

Au lieu de répondre, celle-ci alla intercepter Jessica au moment où elle s'apprêtait à emprunter l'escalier pour aller se changer. Elle mit un genou au sol de façon à pouvoir regarder la fillette dans les yeux et posant une main légère sur son épaule.

— Depuis combien de temps as-tu ces blouses, Jessica ?

La fillette réfléchit avant de répondre.

— Un bon moment.

— Oui, mais plus précisément ?

L'insistance de Marybeth surprit Jessica.

— Ça doit faire deux ans, quelque chose comme ça. Je ne m'en souviens pas très bien.

— Et qui te les a données ?

— Tonton Eric.

Joe, qui scrutait la fillette, vit la peur grandir dans ses yeux.

— Jessica, reprit Marybeth, ton oncle Eric était-il chez vous il y a deux ans ? Avant que vous veniez habiter à Saddlestring ?

La petite, qui ouvrait des yeux de plus en plus grands, était sur le point de pleurer. Elle hocha la tête.

— Ton papa et ton oncle Eric ne s'entendaient pas très bien, n'est-ce pas ?

— Non, pas très bien.

— Ton papa t'a même demandé de jeter ces tenues d'hôpital quand il t'a vue dedans, pas vrai ?

— Oui.

— Mais ta maman t'a dit que tu pouvais les garder, à condition de ne pas les porter en présence de ton père, n'est-ce pas ?

Jessica acquiesça encore de la tête.

— C'est génial à porter.

— Je comprends.

Par-dessus l'épaule de Marybeth, Jessica regarda Joe. Elle cherchait à savoir si elle avait fait quelque chose de mal.

— Nous ne sommes pas en colère contre toi, Jessica, dit-il. Réponds simplement aux questions de Marybeth.

Nouveau hochement de tête.

— Ma maman m'a dit que je pouvais les porter quand papa n'était pas là et j'ai toujours fait comme ça.

— Ta maman et ton oncle Eric s'entendaient bien, n'est-ce pas? demanda Marybeth. Ils se parlaient beaucoup au téléphone quand ton papa n'était pas là?

Joe poussa un profond soupir, se sentant envahi par un sombre sentiment d'horreur.

Lorsque la petite hocha encore la tête, il ne voulut même pas voir la réaction de Marybeth. Mais celle-ci parut garder tout son calme.

— Très bien, ma chérie, dit-elle en se relevant. Tu peux aller te changer à présent.

La gamine ne bougea pas.

Joe et Marybeth échangèrent un regard, ne voulant faire aucun commentaire en présence de Jessica, qui les regardait tous les deux, les yeux pleins de larmes.

— Ma maman ne va pas revenir, c'est ça? demanda-t-elle à Marybeth.

Chapitre 38

Trois jours après cette conversation instructive, Marie Logue se présentait à l'aéroport de La Nouvelle-Orléans dans l'intention de prendre un vol international pour Milan, lorsqu'elle se retrouva cernée par une douzaine d'agents spéciaux du FBI. Elle déclara s'appeler Barbara Muldon, comme l'attestaient son permis de conduire délivré en Louisiane et un passeport vieux de quatre ans. Pour son malheur, cependant, le FBI disposait d'un enregistrement vidéo d'une transaction ayant eu lieu entre elle et l'homme qui avait déjà vendu ses faux papiers à Eric Logue.

Portenson était exubérant et tout fier lorsqu'il appela Joe pour lui raconter leur coup de filet. Il avait, lui dit-il, repensé toute l'affaire lorsque Joe lui avait parlé de la relation entre Marie Logue et son beau-frère et il s'était dit qu'Eric avait dû lui parler du faussaire de La Nouvelle-Orléans. Il était logique de penser que Marie, essayant de fuir la justice, ferait elle aussi appel à cet homme et viendrait chercher ses nouveaux papiers d'identité en personne. Les collègues de Portenson à La Nouvelle-Orléans avaient commencé par arrêter le faussaire, qui leur avait proposé un arrangement — leur mansuétude en échange d'un petit service sous forme de guet-apens : une caméra vidéo cachée installée dans son officine de Bourbon Street.

— Nous voudrions l'interroger dès demain, dit Portenson, et nous aimerions que vous soyez présent, vu que vous la connaissez.

— Non, je croyais seulement la connaître, le corrigea Joe.

— Comme vous voudrez. Votre présence est vivement souhaitée.

— La Nouvelle Orléans ?

— Je vais vous faxer les coordonnées de notre agent local et nous vous réserverons une chambre à l'hôtel le plus proche. En prenant la navette qui part de votre aérodrome pour modèles réduits dans deux heures, vous avez le temps de prendre le vol de Denver et d'être ici ce soir.

— Je ne crois pas pouvoir avoir le budget…

— Nous couvrons tous vos frais, Joe. J'ai déjà obtenu le feu vert.

*

Joe Pickett atterrit à La Nouvelle-Orléans à minuit, au milieu d'un orage de proportions bibliques. Le temps de prendre un taxi à la sortie de l'aéroport, son Stetson était transpercé.

En dépit de la pluie battante, la foule se pressait sur les trottoirs du centre-ville. Certains promeneurs étaient équipés de parapluies, mais la plupart se laissaient mouiller. Joe se présenta à l'accueil du Bourbon Orleans, dans le quartier français.

Alors qu'il se tenait devant le comptoir, dégoulinant d'eau, la réceptionniste, une blonde osseuse, lui demanda s'il était vraiment du Wyoming après avoir trouvé sa réservation.

— Eh oui !

— Je crois que c'est la première fois que je rencontre quelqu'un de là-bas.

— Il y a un commencement à tout.

*

Un message laissé par Portenson lui demandait de se trouver le lendemain à neuf heures dans le bureau local du FBI, sur Leon Simon Boulevard : « Nous vous dirons ce que nous avons obtenu jusqu'ici et nous irons la voir ensuite. Alors ne faites pas trop la java dans le quartier français, cette nuit. »

Joe appela Marybeth pour lui dire qu'il était bien arrivé et essaya de dormir, mais en vain. La nouveauté des lieux s'ajoutant au tour imprévu pris par l'affaire le tenait éveillé.

À deux heures du matin il remit son chapeau mouillé et sortit sous la pluie. Il y avait encore foule dans le quartier. Il parcourut les rues Dauphine et Bourbon, où une fêtarde l'appelant Tex lui lança un collier en perles de verre depuis son balcon.

*

Le lendemain matin, il pleuvait encore quand il arriva au bureau du FBI. L'agent de sécurité de l'accueil trouva son nom sur l'ordinateur, lui donna un badge « visiteur » et l'orienta.

Portenson l'attendait en compagnie d'une femme à l'allure d'intello qu'il présenta comme l'agent spécial Nan Scoon. Elle avait dirigé l'équipe qui avait arrêté Marie Logue à l'aéroport.

— À ce moment-là, dit Portenson, elle avait huit mille dollars en liquide sur elle et des documents prouvant qu'elle avait transféré un million trois cent mille dollars – soit le reste de l'argent de l'assurance – sur un compte dans les îles Caïmans. C'est à ça qu'elle avait consacré tout son temps après avoir quitté Saddlestring. Les coups de téléphone que vous avez reçus chez vous, soi-disant pour prendre des nouvelles de sa fille, ont été passés depuis à peu près partout dans le pays sauf de Denver, où habitent ses parents. Nous les avons interrogés, ils ne l'ont jamais vue.

Joe émit un petit sifflement.

— Beau boulot !

— Je sais, dit Portenson. Je suis un putain de génie. Mais ce qu'il y a de mieux dans tout ça, c'est que nous avons ficelé son dossier en attendant qu'elle se montre ici et nous lui sommes tombés dessus à l'aéroport comme une tonne de briques. Complicité au premier degré dans trois meurtres, abandon d'enfant, association de malfaiteurs, racket et une quinzaine d'autres chefs d'inculpation. Elle a commencé par tout nier en prétendant être Barbara Muldon, mais nous avons sorti l'artillerie lourde et après un simulacre de pleurs, elle a craqué. Elle a commencé par en dire le moins possible et a essayé d'aller à la pêche au compromis. Quand elle s'est rendu compte que ça ne menait à rien, elle a tout déballé. D'après mes collègues, une fois qu'elle a eu terminé, on aurait presque dit qu'elle s'en vantait tant elle était fière d'elle.

— Elle est donc d'accord pour tout expliquer ?

— Raison pour laquelle on avait besoin de vous.

*

Sur le coup, Joe ne la reconnut pas quand il entra dans la salle d'interrogatoire, un local meublé de façon spartiate. Teinte en blonde, Marie portait des lunettes chic à monture noire. Elle s'était mis un faux grain de beauté au-dessus de la lèvre supérieure. Ses yeux s'agrandirent derrière les verres quand elle vit Joe.

— Salut, Marie, dit-il en s'asseyant en face d'elle.

Scoon et Portenson s'installèrent sur les deux autres chaises.

Scoon fit partir l'enregistrement et récita ses droits à la prévenue. Comme elle l'avait fait la veille, Marie rejeta la possibilité de se faire assister d'un avocat.

— Finissons-en au plus vite, dit-elle sèchement en regardant Joe.

— Bien. Qui a trouvé le dossier Overstreet dans le sous-sol? demanda Joe.

— *Moi*, répondit-elle en français, l'œil brillant. Cam l'avait sans doute vu avant, mais il n'avait pas fait le rapprochement. Ce n'était pas un rapide. Fondamentalement, c'était un faible. Il s'en remettait à moi pour tout.

Joe poussa un grognement. Rétrospectivement, ça ne le surprenait pas vraiment. Comme il se l'était déjà dit, Cam fonçait sans boussole. C'était Marie qui lui indiquait le chemin.

— Puis il y a eu ces mutilations, reprit-elle, et on ne parlait plus que de ça. L'idée que le prix des terrains baissait nous arrangeait d'un certain côté, mais nous n'étions tout de même pas sûrs de pouvoir acheter le ranch Timberline. C'est à ce moment-là que j'ai mis la pression sur Cam pour qu'il prenne un maximum de mandats. Une sacrée pression, parce que je me disais que même si on n'arrivait à vendre qu'un seul ranch, on aurait de quoi assurer le dépôt de garantie pour le Timberline.

Tout en parlant, elle dessinait des motifs invisibles du bout du doigt sur la table.

— C'est alors que le pauvre vieux, Stuart Tanner, est arrivé avec son dossier. Nous n'avions pas envisagé qu'il fasse une recherche d'antériorité et qu'il trouve la même chose que moi. Si bien que lorsque Cam m'a sorti qu'il fallait dire adieu au ranch et penser à autre chose, j'ai sorti l'atout que j'avais dans la manche.

— Vous avez appelé Eric.

— Tout juste. Nous étions toujours restés en contact (elle battit des paupières et prit un air aguicheur). Il était complètement envoûté par moi… du genre pour la vie. Nous avions eu une liaison, dont Cam n'avait jamais entendu parler, bien des années auparavant. Je suis passée à autre chose après, mais Eric n'avait rien oublié. Même quand il a commencé à être malade, ses sentiments pour moi sont restés intacts. Il disait qu'il ferait n'importe quoi pour moi. C'est alors qu'il s'est mis à divaguer avec ses histoires d'extra-terrestres. Je l'ai laissé dire. Bref, lorsque je l'ai appelé pour lui demander un service, il a rappliqué tout de suite. Eric et son pote, Bob, se sont fait Tanner et Montegue. Eric voulait me faire plaisir, ce qui est tout de même gentil quand on y pense.

Joe sentit son estomac se retourner, mais s'efforça de garder son calme pour poser la question suivante.

– Mais pourquoi avoir choisi Tuff Montegue ?

– Parce qu'il se trouvait là, c'est tout. À sa manière diabolique, Eric est un malin, vous savez. Il m'a dit qu'ils ont fait exprès de saloper le travail sur Montegue afin de détourner l'attention de Tanner et, comme vous le savez, ça a marché. Votre fichue cellule de crise aurait continué à prendre l'affaire à l'envers jusqu'à ce que l'enfer gèle si vous n'aviez pas été là, Joe.

Joe ne répondit pas. Il réfléchissait. La plupart des pièces du puzzle avaient trouvé leur place. Mais pas toutes.

– Autrement dit, Cam n'était pas au courant de la présence de son frère à Saddlestring ? demanda-t-il.

– Pour moi, il se doutait qu'il ne devait pas être loin. Il m'a dit que ce n'était qu'une question de temps, que bientôt toute sa famille serait réunie, maintenant que ses parents étaient là. Il redoutait cette perspective.

– Savait-il que Bob Eckhardt vivait dans une cabane au fond de votre propriété ?

– Même moi, je ne le savais pas. Je croyais qu'il se planquait quelque part dans les bois.

– Et les parents de Cam ? Savait-il qu'ils allaient venir ? Et vous… le saviez-vous ?

Elle partit d'un rire amer.

– J'ai été aussi surprise que lui lorsqu'ils ont débarqué. Je savais que Bob devait venir, bien entendu, mais pas que c'étaient eux qui nous l'amèneraient. Ces deux vieux chnoques nous ont sérieusement compliqué l'existence.

– C'est vous qui avez dit à Eric de tuer son frère ?

Marie fut choquée.

— Bien sûr que non! Ç'a été un coup terrible quand vous m'avez appris ce qui s'était passé. Je voulais simplement qu'Eric motive un peu Cam, qui commençait à devenir vraiment trop hésitant.

— Et pourquoi ça?

— Vous lui aviez fait peur le jour où vous êtes passé le voir, répondit-elle en lui souriant. Quand il a compris que vous aussi vous aviez fait des recherches dans les archives du comté, il m'a dit que nous devions laisser tomber toute l'affaire. Mais je n'étais pas d'accord. Pas du tout.

Joe se sentit glacé d'effroi par cette femme – pragmatique, calme et charmante à la fois. *Pauvre Cam,* se dit-il. *Il avait épousé une manipulatrice de première.*

— Je n'avais rien vu, reconnut Joe. Pas un instant je n'ai pensé que vous puissiez jouer un rôle dans cette affaire.

— Vous n'avez pas été le seul, répliqua-t-elle.

— Je n'arrêtais pas de me demander pourquoi ils s'en étaient pris à Not-Ike, mais à présent je le sais. C'est parce que j'avais dit à Cam que Not-Ike m'avait raconté avoir vu quelqu'un dans l'allée, derrière l'agence. Quand Cam vous l'a dit, vous avez paniqué et appelé Eric.

Elle se pencha vers Joe et le regarda droit dans les yeux.

— Je ne panique jamais.

— Savez-vous où se trouve Eric?

— Absolument pas, répondit-elle d'un ton sans réplique. Je vous le jure. Je n'ai pas eu le moindre contact avec lui depuis le matin en question. J'espère que vous le trouverez et qu'on le pendra, si c'est la façon dont on expédie les gens au Wyoming. (Elle inclina la tête de côté.) Il a tué mon mari, faut-il vous le rappeler? Autant que je sache, il court toujours dans le secteur.

— Au Wyoming, vous voulez dire?

— Autant que je sache. (Elle se tourna vers Scoon, comme si Joe l'exaspérait.) Croyez-vous que j'hésiterais une seconde si je savais où il est? Il est ma seule chance d'arriver à un compromis avec vous. Je croule sous les chefs d'inculpation, alors j'aimerais bien avoir quelque chose qui me permette de négocier, au moins un peu.

C'est assez logique, dut s'avouer Joe. *Et merde...*

— C'était donc uniquement une question d'argent, reprit Joe d'un ton triste. Vous vouliez mettre la main sur les droits de forage.

Elle se tourna de nouveau vers lui.

— Évidemment ! Que voulez-vous qu'il y ait eu d'autre, Joe ? Quand je pense à tous ces abrutis de la cambrousse qui deviennent millionnaires du jour au lendemain rien que parce qu'ils possèdent ces droits, ça me rend malade. Ce n'est pas comme s'ils avaient gagné cet argent en travaillant dur, vertueusement. Pourquoi pas Cam et moi ? Qu'est-ce que vous vous imaginez ? Qu'on allait traîner toute notre vie avec des fins de mois difficiles, comme vous et Marybeth ?

Voilà qui faisait mal, et il cilla.

— Cam, lui, aurait accepté ce genre d'existence, mais moi, jamais. Quand il pleut du fric, soit on met un imper, soit on sort les seaux. Vous devriez y penser, Joe. Vous avez la responsabilité d'une famille. Marybeth veut plus que ce qu'elle a. Elle mérite mieux. Ne croyez pas que nous n'en ayons pas parlé, toutes les deux.

Joe la fixait en silence.

— Arrêtez de me regarder comme ça, cracha-t-elle.

— Pas une seule fois vous ne m'avez parlé de votre fille, dit-il. Vous ne l'avez même pas mentionnée en passant.

Elle sourit.

— C'est parce que je sais qu'elle est en de bonnes mains.

*

Ils laissèrent Marie dans la salle d'interrogatoire. Dans le couloir, Joe et Portenson échangèrent quelques mots.

— Encore un ou deux trucs, dit Joe. Si Marie a fait venir Eric pour tuer Stuart Tanner, alors ce n'est pas lui qui est l'auteur des mutilations du bétail.

Portenson poussa un gémissement.

— Vous ne pourriez pas les oublier, vos foutues vaches ?

— Non, je ne peux pas, répondit Joe en enfonçant le clou. Sans parler de l'orignal.

— Bordel de Dieu !

— Ça signifie qu'il y a quelqu'un ou quelque chose d'autre derrière ces mutilations, reprit Joe. Elles n'ont rien à voir avec Eric ou

Marie. Elle s'en est servie pour couvrir le meurtre de Tanner. Mais sinon, rien à voir.

Portenson paraissait presque en avoir mal physiquement.

– Écoutez, Joe…

– Ne me ressortez pas vos oiseaux, Portenson.

Après un long silence, l'agent du FBI répondit :

– Bon, d'accord. Mais ça n'a plus d'importance, à mon avis. Il n'y a plus eu de cas de mutilations. Nous ne trouverons jamais qui en a été l'auteur et, franchement, du moment que nous détenons Marie, je m'en soucie comme d'une guigne. Eric, lui, nous le trouverons. Ce n'est qu'une question de temps.

– Une dernière chose… Jessica Logue.

– Oh, non…

Les grands-parents, ceux de Denver… comment sont-ils ? Peuvent-ils la prendre ?

– Ce n'est pas de mon ressort.

– Je sais. Mais vous leur avez parlé. Vous ont-ils fait l'effet d'être des êtres humains normaux ? Pas comme Clancy et Helen, ou Marie ?

– Ils m'ont paru normaux, oui.

– Vous êtes sûr ?

– Je ne leur ai pas fait passer de tests psychologiques, vous savez. Allons, Joe…

– Je suis sérieux, l'interrompit celui-ci en élevant la voix. C'est important. On voit trop de mômes démolis par de mauvais parents. Je ne peux laisser partir Jessica que si je suis certain qu'elle sera bien traitée. Sinon, il nous faudra trouver un oncle ou une tante qui soient des gens normaux. Il doit bien y avoir quelqu'un.

Portenson soupira.

– OK, OK, je m'en occupe. Je vais envoyer des gens et faire quelques vérifications. Mais n'oubliez pas que ce n'est pas dans les attributions du FBI…

Joe le remercia avant qu'il ait changé d'avis.

*

Sur le vol du retour, coincé sur son siège, Joe se frotta furieusement le visage. Il n'avait rien vu, rien soupçonné. Et si une bonne partie de l'enquête était bouclée, il y avait encore autre chose. Toute cette affaire lui laissait comme un mauvais goût dans la bouche. On en revenait toujours à des histoires de famille, se dit-il.

*

Marybeth écouta attentivement le récit qu'il lui fit de l'interrogatoire en hochant tristement la tête et sans le quitter des yeux.

– Ce n'est pas de ta faute, dit-elle enfin. Elle a roulé tout le monde.

Elle vint s'asseoir sur ses genoux. Elle avait les yeux humides.

– Nous parlions de tout, toutes les deux. Elle disait de quoi elle rêvait et moi aussi. Je me rends compte maintenant que ce qu'elle me racontait n'était que des inventions faites pour moi. Je me sens horriblement trompée et en colère.

Il la serra contre lui.

– Parfois, ma chérie, nous voyons ce que nous avons envie de voir. Tu te souviens de Wacey Hedeman ?

Wacey avait été le meilleur ami de Joe. Mais quatre ans auparavant, il avait tiré sur Marybeth et menacé Sheridan. Le souvenir était encore très douloureux pour Joe. Wacey avait encore vingt ans à tirer au pénitencier d'État de Rawlins.

– Merci d'avoir essayé de trouver la meilleure famille possible pour Jessica, dit-elle doucement. J'aurais vraiment aimé pouvoir la garder. Mais après ce qui est arrivé à April, je ne m'en sens pas capable.

Joe hocha la tête.

– Je le savais. Pas de problème.

Ils restèrent ainsi dans les bras l'un de l'autre pendant un bon moment, chacun ruminant ses pensées.

Eric Logue court toujours, pensa-t-il, *de même que la chose qui a mutilé le bétail.*

Nous voilà revenus à notre point de départ, se dit-elle.

Chapitre 39

Les nuages annonçant le mauvais temps hivernal pointaient le nez au-dessus des sommets et l'air était froid et inerte lorsque Nate Romanowski enfila son blouson pour aller s'occuper de ses faucons. Joe devait amener Sheridan un peu plus tard dans la matinée pour sa première leçon après une longue interruption. L'entreprise particulière dans laquelle Nate s'était lancé s'était terminée, plus ou moins avec succès, et il était temps de refaire voler les oiseaux : presque deux mois de pause, c'était beaucoup trop.

Lors de telles matinées, dans le calme précédant la tempête, les sons portaient plus loin. L'idéal pour s'immerger dans la rivière et écouter, pensa-t-il. Mais l'eau commençait à être trop froide. Il avait besoin d'une tenue de plongée adaptée.

Le faucon pèlerin se mit à pousser des cris et à battre violemment des ailes dans sa cage. Nate s'arrêta avant d'ouvrir la porte. Il lui avait pourtant mis son chaperon de cuir la veille, précisément pour qu'il reste calme. Il y avait quelque chose d'anormal…

Le coup qu'il reçut à la tête vint d'en haut – il n'avait pas pensé à regarder sur le toit de la cage.

*

Il savait ce qui se passait, il savait pourquoi cela arrivait, mais cela n'y changeait rien. Ses membres ne répondaient plus et il ne pouvait même pas ouvrir les yeux. La violence du coup avait été telle qu'il était paralysé, que son cerveau et son corps étaient déconnectés. Il gisait sur le dos devant l'entrée de la cage.

Un homme était à califourchon sur lui et le clouait par terre.

Il sentit une lame l'entailler profondément derrière l'oreille et descendre le long de sa mâchoire avec un bruit mou et liquide à la fois, puis il y eut un frottement de l'acier sur l'os qui envoya une brutale onde de choc dans tout son organisme, lui rappelant comment tout était amplifié quand il était sous l'eau. Il sentit l'air sur ses chairs exposées, et l'air était froid.

Eric Logue, pensa-t-il.

*

Tout en mangeant à petites bouchées la banane de son petit déjeuner, Sheridan avait cherché les faucons dans le ciel en approchant du chalet de Nate sur les berges de la rivière. Puis elle avait baissé les yeux et aperçu deux formes par terre, près des cages.

– Qu'est-ce qui se passe, papa?

Joe comprit tout de suite.

– Accroche-toi! cria-t-il à sa fille et il écrasa le champignon.

Eric entendit le bruit du moteur et releva la tête. Crasseux, les vêtements déchirés, l'air d'un sauvage avec ses cheveux raides et sa barbe hirsute, il se tenait toujours à califourchon sur le corps inerte de Nate. Joe vit du sang et la main pâle de son ami allongée mollement sur le sol.

Joe fonça droit sur les cages. Eric se releva, jeta un rapide coup d'œil à son travail inachevé, fit demi-tour et commença à courir vers la rivière d'une foulée laborieuse d'animal aux membres lourds.

Sheridan s'agrippait de toutes ses forces au tableau de bord, les yeux écarquillés, tandis que son père passait à côté de Nate et se lançait à la poursuite d'Eric. La distance entre la rivière et le fuyard se réduisait, mais aussi celle entre le pick-up et lui. Eric jeta un coup d'œil éperdu par-dessus son épaule juste une ou deux secondes avant que le véhicule ne le heurte.

Le choc fut assez violent pour déformer la calandre et tordre le capot. Eric partit en vol plané et retomba dans l'eau tel un pantin désarticulé. Joe écrasa le frein et le pick-up fit une queue-de-poisson avant de s'immobiliser tout au bord de la rivière.

Joe et Sheridan sautèrent par terre, Maxine bondissant derrière eux.

– Bon sang, papa! dit Sheridan, toute pâle, je veux dire… hou la la!

Joe examinait la rivière. L'eau était sombre et profonde à cet endroit, sa surface seulement agitée par les anneaux concentriques engendrés par le brutal plongeon d'Eric. L'homme avait coulé comme une pierre, mais Joe n'était pas certain de l'avoir heurté assez fort pour le tuer sur le coup. Il aurait préféré que Sheridan n'assiste pas à la scène.

*

Nate respirait et il avait les yeux ouverts lorsque Joe et Sheridan coururent jusqu'à lui. Il avait la joue profondément entaillée et la blessure saignait abondamment ; un lambeau de peau à vif lui retombait le long de la mâchoire. Joe s'agenouilla et le remit en place : l'assassin avait été interrompu avant de toucher une artère importante et de faire des dégâts irrémédiables.

– Houla, dit Nate d'une voix faible.

– Ne bouge pas, mon vieux, lui dit Joe, qui tremblait encore. Ne te relève pas. J'appelle les urgences.

Sheridan retira son sweat-shirt à capuchon et le roula en boule pour comprimer la plaie.

Joe courut jusqu'au pick-up et brancha le micro. On lui dit au bout d'un moment qu'une ambulance serait sur place dans une vingtaine de minutes.

– C'est trop long ! protesta-t-il.

– Ils sont déjà partis, lui répliqua Wendy, la standardiste. C'est que vous n'êtes pas exactement à côté, figurez-vous !

Joe regarda vers les cages. Nate parlait à Sheridan. Il allait s'en sortir, pensa Joe, mais garder une sacrée balafre sur la figure.

Pour la première fois depuis qu'il avait vu Eric à califourchon sur Nate, Joe respira un grand coup et se rendit compte qu'il avait les mains qui tremblaient et la bouche sèche.

Il regarda à nouveau vers la rivière, étudiant attentivement son calme trompeur et sa puissance cachée. La rive opposée était faite d'une haute paroi rocheuse, sur laquelle s'agrippaient quelques pieds de sauge tenaces. En aval, là où commençait le méandre suivant, il vit Eric Logue se traîner hors de l'eau, se faufiler à quatre pattes au milieu d'un bosquet de saules et disparaître dans une petite faille entre les rochers.

*

— Reste avec lui pour attendre l'ambulance, dit Joe à sa fille en vérifiant que son pistolet était bien chargé.

Puis il prit le fusil à pompe dans le pick-up. Il venait de confier sa trousse de premiers soins à Sheridan pour qu'elle puisse appliquer une compresse stérile sur la plaie — son sweat-shirt était imbibé de sang.

— Tu fais du bon boulot, ma chérie.

Sheridan lui jeta un regard inquiet.

— Où tu vas ?

— En aval.

Nate le regardait lui aussi, l'air soucieux. Il voulut se redresser.

— Non, reste allongé, Nate.

— Il faut que tu saches quelque chose, Joe. On attendait que ce type revienne. On savait qu'on le reverrait.

Joe hésita.

— L'un et l'autre ne sont que des véhicules, reprit Nate. Eric Logue et l'ours. Ce n'est même pas leur combat ; il faut les laisser le finir tout seuls. Et c'est ici que ça va s'achever.

Joe le regarda, puis il regarda sa fille.

— La prochaine fois que tu feras ce genre de cauchemar, lui dit-il, je t'écouterai.

Elle hocha la tête et ouvrit de grands yeux.

— Dans très peu de temps, ajouta Nate.

À quatre cents mètres en aval de l'endroit où Joe avait vu Eric Logue sortir de l'eau se trouvait une vieille passerelle construite dans les années 1930 par un chercheur d'or du nom de Scottie Balyo. Celui-ci l'utilisait pour rejoindre un filon secret, quelque part au pied des montagnes. La passerelle étant dangereuse avec ses planches pourries ou manquantes, Joe franchit la rivière en posant le pied sur ce qui restait du tablier métallique. La structure grinçait et pliait sous son poids mais tenait bon, et il rejoignit une zone ensablée et humide, de l'autre côté.

Il resta sur cette bande sablonneuse pour remonter la rivière, marchant aussi silencieusement que possible. Lorsqu'il fut à une courte distance de l'endroit où il avait vu Eric se hisser au milieu des saules, il quitta la rive pour escalader la paroi et voir la faille rocheuse de dessus.

Non, plus jamais il ne traiterait les rêves de Sheridan par le mépris, se dit-il. Aussi incompréhensible que ce fût, elle était, comme Nate, reliée à cette chose d'une manière authentique. Il s'agissait peut-être d'une intuition due à son âge, de l'angoisse des préadolescents qui leur permet d'avoir accès à des événements « se déroulant à un autre niveau », pour reprendre l'expression de Nate. Sheridan avait vu venir ces événements diaboliques et avait fait face.

Pour Nate, c'était sa capacité à ressentir les choses de manière animale, ses interactions permanentes avec le monde naturel, qui avaient attiré l'ours. Joe n'avait aucune explication pour tout cela et ne voulait pas en avoir. Mais le fait était là et y avait toujours été ; il devait au moins garder l'esprit ouvert, ne fût-ce qu'un peu, pour l'accepter.

La faille était étroite à l'endroit où Eric s'était faufilé, puis elle s'élargissait pour devenir une ravine qu'obstruaient les broussailles. Le fond de ce petit canyon était sec en ce début d'hiver, mais se transformerait en torrent au printemps, au moment de la fonte des neiges. Le sable qui le tapissait portait des empreintes – celles d'Eric Logue. L'homme était invisible, mais Joe ne croyait pas qu'il ait pu aller bien loin.

Il l'entendit avant de le voir ; un gémissement prolongé et triste en provenance du haut de la ravine.

Cleve ? lança Joe. Docteur Eric Logue ?

Le gémissement s'interrompit.

– C'est Joe Pickett. Je vais vous arrêter.

– Vous allez me tuer, oui !

Joe se laissa glisser dans la ravine.

– Ce n'est pas impossible, répondit-il.

Quand il le vit, Joe eut la surprise de constater qu'Éric avait réussi à se relever et se tenait à une racine qui dépassait du flanc de la faille. Il était penché en avant et souffrait manifestement beaucoup. Il avait la tête inclinée, mais il la redressa et croisa le regard de Joe quand celui-ci approcha. Un filet de salive ensanglantée coulait de ses lèvres.

Joe maintenait le fusil braqué sur sa poitrine. Même s'il était connu comme un piètre tireur, il ne voyait pas comment il aurait pu manquer sa cible à cette distance.

Eric tenait encore son scalpel dans la main droite, laquelle s'appuyait sur sa cuisse, mais il n'en menaçait pas Joe. Peut-être avait-il même oublié qu'il le tenait.

— Je suis tout démoli à l'intérieur, vieux, grogna Eric sans détourner un seul instant les yeux. Je ne m'en sortirai pas.

— Probablement pas, répondit Joe.

Eric toussa, son effort devait être très douloureux parce qu'il vacilla et faillit tomber.

— Ça fait drôlement mal, dit-il d'une voix étranglée.

Il toussa à nouveau, puis il cracha entre ses pieds quelque chose qui semblait être un bout d'éponge d'un rouge brillant. *Un fragment de poumon,* se dit Joe, qui avait souvent vu ce genre de chose sur du gros gibier touché de la même manière. L'homme devait avoir eu des côtes cassées pendant le choc et celles-ci lui avaient transpercé les poumons.

— Vous pensez pouvoir franchir la passerelle? lui demanda-t-il.

Eric se contenta de le regarder.

— Pourquoi vous ne me tirez pas dessus? lui lança-t-il. Pas de problème.

Joe plissa les paupières en se demandant si l'homme ne manigançait pas quelque chose.

— Appuyez sur la détente, espèce de froussard!

— Pourquoi?

Eric toussa à nouveau, puis se redressa.

— Je suis vraiment mal. Et ils en ont fini avec moi.

Joe sentit sa nuque se hérisser.

— Qui en a fini avec vous?

Eric esquissa un geste vers le ciel, mais son bras ne lui obéissait plus.

— Eux. Je me disais que j'aurais droit à une récompense, mais ils se sont contentés de m'utiliser. Personne ne m'avait dit que l'autre côté enverrait quelque chose à mes trousses.

Derrière Eric s'élevait une muraille sombre de genévriers des Rocheuses. Joe crut percevoir un mouvement entre les branches les plus basses, mais l'attribua au vent. Ces ravines étaient souvent abonnées à de drôles de courants d'air.

— Dites-moi, Eric… Nous sommes au courant pour Stuart Tanner et Tuff Montegue. Mais pourquoi avoir tué votre frère?

Une grimace douloureuse tordit le visage d'Eric.

– C'est Bob. C'est Bob qui l'a fait. Je crois que Cam a essayé de s'échapper et Bob l'a frappé à la tête. Puis il s'est dit qu'il allait le mutiler pour le faire ressembler aux autres. Je n'étais pas dans la pièce quand c'est arrivé.

– Vous étiez en train de découper Deena en lanières dans l'autre ?

– Qu'est-ce que ça peut faire ? Vous me tenez, à présent. Alors tirez donc, espèce de salopard. Donnez-moi un peu de paix. Sinon, c'est moi qui vais venir faire mes découpages sur vous.

– Qu'est-ce qui a fait si peur au cheval de Tuff Montegue pour qu'il le désarçonne ?

Eric eut un frisson.

– Bob m'a dit que c'était juste un hasard. Qu'il avait dû l'effrayer quand il l'avait aperçu au milieu des arbres.

– Et les animaux ? demanda Joe en étreignant son fusil. Pourquoi mutiler les animaux ?

Eric hocha la tête.

– Je n'ai blessé aucun animal. Sauf ce crétin de cheval au ranch et j'ai salopé le boulot.

– Quoi ! s'exclama Joe, perplexe.

– Mais je sais qui l'a fait, dit Eric en se remettant à tousser.

Les yeux brillants, il fit un pas vers Joe en brandissant son scalpel.

– C'est eux qui l'on fait.

Les branches de genévrier frissonnèrent à nouveau. Cette fois, Joe comprit que ce n'était pas le vent. Qu'il y avait un être vivant. Énorme.

– Ils sont partis, à présent, reprit Eric qui grimaçait mais continuait à avancer. Mais ils vont revenir. Et si vous me trouvez effrayant...

Le grizzly, celui que Joe avait poursuivi, celui qui était devenu l'obsession de Nate, surgit comme un beau diable d'entre les genévriers et frappa Eric Logue dans le dos avec une telle force et tant de fureur que Joe en eut le souffle coupé. L'ours avait attendu et avait enfin retrouvé Eric Logue.

Sous les yeux de Joe, le grizzly entraîna l'homme, qui se débattait faiblement, et disparut dans l'obscurité du sous-bois.

*

Sheridan continuait à faire des rêves intenses ; l'un d'eux, en particulier, revint souvent mais en changeant peu à peu de sens jusqu'à ce qu'elle comprenne, rétrospectivement, qu'il signifiait la fin de quelque chose. Parmi tous ceux qu'elle fit la nuit suivant l'agression d'Eric Logue sur Nate Romanowski, il y en eut un où, si la lente avalanche de nuages noirs était bien là, les volutes de brume montaient du sol et des buissons vers le ciel, comme si elles repartaient d'où elles étaient venues. Et les mufles chevalins et noirs des cumulus refluaient au-dessus des Bighorn, laissant derrière eux un vaste ciel limpide.

Sheridan avait la conviction qu'une bataille avait eu lieu. Sous le nez de tout le monde, bien que peu l'aient vue ou seulement pressentie. Elle voulut croire que c'était un affrontement entre les forces du bien, représentées par le grizzly, et celles du mal, incarnées par une autre entité qui avait recruté Eric Logue et Robert Eckhardt. Les forces du bien avaient peut-être enrôlé un temps son papa et Nate comme hommes de troupe. Elle ne le saurait jamais.

Sheridan trouva tout à fait étonnant que les incidents – les mutilations faites au bétail, à la faune sauvage et à des êtres humains – suscitent aussi peu de commentaires. À croire que tout le monde, dans Twelve Sleep County, ne souhaitait qu'une chose : ne plus entendre parler de rien, comme si rien de tout cela n'avait jamais existé. Mais ces choses s'étaient pourtant bel et bien passées. Des hommes étaient morts. Maxine allait conserver toute sa vie les stigmates d'une terreur sans équivalent : qu'avait-elle vu ? Et une famille, celle des Logue, avait été détruite.

Même lorsque son père reçut un courriel d'une certaine Deena, qui lui écrivait d'un pays d'Amérique du Sud où on signalait d'autres cas de mutilation, il refusa de revenir sur ces questions. Sheridan n'aurait même jamais entendu parler de ce courriel si Nate n'avait essayé de brancher Joe sur ce sujet devant elle.

– Il y a trop de trous dans la terre, avait dit Nate. Peut-être qu'on a lâché dans l'atmosphère quelque chose qui a attiré une force, comme la viande avariée attire les mouches ?

– Ou peut-être pas.

Joe avait pris le ton qu'il avait quand il voulait mettre fin à un débat et changer de sujet. Mais Nate avait insisté.

– Je refuse de parler de quelque chose que nous n'aurons jamais les moyens de comprendre, avait répondu Joe avant d'ajouter après un silence : « J'ai en horreur ces histoires de revenants, Nate. »

– Je le sais bien, s'était défendu le dresseur de faucons, son sourire déformé par la cicatrice qui lui courait sur la joue.

Quelques jours plus tard, Sheridan se trouvait dans le pick-up avec son père lorsque ce dernier ralentit sur le pont pour saluer Not-Ike Easter qui pêchait dans la rivière. Not-Ike répondit quelque chose et se mit à rire. Sheridan demanda à son père ce que l'homme lui avait dit.

– Qu'il a pris trois poissons, répondit-il.

Puis il sourit comme s'il était content, comme si les choses étaient redevenues normales.

RÉALISATION : CURSIVES À PARIS
IMPRESSION : S.N. FIRMIN-DIDOT AU MESNIL-SUR-L'ESTRÉE
DÉPÔT LÉGAL : OCTOBRE 2006. N° 78942 (81497)
IMPRIMÉ EN FRANCE